江山風雨情

下

朱蘇進・子川◎著

目錄

第十六章

「皇上有旨，著薊遼總督袁崇煥、前屯衛總兵官吳三桂入宮見駕！」城門下，袁崇煥與吳三桂下馬，走進高大的門道，只見兩旁兵士林立，刀戟閃亮，如臨大敵。袁崇煥與吳三桂從戒備森嚴的兵士中通過，進入了紫禁城。

「大帥，氣氛不對呀。」吳三桂低聲說，「末將原以為會有個歡迎場面，大帥畢竟是凱旋進京的總督呀！」袁崇煥一笑：「也許，皇上想擺一擺威風，殺一殺我們的傲氣吧。」「那也犯不著如臨大敵嘛。」袁崇煥正聲道：「吳三桂，進了京城，最好閒話少說。」

……

仍然是那條長長的宮道，盡頭處的月亮門畔，站立著王承恩。待袁崇煥雙雙走近時，王承恩深深彎了彎腰，恭敬地道：「皇上恩旨，兩位平臺賜宴。」袁崇煥、吳三桂上前揖道：「謝恩！」

王承恩再無片言，轉身領著他倆朝平臺走去。袁崇煥吳三桂跟隨。

一席盛宴，案旁呆呆地坐著袁崇煥與吳三桂，不知他們已等候多久，也不知還要等多久。吳三桂左右觀望，始終不見一人。他忍不住道：「大帥啊，皇上是故意冷落我們吧？」袁崇煥一直靜靜地半合目穩坐：「是。」吳三桂不安地說：「那我們怎麼辦？」袁崇煥鎮定地：「不怎麼辦。等。」

「就這麼等？」

「就這麼等！」

「假如天黑了，皇上還不出來……」袁崇煥打斷他的話：「那就等到天明。」吳三桂再次左看右看。袁崇煥低聲斥道：「別看了。你看不見他們的，他們卻能夠看見你的一舉一動！」

這時，王承恩從遠處慢慢吞吞地踱來了。王承恩進入平臺，折腰歉道：「袁大帥、吳將軍，請再稍候片刻，皇上還要處理幾樁要緊政務。」吳三桂板著臉說：「王公公，袁大帥已經等了快四個時辰了。」王承恩淡淡地說：「不止呢，已經五個半時辰。」吳三桂說：「請王公公示下，還要等多久？」王承恩說：「老奴不知道。」吳三桂探身低問：「在下心急如焚……究竟出了什麼事，可否請王公公見教？」

王承恩微笑道：「才等了區區五個時辰，吳將軍就急成這樣？皇上等了你們足足五天六夜，老奴也沒見皇上著急呀。」此言一出，袁崇煥似乎一切都明白了，他沉重地點點頭：「謝王公公教誨。」

王承恩慢吞吞走開。袁崇煥平靜地合目等候，吳三桂則是絕望地等候。

花棚下，崇禎獨自佇立，透過枝葉注視著平臺上的袁崇煥和吳三桂。他面色嚴竣，手指間正捏著一莖花枝，不知不覺間，他已將花枝狠狠掐斷……

王承恩無聲無息地過來，立於崇禎身側：「皇上，那兩人心急如焚，惶恐不安。」「不急。再給他們一點時間，讓他們好好地反省反省。」崇禎穿行於花棚中，從容觀賞，享受著這兒的鳥語花香……

袁崇煥吳三桂已經等得麻木，呆若泥菩，猛聽一聲長喝：「皇上駕到……」崇禎精神抖擻、大步流星地朝平臺走來。後面，王承恩小跑步跟隨，稍顯狼狽。袁崇煥吳三桂雙雙撲地而跪：「臣等叩見皇上！」

崇禎喜笑盈盈地：「平身。哎呀呀……朕萬務纏身，忙得走不開！慢待了，慢待慢待。」袁崇煥恭敬道：「皇上平臺賜宴，此乃天大的恩典，臣感恩不盡。」「快坐，坐！王承恩，給兩位愛卿斟酒。」王承恩急忙上前，親自替袁、吳執壺斟酒。袁、吳連連低聲「不敢不敢！多謝多謝！」崇禎舉起酒盅：「來，這是朕敬兩位愛卿的慶功酒！」袁崇煥吳三桂齊聲：「謝皇上」，舉杯一飲而盡。

崇禎笑道：「袁崇煥哪，此次會戰，你有什麼感想啊？」「臣的感想是，皇上臨危不亂，智勇雙絕，率領軍民人等，把皇太極打得大敗而逃。此役，無論軍事、政略，還是國威、士氣，大明都是大勝，滿清都是大敗！」崇禎聽著，不斷頷首滿意，之後傲然道：「朕領著區區八千兵勇，外加五千個太監，就把皇太極打得大敗而逃，京城巍然不動。可你袁大帥哪，領著幾萬精兵，卻遠遠落在皇太極後頭。人家到哪兒你跟到哪兒，好像在替人家迎來送往嘛。」

袁崇煥惶恐地說：「稟皇上，八旗軍戰馬驃悍，我軍追不上……」崇禎笑道：「是麼？八旗軍是四個馬蹄子，你也是四個馬蹄子，為何就追不上呢？」袁崇煥無言可答，撲地而跪道：「臣殆誤軍機，請皇上賜罪。」崇禎笑著扶起袁崇煥，寬慰道：「哎——朕不是叫你請罪來的，朕叫

你進宮，是為你慶功賜宴嘛。哈哈哈……兩位愛卿，請請。」袁崇煥、吳三桂戰戰兢兢，再次將酒飲盡。

崇禎朝王承恩道：「傳樂。」王承恩應聲而下。

陳圓圓懷抱琵琶，沿過道朝平臺走來。到平臺入口，折腰稟道：「陳圓圓拜見皇上……」猛一回頭，忽然看見了吳三桂，陳圓圓不禁大驚失色。崇禎回身一笑，意味深長地說：「不認識是麼？這位是袁崇煥總督，這位是吳三桂將軍，都是朕的愛卿。」陳圓圓上前折腰：「給兩位大人請安。」

「陳圓圓，著你彈曲侍宴。好好的侍候兩位愛卿。」崇禎彷彿猛想起一事，笑道：「哦，昨夜，你在角樓上彈得那首琵琶曲，朕覺得十分別致，就彈那曲吧。」陳圓圓驚訝，顫聲說：「是。」落坐，眼觀鼻，鼻觀心，玉指輕揮，彈奏那首美妙動人的樂曲。吳三桂癡癡地看著陳圓圓，似有萬語千言，卻是無可訴說。而崇禎早將他的情態看在眼裡，微笑不言。王承恩侍立在這四個各懷心思的君臣男女之畔，雖然洞若觀火，卻是如立針氈，嘆息連連。

陳圓圓曲終，眾人一片沉默。崇禎笑問：「吳三桂，陳圓圓這首琵琶曲，你覺得如何？」吳三桂憋了半天，才吶吶吐出一個字：「好！」崇禎突然正色：「當然好。昨夜，陳圓圓就用此曲來祭奠你！哦，她以為你戰死了，她在月下彈曲，以訴心聲，約你來生再見哪。哈哈哈……」吳三桂大驚失色，陳圓圓滿面通紅的垂下了頭。

崇禎笑聲止住了，表情冷冷的。吳三桂與陳圓圓又窘又怕，手足無措。崇禎竟有幾分得意地看著他倆，再斜眼瞄著袁崇煥，說：「朕只要說一句話，你們倆要麼就是粉身碎骨，要麼就是富貴終生……」所有人都怔怔地看著崇禎，等待著他將要脫口的話。崇禎舉盅，獨自飲盡，輕輕一笑：「但是，朕暫時還不想說這句話，朕還要想一想，看一看。」

滿座死一般的沉寂。袁崇煥沉思著。

崇禎忽然轉了話題，問：「袁崇煥，下一步，你有什麼打算哪？」袁崇煥驚醒，回答說：「皇上……臣所率大軍已經長途奔襲三千多里，疲憊不堪。臣請求讓部屬們進京休整數日，補充糧草之後，再返回山海關。」崇禎隱然一驚，接著遮掩道：「是啊，部屬們都累了，應該歇一歇。可京城剛剛安頓下來，你那麼多兵勇如果進了城，不是又得擾民麼？還是不要進京吧？糧草軍備，朕會交代兵部、戶部，盡快給予解決。」袁崇煥道：「遵旨。」

崇禎看也不看袁崇煥和吳三桂，說：「王承恩，送客。」袁崇煥一驚，他顯然沒料到這個等了這麼久的宴會就這麼結束了。他與吳三桂起身，向崇禎深深一揖，跟隨王承恩離去。平臺只剩崇禎與陳圓圓。崇禎看也沒看她，冷冷道：「你也退下。」陳圓圓起身，折腰施禮，如蒙大赦般匆匆離去。

現在，平臺只剩崇禎一人，他滿面怒容地坐在山珍海味前，一動不動。

袁崇煥與吳三桂快步行走，穿過一道又一道錦衣衛的哨卡。僻靜處，吳三桂忐忑不安地問：

「大帥，您看……皇上要處置我和陳圓圓了吧？」「這我不知道。我所知道的是，皇上表面上斥責你們兩人，實際上是在敲山震虎，皇上已經用死來警告我了！」袁崇煥看了看吳三桂，苦笑著說：「皇上說了，『朕只要說一句話，你們倆要麼就是粉身碎骨，要麼就是富貴終生。』……」吳三桂回味著皇上的話：「可那是在警告我和陳圓圓哪。」「不。既是說你倆，更是在暗示我！」袁崇煥說，「皇上的意思很明確，他只要一句話，我們要麼是福，要麼是禍！唉，幸運的是，皇上又說了，他『暫時還不想說那句話』。皇上正在拭目以待，皇上給我一次最後機會。」吳三桂終於明白了：「啊……我們是剛從絞架上走下來呀！」袁崇煥苦笑著：「說得不錯。下一次，也許就走不下來了。」

兩人繼續朝前走，突然間，袁崇煥止步。他看見一個熟悉的人影正狼狽不堪地在小道上奔走——魯四！同時，魯四也看見了袁崇煥。但他卻佯作未見，低著頭匆忙避開了。袁崇煥冷冷一笑，斥問：「吳三桂，你不是說他戰死了嗎?!」吳三桂說：「那都是部下稟報的，看來所報欠實吧。」袁崇煥一嘆：「唉。瞧吧，禍事進宮了！」

平臺，崇禎仍坐在原位發呆，忽聽一聲撕心裂肺的哭喊：「皇上啊……」崇禎回頭一看，衣衫襤褸的魯四跟隨王承恩奔進平臺。魯四不等崇禎開口，就一頭撲到崇禎足下，抱著崇禎的腿大哭：「皇上，奴婢總算見到您了！……奴婢這回是九死一生啊……」「起來，慢慢說。究竟出什麼事了？」魯四泣道：「奴婢不慎被清軍俘獲，託皇上福氣，奴婢又逃出來了。奴婢在清軍營地裡，打探到了一個萬急消息！萬歲爺身邊有一個大大的亂臣賊子啊……」

崇禎驚問：「誰？」「袁崇煥！他通敵啊……」魯四以頭叩地，泣不成聲：「奴婢親眼看見袁崇煥的密使和多爾袞會面，親耳聽見那密使跟多爾袞說，要罷兵媾和，還說要把寧遠以北的土地都割讓給皇太極，以換取休戰……」王承恩忽然臉色慘白，搖搖晃晃地終於暈倒在地。崇禎早已顧不上王承恩了，他跌坐到榻上，手足發抖，咬牙切齒：「朕料到了……朕早就料到了！」魯四撲到王承恩身邊搖他：「公公……公公！您醒醒……」王承恩醒來，伸手顫顫地指著餐桌。魯四趕緊取過一壺酒，遞給王承恩。王承恩接過，咕咕的一氣飲盡，接著喘息不已。

崇禎怒喝：「魯四，你的話屬實麼？」魯四又撲地跪下：「奴婢如有一個字的假，就請皇上剝了奴婢的皮！」王承恩顫聲呻吟道：「皇上，魯四是不會說假話的。可是……」王承恩欲言又止，垂首長嘆。崇禎沒有注意到王承恩的猶豫，他瞪著兩眼，喃喃地恨道：「怪不得，他還想讓部屬進入京城哪！……一旦逼宮，朕還有命麼?!他用心好毒呵！」

崇禎突然跳起身：「王承恩！」王承恩掙扎起身：「老奴在。」「快去傳旨，叫袁崇煥即刻拔營北上，返回山海關！那幾萬大軍擱在京城邊上太危險了。你要不露聲色，叫他馬上就走！」「遵旨。」王承恩匆匆離去。

崇禎木呆呆地自語：朕瞎了眼！朕現在想起來還感到害怕！……

城外，袁崇煥與吳三桂緩緩策馬而行。忽聽後面的喊聲。袁崇煥勒馬回望，只見王承恩和兩

個錦衣衛快馬趕來。王承恩近前，喘道：「袁總督，兵部接到關外飛報，說清軍在遼東一帶活動頻繁。皇上口諭，要你率大軍立刻回防寧遠。」袁崇煥雖感意外，仍冷靜道：「王公公，那我們的糧草軍備呢？」

王承恩搖搖頭：「袁大人，老夫勸你，最好明兒一早就開拔吧……」話音未落，袁崇煥突然憤怒，厲聲喝道：「本部堂再問一遍，我們的糧草軍備呢？誰管?!」王承恩一時答不上話……袁崇煥厲聲道：「就算我袁崇煥有罪，幾十萬遼東將士總無罪吧？他們急需糧草軍備！」「老夫立刻稟報皇上，務必保證遼東將士的糧草軍備。」袁崇煥這才放緩語氣：「那就多謝了。告訴皇上，在下今天就率軍離京！」

悲憤不已的袁崇煥撥轉馬頭，狠狠一鞭，戰馬狂奔而去。

御花園涼亭內，崇禎呆呆地歪坐在一張躺椅上，兩眼望著天邊。王小巧侍立於亭畔。王承恩輕步而來，看一眼王小巧。王小巧立刻湊到他耳邊低聲稟報：「皇上又是一宵沒合眼……」王承恩輕嘆一聲，走到崇禎旁邊，低語：「皇上，老奴召御醫來請個脈吧？」崇禎聲音乾澀地：「退下！」

王承恩說：「皇上，您可得千萬保重龍體呀……」「退下！」崇禎怒聲道：「所有人都滾出御花園！朕要自個待著！」王承恩急忙朝王小巧等太監使個眼色，領著他們匆匆退出。

崇禎失神地在御花園小徑上踱步，他一邊走一邊拭淚，長吁短嘆……漸漸的，他走進了一座假山中。不遠處，王承恩隱身在花架後，他慢慢跟隨著，雙眼關切地注視著崇禎。片刻間，崇禎的身影已消失在假山中。王承恩急忙跟上去，也步入那座假山。他左看右看，不見崇禎，只看見一個太湖石圍繞著的山洞。王承恩靠近洞口，欲入不敢，便側耳諦聽動靜。

忽然，洞內發出類似重傷的野獸那樣淒厲的哀嚎：噢……哇……崇禎在洞內痛苦地捶胸頓足：「蒼天哪，祖宗啊，你們都看見了。朕有眼無珠呀！朕又被臣子們騙了呀！……朕信任他們、重用他們、賞賜他們，他們卻通敵賣國！他們要弒父弒君哪！祖宗哪，朕不是個亡國之君，可臣子們個個都是亡國之臣！祖宗的江山，只怕要斷送在那幫亂臣賊子手裡了……」崇禎頭顱一下下撞石壁，把石壁撞得嗵嗵響。

洞外，王承恩大驚失色。他既不敢入內也不敢離去，只能跪在外面簌簌發抖。洞中的聲音漸低漸弱，不久，崇禎出來了。但是，這時的他已經是龍威嚴整，彷彿什麼事也沒有發生過。崇禎乍見王承恩跪在外面，一怔，接著苦笑道：「你這個老奴才，又把什麼都聽見了吧？」「是。」王承恩傷心地泣道，「皇上啊，老奴萬萬沒有想到，您心裡有那麼多的痛苦……」「不錯，朕剛才發了一陣瘋，朕失態了。」崇禎悲哀地說，「皇上也是人哪，皇上也有七情六欲呀。王承恩哪，朕登基以來，每到了最痛苦的時候，就會躲到這來痛哭一場，和祖宗們說說話。」

「老奴聽了皇上的話，真如萬箭穿心……」崇禎嘆了一口氣，說：「唉，這是朕最後的一點秘密，不但皇后不知道，連地下的螞蟻、樹的上鳥兒也不知道，卻被你這狗奴才知道了！你、你

就不能傻一點、笨一點？你就不能睜一隻眼、閉一隻眼？朕真想砍了你、剁了你！把你挫骨揚灰！」王承恩流淚道：「是是，老奴該死！……老奴求皇上保重龍體呀！」

「江山不保，朕要這龍體又有何用?!」崇禎忽然咬牙切齒地吼道，「袁崇煥哪袁崇煥……朕定要食其肉、寢其皮，將你千刀萬剮，將你碎屍萬段！」王承恩顫聲附和道：「袁崇煥……確實死有餘辜。」「哦……你也認為他死有餘辜？」崇禎冷笑著，「那好，朕要問你個事。」崇禎緊盯王承恩，問：「袁崇煥進京的頭天晚上，既沒有到兵部報到，也沒有探親訪友，卻秘密拜訪一個『貴人』！這人是誰啊？」王承恩驚懼得睜大眼，怔了片刻，叩首道：「那人……是老奴。」崇禎恨恨地：「說吧，你與袁崇煥私下往來，有多久了？」

「稟皇上，老奴與袁崇煥私下往來，只有那一次。從那以後，老奴再沒有和他見過面。」「真的麼？」王承恩再次叩首，悲道：「皇上，您還不了解老奴麼？老奴要麼不說，要說就說實話。」崇禎逼視著他：「接著說吧，袁崇煥何時開始通敵的？他的平夷方略，究竟包藏什麼禍心？」王承恩嗓子都沙啞了，泣道：「皇上啊，老奴不相信袁崇煥會通敵。老奴覺得，魯四探來的消息，恐怕是多爾袞的離間計。但是袁崇煥的平夷方略……」

崇禎怒喝：「說！」王承恩支唔著說：「老奴、老奴猜想，袁崇煥是想『以戰求和』。」崇禎大怒，道：「朕最恨就是這個『和』字！袁崇煥竟敢以『戰』為手段，以『和』為目的，欺君罔上，大逆不道，這跟通敵賣國有多大區別?!」王承恩無奈地：「是、是、……是沒有多大區

別。」「起來！」王承恩艱難地站起身，只聽得他渾身骨頭都在嘎嘎響。

崇禎逼視王承恩，問：「既然你對袁崇煥那麼了解，那麼你給朕出個主意吧。你看朕拿袁崇煥怎麼辦？」王承恩支支唔唔著：「老、老奴不敢……」崇禎吼道：「天下還有你不敢的事嗎？朝廷上還有比你主意更多的人嗎?!」王承恩乞求地：「皇上……」「朕偏要你擬個旨，說！朕如何處置這個亂臣賊子袁崇煥?!」王承恩無奈地說：「稟皇上，依律，應立刻將袁崇煥逮捕嚴辦。」崇禎冷笑：「他手下有三十萬兵馬呢，萬一激起兵變怎麼辦？」

王承恩沉思一會，痛苦地道：「逮捕袁崇煥，絕不能讓錦衣衛去，那樣非惹出兵變不可。」「廢話，朕知道這個！」王承恩說：「皇上，老奴有主意了。老奴想，應該讓袁崇煥的部將來逮捕袁崇煥。這個部將嘛，不但對皇上忠心耿耿，其權威聲望，也僅次於袁崇煥……」王承恩瞇著兩隻小眼看著崇禎不解的目光，低聲道：「吳三桂！」

眠月閣。王承恩慢吞吞步進眠月閣，悶聲喚道：「圓圓哪，公公瞧你來啦！圓圓？……」陳圓圓奔出來，喜不自禁地笑道：「公公啊，您可好久沒來了！」「這不是來了嗎。」陳圓圓道：「快請坐，我給您沏茶去。」王承恩「噯噯」的應著，微笑著打量著陳圓圓。陳圓圓為王承恩沏上茶，不安地坐下：「公公，那天平臺侍宴，可把我嚇死了。皇上到底怎麼了？」王承恩避而不答，卻道：「圓圓哪，公公問你個事。」

王承恩看著陳圓圓的眼睛說：「我問你，你真的愛吳三桂嗎？願意和他生死與共嗎？」陳圓

圓頓感意外，稍後，一字一句地：「願意！」王承恩點點頭，說：「那好，我告訴你，皇上已經滿足你的心願了——把你賞配給吳三桂。」「什麼?!」王承恩說：「你聽清楚了，皇上恩准你與吳三桂結為百年夫妻。」陳圓圓驚得目瞪口呆，說：「這、這、這可能嗎……」王承恩淡淡一笑：「要是事事都讓你想到了，那還叫皇上嗎？」陳圓圓激動地抽泣起來：「公公，圓圓這輩子，忘不了您的大恩大德……」陳圓圓朝王承恩深深一拜。

「別別，要謝就謝皇上吧，我不過是個奴才。」王承恩忙不迭地擺手。「就謝您！……我可以肯定，是公公您給我謀來的恩典！」王承恩大為愜意，微笑說：「老夫嘛，不過是因勢利導而已。圓圓哪，待會，我就要去寧遠城辦差，很可能面見吳三桂，你有沒有什麼話兒要說，有沒有什麼定情之物要送呀？」陳圓圓羞得滿通紅：「瞧公公說的！……」王承恩笑道：「吳三桂可是在朝思暮想啊……好好，公公背過身去，不看！你送他一件信物吧。」王承恩真的背轉身，陳圓圓幸福地從髮髻中上拔下一支銀釵，包在香帕裡，喚：「公公。」王承恩轉回身，陳圓圓把包兒遞給王承恩，羞怯地：「請把這個交給他……」王承恩伸手欲接。這時，陳圓圓忽然縮手，不安地說：「公公，我、我怎麼總覺得提心吊膽的，這事兒沒這麼簡單吧？」

「噯——你啊，這叫大喜過望，反而不敢相信。」陳圓圓沉思一會，說：「公公啊，請告訴我實情好嗎，皇上為什麼要把我賞給吳三桂？」王承恩板起臉來，說：「圓圓，不該問的別問。」陳圓圓急了：「這可是我的終生大事啊，我怎麼能被蒙在鼓裡哪？」王承恩見陳圓圓不肯罷休，故作輕鬆地說：「好吧，公公告訴你，皇上要重用吳三桂了！之所以把你賞給他，是為了讓他感恩戴德，忠君報國。」陳圓圓笑得有點澀了：「我算明白了，在皇上眼裡啊，我只是個用具、一個禮品。皇上愛賞誰就賞誰！」王承恩笑了笑，說：「話雖然不好聽，可也有些道理。關鍵是——圓圓哪，皇上不是把你賞給心愛的人了嗎？」

陳圓圓垂首，伸出手，交出手中緊攥的那個香帕包兒。

寧遠城郊。一溜大車在野地裡急馳，每輛車都裝載著糧草軍備等物。馭手們不時揮鞭：駕！駕！車隊的最後一輛卻是一輛驛車，車前馭座上坐著王小巧。大車飛馳，揚起陣陣塵煙。驛車內，王承恩獨坐，面色嚴竣。對過的座位上鋪著黃綢，上面擱著一軸聖旨，一個香帕包兒。車隊經過一座野廟，繼續前行。當最後那輛驛車馳到野廟前時，車內傳出聲音：「停！」王小巧趕緊令馭手停車。王小巧跳下馭座，打開門，扶出王承恩。

王承恩胳肢窩裡夾著黃綢包裹，抬眼看看前方：「聽著，這兒離寧遠只有十里地了，我如進城的話，動靜太大。你乘車入城，找到吳三桂，就說有個老頭子請他相見，讓他獨自前來。」王小巧說：「小的明白了。」「對其他任何人，什麼都別說！」王承恩說，「去吧。」王小巧登車遠去，王承恩進入野廟。

總督府書房。袁崇煥愁眉緊鎖，正坐在火盆前焚燒書信。幕僚入內稟報：「大人，吳三桂求見。」「大堂等候。」幕僚應聲，正要離去，袁崇煥卻道：「慢……請他到這來。」幕僚應聲而

下。片刻，吳三桂入內，他喜孜孜地：「大帥，好消息。京城送糧草來了！」「哦，這回他們倒挺快的。多少糧草？」「四十萬擔，足夠一個月食用的。」吳三桂看見屋內景象，吃驚地問：「大帥，您這是……」

袁崇煥苦笑著說：「我這是在料理後事，省得給東廠的鷹犬們添麻煩！」吳三桂大驚：「大帥，出什麼事了？」「別大驚小怪。暫時還沒什麼事，不過我想也快了。」……袁崇煥把剩下的書信化為灰燼，起身道：「三桂呀，朝廷一旦把我罷免，遼東防衛就要靠你們幾個總兵官來維持了。」吳三桂不安地說：「大帥不會有事的……」袁崇煥打斷他的話：「你聽我說。在各鎮各衛的總兵官中，資格最老、戰功最大的要數祖大壽。但他脾氣有些暴躁，遇事容易衝動。我如有不測的話，你要多起些穩定軍心的作用。你……前程無量啊！」吳三桂感動地應諾連聲。

晚。吳三桂回到軍營，正欲進門，黑暗中竄出王小巧，折腰道：「吳將軍。」吳三桂細看，詫異：「我怎麼不認識你？」「小的名叫王小巧，在宮裡見過吳將軍。」吳三桂明白了：「哦，你是個太監。找我有什麼事？」王小巧見四周無人，低聲道：「小的帶一句話給吳將軍。有個老頭子在城外等著，請吳將軍前去相見。」

「怎麼……他、他、他來了？」吳三桂已經知道是誰到了。「外頭有車，請吳將軍上車吧。」見吳三桂既驚訝又猶豫，王小巧催促道：「吳將軍快請，請！」……

吳三桂步入野廟，看見正在等候的王承恩，折腰問候：「在下拜見王公公。」王承恩也不寒暄，沉聲道：「吳三桂接旨！」吳三桂趕緊跪地。王承恩取出聖旨宣讀：「袁崇煥通敵賣國，著吳三桂即刻逮捕袁崇煥，押赴京城審處。欽此。」吳三桂驚叫：「什麼，袁大帥會通敵賣國?!……王公公，您打死我我也不信！」王承恩沉聲道：「魯四被俘時，親眼看見袁崇煥的密使進了清軍大營。親耳聽見，那密使與多爾袞商議休戰退兵的事。還說，要把關外的土地都割讓給滿清。」

吳三桂不以為然地說，：「在下認為，魯四那套鬼話不可信！八成是多爾袞玩弄的反間計，就像《三國》裡的『蔣幹盜書』。王公公啊，袁崇煥是遼東統帥，皇太極一直對他恨得要死……」王承恩打斷他的話：「住口！袁崇煥的事兒，你信不信並不重要，只要皇上相信，這就足夠了！」吳三桂啞然無語。王承恩扶起吳三桂，語重心長地說：「三桂呀，以皇上的聖明，也不會聽憑魯四一句話就廢掉袁崇煥。皇上最恨的是他的以戰謀和，最恨那個『和』字！這與皇上的治邊方略完全背道而馳！」說著他的聲音高了起來，「你想想看，一個領著幾十萬大軍的統帥，如果對皇上陽奉陰違，背著朝廷另搞一套，那麼，大明王朝不是面臨分裂嗎？不廢掉袁崇煥，難道要廢掉皇上嗎?!」

吳三桂不由地癱坐在那尊泥塑下，半響才道：「那、那為何讓我逮捕袁崇煥?皇上可以派錦衣衛來嘛。」王承恩嘆道：「袁崇煥威望太高了，如果錦衣衛來抓他，肯定激起兵變。三桂呀，你願意看到御林軍和野戰軍自相殘殺嗎?你願意看到寧遠城防崩潰嗎?出了那種事，對誰有好

處？」吳三桂悲憤地說：「所以，就讓我幹這種髒活！」王承恩喝道：「髒？不，這是一件大功勞！憑你在軍中的威望和強大的關寧鐵騎，只有你出面接旨廢帥，才能防止寧遠兵變。還有，就算你不接旨，也救不了袁崇煥，皇上必定派御林軍和錦衣衛來。到了那時，被捕得就不僅是袁崇煥了，還要問你的抗旨之罪！此外，還要激起一場原本不該有的兵變——血流成河啊，流的都是大明將士的血呀！」

「我……我……」吳三桂已經不知該說什麼好了。王承恩將聖旨交給痛苦萬分的吳三桂：「拿著吧。」吳三桂彷彿接過一個燒紅的鐵棍，雙手直抖。這時，王承恩又從懷中慢慢掏出那個香帕包兒，壓到吳三桂手中的聖旨上。低聲道：「打開看看。」吳三桂打開包兒，詫異地看著那支銀釵：「這是……」「這是陳圓圓送你的定情之物！」吳三桂一把抓起銀釵，驚喜交集，一時竟說不出話。

王承恩微笑道：「瞧，皇上不但給了你一道聖旨，也把陳圓圓賞配給你了。」吳三桂顫聲道：「這、這、……」王承恩沙啞地說：「這就是命！你要接就都接下，要不接就都別要。」看著吳三桂一副無措的樣子，王承恩又說：「袁崇煥非廢不可。你所能選擇的，是廢一個袁崇煥呢，還是把你和陳圓圓都廢掉，再加上一場血流成河的兵變！」吳三桂再也忍受不住折磨了，他抱頭哭泣：「王公公……難道、難道我和陳圓圓的幸福，得建立在袁大帥的災難之上？」

王承恩強忍痛苦，嘆道：「你總算說到點子上了，可見幸福來之不易！唉……所以說啊，凡

是幸福，不論大小，世人們都該珍惜！」吳三桂哭泣了好長時間，終於抬起頭：「王公公，在下、在下……接旨。」王承恩鬆了口氣，低聲說：「先將袁崇煥逮捕。過些日子，等皇上氣消了，我再設法保全他。」吳三桂低著頭……等他再抬起頭來時，只聽廟外車輪滾動聲，王承恩早已離去。

吳三桂依舊待在破廟裡獨自發愣。過了半晌，他抬起頭來，這才看見面前是一尊破損不堪的塑像——大肚子笑阿彌！笑阿彌笑呵呵地盯著他……

總督府書房。袁崇煥正在燈下讀書，忽聽外面動靜，抬頭一看，吳三桂領著一隊執刀軍士進來了。袁崇煥放下書，怒視吳三桂。吳三桂正聲道：「聖旨到。袁崇煥通敵賣國，即刻逮捕，押赴京城審處。」袁崇煥坐著不動，說：「這旨意我料到了。我沒有料到的事只有一件，那就是抓我的不是錦衣衛，竟然是你吳三桂！」吳三桂既痛又羞，低著頭說：「在下實屬無奈，尚請大帥見諒。」袁崇煥長嘆一聲，道：「我看大明王朝快亡了……」袁崇煥說著站起身，軍士上前將他團團圍定。

吳三桂低聲道：「大帥，在下知道您是無辜的。我們等您回來。」袁崇煥冷冷地說：「建議你連夜把我押送京城。否則的話，天一亮，部下們都知道了，我和你只怕都走不成了。」吳三桂道：「遵命。」袁崇煥被吳三桂等人簇擁著走出門。

火把照耀中，袁崇煥被吳三桂扶上了囚車。吳三桂跳上戰馬，喝令：「起程！」囚車與衛隊

匆匆馳入黑夜。巨大的城門轟隆隆拉開，吳三桂率先奔出城門，囚車隨之而出。吳三桂回頭看看寂靜的寧遠城，不見任何動靜，他放心了，策馬馳去……

車隊在野外奔馳，吳三桂提刀警惕地注視著四周黑暗。天漸漸發白了。快黎明了。車隊轉過一個彎兒，前面突然出現一片火把，將野地照得如同白晝。大批全副武裝的兵勇把前進道路圍得水洩不通，他們的兵器在火光中閃閃發亮。寧遠總兵官祖大壽騎馬立於正中央。

吳三桂急令：「停！」囚車停止。吳三桂隻身策馬上前：「祖將軍，在下奉旨赴京，請放行。」祖大壽怒罵：「你它媽的愛去哪去哪，老子不管。老子只要你留下袁大帥！」吳三桂道：「祖將軍，在下奉皇上嚴旨，護送袁大帥赴京見駕……」「放屁！姓吳的，半年前，你將自個親爹押送到京城裡去了。今兒，你又要將大帥抓走。你為何總幹這些喪盡天良的事兒？你它媽的還是人嗎？」

吳三桂又羞又惱，上前說道：「祖大壽！我吳三桂敬愛自己的父親，也敬愛袁大帥，但是聖旨如天，我不得不從！」祖大壽哐啷一聲拔出戰刀，厲聲說：「你放不放人？」「不！」祖大壽揮刀朝部下喝令：「給我上，奪回大帥！誰敢阻攔，就砍了他！」一眾部下大呼小叫地撲前來。吳三桂唰地抽刀，大喝：「嗚號！」一個軍士立刻吹響螺號：嗚嗚嗚……號聲中，四面野地中忽然圍上許多火把，接著湧出無邊無際的黑衣黑甲騎士，他們把祖大壽的部下團團圍住。這時，雙方人馬刀對刀，槍對槍，血戰一觸即發。

吳三桂冷聲道：「祖將軍，抱歉了。護送袁大帥不光是我，還有兩千個關寧鐵騎！請祖將軍放行。」祖大壽大怒：「放屁！如果不放袁大帥，老子就拼個你死我活！」這時，袁崇煥推開了囚車門，跳下車，厲聲道：「祖大壽，讓路！」祖大壽顫聲喚道：「大帥啊……」袁崇煥怒喝：「聽到沒有，讓路！」祖大壽呆怔片刻，驀然，他放聲大哭，狠狠踢馬。戰馬嘶叫著跳到一邊，兵勇們也隨之讓開路面。

袁崇煥轉身對吳三桂道：「請吧。」袁崇煥說罷又進入囚車。軍士們押送著囚車繼續馳奔。

京城馬路。囚車穿過巨大城門，馳入京城。一列執刀錦衣衛迎上前，如臨大敵一般，將囚車前後左右圍定，同時驅趕著行人：「讓開！讓開！」吳三桂策馬靠近車畔，低聲說：「大帥，京城到了。」袁崇煥的臉湊近車窗，朝外觀看……突然，一團爛菜葉子砸到車窗上，緊接著是百姓們憤怒的斥罵：「國賊！……漢奸！……千刀萬剮的東西，你還我兒子命來……」許多老人圍著囚車敲打、哭罵，各色物件不斷地砸在車廂上。

袁崇煥痛苦地縮回頭，不忍再看。吳三桂斥軍士：「快走！快快！」囚車衝破百姓們的阻攔，倉惶而去。

乾清宮朝會。崇禎高踞龍座，面色鐵青，聽著臣子們上奏。老態龍鍾的周皇親正在奏道：「……袁崇煥一旦獲罪，遼東軍心就不穩當了，各部總兵官個個提心吊膽，生怕株連。朝廷內外

的大小官員，也都深為惶恐，都等著看袁崇煥案如何審理。老臣叩請皇上慎重決斷，三思而後行……」崇禎冷冷地打斷他：「知道了。」

周皇親默然退下。楊嗣昌出班奏道：「袁崇煥是東北主帥，世受皇恩，萬曆帝、天啟帝、以及當今聖上都曾授予重任，可見其能力和本事均屬難得。如今突然以通敵叛國罪將其罷免，這不但是袁崇煥本人的災難，也是朝廷以及整個國家的災難。臣也叩請皇上慎重決斷，三思而後行，……」看了看崇禎的冷面，楊嗣昌默然而退。洪承疇出班：「啟奏皇上，這幾天，京城內外及全國各省的奏片不斷，比平日多了三倍有餘，內閣各部也——」看著崇禎那副冷冷的臉，洪承疇謹慎地說：「都對袁崇煥獲罪而大惑不解，有少數人不計利害，竟然為其鳴冤……」崇禎怒形於色：「知道了！」洪承疇也默然而退。

崇禎沉聲道：「袁崇煥之案，鐵證如山！但是，此案事關大局，朕當然會深思熟慮，不會冤枉他的。列位愛卿，你們放心吧！」眾臣參差不齊地應道：「皇上聖斷。」

乾清宮暖閣。崇禎氣沖沖的步入暖閣，王承恩不安地跟隨在後。崇禎抓過茶盅仰面飲盡，怒道：「你都看見了，大臣們個個不服，為袁崇煥鳴冤叫屈。朕早就說過，他們心裡根本瞧不起朕。朕的威望全叫袁崇煥毀了！」「皇上息怒，臣子們目光短淺，不理解皇上的苦心。」崇禎氣得來回走動，道：「要說心疼，朕比他們哪個人都心疼，袁崇煥還不是朕提拔重用的嗎？他通敵叛國，朕不光是氣炸了肺，朕更是傷透了心！」「皇上息怒。老奴覺得，袁崇煥通敵叛國之罪，誰也說不清楚。但他的『以戰謀和』，確實是欺君之罪。」

崇禎沉吟片刻，說：「王承恩哪，你到牢裡去看望一下袁崇煥吧。」王承恩驚訝地問道：「老奴不明白皇上的意思，請皇上明言。」崇禎說：「現在，光是朕說他有罪，大臣們即使口服，也未必心服。朕希望袁崇煥自己承認自己有罪，親筆寫一道『祈罪摺』，上呈給朕。朕好將它公之於百官，穩定朝政。」王承恩顫聲道：「皇上啊，這差使……太難了！」「朕知道難，朕也知道難不倒你！你去辦吧，告訴袁崇煥，只要他承認有罪，朕願意從寬處置。」王承恩無奈叩首：「老奴遵旨。」

牢獄中，王承恩與袁崇煥一裡一外，隔欄對坐。兩人不知已沉默多久……

王承恩一聲長嘆：「袁大人，老夫還是那句話，請你為國家安危、朝廷威望計，上奏請罪吧。」袁崇煥緩緩地說：「王承恩哪，你真的認為在下的『以戰謀和』，就是通敵賣國罪嗎？請你說實話！」王承恩呆了片刻，痛苦地說：「在老奴看來，袁大人的『以戰謀和』，不但不是通敵賣國，而且是深謀遠慮的強國之策。」袁崇煥一聲冷笑：「謝了。」王承恩並不在意袁崇煥的冷笑，道：「但老奴也問你一句，你口口聲聲說『皇上聖明』，但你心裡真的瞧得起咱皇上嗎？也請你說實話！」袁崇煥一怔，半晌才回答：「我心裡是不大瞧得起咱這皇上。我認為，咱大明開國以來，有兩個半皇上可謂聖君，一個是太祖爺朱元璋——請恕我直呼其名，再一個是成祖爺朱棣，還有半個嘛，當屬萬曆皇上的前半截！至於崇禎皇上，雖有大志，但心胸狹隘，孤處深

宮，生性多疑。唉，難有盛世之望啊。」王承恩冷冷地道：「於是，您袁大人就想把皇上當泥菩薩那樣供著，自己手握雄兵，放開手腳做事。」袁崇煥略窘，道：「大致如此吧……」王承恩斥道：「一個人臣，內心不敬畏皇上，自命不凡，另搞一套，這難道是臣工之道麼？這難道是國家之福麼？君臣之間，早晚不是得有一場殺身之禍麼?!」

袁崇煥微微一笑：「在下復出的時候，就準備迎接今天的殺身之禍了！」王承恩沉聲道：「禍事一旦上門，就不只你一人哪。還有你的父母、妻兒、師友、部下，你就不怕株連他們麼？還有你的國防大業，也要一塊為你殉葬麼?!」袁崇煥滿面痛苦，說不出話。王承恩道：「該說的我都說了，連不該說的我也說了。袁大人哪，做個交易吧。你上奏請罪，維護皇上的龍威與尊嚴。我促請皇上開恩，從輕發落你。日後，你仍然可能東山再起，保家衛國。」王承恩打開身邊的包袱，露出文房四寶，放在牢欄邊上。起身離去。

袁崇煥呆怔著，很久很久，終於把手伸向牢欄外，拿取那些文房四寶……

乾清宮朝會，崇禎高踞龍座，矜持地道：「列位愛卿，袁崇煥痛定思痛，總算是悔過了，給朕上了一道《祈罪摺》。大夥都聽聽，也可以引以為鑒嘛。」崇禎示意王承恩。王承恩執摺，當眾宣讀道：「罪臣袁崇煥泣血上奏。罪臣世受皇恩，執掌遼東防務，卻無視皇上屢屢嚴旨，擅自施行『以戰謀和』之策，期望與滿清休戰，承認其為大清國，爭取幾年和平安定的時間，用於大明富國強兵……」讀到此外，崇禎急忙喝斷：「夠了！……都聽見了？朕發過誓言，大明絕不與滿清並立於世。而袁崇煥卻私行什麼以戰謀和，溝通滿清，還要承認它為大清國！是可忍，孰不可忍?!」眾臣聽了大驚失色，彼此互視。周皇親搶步而出，一頭拜倒在龍座前：「皇上啊，老臣真是瞎了眼！袁崇煥欺君賣國，罪該萬死！」楊嗣昌出班，悲憤地：「袁崇煥的以戰謀和，關鍵是那個『和』字。這與朝廷的戰略完全相悖。袁崇煥身為遼東統帥，如此欺君，確實罪無可赦啊！」洪承疇出班奏道：「皇上洞察一切，斷然罷免袁崇煥。這事，真乃朝廷之幸，軍民之福哇！」

崇禎滿意地笑了，站了起來：「列位愛卿，只要咱們君臣一心，必能振興大明。袁崇煥的事說明，誰敢背著朝廷、背著朕另搞一套，朕絕不寬容！列位愛卿也絕不會容他！」眾臣齊聲：「皇上聖明……」

第十七章

眠月閣。吳三桂一身簇新打扮，興奮且不安地來到眠月閣前，輕輕叩門，無人應答。他猶豫片刻，還是壯著膽子推開閣門。步入之後，對著空蕩蕩的院落折腰施禮：「在下吳三桂，拜見陳圓圓。」虛掩的內室裡，發出幾聲琵琶之聲，彷彿在應答他。吳三桂笑嘻嘻上前，推開內室門，朝背向他的陳圓圓揖：「圓圓！」

「你來哪……」陳圓圓羞怯難言地慢慢轉過身來，一看，羞得欲言又止，再次背轉身去。忸怩道：「皇上的恩旨，你知道了？……」「知道了。皇上將你賞配給我了。在下盼星星盼月亮，總算盼到了這一天。」陳圓圓回身道：「我問你：你對我……是真心嗎？」吳三桂發誓道：「真心實意！如有半句虛言，上天讓我粉身碎骨！」陳圓圓一笑，嗔道：「男人哪，在追女人時什麼話都敢說，等追到手了，也就不當回事了。」吳三桂正聲道：「我吳三桂絕不是那樣的男人。」

「那你是什麼樣的男人？」陳圓圓故意地問他。「我吳三桂就是吳三桂！」吳三桂呆呆看著滿面幸福微笑的陳圓圓，緩緩上前，動情地摟著陳圓圓，吻她。陳圓圓在吳三桂的熱情中渾身發軟……突然，陳圓圓輕輕的但堅決地推拒開吳三桂：「三桂，別、別這樣！」吳三桂稍感意外：「圓圓，你？」陳圓圓低聲說：「吳三桂，我相信你是愛我的，我也深深愛你。但是，我不願意你現在就對我這樣……這使我覺得像接待嫖客。」

看著吳三桂慌亂的樣子，陳圓圓顫聲說：「我這輩子最大的願望，就是和心愛的人成家，一個自己的小家。我不但會彈琴，還會縫衣做飯，相夫教子……」吳三桂激動地滿臉通紅，說：

「太好了！圓圓，我立刻稟報家父，請他選定一個吉日，咱倆明媒正娶，拜堂成親。行嗎？」陳圓圓滿面通紅，輕輕點頭。吳三桂高興的呵呵大笑：「真是太好了……我怎麼覺得自個像在夢裡似的。大婚那天，咱們把所有的親朋好友都請來，熱熱鬧鬧辦一下！對了，把王承恩也請上。」

「我也覺得像在夢裡似的。」陳圓圓忽然想起什麼似的，低聲問：「三桂，是你抓的袁崇煥嗎？」吳三桂一怔。陳圓圓頓時不安，顫聲問：「就是為了這個，皇上才把我賞配給你的吧？」吳三桂難言地說：「是……」陳圓圓呆了片刻，痛苦地嘆道：「唉，今後，人們會怎麼看待咱們呢？」吳三桂頹然坐下，竟然痛苦得說不出話來。

勤政殿的丹陛上，皇太極居中高坐，兩旁坐著四大親王。多爾袞與豪格分立兩旁。

一老親王向皇太極笑道：「臣恭喜皇上，袁崇煥被廢，崇禎幫助咱大清去掉了一個強敵。」

另一親王說：「據報，袁崇煥事發後，大明全國震動。遼東的明軍軍心渙散，北京城裡大臣們也是人人自危啊。說不定，這場禍事會越滾越大。」皇太極笑道：「說實話，連朕也沒想到，朕從《三國志》裡學來的一道『反間計』，竟然讓崇禎上了大當，真的把袁崇煥給廢了，他可真是自斷膀臂呀！」老親王說：「最善於計謀的是漢人，最能懷疑人的，還是漢人！呵呵呵……」皇太極道：「定親王說的是。多疑必亂。這事雖然發生在崇禎身上，但教訓可是所有君王的呀，咱大清也得引以為鑒。任何時候，君臣之間都得同心同德，不能窩裡鬥！」眾親王齊聲稱是。

皇太極特意再看看邊上的多爾袞和豪格，兩人急忙大聲：「是，是！」

老親王試探地問：「皇上，老臣覺得，遼東少了主帥，明朝國門已開，這可是咱大清南下用兵的大好時機呀。」皇太極微微點頭，不置可否。一親王道：「一年多來，皇上開科舉、設六部，招攬人才……」親王說著說著，眼看旁邊另一親王。旁邊那親王立刻接口道：「關內關外的豪傑之士莫不群集於麾下。滿、漢、蒙各旗各部都是兵精糧足，士氣高昂啊！」老親王也接口道：「這一切，足見皇上聖明，天道歸於大清。如今形勢大為有利，皇上是不是該考慮下一步戰略了？」皇太極仍然是不置可否地，口中「唔唔」的應著。

多爾袞一向主張急進，這時看時機差不多了，也上前稟道：「機不可失，時不再來。照臣弟看來，朝廷應該趁勢攻取寧遠，之後合圍山海關，徹底打爛大明遼東防線。」豪格也說：「寧遠城一破，山海關就成為孤關。山海關再一破，北京城那就是個破雞蛋，愛什麼時打就什麼時候打。」皇太極沉著臉兒糾正他說：「北京城不是破雞蛋，它是銅牆、鐵壁、雄關！」豪格低聲道：「嗻。兒臣說過了些。」

皇太極左右看看，微笑：「你們的心思，朕都明白。朕決定……」皇太極沉吟著。所有人都焦急地望著皇太極，等待他下面的意旨。皇太極卻道：「朕決定，三思而後行！」

四大親王與多爾袞、豪格面面相覷，明顯的失望而沮喪。

皇太極生氣地在宮道上大步行走，兩旁跟著多爾袞和豪格。皇太極突然站下，斥：「朕才說

過『同心同德，不要搞窩裡鬥』，看來，怎麼說都是白說！」多爾袞與豪格都不解。皇太極斥道：「四大親王給朕進諫，是不是你們攛掇的？」多爾袞驚道：「臣弟絕對不敢！」豪格懼道：「皇阿瑪……兒臣也不敢。」「那他們何至於眾口一詞，勸朕用兵？」多爾袞道：「據臣弟看，四大親王是代表了下五旗旗主們的意思，他們都想早日入主中原。」

皇太極一嘆，嗔道：「朕何嘗不想。但是大明的軍隊畢竟比大清多三倍，國土相當於大清的近三十倍，綜合國力遠在大清之上。你們想過沒有，兩國一旦全面交戰，大明可以承受起多次失敗，咱大清就不行！為什麼？因為咱大清還是太小，只要敗一次，就可能亡國！」多爾袞目瞪口呆：「臣弟沒想過這些……」皇太極斥道：「那就從現在開始想，別覺得自個天下無敵，培養點危機感！」豪格說：「兒臣覺得，有皇阿瑪在，八旗軍肯定百戰百勝。」皇太極氣道：「那是你的感覺，朕可不敢有這種感覺！」

多爾袞終於醒悟，道：「皇上聖見。臣弟現在也意識到了，一旦舉國交戰，大明可以耗上兩三年，咱大清就耗不起。咱必須在兩三個月裡速戰速決才行。」皇太極欣慰地說：「說的對。如果不能一戰而擊潰大明的主要軍隊，大清就會被大明拖死了。所以，朕必須等待局勢發展。練兵強國，準備再準備！」

說話間，他們已到了一座內宮前。莊妃笑盈盈迎出：「皇上。」多爾袞立刻止步，垂首不敢看莊妃。皇太極笑道：「莊妃，朕多日不見你了，想和你說說話。」莊妃高興地說：「臣妾正盼著哪。皇上請。哦……多爾袞王爺、大阿哥，請啊。」多爾袞趕緊道：「謝莊妃。皇上，臣弟告退了。」皇太極說：「也好。你們多想想朕說的話，把眼光放得再遠一些。」多爾袞與豪格躬身「喳」了一聲，欲退。

而這時，多爾袞才深深地看了美麗的莊妃一眼。他所看到的是，莊妃正幸福地挽著皇太極入宮……多爾袞惆悵離去。

皇太極進入內宮，嘆息落坐。一個秀美的侍女為皇太極奉上茶。莊妃察顏觀色地：「皇上今兒累了？」皇太極嘆道：「身體不累，心累。」莊妃笑道：「又誰讓皇上生氣了。」皇太極說：「袁崇煥剛剛被廢，四大親王就給朕施加壓力，吵鬧著要入主中原。」莊妃不屑地一笑：「淺薄。把人家大明當成一桌烤肉了，饞得慌！」皇太極噗哧一聲笑起來：「莊妃呀，你要是男的，朕准讓你當個親王，領兩旗兵馬。你呀，甭看是個女流，遇事比他們明白。」莊妃得意道：「臣妾是比他們明白！不過，我可不想當什麼親王。」「那你想當什麼？」莊妃嬌聲道：「當皇上的愛妃唄，一輩子侍候著皇上，這比當什麼都好！」皇太極高興得哈哈大笑，摟過莊妃重重親了一口。莊妃掙開身，更加嬌媚地說：「謝皇上賞。」皇太極愜意地說：「朕在你這，怎麼著都舒服！」「那皇上就多到臣妾這兒來呀。」皇太極動情地看著莊妃，說：「莊妃呀，朕，想來想去……決定送你一件東西。」莊妃笑著問：「是什麼？」

皇太極正聲道：「朕，要把北京城裡的坤寧宮送給你。」「坤寧宮？」莊妃驚叫，「……

那、那是大明皇后的寢宮啊！」看著皇太極的神情，莊妃明白了，喜極而跪：「謝皇上……」皇太極笑了：「不過，你得有耐心，要等上幾年。」莊妃道：「臣妾願意等一輩子！」

「起來吧。」皇太極上前攙扶起莊妃，「你還天天讀書嗎？」「讀！越讀越想讀。可惜，再沒有范仁寬那樣的先生了。」皇太極感慨地說：「朕永遠忘不了范仁寬的遺言，『打下京城卻得不到天下』，這話真是警鐘呵！大清要取天下，一半靠自己。另一半，得靠大明來幫忙。袁崇煥的事，只是個開頭，大明還會一天天爛下去，亂下去，朕非等到這棵大樹腐爛得站不住，才一口氣打倒它！」

「皇上說的是。臣妾想啊，當一棵樹快倒了時，最先飛跑的總是樹上的鳥兒。皇上何不把那些鳥兒引到大清這邊來呢？」皇太極有了興趣：「唔，說下去。」莊妃說：「范先生那樣的人是大清的『國寶』，他雖然不在了，但咱們可以再尋寶啊。臣妾覺得，現在，大明軍心不穩，人人自危，皇上何不趁這時招降大明的文武英才，讓他們到大清這邊來效力呢？」皇太極擊掌道：「對，愛妃說的太對了！朕得趕緊招募關內的文武英才。唉……要是范先生在世就好了，沒人比他更熟悉漢臣心理，他寫的勸降書信，入情入理，最能打動漢臣的心。」莊妃微笑道：「皇上忘了嗎？范先生是臣妾的老師，老師不在了，學生願意試一試呀。」

「真的麼？」皇太極驚喜地看著莊妃。「當然！臣妾願意替皇上試寫幾封勸降書信，曉之以理，動之以情。」皇太極大喜，禁不住起身一揖：「莊妃呀，朕先謝你哪！」

永福宮。晚。莊妃坐在炕桌旁寫書信。那個美麗的侍女入內，替莊妃換去殘燭。莊妃將寫畢的書信摺疊好，打量著在旁忙碌的侍女，說：「寒玉啊。」「福晉娘娘？」莊妃說：「來，坐這來。」寒玉走到炕沿，莊妃親熱地拉她坐在自己身邊：「告訴我，我待你怎麼樣？」寒玉有些驚訝地說：「這還用說麼，娘娘待我如同親人。」莊妃微笑著說：「你我名份上是主僕，可我一直把你看成自己的親妹子。」

寒玉感動地叫了一聲：「娘娘！」莊妃微嗔道：「別再叫娘娘了，叫聲『姐』吧。」「娘娘——姐……」寒玉顯得很窘迫。莊妃笑道：「寒玉妹妹，姐想求你個事。」寒玉道：「娘娘吩咐就是了。」莊妃嘆息：「你知道的，皇上雖然愛我，但他畢竟有二十多個嬪妃。按照名份，排在我前面的還有四、五位皇妃。可今天，皇上把坤寧宮送我了……」寒玉詫異道：「盛京城裡沒有坤寧宮呀。」「那是北京城的宮殿，崇禎皇后的正宮。」寒玉驚喜道：「我明白了……」莊妃微笑著說：「皇上送我的，只是一個未來。究竟這未來能不能變成現實，就要靠我們自個去爭取了。你是個聰明的妹妹，該知道，我倆情同骨肉，榮辱與共。姐姐的未來，其實就是你我的共同未來。」

寒玉笑著問：「娘娘……是不是有什麼想叫我去做嗎？」「姐姐想為大清立功，為皇上分憂。」莊妃正色道：「你替姐到寧遠城跑一趟，送一封書信。敢嗎？」寒玉看一眼炕桌上的信封。道：「有什麼不敢的？我去！」

寧遠城城樓上，錦衣衛宋喜正在厲聲宣旨，祖大壽與眾將領跪接。宋喜宣旨：「原薊遼總督袁崇煥，辜負皇恩，欺君罔上，通敵叛國，罪無可赦。朕為之痛心疾首，怒不可當。著刑部嚴察，依律懲處。遼東各鎮、衛文武官員，當立即與袁賊劃清界限，反戈一擊。各部將士，當忠君報國，嚴守城關。欽此。」

眾將忍氣吞聲：「遵旨。」祖大壽卻一言不發。待宋喜宣旨畢，他立刻起身，頭也不回地大步離去。宋喜朝一個軍士示意，那人便悄悄跟蹤上去，暗中監視著祖大壽。祖大壽氣沖沖地走下箭道。那個軍士暗中跟隨。祖大壽走著走著，似乎察覺後面的動靜，猛然回頭——什麼人也沒有。祖大壽下城，轉入拐角的暗處。當那個軍士跟蹤到拐角時，祖大壽突然跳出，腰刀按在那軍士脖子上，怒斥：「你它媽是錦衣衛還是東廠的？」

那人懼道：「小的……小的……」祖大壽怒吼：「快說！」「小的是東廠的人。」祖大壽罵道：「誰讓你監視老子的？」「是、是宋軍爺。」那軍士說，「宋軍爺說寧遠軍心不穩，要我們多盯著點……」祖大壽滿面憤恨，手中的刀鋒越壓越緊，暗探的脖子已流下血來……突然，祖大壽鬆開刀，怒喝一聲：「滾！」暗探捂著脖子跑開。

祖大壽盯著他消失，這才步伐沉重的離去。

總兵府。祖大壽邁進大門，門側的侍衛含笑稟報：「將軍，您的家鄉表妹訪親來了。」「表妹？」祖大壽大為詫異，問，「人哪？」侍衛手指屋內，同時作吃驚狀：「乖乖……簡直漂亮死

了！」祖大壽啪地打落侍衛的手：「滾一邊去！」

祖大壽匆匆進入總兵府，寒玉笑著從案旁站起來，柔聲招呼：「表哥。」祖大壽怔住了，問：「你是？……」「我是你的表妹，名叫寒玉。」祖大壽說：「我怎麼從來不知道？」寒玉微笑道：「待會，你就會知道了……」寒玉說著看了看門旁侍衛。祖大壽立刻回頭令那些兩眼放光的侍衛：「退下！」侍衛們戀戀不捨地退出去了。

祖大壽上前兩步：「說吧，你從哪來？」寒玉低聲說：「盛京。」祖大壽大驚：「盛京！……來幹什麼？」寒玉微笑說：「替你的表姐送信。哦——搞不好還是封情書哪！」祖大壽更驚訝：「你這『表妹』我還沒鬧清，怎麼又出來個『表姐』?!」寒玉咯咯地笑了，說：「祖將軍是有福之人嘛。喏，信在這。」祖大壽接過信，不拆，沉聲問：「我這位表姐叫什麼名字。」

「她名叫博爾濟吉特——布木布泰。」祖大壽冷笑：「是個滿人。」寒玉道：「祖籍蒙古，後來嫁到盛京的。」

「說，她嫁給誰了?」寒玉依舊微笑著說：「嫁給大清皇帝皇太極，成為他最寵愛的福晉——永福宮莊妃。這封信，就是她代表大清皇帝，親筆寫給將軍您的。」祖大壽一切都明白了，他頹然落坐，信在他手中顫抖：「你、你就不怕我砍你的頭?……」寒玉上前，親切地偎靠著祖大壽，嬌聲道：「幹嘛要砍頭呀，我是您表妹啊！」祖大壽彷彿觸電般一抖，手中信落地。寒玉替他拾起，再交到祖大壽手裡，順勢捧著他手，柔柔地說：「表哥，拿著……」

寧遠城門。祖大壽牽著一匹戰馬，護送寒玉出城。門道內，守城的衛兵昂首排立著，目光呆直，誰也不敢動彈。寒玉則輕輕挽住祖大壽胳膊，兩人步出城門。野外。二人漸漸來到戈壁灘，四周寂靜無人。祖大壽一把抱起寒玉，將她放到馬上，沙啞地：「你走吧。」寒玉彎腰拉祖大壽：「表哥……這匹馬可以騎兩人。」祖大壽痛苦搖搖頭：「請稟告莊妃，我感謝她和皇太極的厚意。但是，我不能叛明。」寒玉擔心地說：「祖將軍，大清早晚入主中原，崇禎皇上已經不信任你了。你待在寧遠太危險。」祖大壽說：「我知道。」

寒玉戀戀不捨地說：「表哥……跟我一起走吧，我也是漢人哪！」祖大壽猶豫著，終於還是搖搖頭。寒玉含淚，乞求地說：「表哥！」祖大壽猛擊馬身，戰馬載著寒玉疾馳而去。祖大壽呆呆地看著戰馬越去越遠，寒玉仍在馬上不停地呼喚：「表哥！表哥……」突然，祖大壽伸手入口，發出一聲尖銳的嘯叫——戰馬聽到嘯聲，竟然載著寒玉飛奔回來。一直奔到祖大壽面前。寒玉驚喜地：「表哥，和我一塊走吧？」祖大壽仍然搖搖頭：「我不能就這麼走了……」寒玉失望了。

祖大壽卻接著高聲道：「告訴莊妃，五天之內，我要把我的兩萬部下都帶上，和他們一起走！」

寒玉驚喜地說不出話來。

吳三桂急匆匆進入乾清宮暖閣。入內，忽聽斥責聲，吳三桂不禁止步。屋內，宋喜正跪在地

上，向崇禎稟報：「……八月初三，祖大壽領著四標人馬，共計兩萬餘人，拔營北去。行前，他明明白白地告訴其他將領，說自個要投皇太極了。」

崇禎怒道：「那麼多總兵官、標統幹什麼吃的？為何不攔下祖大壽？砍了他！」宋喜畏懼地說：「稟皇上，祖大壽戰功卓著，勇猛善戰，總兵官們誰也不敢動他。」崇禎氣得大叫：「反了！都反了！……哦，你為何不攔阻他？」宋喜嚇得直叩首：「卑職曾跪在祖大壽馬蹄前，苦苦的勸他回心轉意。可祖大壽不聽，卑職無奈之下，只好斗膽矯旨，說皇上天恩浩蕩，早有旨意讓祖將軍您『承繼袁崇煥之位，拜遼東總督』，恩旨不日就要到了……」宋喜看著崇禎死沉的臉，嚇得不敢再說下去。

崇禎大怒，轉頭道：「吳三桂！朕命你任寧遠衛總兵，拜虎威將軍，著你立刻率軍追殺祖大壽！」吳三桂大驚，瞠目結舌，竟說不話。崇禎威嚴地地盯著他。吳三桂無奈，只得應道：「末將遵旨。」崇禎跺足斥道：「快去追殺，快去！絕不能讓他降清！」吳三桂掉頭奔出宮。

牢獄中。袁崇煥足鎖大鐐，正借著窗戶一縷光線看書，忽聽到一陣急促的腳步聲，抬頭看見吳三桂急匆匆來到牢欄前。袁崇煥不睬他，繼續讀書。

吳三桂令跟隨在旁的牢吏：開鎖！牢吏猶豫片刻，只得掏出鑰匙，將銅鎖打開。吳三桂進入牢房，一頭跪倒在袁崇煥足前：「末將拜見大帥！」袁崇煥道：「快起來，我現在是待罪之徒，當不起你的大禮。」吳三桂不起身，仍跪著道：「大帥，祖大壽領著部屬降清了……」袁崇煥大

驚：「當真？為什麼?!」吳三桂說：「他對大帥無端獲罪不滿，再加上皇太極趁機招降，他一怒之下，就帶著四標人馬、兩萬多人拔營北去了。大帥啊，祖將軍這一走，寧遠城危在旦夕啊。寧遠如果不保，山海關就成為孤關……」

袁崇煥急得打斷他的話：「皇上有何旨意？」吳三桂顫聲道：「皇上令末將率兵追殺。」袁崇煥一聲重嘆：「唉！……為何不下一道恩旨，慰留祖大壽？」吳三桂道：「下了，沒用，祖將軍反而辱罵了朝廷。大帥啊，末將如果遵旨而行，率軍追殺的話，勢必和祖將軍的兵馬發生惡戰，雙方都是自己弟兄，豈不是手足相殘麼？」

袁崇煥抓著鐵鐐朝地上一擲，哐啷一聲，道：「找我何用？待罪之身，寸步難行！」吳三桂道：「末將想，祖將軍視大帥如兄如父，大帥對祖將軍也是義重如山。現在，皇上的恩旨不管用了，但大帥要是說句話，定能打動祖將軍。末將求大帥寫一道親筆信，末將帶上追趕祖將軍，勸他回來。」袁崇煥嘆道：「祖大壽是因為我蒙冤入獄才降清的，我就來勸勸他吧。」吳三桂高興起身：「謝大帥。」

袁崇煥立刻伏案提筆書寫。

祖大壽率領兵馬在驛道行進。忽然間，他喝令：「停。」隊伍停止前進，祖大壽隻身策馬上前。只見前面出現一道路卡，路面橫鋪著一條長長的紅毯，路邊搭著木案，案上擺滿瓜果梨桃等

果品。一個滿清使者笑容滿面的迎上來，揖道：「祖將軍辛苦了。」祖大壽問：「你是誰？」那使者道：「在下是大清國禮部主事，奉皇上和莊妃諭旨，在此迎候祖將軍。」

祖大壽驚訝道：「多謝，多謝，可此地到盛京還有一百多里呀！你怎麼迎到這來了？」使者道：「準確說，是一百八十里地。可是從這條紅毯起，就是大清國的地面了。莊妃交代了，要讓祖將軍賓至如歸。因此，從祖將軍踏上大清地面開始，每二十里便專設一道驛站歡迎您，在下這只是第一站。」祖大壽大為感動，朝使者深深一揖：「在下是被逼出來的，萬萬沒想到，大清皇上如此厚待。」使者笑道：「將軍請。」祖大壽毅然邁過那道紅毯，進入大清國。

路卡。吳三桂率領數騎飛馳，奔至那道紅地毯前，勒馬，打量四周情況，只見路邊遺棄空空的案桌，地面上馬蹄印雜遝。一軍士報告：「將軍，前面就是滿清地界。看來，祖大壽已經投降過去了……」吳三桂喝道：「只要他還沒有進入盛京城，咱就追！」

吳三桂鞭馬，眾騎又隨他朝前飛奔。

祖大壽在清使者陪伴下策馬緩行。前面又出現一個驛站，路邊照樣擺滿各色瓜果。當祖大壽近前時，一小群吹鼓手頓時奏起歡迎的樂曲。一個級別更高的使者上前揖道：「在下禮部侍郎哈爾泰，奉皇上和莊妃口諭，迎候祖將軍。」祖大壽慌忙跳下馬來，深深一揖：「末將感激大清皇上及莊妃厚恩。」哈爾泰笑道：「莊妃娘娘還另有一份賞賜，請祖將軍笑納。」

話音剛落，吹鼓手們頓時喜樂大作。這時，驛站門兩邊大開，寒玉著一身盛裝，婀娜多姿地

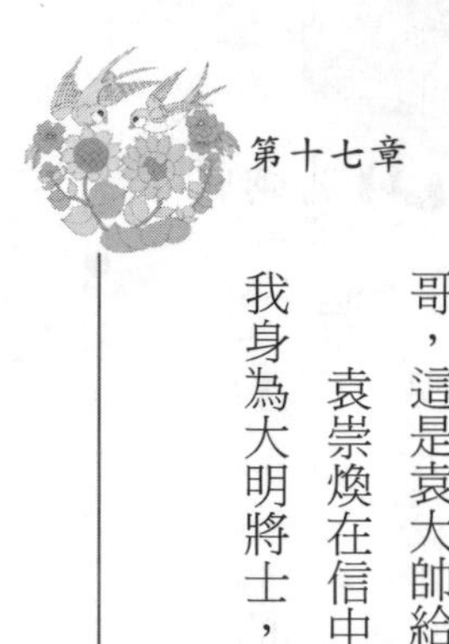

從屋內步出。她笑盈盈朝祖大壽折腰：「表哥……」祖大壽呆住了：「寒玉！……你怎麼來了？」寒玉嬌聲道：「難道我不該來嗎？」祖大壽結結巴巴地說：「該，該！……我、我一直盼著你哪。」寒玉笑道：「如果表哥不嫌棄的話，從今以後，我就終生侍候您了。」

祖大壽笑得合不攏嘴：「那、那我就是天底下最快樂的人了。」祖大壽一把抱起寒玉，將她放在自己戰馬上，為她牽韁而行。就在這時，身後突然傳來急驟的馬蹄聲，接著是吳三桂的高喝：「祖將軍，請留步……」

祖大壽渾身一振，變色止步，慢慢轉回頭來。

吳三桂率先衝到近前，其餘各騎還遠遠落在後面。所有的清兵都唰地抽出了戰刀，擺成臨敵姿態，怒視著吳三桂。吳三桂跳下馬，注視著祖大壽，慢步向前，顫聲呼喚：「祖大哥……」所有的清兵也執刀上前，即將把吳三桂圍住。而吳三桂的隨從們也飛騎趕到，紛紛準備迎戰。祖大壽急忙朝清兵喝道：「都退下！讓我和他說話。」

清使者示意眾清兵退開。吳三桂也朝隨騎們喝令：「你們也退下！」祖大壽走到吳三桂面前，板著臉道：「吳三桂，我決心已定，你勸也無用，快回去吧。」吳三桂掏出信封：「祖大哥，這是袁大帥給你的信。」祖大壽猶豫片刻，接過信，撕開，展讀，手微微顫抖。

袁崇煥在信中說：「大壽，不要再往前走了，快快回頭吧！皇上雖然有錯，降罪於我，但你我身為大明將士，不僅屬於皇上，更屬於國與家，屬於祖宗與山河。儘管皇上虧待了咱們，咱們

不能虧待了自個的國家啊，不能背叛身後千萬萬父老百姓！回來吧，快回來吧！……」祖大壽哽咽了。

吳三桂跪下，泣道：「祖大哥，袁大帥和你情同父子，如果你背國而去的話，肯定罪及袁大帥，皇上非賜死不可。如果你就此回頭了，可就使袁大帥立下一樁大功勞啊！皇上定然會赦免大帥的……」祖大壽痛苦地：「我、我……」身後不遠處，寒玉和所有清人都緊張不安地看著祖大壽。吳三桂含淚懇求：「祖大哥，跟小弟回去吧。寧遠城所有弟兄都盼著您哪！」祖大壽直視著吳三桂，半響不動……突然，他掉頭走到寒玉面前，撲嗵一聲跪下了：「末將在此向皇太極陛下叩首謝罪，末將叛而復返，愧對陛下，愧對各位……」祖大壽說著咚咚咚叩了三個重頭。寒玉等驚叫：「表哥……祖將軍……」

祖大壽不睬，他衝到一匹明軍的戰馬前，跳上馬，狠狠一鞭，發瘋般飛馳而去。吳三桂等也急忙跳上馬，跟隨祖大壽返回。

寒玉怔了片刻，也飛身上馬，朝相反的方向飛奔。

寒玉飛騎衝至一座龍帳前——這裡旌旗林立，侍衛排立。寒玉跳下馬，奔入龍帳。龍帳內皇太極正與莊妃笑談著什麼，寒玉進入，跪下道：「稟皇上，皇妃，祖大壽被吳三桂追回去了。」皇太極一怔，沉默了。莊妃驚訝道：「什麼？皇上出城二十里迎他，他、他太不講信義了！」皇太極嘆道：「恐怕，這恰恰是一種信義吧。」豪格怒道：「皇阿瑪，祖大壽沒走多遠，兒臣去把

他追回來。」皇太極說：「他要是不肯回來呢？」豪格道：「兒臣就提著他的頭回來！」皇太極沉思片刻，說「罷了，朕相信，祖大壽即使回去，也不是以前的祖大壽了。朕早就說過，凡降清的明軍將領，都可以來去自由。祖大壽也不例外。」莊妃說：「皇上，臣妾想，事到如今，皇上不如給祖大壽下一道恩旨。告訴他，你如果在那邊待著不順心了，受到崇禎猜疑了，還可以再回來，大清永遠歡迎你們。」

皇太極高興地說：「好，就這麼說。」莊妃笑道：「皇上，臣妾連前去傳旨的人也想好了。」莊妃示意寒玉。皇太極大笑道：「朕明白你的意思了！……寒玉啊，說心裡話，你願不願意跟祖大壽過日子，如果願意，朕重賞你一筆嫁妝。如果不願意，朕不勉強，你送完旨意回來就是了。」寒玉忸怩地看著莊妃：「我、我……」莊妃笑道：「說嘛！這事由你自己決定。」寒玉終於輕聲道：「我願意。」

乾清宮玉階前。吳三桂興沖沖在宮道前行，準備向崇禎報喜。王承恩正好從宮中出來，兩人在玉階相遇。吳三桂揖道：「王公公。」王承恩低聲問：「祖大壽怎麼樣了？」吳三桂喜道：「回來了！已經返回寧遠。袁大帥一封信，讓祖大壽迷途知返。嘿嘿……」

不料王承恩色變，接著跺足長嘆：「完了，完了，這下全完了！」吳三桂驚訝地問：「王公公，您怎麼了？」王承恩沉聲說：「不瞞你說，老夫一直想救袁崇煥出獄。但這下子，一點指望也沒了，全完了。」吳三桂驚道：「為什麼？祖大壽之所以回頭，功在袁大帥呀。」王承恩搖搖頭：「你太不了解皇上了。祖大壽降清了，袁崇煥並不一定死。而祖大壽回來了，袁崇煥可就必死無疑！」「不！我不信。豈能有這種荒唐事。」

王承恩苦苦一笑：「這事一點也不荒唐！我問你，如果皇上恩旨還不如袁崇煥一句話管用，那麼，咱大明王朝究竟誰是天子？皇上還能留下袁崇煥嗎?!」吳三桂如雷轟頂，猛醒，一時說不出話來。

王承恩悲哀地說：「三桂呀，你帶來的不是喜訊，是袁大帥的死訊呀。」這時，一太監出宮道：「皇上有旨，傳吳三桂進見。」吳三桂求救般地看著王承恩：「公公，您和我一塊見駕吧，再勸勸皇上……」王承恩悲傷但堅決地搖頭：「老夫不能陪你見駕了，你好自為之吧。」王承恩掉頭離去。

吳三桂呆了一會，只能獨自入宮。

乾清宮暖閣。吳三桂立於崇禎面前，戰兢不安。崇禎正在憤怒地吼叫著：「……朕都知道了，祖大壽之所以叛變投敵，是對朕處置袁崇煥不滿，是對朝廷表示抗議！而投敵後之所以又復返，也絕非真心醒悟，他是想騙取朕寬赦袁崇煥，救袁崇煥出獄！哼，他們二人，暗中勾結、遙相呼應，欺騙朕、要挾朕。朕豈能讓上他們的當？哼，袁崇煥罪大惡極，朕——恨不能食其肉，寢其皮！朕絕不寬容！……」

吳三桂戰慄不已，不敢發出片言。

袁崇煥靜靜地站立在牢獄中，看著一個刑部主事走近牢欄。主事展開黃卷，喝道：「罪臣袁崇煥接旨。」袁崇煥無聲跪地。主事宣道：「國賊袁崇煥通敵賣國，萬無可赦。著即將袁崇煥淩遲處死！欽此。」袁崇煥叩首，之後平靜地：「臣謝恩！」

兩個獄吏打開牢欄入內，將全副枷鎖套在袁崇煥身上、頸上、足上。

袁崇煥身配全副枷鎖，嘩啦啦響著，步入大堂。王承恩佇立堂中，朝獄吏們道：「都退下去。」獄吏退下，堂上只剩王承恩與袁崇煥。王承恩久久注視袁崇煥，深情的一揖：「袁公啊，老夫救不了你了……」袁崇煥冷冷地說：「人生百年，終有一死。得一知己，死而無憾。王承恩哪，你既是皇上的心腹，也是在下的知己。」

王承恩嘆道：「袁公，你還有一個知己。」「是誰？」王承恩道：「那就是皇上！袁公啊，你的『以戰謀和』之策，皇上知道得清清楚楚。你並不是死於通敵賣國，而是死於那個『和』字。」袁崇煥嘆道：「普天下人打來打去，最終．不就是為了一個『和』字嗎？」王承恩默然無語。

「袁公，老夫還有事請教。」王承恩頓了一頓，說：「袁公死後，誰能擔當寧遠主將？」袁崇煥稍一沉思，道：「吳三桂。」王承恩沉吟道：「這個人，既勇敢又毒辣。他的心計與本領，都超出我早先的預料……袁公，你為何薦他？」袁崇煥喟然道：「寧遠主將太難當了，需要在滿清八旗和朝廷奸臣之間站穩腳跟，這才能守衛邊關哪！這樣的人，不毒辣怎麼行呢？在下就是不夠毒辣，才落得如此下場。」王承恩笑道：「袁公所謂的『朝廷奸臣』，大概是指老夫這個宦官吧？」

袁崇煥冷笑一聲：「滿朝臣子，論忠忠不過公公，論奸也奸不過公公！」「說得好。袁公，老夫將把你的推薦之意轉奏皇上。」袁崇煥有點意外：「皇上信得過我的推薦？」王承恩嘆道：「皇上啊，要比你袁公料想的聰明！皇上雖然把你凌遲處死，但你是將帥之才，皇上心裡有數。你推薦的將領，皇上八成還會任用。」袁崇煥聞言感慨道：「果真如此的話，皇上就真是在下的知己了……」

王承恩掏出一黑盒遞給袁崇煥：「這是一盒『萬福膏』，請袁公臨刑前抹到身上，它可以減輕零刀碎剮的痛楚。袁崇煥不接，微笑道：「又是你們太監的寶貝吧？」王承恩點點頭：「確實是太監的祖傳秘藏，價值千金哪。抹上它以後，渾身皮肉麻木，喪失知覺，零刀碎剮就不疼了。」袁崇煥斷然拒絕：大丈夫誓死如歸，無須借助這些狗皮膏藥！王承恩嘆息道：「袁公，你是不知道凌遲處死的厲害呀！本朝開元以來，凡被凌遲者，有割五百刀才死的，有割八百刀才死的，只有對罪大惡極者，劊子手才格外用心，細細地割上一千刀，才讓罪犯斷氣。所以『凌遲處死』才又叫做『千刀萬剮』……」

袁崇煥冷笑著打斷：「在下官場浮沉三十年了，對此早有耳聞。」王承恩沉聲道：「可你不

知道，刑部已接到密旨，要對你足足割上一千二百刀，才讓你斷氣。如果沒有割滿一千刀你就死了，劊子手將被論罪。袁公，你面臨的『凌遲處死』，將是本朝開元以來從未有過的酷刑，你可能被割得只剩一副骨頭架子，卻沒有斷氣呀！」袁崇煥大驚失色：「想不到……皇上竟然恨我恨到如此地步！」王承恩道：「不光皇上恨你，京城百姓也把你恨入骨髓了。」袁崇煥不解地望著他。王承恩說：「上次京城被困，死了成千上萬的青壯，父老們都認為清軍是你勾引來的，想迫使朝廷媾和。所以，對你恨之入骨！你還沒上刑場哪，就有人預先出錢購買你的肉了，一兩銀子一兩肉！這個價錢，可比豬肉貴五十倍，比狗肉貴一百倍！袁公啊，那兩個劊子手可以從你身上賺到一千兩銀子。」

袁崇煥悲憤至極，他沙啞地吼叫著：「怎麼？……我袁崇煥為國為民奮戰終生，到頭來，從皇帝到百姓都想吃我的肉、剝我的皮?!」王承恩默默點了點頭。袁崇煥終於流淚，仰面恨叫：「上天哪……袁某無罪，袁某千古奇冤，萬載恨事……」王承恩跪下，將膏藥遞給袁崇煥，沙啞道：「老夫知道袁公是赤膽忠心。但是，也許要一百年過後，後人才會承認這一點，為你痛灑英雄淚、大作忠義傳。但是現在，他們卻只想吃你的肉、寢你的皮、將你碎屍萬段……拿著吧。」

袁崇煥顫抖地從王承恩手中拿過膏藥。王承恩磕一個頭，起身離去。袁崇煥掀開盒蓋看呀看——黑亮亮的油膏。他忽然憤怒地狂叫：「不!……」袁崇煥將那盒膏藥狠狠擲出大堂。

沉悶的鼓號聲中，袁崇煥被錦衣衛推下臺階，再推進囚車。囚車在錦衣衛押送下馳離。袁崇煥在囚車中張望著，似乎在期待什麼人……

崇禎坐在乾清宮龍案後，慢慢地翻閱奏摺。案頭，奏摺堆得很高。王承恩侍立於旁，他小心翼翼地說：「皇上啊，一共有八位內閣大臣，十三位督撫，還有二十四個總兵官，他們都上了摺子，請求皇上開恩，將袁崇煥免死，永不起用。」崇禎抬起頭：「哦，你看哪？」王承恩依舊輕聲道：「老奴覺得，既然有這麼多文武大臣上奏，皇上不妨網開一面，將袁崇煥免死，流放邊關，永不返京。這樣，他也就跟死了差不多！而皇上既展示了天恩，也震懾了那些明裡暗裡的主和派……」

崇禎口中「唔唔」地答應著，彷彿同意似的。但是當王承恩說完，他冷笑一下：「朕還記得，當年處置魏忠賢的時候，你可比朕狠哪！朕當時的意思，讓魏忠賢終生流放就行了，你非要把他絞死了。如今，你幹嘛要朕對袁崇煥開恩哪？」王承恩慄然，怯道：「老奴覺得，袁崇煥似乎與魏忠賢不同……」「都一樣！都是亂臣賊子，朝廷大患。」王承恩默默然。

崇禎繼續慢慢翻閱……終於，他合上奏摺，長嘆一聲，陷入沉思。王承恩期待睜大了眼，望著崇禎。崇禎起身，只說了半句話：「存檔吧。」崇禎掉頭走開了，丟下王承恩呆若木雞。

囚車在錦衣衛監護下，在擁擠的街道上行進。兩邊，萬頭攢動，百姓們此起彼伏地、有節奏的怒喊著：「漢奸——賣國賊！漢奸——賣國賊！漢奸——賣國賊……」怒喊中，數不清的磚、瓦、菜根、爛鞋子朝囚車擲來。袁崇煥坐在囚車中一動不動，聽任雜物打在自己身上、臉上、頭

上。

菜市口，刑場。半裸的袁崇煥被推上刑台，推到臺上一座特殊的木架前。錦衣衛把他手足都固定在木架上，袁崇煥閉上眼睛。兩個驃悍的劊子手上前，各執短刀，他倆合掌朝袁崇煥行禮：「請袁大人見諒，小的奉旨為大人送行。」

袁崇煥睜開眼看了一下，再次閉上。一張魚網突然蒙到袁崇煥赤裸的背部，緊緊一勒，使得每一個網眼中肉體都像小紅棗般鼓漲起來，一把鋒利刀刃伸向肉體……突然，袁崇煥齒間發出著的痛苦的聲音：「嗯……」

四面八方觀刑的百姓們亂叫著，紛紛朝前擠。

刑臺上，一個劊子手舉起一隻案板，板上堆滿血淋淋的肉塊。另一個劊子手用刀敲擊銅盤大喝：「國賊袁崇煥的肉，一兩銀子一塊，欲購從速啊……」

百姓們叫嚷著湧上前來。只見一隻隻手將許多銀錢扔到銅盤中，噹噹作響。……

人群後面，王承恩靜靜地觀看著。他似乎見慣了萬千世界，對任何殘酷與醜惡都毫不吃驚。而站他身邊的吳三桂，卻痛苦得看不下去。吳三桂再也忍不住，轉身欲離去。王承恩卻一把抓住他，低聲斥道：「站著別動，好好看看，這可是百年難得一見，你永遠別忘了！」

吳三桂只得站在原地，萬分痛苦地看著。

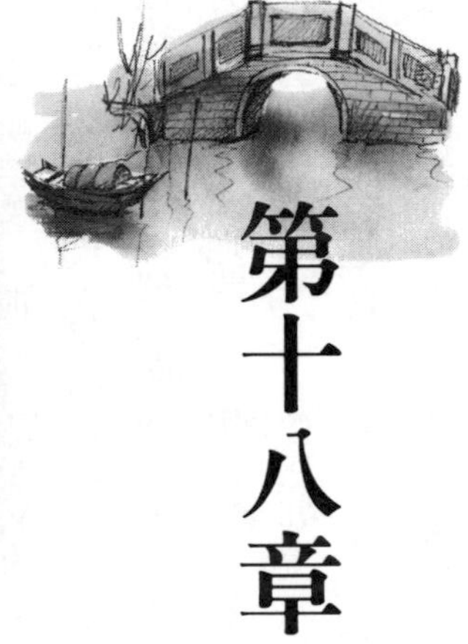

第十八章

王小巧指揮著若干太監布置平臺，將座椅、案几、花卉……擺到合適位置。他不時忙前忙後地：「這擱這兒！……這個擱這兒！……對了，快快！」王承恩踱來，端詳著平臺布置，表情似乎滿意。王小巧趕緊湊到王承恩身邊請示著：「王公公您看，這樣行麼？」王承恩微微點頭：「總的來看哪，你小子比魯四還能幹哪。」王小巧大喜，笑得合不攏嘴：「謝公公誇獎。」

王承恩盯著他，說：「不過，你也是個主事太監了，凡事得再沉穩些，喜怒哀樂都得藏在心裡。比方說，不要一聽到我王公公的誇獎，就樂成這模樣！」王小巧趕緊收起笑臉，恭敬地：「是。」王承恩問：「這些天，外頭有什麼議論？」王小巧低聲說：「有。昨兒，周皇親到西郊踏青，楊嗣昌等大臣陪著，他們議論說，袁崇煥是讓公公您給害死的……」王承恩臉色一變：「接著說！把最難聽的話都給我說出來。」王小巧說：「他們說，皇上原本要赦免袁崇煥的，都是受了您的攛掇，才不得不把他處死。就像當年絞死魏忠賢那樣，為的是不留後患。」

王承恩苦笑著，悲涼地說：「小巧啊，公公這輩子最大的優點，就是喜歡代人受過，喜歡臭名遠揚。你得跟公公學著點。」王承恩看著王小巧的一臉驚訝，又說：「楊嗣昌他們人不壞，就是膽小如鼠。他們上摺子保袁崇煥，可沒保住，心裡惴惴不安，生怕受株連。他們又不敢怪皇上，只好把仇恨發洩到公公頭上來了，恨得牙根兒癢癢。」王小巧不解道：「可是見了公公您，他們仍然笑嘻嘻的。」

「你見了公公我，不也笑嘻嘻的嗎？可見笑跟笑，不一樣。最甜的是笑，最狠的也是笑！」

王小巧的臉色已經從驚訝變成了驚懼。王承恩打量著平臺：「待會，皇上要請幾個文武大臣喝茶，你準備一些點心，侍候著喝茶。」「稟公公，小的早就準備好四道小吃，八色點心。」

王承恩搖搖頭：「不夠。公公要你另作準備。」

內閣簽押房。洪承疇立於一排大櫃前，打開一隻隻銅鎖，再打開一扇扇櫃門，尋找裡面的文件……終於，他找著了要找的文件，捧到文案上。周皇親柱根龍杖，笑嘻嘻入內：「洪大人，忙啊？」洪承疇驚起，道：「喲，周老皇親！稀客稀客，在下給周老皇親請安了……」洪承疇深深一揖。周皇親還了半禮：「洪大人安。」洪承疇看了看老態龍鍾的周皇親，試探地問道：「周老光臨內閣，必有大事。請周老吩咐，在下如何效勞？」「哎——沒事我就不能來坐坐啦？」

洪承疇笑道：「哪裡話，周老朝這一坐，這就是事！」周皇親笑罵著：「呵呵……我看你呀，跟王承恩學得，越來越刁了。」洪承疇嚴肅地說：「王承恩之流，豈是我輩榜樣？要學，我得跟周老皇親多學學！」周皇親倚老賣老地一擺手，說：「不跟你繞了，繞不過你。小洪啊……」洪承疇趕緊應道：「小的在。」周皇親道：「前天嘛、也許是昨天，我上了一個摺子……」「周老問的是《袁崇煥免死摺》？」洪承疇伸手按住那一大疊奏摺：「在。」周皇親伸手欲奪回：「快把它還我。」洪承疇卻緊捏著那摺子不鬆，道：「來不及了，皇上已經看過了。」周皇親痛苦地頓足：「噯喲！……這可怎麼好。老夫一時糊塗，遞上這麼個東西！唉！」

洪承疇道：「周老是擔心皇上追究吧？」周皇親有點心怯的道：「是啊。老夫跟袁崇煥一點瓜葛也沒有，老夫純粹是一時糊塗。」「事到如今，周老也就別後悔了。」周皇親更不安，問：「皇上有什麼旨意？」洪承疇道：「有啊，袁崇煥剛被凌遲處死。」周皇親急道：「嗨！我是問，皇上對我的摺子有什麼旨意？」洪承疇微笑著：「這個嘛……待會平臺召見，皇上請你們喝茶。」周皇親不解地問：「喝茶跟這事有什麼關係？」洪承疇說：「周老難道不知道麼？凡是請去喝茶的，都是為袁崇煥上奏鳴冤的人！」周皇親絕望地跺足長嘆：「完了，完了！……皇上要問罪了。」

平臺。崇禎高踞首座，案旁堆著一堆奏摺。周皇親、楊嗣昌、洪承疇、吳三桂等文武大臣兩旁分坐，每人案上擱著一盞茶。個個隱然不安。崇禎沉著臉兒道：「袁崇煥已經被凌遲了，朝廷除掉了一大隱患。於國於民，都是莫大幸事。可是，朕也接到了不少為袁崇煥鳴冤叫屈的摺子……」崇禎目光巡視眾臣，目光所到之處，大臣個個垂首。周皇親甚至發起抖來。「列位愛卿到底為袁崇煥鳴什麼冤？叫什麼屈？朕想當面聽聽。因此，就把列位請來喝喝茶。列位有話可以直說，朕絕不怪罪。」

周皇親忽然失聲痛哭：「皇上啊，老臣糊塗啊！竟然為袁崇煥這樣的人面禽獸說話，老臣這些天來，後悔得飯也吃不下，覺也睡不著……」又一臣沉痛道：「啟奏皇上，臣那個摺子，是幕僚代筆寫的，不是臣的意思。臣後來才見到原文，氣得立刻將那個混帳東西辭了。」「那你到底是什麼意思？」崇禎問。「臣痛定思痛，這才認識到，袁崇煥是大明開國以來最大的巨奸國賊！

臣恨不能食其肉，寢其皮！」又一臣急忙表態：「臣也恨不得食肉寢皮，以解其恨！」

崇禎滿意地巡視眾臣，問：「楊嗣昌，你哪？」楊嗣昌起身一揖：「稟皇上，寫摺子的時候，臣糊塗。現在，臣還是糊塗。臣還是覺得袁崇煥不該凌遲。」崇禎點點頭，楊嗣昌落坐。眾臣俱驚。而王承恩一直在邊上不動聲色地聽著。崇禎淡淡道：「朕倒是欣賞楊嗣昌，他一言既出，不改初衷。」楊嗣昌再揖：「謝皇上。」崇禎轉過來問洪承疇：「你哪？」洪承疇道：「臣沒有遞摺子。」「那你也沒話可說麼？」洪承疇答道：「是。臣無話可說。」

在群臣對話之間，吳三桂深深垂著頭，生怕崇禎點名。但怕被點名還是被崇禎問起：「吳三桂，你對袁崇煥怎麼看？」吳三桂緊張地起身，揖道：「末將、末將認為袁崇煥罪大惡極，死有餘辜！」崇禎問：「如果朝廷再出一個袁崇煥哪？」吳三桂顫聲道：「只要皇上有旨，末將定把他剿滅。」

崇禎「唔」了一聲，巡視著眾臣道：「你們是真恨袁賊？還是順著朕說話？」周皇親等亂哄哄叫著：「臣與袁賊不共戴天……臣恨不能食肉寢皮……」崇禎端起茶盞：「列位愛卿，請用茶吧。」眾臣早就口乾，立刻舉盞啜飲。這時候，一溜兒太監捧著食盒入內，給每位大臣的案几擺上茶食與小吃。王小巧捧著食盒最後入內，食盒內有一碟碟肉乾。

王承恩上前道：「列位大人，袁崇煥被凌遲處死的時候，滿城百姓都爭食國賊之肉，以洩其恨。老奴當時見了，心想啊，此物難得，百年不遇。因此，也買了些國賊肉來。列位大人既然與袁崇煥不共戴天，也應該分食一二，嘗一嘗國賊之肉，是酸是苦，是麻是辣，共洩其恨嘛！」王承恩接過食盒端到那幾個叫罵最凶的大臣面前：「周皇親，您最尊貴，您先請。」周皇親大為驚懼，慌忙擺著雙手：「不、不……」王承恩又遞給下一位大臣：「韓大人，您請。」韓大臣更驚，歪著身體躲：「別、別！……」王承恩挖苦道：「剛才您還說，恨不能『食其肉寢其皮』。既然恨之入骨，為何不敢食其肉？」韓大臣大窘：「別、別，求您了……」

崇禎冷眼看著，一言不發。王承恩又將食盒端到楊嗣昌面前：「楊大人有沒有興趣嘗嘗？」楊嗣昌氣憤道：「謝王公公盛情了。如此美味，還是您先用吧！」王承恩眼都不眨地，就抓起一塊填入口中，津津有味的大嚼起來。王承恩咂咂嘴：「唔……比狗肉粗些，比牛肉酸點。倒也別有風味……」眾臣都看呆了，吳三桂更是驚愕。王承恩一邊嚼著，一邊把食盒端到吳三桂面前：「吳將軍請！」吳三桂面如死灰，渾身發抖，竟然說不出話來。王承恩繼續勸道：「請啊！吳將軍。您才說過的，袁崇煥罪大惡極死有餘辜。請啊！」吳三桂顫抖地伸出手，從食盒中拈起一塊肉乾，擱進口裡，痛苦嚼咽。王承恩死死的盯著他，低聲逼問：「味道如何？……這就是欺君叛國的味道！」吳三桂欲嚥，根本說不出話。眾臣心驚，都看著吳三桂。吳三桂強忍著，終於將口中肉乾嚥下去了。

這時候，崇禎才把龍案一拍，作勢喝斥：「王承恩，你也太放肆了！竟敢把這些骯髒東西弄到宮裡來，褻瀆眾臣。」王承恩折腰道：「請皇上賜罪。」崇禎斥道：「退下！到內務府去，自

領二十大板！」「遵旨。」王承恩捧著食盒退下。

眾臣這才如逢大赦，一齊向崇禎謝恩：「皇上聖明。」

庭院裡，王承恩端坐在一隻籐椅上喝茶，津津有味。兩個小太監一個為他捶背，一個為他敲腿。兩個太監各執刑杖走來，朝王承恩恭敬地請示著：「請公公示下，小的怎麼侍候？」王承恩努一努嘴——地面上有一片陽光下投下的他的身影，道：「瞧見沒有？」太監看看那片黑影。王承恩說：「就照它打吧，二十！」太監瞧瞧那片身影，詫異問：「就照它打?!」

「就照它打唄！跟你們說白嘍，這回啊，皇上根本沒打算懲治我。」兩太監應聲領命，朝掌中唾口唾沫，朝黑影兩邊一站，有模有樣、一五一十的打那塊黑影。王承恩得意地看著那片黑影：「嘿……怎麼打都打不爛它！就跟老夫一樣嘛。」兩隻刑杖仍然劈劈啪啪響著，打那片打不爛的黑影。王小巧匆匆走來稟報：「公公，平臺那兒散朝了。」王承恩問：「大臣們都退了麼？」「都退了，皇上只留下吳三桂。」王承恩凝思著點頭，慢慢吞吞地說：「知道了，這是吳三桂的福氣嘛。」

平臺內只剩崇禎與吳三桂。崇禎打量著吳三桂，故意半天不語，使得吳三桂倍感緊張。崇禎慢悠悠地：「吳三桂，知道朕為何把你留下來嗎？」吳三桂恭敬地道：「末將不知。」崇禎嘆了一口氣，道：「俗話說，家貧出孝子，國難見忠臣啊。告訴你，朕反覆考察過你，你是忠勇之臣哪。朕要重用你！」吳三桂且驚且喜：「末將肝腦塗地，在所不辭！」「朕命你升任寧遠主將，正二品，統領寧遠三衛所有兵馬。」吳三桂跪地叩首：「末將遵旨。」

崇禎忽然有些悲憤地說：「三桂呀，袁崇煥之事，讓朕傷透了心！朕如此重用他，他竟然對朕陽奉陰違，搞什麼以戰謀和，欺騙朕！哼，告訴你，凡是欺君之徒，絕沒有好下場！」吳三桂戰戰兢兢地稟道：「末將牢記袁崇煥教訓，絕對忠於皇上。」崇禎看著跪倒在地的吳三桂，點了點頭，說：「東北防衛託付給你了，那是大明的國門啊，你可千萬把守好嘍！」

看著俯首在地的吳三桂，崇禎又說：「寧遠的軍餉糧草，朕一定多加關照。此外，你還有什麼願望，只管跟朕說。」吳三桂猶豫片刻，終於叩首道：「末將想、想與陳圓圓成婚。請皇上恩准。」崇禎一怔，接著哈哈大笑：「好好，你們命中有緣，天作之合嘛，幹嘛不結婚？應該成婚！簡直太應該了！可喜可賀呀，朕恭喜你。」吳三桂驚喜，重重叩首道：「謝皇上。末將與陳圓圓，深感皇上天恩！」崇禎似笑非笑地看著吳三桂，終於站起身。

宮道上，王承恩故意走得一瘸一拐。不遠處，吳三桂則喜氣洋洋地迎面而來。王承恩笑眯眯地：「喲，吳將軍，光彩照人哪！」吳三桂趕緊揖禮：「王公公吉祥。」「不吉祥！老夫才挨過二十刑杖。」吳三桂上下看看王承恩，疑惑地說：「不像啊。」王承恩微笑著說：「你甭瞅了，老夫經打……說說吧，皇上賞你什麼了？」「寧遠主將，正二品。」

王承恩微微搖頭：「不只這些吧……」「皇上恩准我和圓圓成婚了。」王承恩這才一彎腰：「恭喜恭喜！」吳三桂深深一揖：「都是王公公栽培。在下深感公公大恩！」王承恩板起臉來，

道：「不忙謝。有個事，你還一直沒回答我吶。」「什麼事？」王承恩問：「袁崇煥的肉，滋味如何？」吳三桂難言地說：「王公公……」忽然一硬心腸，說：「公公您和袁崇煥的關係，在下心裡明白。你倆是惺惺相惜，互相敬重。您為什麼要這麼做?!」王承恩嘆道：「因為，袁崇煥獲罪已經牽涉到老夫，老夫為了展示自己對國賊的深仇大恨，就做了這件皇上想做而不能做的事——分食國賊之肉！看見了嗎？皇上表面生氣，心中卻舒坦著哪！」吳三桂想了一想，心想到真的是這樣。王承恩緊盯著他，冷笑道：「吳三桂啊。當時，滿朝大臣只是嘴上罵袁崇煥，誰都不敢吃他的肉，只有你吃了，老夫佩服你呀。」

吳三桂忽然要吐，痛苦道：「我、我覺得自己像個禽獸……」王承恩訓斥道：「迂腐！禽獸算什麼？好多衣冠楚楚的大臣，連禽獸還不如哪！」吳三桂難過地說：「公公，您別說了……」王承恩繼續斥道：「要想成大事，就必須有非常之勇，受非常之恥。袁崇煥雖然是你的恩人，可他已經魂歸離恨天。你可以閉著眼睛吃下恩人的肉，再瞪大兩眼繼承恩人的遺願。這叫做兩頭不耽誤，繼續守邊護國，中興大明！」吳三桂痛苦道：「在下死後，有何臉面見袁大帥啊……」「也許你沒注意到，當你吃下那塊肉乾時，皇上多高興呀？皇上相信你不是袁崇煥的黨羽了，而是赤膽忠心的忠臣。皇上這才重用你，賞你和陳圓圓成婚！」

說到這裡，王承恩嘿嘿一笑，說，「其實你吃下的，只是一片鹿肉乾。老夫拿它冒充袁崇煥的肉，試一試你們這些文武大臣忠勇之氣。瞧，不就試出來了麼？」吳三桂這才鬆口氣，說：

「王公公，您可真夠狠毒的。」王承恩笑了笑：「每當有人說我『狠毒』，我都視同誇獎。吳將軍，您切記著，如果你不能忠君報國，那麼，下一次眾臣所吃的就不是鹿肉乾了，而是你身上的鮮肉！」

王承恩親切地拍拍吳三桂肩背，離去。吳三桂呆呆地回味著。

樂安興沖沖地跑進宮，叫喚著：母后，母后！周后從梳妝檯前回身嗔道：「樂安哪，幹嘛大呼小叫的，一點規矩也沒有！」「告訴你一個好消息，父皇准許陳圓圓嫁給吳三桂了！」周后輕淡地說：「什麼了不起的事啊，我早就知道了。」樂安笑嘻嘻地說：「咯咯咯……他們豈不是要成為小倆口了麼？」周后一邊替樂安揩汗一邊說：「你看你，走路也不好好的走，這一頭汗！」樂安卻不理會周后的嘮叨，只管笑著說：「咯咯咯……那陳圓圓不是又破身了麼？她豈不是一破再破麼？」周后狠狠將她腦袋一戳，斥道：「這小腦瓜裡都想什麼哪！」「我想呀，陳圓圓是苦盡甜來，吳三桂高興得死去活來。」周后斥道：「什麼來呀去呀，瘋瘋顛顛的！」樂安問周后：「結婚以後，陳圓圓是不是得出宮了？」

「怎麼，你不願意她走？」樂安猶豫地嘀咕：「我是有點捨不得……」周后正色道：「樂安哪，你和陳圓圓再好，也別忘了尊卑。你是皇宮裡的公主，她是揚州城的歌妓！你倆之間，有天地之別。」

樂安不快地說：「您知道什麼？陳圓圓也是在宮裡出生的！」周后沉下臉來：「胡說什麼！」「就是。十八年前，父皇登基那天夜裡，她就生在眠月閣。」周后大驚道：「這是誰告訴你的？」樂安也奇怪，說：「您連這事都不知道？嘻嘻，也有我母后不知道的事……」周后一把扯住樂安，沉聲追問：「到底是誰告訴你的？」樂安說：「是陳圓圓親口跟我說的！她母親是一個宮裡戲班的歌女，生她的那天夜裡，皇宮大亂，到處在抓人殺人，她母女倆好不容易才逃出宮，流亡到揚州。」周后大驚失色：「啊？……原來，陳圓圓就是那個偽太子！」樂安奇怪地說：「母后，您怎麼了？陳圓圓是個女人哪。」

周后終於醒過神來，她搖搖頭，不想再對樂安說什麼。不想再對樂安說很久以前的事，不想再讓樂安知道陳圓圓剛出生就是欽犯！也不想讓她知道十八年前對偽太子的通緝令，皇上至今還沒有撤銷。周后詭譎地笑了笑，說：「這些話以後不許再瞎議論。知道嗎？」

涼亭內，陳圓圓正和著小皇子玩「翻繩花」的遊戲。陳圓圓張開雙手，手指上套著紅繩兒。小太子則興致勃勃地將自己手指插入紅繩中，手一撐，翻成另一種樣式；陳圓圓再將手指插入，再變成一種樣式。周而往返，總不重覆，變幻中種種奇妙的花樣，兩人不時爆發出高興的大笑，如同親姐弟……

周后悄悄走近，默然觀望，表情複雜。小皇子看見周后，笑嘻嘻地將套著繩花的小手伸來：「媽媽……」周后將自己的手指插入繩花，一翻，繩花卻散了。小皇子高興得咯咯大笑。周后隱

忍著不悅，柔聲道：「陳圓圓，太子是天之貴胄，你可不要忘了尊卑有別。」陳圓圓一聽此話，驚懼道：「奴婢侍候太子高興了，忘了自個的身分。」周后道：「就算你忘了自個身分，但任何時候都別忘了太子的身分！」陳圓圓低語：「是。奴婢有罪。」

周后沉吟著：「我問你，近來，皇上寵幸過你幾次？」陳圓圓驚訝地看著皇后娘娘……周后微笑著：「說嘛。這又沒外人。」陳圓圓窘迫，低聲說：「就一次。」周后見陳圓圓確鑿的神情，多少有點奇怪地說：「我還以為你深得皇上寵愛呢。唉……一次也就不少了，好多宮女一次也沒有呢。你說是嗎？」陳圓圓難堪地低著頭，默不作聲。周后又問：「你受到皇上的寵愛，高興不高興呀？」陳圓圓道：「奴婢不敢高興，也不敢不高興。」

「為什麼？」陳圓圓說：「奴婢不過是一碟美味小菜。人們只關心皇上用得可口不可口，哪管那小菜高興不高興？」周后有點不高興了，她說：「陳圓圓，你這張嘴怎麼這樣厲害？」陳圓圓說：「都是被男人們逼出來的。」周后無奈地嘆口氣：「聽著，從今天起，我要你把以前的事都忘掉。皇上從來沒有寵幸過你，也從來沒有碰過你！」「是。奴婢謹記。」陳圓圓看了看周后，說，「因為奴婢賤如糞土，皇上貴為天子，應該尊卑有別，以免奴婢玷污了皇上……」

周后氣得打斷她：「因為——皇上已下了恩旨，你將和吳三桂奉旨成婚！」陳圓圓大喜過望，顫聲說：「這是真的……」周后矜持地點點頭。陳圓圓跪下了，激動道：「奴婢謝皇上天恩，謝皇后娘娘玉成。」周后說：「起來吧，只要你始終記住，沒有皇上，就沒有你倆今天！今

後哇，你一定要扶助吳三桂，忠君報國。」

永福宮。一個六、七歲的小皇子（福臨）伏案，執毛筆寫字。莊妃在旁畫一副《大浪淘沙》圖，同時一句句念道：「醉裡挑燈看劍，夢迴吹角連營。八百里分麾下炙，五十弦翻塞外聲，沙場秋點兵。」福臨按照莊妃口述的詞飛快地書寫著。上闕寫畢，他不等莊妃口授，便亮起稚嫩的嗓子接續道：「馬作的盧飛快，弓如霹靂弦驚。了卻君王天下事，贏得身前身後名，可憐白髮生。」

皇太極入內，佇立在門畔傾聽。莊妃誇獎道：「福臨，你學得真快。」福臨問：「額娘，這個辛棄疾是哪裡人？」莊妃講給他聽，這辛棄疾是南宋時的人，南宋後來被蒙古人滅掉了。福臨驚訝地問：「那辛棄疾呢？」莊妃說：「他死了，只留下許許多多詩詞，讓後人傳唱。福臨，你覺得這首詞好嗎？」福臨說：「好！好得要命！」莊妃又問：「為什麼好呢？」福臨窘住了：「我、我也說不清……」

皇太極入內笑道：「這詞之所以好，就因為辛棄疾壯志難酬，充滿了國破家亡之痛。」皇太極說著拿過福臨的文卷，邊看邊讚：「好，好，大有長進。福臨啊，朕希望你呀，不但要在弓馬騎射上比漢人強，詩詞文章方面，也要勝於他們！否則的話，咱滿人非但不能入主中原，早晚也會像南宋那樣，被人家滅掉。」小福臨像成人那樣嚴肅回答：「兒臣記住了。」皇太極解下腰間一柄精致小刀，繫到福臨身上：「朕把它獎賞給你。」「謝皇阿瑪！」福臨高高興興地跑走，皇太極目送他的身影遠去。莊妃靠近皇太極，媚笑道：「皇上，您看福臨這孩子有出息吧？」

「有出息，有出息！朕的皇子，個個有出息。」莊妃小心翼翼地：「臣妾希望他將來也跟皇上一樣，做一番開天闢地的大業。」皇太極打量著莊妃，微笑道：「你該不是暗示朕，立福臨為太子吧？」莊妃嚇得後退：「臣妾萬萬不敢想，福臨前頭還有那麼多阿哥吶。」皇太極正色道：「福臨還小，你不必想那麼多……」

一侍女入內稟報：「皇上，皇妃。大阿哥說有急事，請求見駕。」皇太極嗯了一聲。莊妃趕緊道：「快請。」侍女退下，豪格匆匆入內，揖道：「兒臣叩見皇阿瑪。」「豪格，什麼事啊？」豪格興奮地說：「大喜事！據北京臥底密報，袁崇煥被崇禎定為內奸、國賊，凌遲處死了，足足割了一千刀！京城正好缺糧，百姓就爭購他的肉，一兩銀子一塊。」皇太極且喜且驚，竟然沉默了。豪格詫異地問：「皇阿瑪，您不是一直希望除掉袁崇煥嗎，為什麼不高興？」

皇太極長嘆道：「朕高興……可朕也為袁崇煥痛心啊！」皇太極垂首步出宮去。

後花園中設一祭台，臺上香煙燎繞，簇擁著一座靈牌。牌上寫著：大明英魂袁崇煥。皇太極領著多爾袞、豪格、莊妃及眾親王旗主正在焚香拜祭。皇太極面色嚴肅，眼中含淚，手執一束香，朝靈牌深深一揖，再揖……皇太極的自言自語：「袁崇煥哪，朕從來沒見過你，但對你是又恨、又敬、又惋惜。朕知道你是大明忠勇之臣，從未欺君叛國，可惜你生不逢時，被昏君所誤。

如果你是朕的人該多好啊！唉……袁崇煥，朕告訴你，朕取中原後，會在你的家鄉為你豎碑立傳，給你昭雪沉冤，讓天下的滿人、漢人，都知道你一生忠勇，讓你的悲慘命運，成為後世之鑒。」皇太極將香束插入銅爐，一拜再拜。多爾袞等人隨之揖首陪祭。

多爾袞在揖拜過程中，卻不時偷窺身邊莊妃的美色，他從未靠她這麼近，她的容貌風采使多爾袞心醉神迷。莊妃對多爾袞的表情全然不察，她悲哀地祭拜著袁崇煥，不時用繡帕拭一拭若有若無的淚。當她把繡帕掖回腰間時，一陣風來，將那方繡帕吹落花叢。莊妃不覺。那香帕正在多爾袞腳邊，他看見了，想拾又不敢拾。當他正要壯膽替莊妃拾起來時，皇太極說話了。他急忙正容。皇太極說：「袁崇煥，你生前是朕的大敵，死後，朕視你為友。朕願你在九泉之下安息。」

皇太極祭罷離去，豪格與莊妃等人跟著。多爾袞卻佇立在那方香帕前，猶豫不定的樣子。

皇太極一邊走一邊沉吟道：「豪格啊，袁崇煥之後，崇禎會讓誰做主將，鎮守山海關呢？」豪格語塞：「兒臣不知道。」皇太極略顯不滿地說：「你對自己的敵人也一無所知麼？」豪格窘。莊妃趕緊笑道：「可否讓臣妾猜一猜。」皇太極笑了笑：「你倒說說看。」莊妃道：「山海關是大明第一關，朝廷肯定讓一個重臣坐鎮。臣妾想，要麼是楊嗣昌，要麼是洪承疇。」

皇太極點點頭：「說得有些道理。不過朕替崇禎著想，還有一個人選，那就是猛將吳三桂。」豪格不屑地說：「他？」皇太極看豪格一眼，說：「怎麼，你看不起他？朕記得，他好像打敗過你。」豪格恨恨道：「兒臣早晚會砍掉他的頭！」

這時，莊妃手往腰間一抹，發現失落了香帕，她便放慢腳步，掉頭回來尋找。後花園中，多爾袞已經將那條繡帕捧在胸前，貪婪地嗅著它的氣息，眼睛裡充滿遐想……花架後面，莊妃驀然駐足，她吃驚地看見了多爾袞失態的舉動。漸漸地，她彷彿明白了什麼，竟然高興地偷偷地微笑了。接著，她故意咳嗽了一聲。多爾袞一驚，趕緊將那條繡帕藏進懷中，佯作無事狀，踱了出來。

莊妃攔在多爾袞面前，含笑問：「皇叔，您在幹什麼哪？」多爾袞惶然，遮掩著：「是莊妃啊……」莊妃示意草叢，微笑：「我剛才在這掉落了一件東西，怎麼不見了。」多爾袞緊張地：「什麼東西？」「也不是什麼要緊東西，一條繡帕。皇叔，您看見了嗎？」多爾袞惶然，發誓般地：「沒有，沒有！肯定沒有！」莊妃咯咯笑了，親切地說：「皇叔啊，既然沒有，說一聲就行了嘛，何必口口聲聲的『沒有』呢？」多爾袞神色慌亂了，答不上話。莊妃上前探手一抽，便從多爾袞懷中抽出那條繡帕，抖了抖笑問：「這是什麼？」多爾袞語無倫次：「莊妃……我……」

莊妃突然厲聲：「我是你皇嫂，永福宮皇妃。你身為王爺，竟敢對我心懷邪念！」多爾袞嚇得跪下了，連連請罪：「莊妃……皇嫂，我糊塗！我該死！……請莊妃寬恕。」「哼！皇上要是知道了，你該當何罪？」多爾袞顫聲道：「皇上要是知道了，我唯有自盡謝罪。」莊妃忽然改顏，甜甜地笑了，說：「叔叔，快起來吧。叫人家看見，成何體統！」多爾袞起身：「謝莊妃娘娘。」莊妃拈弄著繡帕，故作風情：「叔叔啊，你要是喜歡繡帕，趕明兒我送你幾十條。這一條

嘛，已經沾上嫂子的胭脂口紅，不乾淨了，叔叔還是還給嫂子吧。啊？」多爾袞顫聲：「是。莊妃，求您不要把這事稟報皇上。」莊妃反問：「這事是什麼事啊？我向皇上稟報什麼呀？」多爾袞乞求著：「就、就是剛才這事……」莊妃媚笑著說：「剛才什麼事也沒有哇！叔叔歷來堂堂正正，忠君守法。嫂子我敬重還來不及吶！」多爾袞明白了莊妃的意思，大喜道：「在下謝莊妃。今日之恩，在下永生不忘！」

莊妃將那條繡帕扔進香爐，撥弄了幾下，讓它燃燒，慢聲道：「叔叔，您知道袁崇煥是被誰殺死的？」多爾袞答道：「崇禎。」「不，他是被流言殺死的！」多爾袞驚悟。莊妃又說：「無論是兄弟之間還是君臣之間，一旦有了流言哪，早晚會禍起蕭牆，骨肉相殘，您說是不是啊？」這時那條繡帕已化為灰燼，莊妃笑著告訴多爾袞：「叔叔請看，現在什麼流言都沒有了。」

多爾袞注視著莊妃，敬畏交集，深深一揖：「謝莊妃娘娘！」

吳三桂府第。門前張燈結綵，到處貼著大幅的雙喜。一班吹鼓手披紅掛花，在府門外排開，喜樂喧天。吳三桂的父親吳襄一身簇新打扮，踱出大門。樂班子嘩拉拉起立向他賀道：「恭喜吳老將軍！」吳襄笑盈盈衝樂手們拱手：「今兒，我家公子和陳圓圓奉旨成婚，自然要來不少貴客。你們可得把場面辦得熱熱鬧鬧的！回頭，老夫自有重謝。」

樂班首領笑道：「遵命。」吳襄吩咐道：「都吹打起來，候著迎客！」樂班子奏起熱烈的喜

樂。吳襄則朝不遠處的路口觀望。

吳府內室。新郎倌吳三桂一身簇新打扮，滿面喜色，輕輕推開內室門。陳圓圓正在臨鏡上妝、描眉，隱隱羞澀中，愈顯出無比美貌。吳三桂看得呆住了，不禁動情道：「天哪！圓圓，你真漂亮……」「是嗎？」陳圓圓衝著鏡中的吳三桂說，「三桂呀，幾十年以後，我也會人老珠黃的，到了那一天，你還會喜歡我嗎？」吳三桂發誓：「我願和你白頭到老，生死不移！」陳圓圓高興地笑了。稍頃，她忽然有些擔心，問：「三桂，你知道皇上為什麼恩准我們結婚嗎？」「為了讓我盡忠報國唄。」

陳圓圓輕輕喟嘆：「咱倆這是把命運都押給了皇上，才換來這件婚事。」吳三桂一驚，無言地、輕輕撫摸陳圓圓肩膀，低聲說：「圓圓哪，無論前面是福是禍，我們都永遠在一起。」陳圓圓閉住眼，顫聲說：「三桂，我再也不想回皇宮了！」吳三桂溫柔地說：「不必去了。從今天起，這兒就是你的家。」陳圓圓幸福地重複著：「這兒是我們的家！」

吳府門外，時至近午，路口處仍是空空蕩蕩。迎客的樂手們已經是有氣無力，懶洋洋地吹奏著喜樂。吳襄萬分焦慮，不時望望天色，再望望空蕩蕩的路口。「老爺，老爺，事情不妙啊……」管家匆匆歸來，惶然地說，「在下到楊府、洪府、宋府都打探了。楊府管家說，楊嗣昌大人偶染微恙，不能前來賀喜了。」吳襄急問：「洪承疇呢？」管家道：「洪府管家說了，洪大人出門拜客了，不在家。」「那其他人呢？」管家不安地說：「其他客人聽說楊嗣昌、洪承疇不來，也都

紛紛以各種藉口推辭……」

吳襄怒叫道：「好啊，我發出兩百多份請帖，竟然一個都不來！這是要給吳家難看啊！」樂班子聞聲懼驚，樂曲頓時停頓下來。吳襄憤怒地朝樂手們斥道：「發什麼呆，只管奏你們的！」樂隊首領趕緊示意眾樂手，他們急急忙忙又吹奏起喜樂。但眉眼間都已張惶失色。

管家低聲說：「老爺，在下還聽到許多流言。」管家看看吳襄的臉色，惦不準該不該說。「說。都說些什麼？」管家更壓低聲音說：「那些管家私下裡告訴我，說京城裡的豪門貴府都傳遍了，陳圓圓原是揚州歌妓，既賣唱又賣身。」吳襄怒道：「放屁！」管家支支唔唔地：「還有更難聽的哪……他們說。陳圓圓是皇上吃剩的殘羹剩飯……皇上玩膩了，才賞了咱家吳將軍。」

這下子，吳襄驚怒得說不話來。

吳府門院內。吳襄坐在太師椅上，一身新裝的吳三桂滿面怒容立於側。吳襄悲憤地繼續道：「……那些人還說呀，是你出賣了恩公袁崇煥，才換來皇上的賞賜，封官、晉爵、奉旨成婚。唉，現在，外頭污言穢語滿天飛呀！三桂啊，在世人眼裡，你們倆一個是得志小人，一個是揚州妓女，那些道貌岸然的君子們，當然又氣又恨，他們怎麼可能來給你賀喜吶？」

吳三桂呆呆地站著，陷入沉思。

屋內，陳圓圓呆呆地倚門傾聽。同時，她不斷拭去流下眼淚。

吳襄沉重一嘆：「我擔心，從此後，咱們吳家將被親朋好友、文武大臣們所不齒，陷入孤

立。」吳三桂怒道：「父親，我從小到大，坦坦蕩蕩，沒做過一件悖逆的事！陳圓圓雖然蒙受過風塵，但那不是她的錯。我和圓圓，都無愧於人，也無愧於己！」吳襄說：「我當然明白，圓圓是個好女人，你更是個好男兒。但是世道人心，如刀如劍哪。」吳三桂說：「我不怕！」吳襄重重嘆了一口氣：「唉……別的不說了，今天這大婚，只好委屈你們倆了。我擺了二十桌酒席，竟然沒有一個賀客登門。」吳三桂垂下頭，無言。

陳圓圓步出門，這時的她已經神情鎮定、容貌清麗。她朝吳襄折腰禮道：「爹爹，大婚是三桂和我兩人的事，本來就和世人沒什麼關係。他們不來賀喜，咱們豈不更清靜嗎？三桂和我，腳下一片淨土，頭上一塊青天，面前又有您這位親人。我倆就在您面前拜堂成親，有什麼不好的？」

吳三桂見陳圓圓如此識大體，喜道：「好！好！就這樣。」吳襄也無奈地點點頭，說：「就依你。」

吳府管家在門外衝著樂班子吆喝：「聽著，主子有令，關門謝客，準備拜堂成親。各位都請到府裡來喝喜酒吧！樂手們一怔，互相猶豫觀望。管家笑道：「你們就是咱吳府的貴客！」樂隊首領趕緊跳起來叫：「多謝大人！走啊夥計們，喝酒去。」眾樂手熱熱鬧鬧地進入吳府。

管家落在最後，他將大門吱吱關閉——在門板閉攏前一瞬間，他還朝遠處路口瞟了一眼，仍然沒有任何賀客前來。他失望地嘆口氣，這才將門板完全閉死。

第十九章

周后正在涼亭內模仿著陳圓圓的手勢，與小皇子朱慈炯玩「翻繩花」遊戲，她張開雙手，指頭上撐著紅繩，興奮地催促小皇子：「翻哪，翻哪……」小皇子把細細的手指插入紅繩，一翻，果然翻出另外一個花式。周后高興的咯咯笑：「真聰明，真乖！咱們再來……」周后玩得簡直比陳圓圓還開心。

王承恩領著王小巧來了。王承恩上前揖道：「老奴拜見皇后娘娘。」周后顧不上看他，問：「有事嗎？」王承恩示意王小巧向周后稟報。王小巧上前道：「稟娘娘，東廠奴才打探到，陳圓圓與吳三桂今日在吳府成婚。」周后不在意地說：「這事我知道。」王小巧說：「可是，無論親朋好友還是文武大員，沒有一人上門賀喜。吳府門庭冷落，把祖宗八代的臉面都丟盡了……」

「哦？」周后驚訝的抬起了頭。王承恩示意王小巧退下，對周后道：「娘娘。看來，吳三桂與陳圓圓這場婚姻，被京城貴人們所不齒。」周后哼了一聲，說：「這兩人，又升官又成親的，夠得意的了！受些冷落，沒什麼大不了。」王承恩趕緊順著周后的意思說：「娘娘說的是，老奴也覺得他們應該受些教訓。可是……」王承恩看了看周后，低聲道：「這場婚姻，畢竟是奉旨而行的。貴人們如此冷落他們，豈不也是對聖旨的不恭嗎？」

周后猛醒。睜大眼睛看著王承恩，王承恩又道：「此外，吳三桂與陳圓圓，一個是皇上的愛將，一個是娘娘的宮女，他們如果蒙受如此羞辱，受損的就不僅是他倆了。老奴想，那些故意給他倆難堪的貴人們，眼裡還有皇上和娘娘恩威麼？」周后略一沉吟，笑道：「王承恩，我懂你意

思了。這麼著，你先去吳府，給我打個前站吧。」王承恩大喜：「遵旨。」

吳府正堂。大堂中排立著吳氏先祖的靈牌，吳三桂與蒙著紅蓋頭的陳圓圓正在焚香拜祖，拜堂成親。管家高喝著：「叩拜皇天后土、吳氏先祖！」吳三桂陳圓圓朝靈牌叩拜。

管家再喝：「叩拜高堂！」吳三桂陳圓圓朝端坐在太師椅上的吳襄叩拜。吳襄又喜又心內不快，臉上露出尷尬的笑。

管家再喝：「夫妻互拜！」吳三桂陳圓圓互相叩拜……

管家高喝著：「吳三桂陳圓圓奉旨成婚。在天願為比翼鳥，在地願為連理枝，百年佳偶，生死不移。奏樂！」樂班首領將嗩吶仰天一豎，樂手齊聲奏起歡樂的喜樂……

這時，喜樂聲中傳來嗵嗵的敲門聲，眾人俱一怔。管家側耳一聽，請示吳襄道：「大人，好像來客了，在下開門去？」吳襄氣道：「這才來！不開！」

王承恩一手柱杖，一手嗵嗵敲著吳府大門：「開門哪，開門，來客人哪！」門板半天不開。王承恩揮起拐杖，喝道：「再不開，老夫可砸門哪?!」王承恩的喊聲傳了進來。吳三桂聽了朝吳襄道：「父親，好像是王承恩。」吳襄驚叫著一聲「王總管？」便從太師椅上跳起來，慌忙道：「快快快！」吳襄與吳三桂等人匆忙朝大門奔去。

吳襄跑到大門前，親自打開門一看，果然是王承恩。他慌忙折腰揖道：「王公公大駕光臨，有失遠迎，恕罪，恕罪！請請……」王承恩微笑道：「這是怎麼了？大喜的日子嘛，幹嘛關門閉戶的，把客人關外頭？」吳襄重重嘆了一口氣：「甭提了！一頭晌就您一位客人。其他人，嫌咱們寒磣，不屑於登門！您老請……」

王承恩走進門，朝又欲關門的管家道：「別別！趕緊敞開大門、高奏喜樂，準備迎客吧！」吳襄不解地問：「怎麼呢？」王承恩道：「老夫保證，不出一炷香的功夫，京城的王公大臣都會紛紛趕來賀喜！」「王公公，這是怎麼回事啊……」吳三桂一臉驚訝。王承恩笑道：「因為，一會皇后娘娘要親自登門賀喜呀！你想想，連皇后都到府上來了，那些王公大臣，還不得聞風而動、屁顛屁顛地趕著來麼？而且得搶在皇后之前趕到！」吳襄明白了，含淚朝王承恩深深一拜：「這、這……定是王公公的恩典！」王承恩笑著擺擺手說：「我有什麼能耐？不過是推波助瀾罷了！走，吳老兄，先賞杯茶喝呀！」

吳襄急忙扶著王承恩進入內府：「請請。」吳三桂不由地一嘆：「這真是人世滄桑，瞬息萬變哪……」

吳府正堂。滿頭大汗的管家指揮眾僕役重整酒宴，再次披紅掛花。他一疊聲嚷著：「快快！這個擱這……快！」吳三桂再次整頓新衣，準備出門迎客。

突然，大門外傳來家僕的叫聲：「吳將軍，客人來了，來了！」吳三桂衝出門。這時，大門外的喜樂已響成一片。

吳府大門外，王公大臣的官轎已停了一排。遠處路口，仍有貴客川流不息地趕來。吳襄與吳

堂。

三桂父子倆忙不迭地朝下轎的客人打躬作揖。那些王公大臣、豪門巨富，一個個手執禮單笑盈盈地揖禮：「恭喜呀，恭喜恭喜……」管家手裡的禮單已收了一大疊，他跑進跑出地將客人迎入大堂。

楊嗣昌、洪承疇雙雙上前，笑著對吳襄祝賀：「吳老將軍大喜呀。」吳襄揖道：「二位大駕光臨，吳府蓬蓽生輝！請請！」這時，突然一陣脆鞭鳴響，一溜兒錦衣衛開道，簇擁著兩頂宮轎前來。引路太監高喝著：「皇后娘娘駕到！」

整個吳府頓時沸騰起來。吳襄與吳三桂急忙奔上前，跪地相迎。周后從前轎下來，樂安從後轎下來，挽著周后走來。吳襄與吳三桂叩首，齊聲奏道：「臣吳襄（吳三桂）叩迎皇后娘娘！」周后笑嘻嘻地道：「平身吧。」「謝皇后娘娘！」周后笑道：「三桂呀，我給你們賀喜來哪。」吳三桂激動地顫聲道：「皇后娘娘恩典，在下終生不忘！」樂安公主一旁叫著：「新娘子哪？」一邊催母親：「咱們快進去看看吧。」

樂安扶著周后，在眾王公大臣及吳氏父子簇擁下入內。

吳府正堂已排滿酒席，周后與幾位王公大臣坐於首桌。王承恩與吳三桂恭敬地佇立在周后身畔，樂手們則在廊下喜氣洋洋地奏樂。周后輕咳一聲，立刻樂止，寂靜一片。

周后笑道：「今兒是吳三桂和陳圓圓大喜的日子，我高興了，就來瞧瞧。嗯，辦得熱鬧！」眾臣一片聲讚道：「皇后恩典。」周后微微一笑：「外頭有些傳言，說陳圓圓是什麼揚州歌妓，選秀入宮侍候皇上的。你們聽說過沒有啊？」眾人驚且懼，都垂首啞然，只有周老皇親壯膽道：「老臣沒聽說過。說這話的，該割他舌頭！」周后正色道：「今兒，我告訴大家，陳圓圓是已故的太子太保、護國公陳公義的外孫女。細算起來，和我們蘇州周家還掛點親呢！」

眾人驚訝互視，吳三桂也顯得惶恐不安。周后繼續道：「陳公義去世後，陳圓圓這孩子沒了照應。我聽說，她詩書琴畫無所不精，就接進宮來做樂安公主的音樂教習。我待她，也就像待自己骨肉一樣！……」

周后的話傳進內室。蒙著紅蓋頭的陳圓圓聽見了，不禁微微掀起紅綢，吃驚地側耳傾聽。她萬萬沒有想到，自己轉眼間從一個歌女變成豪門之女了！

周后仍然有模有樣地說道：「……吳三桂這孩子呢，功勛卓著，與陳圓圓兩相愛慕。因此，皇上賜他兩人成婚，結百年之好。今後哇，誰再敢對陳圓圓的身世說三道四，那就是褻瀆宮廷，玷污聖上，罪不可赦！你們都聽清了嗎？」眾王公大臣怵然，一片聲：「遵旨！」周后看一眼王承恩。王承恩立刻上前大喝：「皇上有旨，賜陳圓圓鳳冠霞帔，封為一品誥命夫人！」吳三桂大驚而跪：「末將叩謝皇恩！」王承恩從一個太監手裡接過黃綢包兒，遞給吳三桂。周后笑眯眯地說：「吳三桂呀，你不過官居二品，你夫人卻是一品了。今後，你不敢欺負她了吧？」周后的話令眾王公大臣哄堂大笑。接著，他們紛紛向吳三桂祝賀：「恭喜吳將軍，恭喜恭喜……」

吳三桂與吳襄朝四面揖禮不迭。吳三桂再次向周后拜，熱淚盈眶：「末將肝腦塗地，也難報

皇上和娘娘的大恩哪……」周后起身朝眾客笑道：「你們多喝幾盅喜酒，我瞧瞧那個一品夫人去。」吳三桂父子趕緊陪周后入內。正堂上，眾客少了拘束，這才開始歡飲起來。

周后讓樂安挽扶著，吳三桂父子、王承恩陪同下走到蒙著紅蓋頭的陳圓圓面前。陳圓圓感覺到了，她明顯地渾身發抖。周后看看紅蓋頭：「揭了。」吳三桂上前，輕輕揭去陳圓圓頭上的紅綢。頓時，現出燦若桃花的陳圓圓。樂安驚叫一聲：「天哪！……你好漂亮！」陳圓圓顫聲道：「奴婢拜見皇后娘娘。」周后正聲道：「我剛才的話，你都聽見了嗎？」「都聽見了，謝皇后娘娘！」周后微笑著說：「但是，那些話只說了一半，還有一半，不能當著客人面前說，只能說給你們聽。」吳三桂和陳圓圓一臉驚訝。周后輕輕地說：「十八年前，也就是先皇駕崩的那天夜裡，魏忠賢想用一個宮女的孩子冒充皇子，登基為帝。可是蒼天有眼，那宮女沒有生下男孩，而是生下了你！陳圓圓，你從出生的那時起，就是一個欽犯！是麼？」陳圓圓顫聲應道：「是。」

王承恩、吳三桂、吳襄都大驚失色。王承恩沙啞地：「娘娘……」周后斥道：「王承恩，那天夜裡，你奉旨剿除閹黨，該抓的都抓到了，唯獨跑了那對母女，是不是？」周后又指著吳三桂問道：「吳三桂，那天夜裡，也是你奉旨捕殺那對母女的，是不是？」王承恩和吳三桂顫聲應道：「是。」

周后依舊微笑著：「十八年前的皇命並沒有撤銷！陳圓圓今天仍然是個欽犯，她就在你們面前哪，你們怎麼辦哪？」王承恩、吳三桂等人都跪下了，驚恐得說不出話。樂安大叫：「母后，您怎麼了?!」周后怒斥樂安：「住嘴！」陳圓圓低聲道：「皇后娘娘，王承恩和三桂都不知道我就是那個女孩，這事由我一人承擔。娘娘要殺要砍，圓圓沒有怨言。」

周后笑得更可親了：「今兒是你們大喜之日，我可是來賀喜的，不是來殺人！」周后環顧一下在場的人，微笑著說：「我只是想告訴這對夫妻，無論什麼事，都是蒼天有眼、善惡有報的。只要你倆盡忠報國，幫著皇上中興大明，你陳圓圓就仍然是一品夫人，你吳三桂哩，也會更加尊貴。其他的話，我也就甭說了，你倆都明白……」

吳三桂陳圓圓雙雙叩首：「末將（奴婢）謝恩。」「好啦，好啦。該賞的，皇上都賞你們了；該說的，我也都說了。現在，我該回宮了。樂安，走了。」樂安無奈，只得挽著周后離去。吳三桂等驚魂未定的樣子。

王承恩起身嘆道：「老夫侍候皇后有二十多年了，從來不知道她有這麼厲害！唉……老夫真是瞎了眼。」

燭光下，陳圓圓與吳三桂偎依在一起，竊竊低語著。陳圓圓依依不捨地：「三桂，你能在京城待多久？」吳三桂道：「兵部只准我住三天。三天後，我必須去寧遠赴任。」陳圓圓睜大眼睛：「我想離開京城，永遠不再回來了。三桂，我跟你一塊去寧遠好嗎？」吳三桂難過地搖搖頭：「我非常想帶你去。可是……不行啊。」吳三桂看著陳圓圓失望的神情，說：「王承恩說了，三天後，你還得回到眠月閣居住，每天入宮，教樂安公主彈琴。不經允許，不得離開京城一步……」

陳圓圓氣道：「我究竟是一品夫人，還是罪犯？」吳三桂喟嘆道：「圓圓，皇上把二十萬兵馬交給我手裡了。按照規矩，你和家父，都得留在京城作人質……」「這麼說，我們又得遠隔天涯了。」吳三桂動情地摟住陳圓圓：「不，任何人都不能把我們分開！我會日夜思念你。過些日子，我一定設法讓你離開皇宮，把你接到寧遠去。」陳圓圓在吳三桂懷裡幸福地閉上眼，聲音越來越低：「但願……但願……」

凌晨，吳府管家吱吱拉開大門，吳襄率先步出門，望了望天空，嘆口氣，問管家：「三桂的馬備好了麼？」管家道：「早就備好了。」吳三桂與陳圓圓手牽著手步出大門。陳圓圓已換著家婦素服，吳三桂已是一身行裝。兩人戀戀不捨地相望，一時無語。這時，路口處忽然馳來一輛宮車。

宮車至府門前停止，車門一開，王承恩下來了。

吳襄趕緊上揖迎：「王公公哇，您老人家早……」王承恩朝吳襄拱拱手：「吳老兄早啊。」吳三桂與陳圓圓向王承恩施禮：「王公公。」吳襄趕緊吩咐管家：「快，早茶侍候……」他轉臉又朝王承恩笑道，「請入內用茶。」「多謝。吳兄，實不相瞞，老夫此來，一是給吳三桂送行，二是接陳圓圓進宮。」陳圓圓微嗔：「王公公，幹嘛逼得這麼緊？您也太辛苦了！」王承恩嘆了一口氣：「皇命在身嘛，你們多包涵吧。……三桂啊，都收拾好了麼？」吳三桂道：「收拾好

了，在下這就上路。」王承恩道：「不忙，你們小兩口再說會話吧。」

吳三桂望著陳圓圓，兩人萬語千言的樣子，竟說不出。末了，陳圓圓含淚道：「你……走吧。」吳三桂朝吳襄下跪：「父親珍重。」吳襄顫聲囑咐：「家裡的事你放心，你只管盡忠報國吧……」吳三桂應聲，轉身又朝王承恩跪下，略有哽咽：「公公，圓圓拜託您了。」王承恩扶起吳三桂。吳三桂道：「在下要走了，王公公還有什麼吩咐？」王承恩沉吟著說：「三桂呀，寧遠是個要緊的地方，你得牢記著袁崇煥的教訓，既要抵擋面前的清軍，更要提防來自京城的暗箭。……」吳三桂點了點頭。

王承恩道：「宮裡的事，我會關照的。」「謝公公。」王承恩道：「上馬吧。」吳三桂深深地望了陳圓圓一眼，登上馬，再深深望她一眼……他終於鞭馬疾馳而去，消失在路口。

王承恩對目光發呆的陳圓圓道：「圓圓，咱們也上車吧。」陳圓圓含淚朝吳襄折腰：「父親……兒媳去了。」吳襄悲傷地擺擺手：「去吧，去吧。」陳圓圓與王承恩登上宮車。馭手鳴鞭，宮車也馳向路口。

吳襄孤獨地步進吳府，管家吱吱地關上大門。曾經熱鬧非凡的吳府，復歸於死一般的寧靜。

鳳陽城糧庫。緊閉的庫門上方懸一扇大匾：鳳陽官倉。一把大斧子高高舉起，猛然落下，哐啷一聲劈斷了庫門上的銅鎖鏈。大斧再啰啰地劈開官倉門板。頓時，雪白的大米像瀑布那樣傾瀉

而下……四面八方傳來「噢噢」的歡呼聲。

劉宗敏站在高處喝道：「闖王有令，開倉放糧！」百姓們舉著盆、罐、麻袋等物湧上前，爭先恐後地裝取糧食。義軍士兵則將一斗斗糧食倒入百姓器物中。到處洋溢著歡樂而混亂的氣氛。

劉宗敏走到小麵館前，從案上抓起酒碗一氣飲盡，命令周圍的部屬：「你們馬上扯起招兵旗，張貼告示。告訴鳳陽鄉親，今兒起，義軍在這大擺三天三夜流水席，凡是願意參軍造反的，一律管吃管喝，每人還發五兩銀子的安家費。」部屬們應聲去了。劉宗敏又抓起個大餅子，一邊啃吃，一邊得意地走動巡視。

迎面，一個光屁股的男孩眼饞地盯著劉宗敏手中的大餅。劉宗敏蹲下，掰下一半餅遞給他：「拿著，咱爺倆有福同享，有難同當。」孩子接過餅大口啃吃，劉宗敏也大口啃吃。

這時，義軍押著一串哭哭啼啼的富豪過來，其中有一個異常肥胖的王公。義軍斥罵著：快走！快！劉宗敏忽叫一聲：「慢著。」劉宗敏上前一把扯下胖王公身上的錦襖兒，裹到光屁股男孩身上，拍一下他頭：「回家去吧。」男孩高興地披著那件長可及地的錦襖兒跑了。

義軍向劉宗敏報告：「劉將軍，這個胖子就是福王朱常洵。」劉宗敏驚奇地看著他：「嗳喲，你就是大名鼎鼎的福王啊，你小子是人不是啊？」福王戰戰兢兢道：「本王是人。」劉宗敏哈哈笑道：「是人怎麼能長這麼胖啊？」福王鼓足勇氣道：「劉將軍，本王是光宗皇上的兄弟、崇禎皇上的親叔叔。劉將軍萬不可對本王無禮。」劉宗敏笑道：我聽說你貪婪無度、富甲天下。

不光收刮百姓，還把朝廷的軍餉都裝進自個腰包裡去了。福王支支唔唔，不知如何應對。劉宗敏又道：「直到破城前夕，你還是捨不得掏出一個子兒給守城軍士。所以，我們一攻城，官軍就都丟下你跑了，你也就和你的金山銀海一塊做了俘虜。」福王怯怯地說：「劉將軍，本王願意把所有家產獻給義軍兄弟，只求將軍放本王一條生路。」

劉宗敏笑嘻嘻地對福王說：「你的銀子嘛，爺當然要留作軍餉。可你怎麼辦吶……」劉宗敏沉思一會，說，「這麼著吧，百姓們幾年沒吃上肉了，爺看你一身肥肉，心裡好歡喜啊。你足頂得上三、四口豬，不吃太可惜了。」福王驚恐地：「不不、不……」劉宗敏道：「爺正在大擺流水席，正好用得著你這身肉。福王哇，爺會把你的肉和鹿肉一鍋煮，美其名『福祿肉』！哈哈哈……」劉宗敏與義軍弟兄們一塊大笑起來。

福王撲嗵跪地：「將軍饒命……劉爺饒命呵……」劉宗敏厲聲道：「爺這是跟崇禎皇上學的！他不是分食過袁崇煥的肉嗎，爺也要嘗嘗你的肉。來啊，拉下去宰了，開膛破肚，褪毛取肉！」眾義軍將嚎叫不止的福王拉走。

鳳陽皇陵。莊嚴肅穆的鳳陽皇陵已是一片狼藉，地宮被挖開，龍棺被劈碎，到處坑坑窪窪。李自成騎著馬兒馳來，下馬巡視，臉色十分不悅：「這是哪一路義軍幹的？」隨從小心翼翼地道：「張獻忠。」李自成道：「闖王並沒有命令毀陵。」「張獻忠說，鳳陽皇陵是朱明王朝的龍脈，刨了皇陵等於斷了他們的龍脈。大明就完了。」李自成哼了一聲：「我看他是眼饞地宮裡的

金銀陪葬！這下子，他又大撈了一把。」

不遠處，一個學子的模樣的青年正跪在崩壞不堪的享殿前，焚香祭拜，一邊叩首一面低聲祈禱……李自成看見了，低聲驚訝：「咦，這人膽子不小哇。」李自成朝隨從示意。兩個隨從立刻上前揪起那學子，推到李自成面前。李自成沉聲問道：「你是什麼人？」「在下黃玉，是鳳陽書院的學子。」李自成問：「你祖上跟皇家沾親麼？」黃玉搖搖頭。李自成又問：「那麼，你也是個世族子弟嘍？」黃玉道：「在下是窮苦人出身。」李自成詫異了：「那你為何祭拜朱元璋的祖宗？」黃玉勇敢地說：「稟軍爺，皇陵不光是朱明王朝龍脈，也是讀書人心目中的聖物。它象徵著千年中華的天道人倫、文明禮義，你們雖名為義軍，卻如此褻瀆皇陵，這與土匪何異？與境外蠻夷何異?!」

「義軍毀皇陵斷龍脈，是為了解救天下百姓，你難道不知道麼？」黃玉冷笑道：「軍爺難道不知道，毀了皇陵，也就會喪盡天下士子之心?!」李自成一震：「你說什麼？」黃玉道：「如果是為解救百姓，軍爺們儘管去開倉放糧，儘管去殺貪官反皇帝，在下都贊成！但軍爺竟然毀了皇陵……在下卻要焚香拜祭一番，以悼亡靈。」隨從怒罵道：「你它媽臭酸什麼哪！大哥，小弟砍了他。」李自成沉思著，不作聲。兩個隨從立刻提刀將黃玉推走，一邊推一邊罵：「媽的，我叫你祭！你它媽得先祭祭自個吧……」他倆把黃玉推到刨開的皇陵處，舉刀就砍。

李自成大聲喝道：「住手！」隨從在半空中止刀，回頭看李自成。李自成上前撥開刀鋒，朝黃玉抱拳一揖：「黃先生，在下李自成。多有得罪了。」黃玉驚嚇得一時說不出話。

義軍大營。李自成呆坐著，傾聽黃玉侃侃而談。「李將軍。你知道朝廷叫義軍什麼嗎？」黃玉道：「叫流寇。應時而動，聚散不定，是為『流』；揭杆而起，殺富濟貧，是為『寇』。如此造反，能夠成大業嗎？能夠改朝換代嗎？」李自成默然不語。黃玉又道：「義軍草莽之氣十足，卻缺少王者風範。毀皇陵，砸書院就不說了，你們還把福王朱常洵也煮著吃了。如此做法，就不但是跟朝廷不共戴天，連原本想投奔你們的士子、書生、商販、小吏，也都會望而卻步，不敢與你們為伍了。而僅僅靠幾十萬造反的饑民，絕不能推翻朱明王朝。」

黃玉看了看沉思的李自成，又說：「再者，十幾路義軍各行其是，一盤散沙。順利時候，鋪天蓋地的都是你們的義軍，個個皆大歡喜；失敗時哪，逃的逃降的降，不逃不降的也回家種地去了。」聽到這裡，李自成認為這個黃玉說的確有道理，禁不住附和道：「先生說的是。」黃玉道：「照在下愚見，十多年來，朝廷就因為被滿清牽制著，無法內外兼顧，否則早該剿滅你們了。而現在，你們把鳳陽毀了，這純粹是愚蠢之舉！你們逼得崇禎痛下決心，把你們視為天下最可怕的敵人。從現在起，你們在崇禎眼裡，甚至比皇太極更危險更可恨！」

李自成原本對毀陵事件就不以為然，只是沒有意識到問題會這麼嚴重。黃玉道：「皇太極只想入主關內，與大明兩分天下。而你們一旦得勢，不但會讓崇禎死無葬身之地，連千百年來的天道人倫也毀於一旦。因此，崇禎寧肯置北防於不顧，也要調集全國所有官軍來剿殺你們！自古以

來，歷代皇帝都奉行『攘外必先安內』。萬急時刻，即使王朝不保，他們也將『寧予外敵，不予家奴』。寧肯把天下讓給滿清，也不會給你們！」

李自成猛醒，問：「請教黃先生，你看我們該怎麼辦？」「當務之急，應當迅速整頓內部，集中兵力，統一指揮，準備應付朝廷的決戰。其次，盡快退出江南，回到官軍薄弱的中原地區去，建立根據地，徐圖北進。」李自成起身揖道：「黃先生，自成有一請求，請黃先生萬勿推辭。」李自成誠懇地對他說：「自成舉義旗以來，早就盼望黃先生這樣的英才，今日一見，有如大旱之望甘霖，真是相見恨晚。敢請黃先生屈就在自成軍師，自成也好天天受教。」

黃玉卻默然，半天不吱聲，末了道：「要是我不答應呢。」李自成單足跪地道：「無論先生答應不答應，自成再不會放先生走了。」「我也有一個請求。」黃玉昂然道：「你必須先放我走。之後，由我自己決定是否再回來。」李自成與黃玉四目互視，各不相讓。末了，還是李自成讓步了，低聲道：「先生說的對，在下不能勉強先生。」黃玉大步出門。李自成再忍不住，乞求般地叫著：「黃先生！……」黃玉在門畔止步，回頭看一眼李自成，微笑：「放心吧。在下先得去祭祖告天，之後，再回來助你成就大業。」李自成大喜。

高迎祥與李自成並肩在河邊散步。高迎祥望著山光水色，得意道：「鳳陽是開國皇帝朱元璋老家，龍興於此，大明聖地。咱們攻克了鳳陽，斷了崇禎的龍脈，接下來，應該乘勝東進。」李自成憂慮地問：「闖王是想攻打南京嗎？」高迎祥微笑：「不錯。南京距此只有幾百里，打下了

南京，大明王朝就完了！」「我明白了，南京藏龍臥虎之地，又是朱元璋建都的地方，連宮殿都是現成的，大哥正好可以在那兒登基。」高迎祥正視著李自成：「怎麼，你不同意？」李自成趕緊笑道：「闖王登基開國，這可是義軍兄弟多少年來的夢想，我怎麼會不同意。」

「那你擔心什麼？」李自成道：「我擔心，鳳陽被克之後，崇禎恐怕會調集各省的官軍圍剿義軍。我們將面臨前所未有的惡戰。」高迎祥點頭道：「這倒不怕。我早已給各路首領發了帖子，讓他們速到鳳陽聚集。三五天內，義軍就能集中五十多萬！」李自成嘆道：「闖王啊，咱義軍雖然人數眾多，但大多數兄弟卻仍然渾身草莽之氣，形同草寇。再者，十八路統領也是良莠不齊。特別是張獻忠，兵馬最多，占義軍一半以上，素有稱王之心。就拿這次攻鳳陽來說，主攻的是劉宗敏的部屬，可入城後，他張獻忠先搶占了福王府，再刨了皇陵，把幾千萬兩銀子據為己有，大肆擴軍……闖王，獻忠如此放肆，你不可不防啊。」

高迎祥沉吟著：「我召各路統領前來，還有一個重要用意，就是要從今以後，嚴格執法，統一用兵。」李自成道：「在下建議，暫勿東進攻打南京，先整頓義軍內部。」高迎祥沉思著行走，忽然止步笑了：「自成兄弟，我聽說，你請了個名叫黃玉的書生做軍師，是不是？」李自成點頭笑道：「消息傳得好快呀。」高迎祥說：「無怪乎，你一下子變得穩重起來了。說吧，那書生還給你出了什麼主意？」李自成道：「主意倒沒有出什麼主意，不過，他認為，我們義軍正面臨空前的危機……」「哦？」高迎祥似乎有些吃驚。李自成又說：「黃玉建議，義軍非但不要東

進，還得盡快退出江南，回到官軍薄弱的陝西河南一帶去，建立根據地，厲兵秣馬，整軍備戰。」高迎祥沉著臉：「就這麼定下不攻南京了？」李自成激動地說：「大哥，天下早晚是您的，但在下也覺得，眼下還不到開國稱帝的時機……」

高迎祥稍稍不滿地說：「你聽我的還是聽那個書生的？」「當然是聽大哥的。」高迎祥說：「那好，我們先與各路統領開會商議，再決定下一步戰略。」李自成無奈地點點。高迎祥率先朝前走去，李自成跟隨著，兩人沉默無言。

鳳陽衙門。大堂上，高迎祥興高采烈地在迎接陸續入內的眾統領，他頻頻抱拳相賀：「洪賢弟來啦，好好！……噯喲，劉老哥，想死我了！……宋叔伯，快請快請！」眾統領也彼此間大呼小叫，互相拍肩打背，一片歡天喜地之態。劉宗敏氣乎乎入內，欲言又止的樣子。

李自成見狀，示意他走至一邊，低聲問：「劉宗敏，出什麼事了？」劉宗敏氣得罵：「媽拉個巴子，張獻忠擺臭架子，不肯來赴會。」眾統領彷彿聽見什麼，唰地安靜下來，都看向這邊。李自成趕忙笑道：「闖王，沒事兒。老張喝醉了，賴在營裡鬧酒呢！」高迎祥察覺到異常，故作從容道：「各路首領都到了，就等獻忠兄弟，他不來怎麼成？你親自去請，就說我的話，抬也得把他抬來！」

「遵命。」李自成急忙把劉宗敏拉到大堂外。

衙門外，李自成沉聲問劉宗敏：「張獻忠到底怎麼了？」劉宗敏氣著告訴李自成，紅帶信使已經請過他三次了，都被他趕出來，不見。李自成問：「為什麼？」劉宗敏說：「他不是下榻在福王府麼？說了，他那地方寬敞，要闖王帶著各路首領到王府裡開會。他累了，不想動彈！」李自成沉吟道：「這是跟闖王示威呢。張獻忠不甘願屈居人下，他仗著人多，早就想讓闖王立他為忠王。」劉宗敏憤怒道：「不來就算。林子大了，不缺他這隻鳥！」李自成憂慮地說：「張獻忠如果不來赴會，其他首領也會三心二意……」

劉宗敏道：「要麼，我帶上人，把他抓來開會！」「不行！那樣做，義軍等於是自家火拼起來了。」劉宗敏急了：「這不行那不行的，難道要給那小子叩頭才行？」李自成說：「我親自去請，一定要把他請來。」「你一個人去？」劉宗敏想想，說：「不成！那小子心狠手毒，我帶兵護著你去。如有凶險，好有個照應。」李自成道：「萬萬不能帶兵！我自己一個人去。」劉宗敏無奈地說：「好好，不帶兵，兄弟陪你一塊去，這總行了吧？」李自成見他執意如此，只好說：「好吧，上馬吧。」

福王府，張獻忠坐於帥椅，三、四個部將圍坐著，正在向他稟報。

部將甲：「帥爺，忠字營三萬兵馬，今兒凌晨已經抵達鳳陽城外，正在待命。」

部將乙：「天字營和剛字營的七萬弟兄，也到位了。」

張獻忠點點頭：「虎字營呢？」部將丙：「虎字營距此最近，就在皇陵那兒埋伏著。」

張獻忠沉聲道：「你們都是我的生死弟兄，跟你們說白了吧。多年來，闖王跟李自成一直對

我們不放心，眼下正在府衙召集各路首領開會，想統一兵權，把所有兵馬統統抓到自個手裡。到那時，我們就得給人家當孫子了。」

部將甲憤然道：「在下只聽帥爺的，其他人，休想跟老子吆三喝四的！」部將乙道：「帥爺，咱們有二十多萬兵馬，占了整個義軍一半多。闖王既然想統一我們的兵權，我們為何不統一了他的兵權?!」部將丙也道：「是啊。咱們兵強馬壯，糧餉充足，幹嘛不拉出去自己幹？將來打下天下來，帥爺做皇帝，咱們都跟著名垂青史……」

張獻忠打斷他的話：「甭扯那麼遠。我的想法是，頭一步，咱應該先讓各路首領立我為『忠王』，與高迎祥這個『闖王』平起平坐。第二步，我再設法將你們幾個陸續封王，升做各路統領。再往後，就能把整個義軍逐步掌握到我們手裡。」部將興奮地應道：「在下絕對聽從帥爺命令！」其他部將紛紛搶著道：「我們聽帥爺的……聽帥爺的……」

這時，一個部下入內急道：「稟帥爺，李自成和劉宗敏朝王府這邊來了。」張獻忠沉聲道：「帶了多少人來？」「就他們兩人。」

張獻忠冷笑：「哼，這是來探查虛實了。你們先去預備著，這兩人我來對付。」眾部將應聲退下。張獻忠沉思片刻，突然喝道：「來呀，擺酒席，上女人！快！」

李自成與劉宗敏在福王府外下馬，侍衛將他們引進王府大門。當兩人從甬道上走過時，只見王府外刀槍密布，戒備森嚴。而內府裡面則傳出一派絲弦細樂。李自成問侍衛：「張大哥呢？」

侍衛道：「帥爺醉了。」劉宗敏譏諷地說：「喲呵，老張什麼時候成了『帥爺』了?!」

李自成與劉忠敏進入內室，大吃一驚地愣住了，張獻忠果然醉得如癡如狂。張獻忠坐在酒席邊上，身上穿戴全套福王的金冠、玉冕、龍袍、綬帶。同時，他還左擁右抱摟著兩個福王的嬪妃，正與她們調笑胡鬧。兩個嬪妃一邊嬌叫著一邊向他口裡倒酒……屋角處，一溜兒王府的小太監正在吹拉彈唱。李自成笑道：「張大哥好自在啊！」張獻忠像是剛剛看見他們，醉醺醺地叫道：「噯喲，自成兄弟！還有宗敏老弟嘛……來來，陪哥哥一塊樂樂。來啊……」

劉宗敏怒道：「張獻忠，你它媽像什麼樣子？」張獻忠捧起懷中嬪妃的臉兒，道：「瞧啊，這娘們多嫩！去，讓兄弟們親一口……」張獻忠說著，把這嬪妃推進劉宗敏懷裡。劉宗敏氣得劈手抽了那嬪妃一個耳光，罵道：「滾！」張獻忠怪聲怪氣地說：「宗敏兄弟不喜歡她麼？來人哪……斬了她！」兩個部下立刻提刀衝入，將這個嬪妃抓出去砍頭。那嬪妃嚇得淒聲哀叫不止，仍然被拖出去了。張獻忠接著又把一個嬪妃推到劉宗敏懷裡：「兄弟，這個怎麼樣？」

劉宗敏又是一掌打開。張獻忠怪叫：「還是不喜歡？好，斬了！」又衝進兩個部下，將這個嬪妃拖出去。張獻忠接著再推一個嬪妃到劉宗敏懷裡，笑眯眯道：「宗敏兄弟要是還不喜歡，哥哥再斬她，直到兄弟喜歡上一個為止。」劉宗敏扶起那個面如土色的嬪妃，不敢再推開她，衝著張獻忠怒道：「夠了！你……」張獻忠大笑，衝李自成道：「瞧，宗敏兄弟心疼啦！哈哈哈……劉宗敏呀，你把人家福王都煮吃了，哥哥還殺不得福王的女人嗎？」劉宗敏氣得罵道：「你它媽裝瘋賣傻，擺威風給咱看！」

李自成卻坐到酒席上，打量著張獻忠，沉著道：「張大哥，在下記得，當初你是腰紮一條牛皮帶、手執兩把殺豬刀起事的。怎麼今天換上龍袍玉帶了？」張獻忠抖擻著身上皇飾，道：「氣派不？」張獻忠越說越得意：「穿上這身東西，真它媽的過癮！」李自成微笑道：「張大哥在過什麼癮哪？」

張獻忠道：「自成兄弟，你可知道這龍袍玉帶的來歷？」李自成道：「在下孤陋寡聞，不知道。」「這身龍袍，是我從福王箱底下翻出來的。」「他幹嘛要藏在箱底下呢？」張獻忠嘆道：「說來話長了。這個福王朱常洵，是萬曆皇帝最鍾愛的皇子，原本想立為太子的，只因為朱常洛比他從娘肚裡早爬出來三天，眾大臣非說什麼『立長不立賢』，萬曆只好把朱常洛立為太子，後來當了光宗皇帝。」李自成點點頭：「有這個事。光宗是個短命皇帝。」張獻忠道：「是啊，朱常洛只當了一個月的皇帝就病死了，接著天啟皇帝繼了位。而這個福王朱常洵呢，早就把金冠龍袍都做好了，卻老也輪不上他登基，金冠啊龍袍啊只好壓箱底，還給攆出京城來做了個『福王』。唉，你說他委屈不委屈呀？」

李自成頓時明白了張獻忠的用意，微笑道：「哦……懂了。張大哥的意思是，按照兵馬多少而論，你本來應該做闖王的。只因為高大哥早起事了幾天，只好讓他做了闖王。而你雖有雄兵數十萬，卻只能做個統領。唉，張大哥，你委屈不委屈呀。」張獻忠哈哈大笑：「自成兄弟真是聰明人。說實在話，高大哥徒居威名，並沒有什麼本錢。而你和我的兵馬加一塊，就占了義軍八成！應該立為『闖王』的是自成兄弟。至於大哥我麼，願意輔佐自成兄弟取天下……」李自成真誠地說：「張大哥啊，自古以來，多少英雄豪傑都是壞在功名二字上。咱們義軍發展到今天不容易，你我為何不同心同德地扶助高大哥，推反大明王朝、成千秋大業呢?!如果義軍兄弟之間爭權奪利話，只能被官軍所乘，到頭來功虧一簣，玉古俱焚，成千古恨事呀……」張獻忠一拍大腿，挖苦道：「說得好啊!你說得句句都是我心裡話，就是叫我自個說，也只能跟你說的一模一樣。」

李自成沉下臉，道：「張大哥，各路首領都等著您前去赴會呢。你如有話，也可以當面跟闖王說嘛，如果不去，恐怕寒了大夥的心。」張獻忠道：「會議好嘛，早該會議了，把話都說說透。但是，開會必須在這座福王府裡開!自成兄弟，麻煩你請闖王和各路首領們前來，我在這候著。」李自成明白了，沉吟道：「張大哥不放心我們……」張獻忠冷笑：「恐怕是你們不放心我吧!請稟報闖王，我這兒有酒有肉，地方也寬暢，要開會就在我這兒開，我不想當什麼王，可是盡一回地主之誼總可以吧？」李自成起身一揖：「既然如此，兄弟先回去，把張大哥的意思稟報給闖王。」

李自成與劉宗敏憤然離去。

鳳陽衙門大堂，高迎祥與眾統領正在焦急等待，李自成與劉宗敏匆匆步入。李自成朝高迎祥欲言又止：「闖王……」高迎祥看一眼眾統領，斷然道：「都是自己弟兄，你就直說吧。」李自

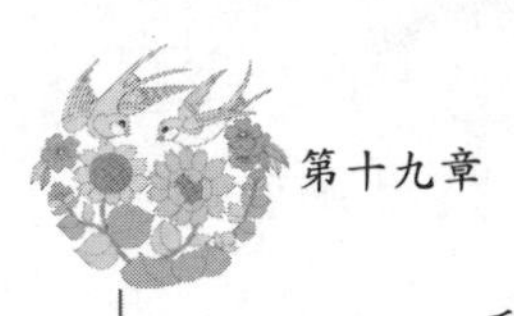

成道：「張獻忠不肯來，他要請闖王和全體統領到他那兒去會議。」

高迎祥眉頭緊皺，無言。

幾個統領頓時怒叫起來：「張獻忠擺什麼臭架子，咱們這麼多人屈從他一個?!」「老張仗著兵強馬壯，跟我們叫板了嘛！」

高迎祥巡視一眼眾人，大家漸漸安靜下。高迎祥問李自成：「你看哪？」李自成沉聲道：「照我看，我們只有兩個選擇。一是欣然赴會，化解張獻忠的疑慮；再一個嘛，立刻拔寨起兵，遠離張獻忠的虎口！」高迎祥大驚，緊接著陷入痛苦思索。眾統領又叫罵起來：「奶奶的，張獻忠想對我們下手？」劉宗敏也怒道：「闖王，張獻忠早就暗藏禍心。他霸佔福王府，獨吞幾千萬銀子，那可是整個義軍的軍餉啊！咱們再不能退讓了。」另一首領罵道：「媽的，咱們十幾路義軍還怕他一個嗎？分手就分手！」

高迎祥終於道：「張獻忠跟我都是最早起事的生死弟兄，我不相信他會對我下毒手。既然他請我們到他那兒去開會，那我們就去！各位弟兄有誰不願去的話，也不勉強。就算只有我一人，我也去。」眾首領都沉默著。李自成道：「在下跟闖王一塊去。」劉宗敏無奈地說：「媽的，那我也去！」眾首領陸續應聲：「去就去吧……看看他葫蘆裡賣什麼藥。」

眾人紛紛湧出大堂。

福王府外，警衛密布。忽然，甬道中閃出張獻忠的兩個部將，從甬道中領出大隊伏兵，將王府團團包圍起來。部將揮刀低喝著，指揮伏兵們：「快、快！……不得讓一人漏網！」

福王府內，高迎祥與張獻忠居中，十八路首領兩邊分座。會議已至高潮，氣氛十分緊張。張獻忠怒聲道：「……今天這事，明擺著，你們信不過我，我也信不過你們！至於一統兵權、交割銀兩，哼，對不住，休想！」張獻忠說著抓起酒碗朝地上猛砸，哐啷一聲粉碎了。頓時，府內外伏兵盡出，將高迎祥和眾首領團團圍住，雪亮的刀鋒逼在每人胸前。堂上大亂。

高迎祥怒道：「張獻忠，你想動武麼？」張獻忠傲慢道「：闖王啊，獻忠不才，但畢竟浴血奮戰了十幾年，今日總該有個說法了吧？」高迎祥冷靜地：「你這個『說法』到底是什麼意思？」張獻忠冷笑：「大家心裡明白，還要我厚著臉皮直說麼？」李自成道：「我猜啊，張大哥的『說法』，是要我們立他為忠王，做義軍統帥。」張獻忠爽朗一笑：「到底是自成聰明，一說就中！各位兄弟，行不行啊？」

眾首領互視，有的面怒容，有的膽怯，有的猶豫不定……張獻忠走到他們面前，語氣中既親切又威逼，竟然一個個點名了：「洪大哥，在下可是素來敬重你的，你說呢？」

洪首領低下頭：「我、我沒意見。」

張獻忠往前走：「宋老伯，你可是我從官軍刀下救出來的人……」

宋首領嘟囔著：「只要你不背信棄義，怎麼著都由你！」

張獻忠再往前走：「吳兄弟，咱倆是一個村裡的夥計，甜不甜家鄉水，親不親故鄉人哪……」

吳首領道：「我跟著你哪！」

張獻忠走到了李自成面前，微笑道：「我也不指望自成兄弟立我為王了。但是，我也不希望自成兄弟與我為敵……」李自成靠近張獻忠耳邊，低語了幾句……張獻忠臉色突變，巡望四周，驚問：「劉宗敏呢？」眾首領互相尋望，大堂上果然沒有劉宗敏。張獻忠緊張了，聲音有些發顫，盯著李自成：「你說的是真的？」李自成冷笑：「張大哥要是不信，問問高大哥吧！」

張獻忠轉臉看高迎祥，高迎祥從容地點點頭。這時候，遠處傳來嗚嗚的號角聲……山谷裡，號角聲四起。林間隱隱有戰旗閃動，彷彿埋伏著無窮無盡的伏軍……

張獻忠頓時頹然落坐，半響說不出話來。李自成低聲：「張大哥，你有什麼新的說法嗎？」張獻忠抬起頭，憤怒地道：「都走吧，我不留你們了！」高迎祥起身，看了看沮喪的張獻忠，大步朝堂外走去。接著，李自成與眾首領一個個跟隨離去，誰也沒說一句話。而張獻忠始終坐在那兒一動未動。

高迎祥與眾首領策馬狂奔，到了山腳下，高迎祥才勒馬駐足。李自成上前。高迎祥笑問：「自成，你剛才跟張獻忠耳語什麼，把他嚇成那樣？」李自成笑道：「我說啊，螳螂捕蟬，黃雀在後。闖王既然敢來，豈能不防？你王府裡只有五百人，而劉宗敏領著老營五千精兵早就圍住了王府。張獻忠知道我老營的厲害，如果他敢下毒手，他自己也將碎屍萬段。我還告訴他，我之所以不聲張，是給你張大哥你留著面子哪。」

高迎祥問：「你老營不是還在伏牛山麼，離這幾百里呢？」李自成道：「其實，宗敏兄弟只帶了幾十個鼓號兵。張獻忠要是真對咱們下毒手，我們今天就完了！」高迎祥哈哈笑道：「張獻忠中了你的空城計了。」李自成輕蔑地說：「區區雕蟲小計，就讓張獻忠栽了！這也說明，張獻忠絕非成大事者，他既不夠聰明也不夠狠毒。哼……」高迎祥頓時一驚，彷彿不認識李自成了。他再次陷入沉思。

沉默了一會，李自成問：「大哥，想什麼哪？」高迎祥道：「我在想，張獻忠其實並不會真對我們下毒手，他只是想當個王，和我平起平坐。」李自成低聲說：「我想也是。」「我決定，回頭就給寫份帖子，親自送到王府去，當面封他為『忠王』！」這時，輪到李自成驚訝了。高迎祥道：「他不是還想自統兵馬嗎，也行啊。我就到他隊伍裡去，和他一塊行動。」李自成道：「大哥，你這不是去當人質嗎?!」高迎祥搖搖頭：「不。我覺得只有這樣才能影響張獻忠，維護義軍的團結。」

「大哥，你心太軟了！」李自成氣得鞭馬遠去，把高迎祥甩到後面。

第二十章

夜晚，乾清宮暖閣內。崇禎盤腿坐於炕頭，炕桌上堆滿奏摺，他似乎正在生病，一面咳嗽一邊閱摺，神情甚是疲憊。周后端一碗夜宵輕步入內，心疼道：「皇上，早點休息吧。看您，眼都熬腫了！」崇禎揉著酸脹的眼睛，嘆道：「朕是個苦命皇帝啊。一天到晚，盡是些兵災、匪亂、饑民暴亂，唉……」周后打量那堆摺子：「就沒點喜事嗎？」崇禎又是一陣咳嗽，繼之拍打那堆奏摺：「有哇！每件摺子的開頭都先說點好聽的，什麼千年鐵樹開花了，什麼黃河出現了四眼金鯉。接下來，就是一連串禍事了。最後，肯定是要糧、要餉、要減稅！」

周后苦笑笑，說：「皇上，還是吃夜宵點吧。太晚了」「朕不餓。……心裡堵得慌。」崇禎擺了擺手。周后哀聲苦勸道：「皇上，您千萬得保重龍體呀！」崇禎苦笑道：「愛妃放心。朕雖然貴為天子，但朕這副身子骨啊——賤著哪！」周后嗔道：「這話是怎麼說的！」崇禎道：「朕天天受罪，可累不垮。朕渾身是病，可又病不死！這還不夠賤麼？」周后傷心落淚了，泣道：「皇上說得臣妾好難過」崇禎捧起周后臉：「甭哭。有朕在，大明早晚得強盛起來！」周后道：「皇上，臣妾求您了，躺下歇歇吧。」

崇禎朝案上攤了攤手，意思是說這一大堆摺子沒批完該怎麼辦？周后道：「明天是清明節，皇上一早還得赴太廟祭祖哪。」崇禎想起來了：「可不是麼，又到清明了。唉，國事日下，內憂外患的，朕有何面目見祖宗啊?!」周后扶崇禎慢慢躺下，順勢也歪坐到他身邊，輕手替他按摩肩背。崇禎頓覺舒服，慢慢閉上了眼。周后以為崇禎睡著了，正要為他蓋毯子。

崇禎卻像炸夢般彈起身體，大叫：「下雨沒？」周后嚇一跳，顫聲問：「什麼？」崇禎嘆息道：「開春以來就沒下過雨，旱了一百多天了！」周后見皇上如此心苦，不禁心酸，她勸道：「皇上……您別想事了！這樣怎麼能睡得著？」「不想成嗎？直隸和周邊各省的災民，已經增至六百多萬了，蒼天如果再不肯降雨，今年稅賦就又要落空了。沒有稅賦，朝廷拿什麼抵禦皇太極？拿什麼征剿中原流寇？」崇禎睜大著眼睛，一臉的憂慮。周后寬慰他道：「皇上，詩云『清明時節雨紛紛』。明天祭祖時，皇上憂國之心定能感天動地，太祖太宗護佑著大明，上天肯定賜下三天三夜的喜雨來！」「果真如此，那就太好。愛妃，外頭天陰了沒有？」周后支吾著：「臣妾來的時候，看見天陰得很。」崇禎支撐著又要起身：「朕出去看看天！」周后心疼地攔住崇禎：「皇上躺著別動，臣妾出望天去。」

周后走到宮外，仰面望天，只見明月當空，星光閃閃，一片晴朗夜空，毫無雨意。周后嘆口氣，猶猶豫豫地步回宮來。崇禎看著周后入內，問：「怎樣？」周后笑道：「大喜呀皇上。天空堆著老厚的濃雲哪，把星星月亮全埋沒了，連空氣都是濕濕漉漉的，定是快下雨了！」「好好。蒼天有意，喜雨怡情哪！」崇禎快活地偎在周后懷裡，漸漸睡去。周后像母親照顧孩子那樣輕輕拍打崇禎身體，同時眼望窗外，嘴裡默誦「蒼天有意，喜雨怡情」，默默祈禱求老天快快下雨……

皇宮。夜空中，一團烏雲漸漸遮住了月亮，天真的有點陰了。四面八方吹起冷風。宮道上忽然出現人影，接著越來越多。他們跌跌撞撞、隱隱哽咽著走到乾清宮玉階下，陸續跪了下來，無聲的哭泣著。

悲哀的臣工與太監越跪越多，幾乎鋪滿整個皇宮。跪在最前面的王承恩，已是老淚縱橫……

周后仍然偎著崇禎躺在炕上，兩人都已入夢。忽然間，周后睜開了眼睛，她聽到宮外傳來一片淅淅瀝瀝的聲音。周后側耳諦聽片刻，不禁歡喜大叫：「下雨了！皇上你聽，下雨啦！」崇禎被周后從夢中搖醒，他迷迷怔怔地一聽，果然聽到宮外淅淅瀝瀝的雨聲！驚喜，不禁大叫：「下雨了。下雨了！好哇……朕瞧雨去！」崇禎鞋也顧不得穿鞋，竟赤著腳奔出宮看雨去了。周后趕緊提起鞋子追趕崇禎。

崇禎走出內宮一看，竟見夜空一片晴朗，根本沒有下雨。他驚訝地朝玉階下看，這才看見下面跪著一大片人，那淅淅瀝瀝的聲音正是他們發出的慘痛的啜泣之聲。王承恩和烏鴉鴉大片臣工、宦官，已經跪滿了整個乾清宮玉階及所有空曠之處，一直跪到崇禎腳邊。他們個個抽泣不止、悲痛欲絕……

崇禎驚問：「怎麼了？怎麼了？出什麼事了?!」楊嗣昌、洪承疇互相對望著，都支唔不言：「皇上……皇上……」崇禎跺足：「快說啊！到底出了什麼事？」這時，王承恩痛苦地叩了個頭，沙啞道：「皇上啊，高迎祥李自成他們……攻陷了中都鳳陽。」崇禎大驚：「什麼?!」王承恩流淚道：「那些禽獸……竟敢焚皇陵、破祖廟，還掘了先太祖爺的棺槨，斷了大明王朝的龍脈……」

崇禎幾乎摔倒，周后急忙扶住他。崇禎癡癡地：「啊?!啊……」「還有更惡的事兒……」楊嗣昌壯膽補充道，「闖賊們殺了福王朱常洵，還把福王跟鹿肉一鍋兒煮嘍，名為『福祿肉』，擺了三天三夜的流水席。皇上啊，龍興聖地，鳳陽皇陵，已成一片焦土……」崇禎慘叫一聲，痛不可當，當場暈倒。周后及眾臣撲上前扶起崇禎，一片亂叫：「皇上！皇上……」崇禎似乎已經氣息奄奄了，他勉強睜開眼，突然怒叫一聲，劇咳之中，噴出一口血來。再度氣昏過去。

周后與眾臣驚慌失措，亂急中一番救助，崇禎終於又醒來，悲哀地哭叫：「天哪！鳳陽、鳳陽……祖宗之陵，王朝之脈，天地之尊，家國之聖……都叫禽獸們毀了呀！」周后含淚扶崇禎入內。崇禎一邊歪歪倒倒地走著，一邊近乎瘋傻地狂叫著：「這是亡國之兆啊！……亡國之兆啊！天哪……庸臣誤國誤朕，個個可殺！殺！……殺！……殺！」

崇禎入宮去了。小太監趕緊關上巨大的乾清宮門。

寂靜片刻，突然間，所有跪地的臣工與宦官，同時爆發出洶湧澎湃的狂哭。他們捶胸擊地、悲痛萬分地大呼小叫：「鳳陽！……鳳陽！祖宗之陵，王朝之脈，天地之尊，家國之聖……」

這時候，天空真的出現一片濃雲，四面八方的冷風越來越緊。接著，真的淅淅瀝瀝下起雨來了。雨越來越大，接著電閃雷鳴，狂風怒吼。

大雨打在跪地的眾臣身上，打在玉階上，擊打著無邊無際的深宮……

太廟內，布放著大明歷朝歷代的帝後畫像及靈牌。香煙繚繞，高僧肅立，木魚篤篤，誦經聲嗡嗡不絕。太廟門外，皇公貴戚文武百官們皆披麻戴孝，白慘慘一片，悲傷跪地。

一尊青布小轎抬來，至太廟前駐轎。王承恩快步迎上，將一身孝服的崇禎扶出轎。崇禎滿面哀容，被扶至列祖列宗的靈位前，跪下了，悲呼著：「先皇啊！子孫不孝啊……」眾皇公大臣俱叩首及地，一片哀呼聲：「先皇爺啊，臣等罪無可赦……」崇禎重重地叩首，因用力過度，那頂白布孝冠竟然落地。旁祭的周皇后地看了，禁不住驚叫一聲——僅僅一夜功夫，崇禎因痛苦過度，那滿頭的烏髮竟然大半花白了！崇禎全然不管不顧，兀自一下下重叩著。皇公大臣們都跟著統統叩首及地，一片哀鳴。

崇禎舉首望著列祖列宗的牌位，滿面熱淚，嘶聲道：「不孝朱由檢百拜列祖列宗。家國不幸，賊寇猖獗，荼毒皇陵，驚擾祖宗在天之靈，禍亂皇天后土、社稷百姓，不孝臣朱由檢痛心疾首，肝膽俱碎，乞先爺賜罪……不孝臣朱由檢稟報列祖列宗，即日起，臣將向天下人發布《罪己詔》。引罪自懲，避居武英殿，減膳撤樂，罷免經宴，不食葷腥，著青衣理政……不孝百拜，乞列祖列宗萬安，恩威齊天，護佑大明！」

崇禎再拜。叩畢，幾乎站不起身來。王承恩上前扶起崇禎。崇禎滿眼是淚，他透過淚光怒視兩排戰戰兢兢的臣工們。低喝：「楊嗣昌。」楊嗣昌上前：「臣在。」崇禎咬牙切齒地：「宣旨！」楊嗣昌應聲展開一軸黃綾，宣道：「中原流寇悖逆天理，喪盡人倫，陷聖都鳳陽，毀先祖皇陵。致使皇天后土不寧，家國百姓蒙難。此仇此恨，不共戴天！經查，此禍亂之中，諸多臣工大吏褻瀆職守，罪無可赦……」

楊嗣昌停了片刻，看一眼膽戰心驚的眾臣們。這時，一列帶刀錦衣衛威嚴地步上前來，圍住了臣工們。楊嗣昌清一下喉嚨，聲音突然變得響亮而兇狠：「著將鳳陽巡撫楊一鵬、巡按吳振纓、御使宋玉秉、副將劉明遠即行斬首；著將陝西巡按劉天彪、御使王少傑，福王府將軍朱明貴奪職問罪；著將河南巡撫胡宗祖、巡按韓文海、戶部侍郎劉不爾，兵部主事李少極剝奪俸祿，戴罪盡職……欽此。」楊嗣昌每念到一個人的名字，那臣就腿一軟，撲嗵跪下，叩首及地。立刻有錦衣衛上前，將此罪臣拉走。漸漸地，被拉走的臣工越來越多。剩下的個個心驚肉跳，唯恐大禍臨頭……終於，楊嗣昌把聖旨宣讀完了，他們總算是聽到了那『欽此』二字，不由地鬆了口氣，齊聲叩道：「皇上聖斷。」

崇禎全身僵硬，他動了一下，抬頭望了望天，天空一片陰晦。崇禎苦澀地道：「開春以來，一百多天沒下過雨。昨兒清明節，總算是下了一場瓢潑大雨……列位臣工，你們說，那是雨麼？」眾皇公大臣愣了，不明白崇禎的意思。崇禎撕心裂肺般地吼叫：「那是列祖列宗的淚，是列祖列宗的血啊！」皇公大臣們頓時蒙面大哭，他們彷彿比賽似的，一個比一個哭得更悲傷，一個比一個更響亮。

崇禎呆呆地怔了一會，發出沙啞的聲音：「從今兒起，中原流賊一日不滅，朕就一日不除孝衣！」

武英殿內，崇禎穿著孝衣在理政。殿內高懸先祖朱元璋畫像。畫像下，崇禎如同苦行僧，身著布衣麻鞋，坐在一襲草鋪上，伏於矮几批閱奏摺。旁邊的食盒裡，擱著一碗粥，一碟小饅頭，若干素菜。崇禎似乎累了，擱筆，揉眼，咳嗽。一抬頭看見了高懸的朱元璋像，朱元璋正威嚴地注視著一切。崇禎動情地與之對視片刻，又抖擻精神，閱摺理政。

殿外，周后與王承恩倚窗窺望殿內的崇禎，嘆息，滿面憂色。周后痛心的低語：「王承恩，這可怎麼成啊？」

王承恩嘆道：「娘娘啊，那天祭祖時，皇上就發誓了，流寇不滅，就不除孝衣，不近禮樂，不食葷腥。」周后道：「可實際上並不只這些，皇上現在連暖閣都不住了，搬到這冷颼颼的殿裡來！」「老奴不敢勸，只偷偷地安置了火盆。讓皇上暖和點。」周后又道：「可吃得還不如太監丫頭哪成呀！皇上胃口一直不好。平時就是山珍海味也沒食欲，現在讓他吃這些粗茶淡飯的，就更沒胃口了。」「娘娘說的是。老奴猜想，皇上這是在用肉體上的折磨，減輕心靈上的痛苦。」

周后一陣心酸，道：「這三兩天還行，如今快一個月了，皇上的身子非垮了不可。」周后看著低著頭的王承恩：「你快想個主意呀！」「我太知道皇上了。這種時候，你越勸他越固執，說了只會惹皇上生氣……」王承恩看了看周后，說，「皇上最愛吃娘娘烹飪的家鄉菜。娘娘不妨親自下廚，烹一碗燕窩魚翅羹。這羹看上去也就是一碗湯水，可用了補人哪。皇上或許不在意，端起就用了……」

御膳房灶旁，周后用一銀勺將燕窩魚翅羹盛入小瓷罐中，之後聞了一聞，臉上顯出陶醉的笑容。周后把食罐放上托盤，衝小太監道：「小心點。跟我來。」周后躊躇滿志地出門。小太監托著盤兒小心翼翼地跟在後面。周后經過坤寧宮前，忽聽得宮內傳出小皇子哇哇的啼哭聲，不由地駐足。她猶豫片刻，快步進宮了。

小皇子坐在圍椅裡，餓得哇哇哭鬧。樂安公主和陳圓圓正用各種方式哄著他。樂安公主「噢噢」地勸慰小皇子。陳圓圓則端著碗兒，碗中是米糊糊。陳圓圓舀起一小勺，親切地：「皇兒乖，咱們吃一口吧，就一口！……這東西可好吃哪！」公主樂安則板著臉訓斥小皇子：「你吃不吃你？不吃餓死你！你餓死了我當皇帝……快吃！」小皇子雙手亂打，竟將米糊打翻，濺得到處都是。陳圓圓趕緊替他揩抹。小皇子更加兇猛地哭鬧起來，哇哇不止！……

周后入內，打量著宮裡一團亂糟糟的景象：「這是怎麼了？」樂安公主道：「母后，我們從辰時餵到現在了，皇弟就是不肯吃！」周后蹲到小皇子面前，心疼地看看，可他正餓著哪。陳圓圓道：「娘娘，皇子一生下來就是錦衣美食的，現在讓他吃這米糊糊，他怎麼吃得下啊？」周后道：「皇上有嚴旨，『素食三月，以靖國恥』。凡是皇親，都得遵行。」陳圓圓道：「可他還是孩子呀。」周后搖搖頭：「那誰也不能違反。」樂安不悅地說：「母后，您知道麼？現在連太監丫頭都比皇上吃得好。咱們每天粗茶淡飯，他們照舊吃魚吃肉，把御膳房的膳食銀子都吃到自己肚裡去了。」周后沉吟道：「這我知道……但你父皇的旨意必須遵行。善惡自有天報。」

樂安公主突然揭開罐蓋，聞了一下：「好香啊。這是什麼？」恰在這時，那小皇子又哇哇哭鬧起來。周后急忙把罐蓋蓋上：「別涼了。我偷著給皇上做了一碗羹……」陳圓圓看看那湯，再看看小皇子，目光中充滿期待，卻不敢說出口。周后明白了陳圓圓意思，默默搖頭，繼之嘆息。她起身離去，小太監捧著那罐羹跟在後頭。

樂安公主突然喚道：「母后……」周后站住，回看樂安。樂安顫聲道：「母后啊，我勸您把這罐燕窩魚翅羹倒了，千萬別端給父皇。」周后斥道：「胡說什麼?!」樂安頓足，發急道：「父皇現在就像一座火山，碰碰就會炸，誰侍候他誰倒楣！連王承恩都躲得遠遠的，他可比您聰明多了……」周后猶豫片刻，一言不發，仍然堅定離去。小太監托著那羹湯瓷罐緊隨其後。

周后推開武英殿門，笑盈盈入內，跪坐崇禎旁邊，親切道：「皇上，該用膳了。」「哦，朕也覺得餓了。」崇禎搓搓麻木的手，說，「朕今天精神好！好久不覺餓，今兒卻好想吃東西。」周后大喜，立刻從跪地的小太監托盤上揭開羹罐兒，將它捧給崇禎，笑道：「熱乎乎的哪，皇上快用吧。」崇禎接過小勺，舀起一點一嘗，大讚：「香！香！」周后幸福地笑了。

突然，崇禎呆住了，沉聲問：「這是什麼？」周后顫聲道：「一碗羹……臣妾親手為皇上做的。」「什麼羹？」崇禎厲聲道，「燕窩魚翅羹！是不是？」「是……是……」周后膽怯地，哀求地：「皇上，您千萬得保重龍體，不為自個，也得為大明哪……」崇禎大怒，將手中小勺一摔，砸個粉碎，怒斥：「好嘛！你以為朕的素食三月是兒戲麼？你以為朕布衣麻鞋是在欺世盜名麼?!」

「臣妾沒敢那麼想。」

崇禎更怒，厲聲喝道：「那為何不遵行朕的嚴旨？哦……大臣們欺君誤國，你也要欺君誤國麼？」周后傷心哭了：「皇上……臣妾不敢！」崇禎沉聲道：「這些天，你和樂安是不是受不了粗茶淡飯了，背著朕開葷？」「沒有，沒有。臣妾和樂安，包括皇子們，都絕對不敢！」崇禎哼了一聲，道：「你身為皇后，母儀天下，本該是後宮表率。可你……退下，回去閉宮反省！今後，沒有朕的旨意，就不准來見朕！」周后泣不成聲：「皇上……」崇禎怒斥：「出去！」

崇禎孤坐著，忽覺不忍，不由地探身朝外叫：「愛妃，愛妃……」不見回答，崇禎嘆口氣，自言自語：「朕說得重了些。」崇禎起身，步出殿外。

坤寧宮外，周后掩面飲泣，急步而來。那個小太監仍然捧罐兒亦步亦趨。周后踉蹌地進入宮中。樂安公主看見了驚叫一聲「母后？」周后站住，痛苦地說：「樂安哪，讓你說對了，我……」周后說不下去，掩著臉匆匆奔入內宮。

樂安公主呆了一會，朝陳圓圓悲道：「母后受罰了。」陳圓圓嘆息無言。小皇子忽然又哇哇直哭。樂安把手中物品一扔，恨道：「煩死了煩死了！這還是人過的日子麼？」陳圓圓低聲道：「這日子長著哪……難道就不過了麼？」樂安朝托盤的小太監吼：「過來！」小太監托著罐兒上前。樂安端起那羹遞給陳圓圓，說：「你餵他吃。」陳圓圓將羹端近小皇子，高興地笑著：「瞧，好吃的來啦。天哪，香噴噴的，姐都要饞死了！」小皇子早就按捺不住，伸著兩隻小手噢噢叫。陳圓圓舀起一勺，伸進他口裡，小皇子香甜地吃著，兩隻大眼還含著淚花。樂安也高興地笑。

猛聽一聲大喝：「吐出來！」陳圓圓和樂安公主回頭一看，崇禎怒容滿面地站在一旁。小皇子雖驚，小嘴仍然在嚼個不停。崇禎憤怒，一掌將陳圓圓的罐兒打翻，朝小皇子惡吼：「吐出來！」小皇子嚇得撲進陳圓圓懷裡，嗚嗚地哭了。崇禎氣得聲音都變了：「朕早就料到了。你們不把朕的嚴旨當回事，背著朕放肆！……皇后還說沒有，這不是讓朕逮著了嗎？」樂安委屈地說：「父皇，連宮女太監都比咱們吃得好……」崇禎怒道：「他們是賤奴！自然會偷吃，你哪，也要跟他們一樣？跪下！」樂安公主噘著嘴跪下了。

陳圓圓低聲道：「皇上，這羹是奴婢截下來的，與樂安公主沒關係。奴婢見皇子餓得不行，就餵給他吃了……」崇禎問樂安公主：「是嗎？」樂安膽怯無言。陳圓圓搶聲道：「是！請皇上賜罪。」崇禎怒喝：「大膽！來人哪，拖出去。」兩個太監入內，將陳圓圓拖下。小皇子又哇哇的啼哭了。

陳圓圓被按在御花園花架上，另一個太監揮舞竹鞭，劈劈啪啪地抽打。陳圓圓緊牙，一聲不吭。太監怪聲怪氣地：「大姐，奴才這是奉旨辦差，您別介意。」陳圓圓恨道：「放屁！」太監又打了兩下：「大姐，您要是唱段小曲，奴才就不打了。」另一個太監提桶水過來，說：「大姐，皇上有旨，說您清醒清醒，懂點規矩……」太監將冷水嘩地潑到陳圓圓身上。陳圓圓打了個寒顫。

這時，遠處傳來王承恩惱怒的聲音：「住手。」兩個太監趕緊垂手肅立。王承恩近前看看陳圓圓，喝斥兩個太監：「放開她。」太監迅速解開繩索。王承恩問她：「傷重麼？」陳圓圓大叫道：「骨頭都斷了。」王承恩威嚴「嗯」了一聲，盯向那兩個太監。他倆嚇得跪下來說：「不可能的，小的只是用軟竹輕輕敲了幾下，公公，皇上有旨，小的也是沒法啊。」

陳圓圓活動幾下身子，其實沒什麼事。王承恩抽出錦帕遞給陳圓圓，說：「沒有我的話，他們不敢下重手的，快揩揩臉吧。」他轉臉對太監斥道：「滾！」兩個太監快步離去。陳圓圓吐去流到口中的水：「呸，澆的什麼水啊，臭死了！」「澆花的水，這兩個狗東西！咳——」王承恩嘆息道：「圓圓呀，你膽子也太大了，怎麼敢惹皇上呢？」陳圓圓氣得亂叫：「什麼皇上？他首先得是個人吧！對自個的老婆孩子都那麼狠，沒心沒肺！」

王承恩嚇得臉都變了色，輕斥道：「你嚷什麼？輕點聲！」陳圓圓一邊揩臉一邊呸著口中水：「哼，趕明兒，我也要澆他一頭臭水！」陳圓圓說罷把錦帕一扔，掉頭就走。王承恩跟在後頭問：「澆誰哪你？」陳圓圓大聲道：「澆皇上！」王承恩氣得站住了，看著遠去的陳圓圓，繼之無奈嘆息。

百花樓妓院。百花樓張燈結綵，一派笙歌絲樂之聲。隔門可見樓裡的歌妓搔首弄姿，個個花團錦簇。許多頂蒙得嚴嚴實實的小轎相繼抬至。剛駐轎，胖鴇兒嘻笑著從樓內迎出來，打開轎門。楊嗣昌先探頭，左右望了望，無異常情況，這才下轎。

鴇兒笑道：「楊大人，老沒見了，姑娘們想您哪……」楊嗣昌低喝：「不要喊大人！」鴇兒改口道：「是，楊老爺。」楊嗣昌不安道：「國喪期間，皇上有嚴旨，凡王公大臣都不許沾惹酒色。可得多加小心。」鴇兒笑道：「楊老爺放心，我這兒太平著哪，您老人家只管吃好、喝好、樂好！」

第二頂小轎開門，下轎的竟是洪承疇。楊嗣昌與他彼此拱拱拳，相視一笑，心照不宣。接著第三、第四、第五頂小轎陸續開門，鑽出來一個個總督、巡撫等大員。楊嗣昌、洪承疇朝他們拱拳揖禮：「王兄、韓兄，李兄……請請！」大員們也紛紛朝他倆相揖：「多謝楊兄、洪兄。」鴇兒熱情地邀請：各位老爺，請入內吧。奴家都替你們準備好啦！

眾大員簇擁著楊嗣昌、洪承疇進入妓院。

妓院內室。一席山珍海味，玉盤珍饈。楊嗣昌居中，洪承疇與眾大員環座，俱是滿面笑容。楊嗣昌用熱手巾揩揩臉道：「列位總督、巡撫都是遠道而來，進京述職，辛苦呵！」眾大員一片聲：「楊大人辛苦！」楊嗣昌道：「按理說，在下早該在寒舍設宴為列位大人洗塵的。可是國喪期間，皇上禁止一切禮樂，更不准沾酒。在下愁死了——請列位大人吧，怕皇上知道；不請吧，又對不住列位，都是多年知己！無奈啊，在下和洪大人商量了一下，借百花樓一角，請列位大人

放鬆放鬆。啊？多多見諒。」眾大員紛紛笑道：「謝大人厚愛！……多謝多謝！」洪承疇補充道：「請各位放心，百花園這兒安全得很。我已讓衛兵把整條街封了！今晚，除了各位沒別的客，更沒人敢來打擾。」

楊嗣昌舉杯：「列位請！」眾大員一片歡聲：「請！請……」美酒下肚，眾人咂嘴回味。一總督讚嘆：「好酒！」另一巡撫夾起塊肉填進口裡，感慨道：「不瞞你們說，我進京後就斷了酒肉，真把我饞死了。」楊嗣昌作神秘狀：「明天，皇上在乾清宮與眾臣廷議，商量剿賊方略。列位督撫大人，你們心裡有譜了吧？」一總督探身：「在下正犯難呢，明天我該說什麼？請楊大人、洪大人賜教。」

楊嗣昌道：「鳳陽失守，證明剿賊失敗。皇上一怒之下，懲辦十二個三品以上的大員。還嚴旨內閣繼續查處。列位呀，明天你們說話可要多加小心。」一總督笑道：「是是。不過，聽說楊大人即將升任內閣首輔，只要您肯體諒下情，我等的日子就好過多了。」眾大員齊道：「請楊『首輔』多加關照！」楊嗣昌笑呵呵地：「首什麼輔啊，皇上還沒下旨哪！」洪承疇笑道：「國家戰亂，正當用人之際。您是必升無疑的。」楊嗣昌笑而不言，不置可否。

一總督道：「洪大人，您在兵部也供職多年了，在下聽說，皇上要拜您為武英殿大學士。」洪承疇連連搖手：「總督大人甭哄我！我已經是朝不保夕了。」總督驚訝：「這話怎麼說的？」洪承疇道：「鳳陽皇陵被毀，我身為兵部侍郎也是罪無可赦。但不知為什麼，皇上懲辦了四個兵部大員，唯獨漏掉了我。我早就把請罪摺遞上去了，皇上至今沒有批覆。」另一巡撫道：「那好哇，說明你聖眷正隆！」「不！皇上越是不作聲，就越是不妙！不瞞你們說，我擔心皇上留著我這顆頭另有它用……」洪承疇不無擔心地調侃自己。楊嗣昌笑問：「怎麼用啊？」洪承疇道：「比方說，明天廷議一開場，皇上就砍我的頭，以震懾各路督撫……」眾大員哈哈大笑。

楊嗣昌道：「洪兄真會開玩笑。」洪承疇苦笑笑，道：「我才沒心思開玩笑哪！」說話間，忽然門簾一掀，響起一串嬌笑聲，鴇兒領著一群美貌妓女進來了。鴇兒笑道：「各位老爺，姑娘們等不及了，要給老爺們敬酒哪。」眾大員頓時眼睛放光，大呼小叫：「好哇……來呀！到爺身邊來！」妓女們如蛇般地偎入大員們身邊，一個個嬌聲嬌氣地，開始把盞勸酒。大員們開始陶醉了，忘形了，手足亂動，摸上摸下了……

東廠，王承恩柱著杖立於階前，陰著臉兒。

王小巧匆匆步至他面前，低聲稟報：「公公，小的都查清楚了。楊嗣昌、洪承疇邀請進京八位督撫，在百花樓妓院聚酒取樂。」王承恩咬牙切齒道：「好嘛，皇上都瘦成一把骨頭了，這幾個傢伙還敢如此放縱！」王小巧也氣憤地說：「他們仗著自己是內閣大臣，什麼不敢幹哪。」「哼，國喪期間，酗酒嫖娼、結黨密謀，這可是要滅族的！」王小巧一驚，問：「請公公示下。」

王承恩冷冷地道：「還能怎麼辦哪，老奴去給他們捧捧場吧！」

妓院前廳，王承恩與王小巧徒步走到百花樓前，只見大門緊閉，裡面卻有隱隱的歌樂之聲。

王承恩朝王小巧示意。王小巧便嗵嗵敲門：「開門！開門！」半響，門開一道縫，鴇兒探頭出來：「誰呀？」王承恩笑道：「客人。」「國喪期間，不接客……」鴇兒斥罷，嗵地把門關了。王小巧又敲：「開門！開門！」門板嘩啦一聲大開了，鴇兒憤怒的跳出來，叉著腰，橫眉冷目，大罵：「兩個死貨，不是跟你說過了嘛？快滾！」

王小巧怒道：「你這婆娘怎麼這樣厲害呀……」鴇兒道：「這算什麼？奶奶的厲害你還見沒著哪。快滾！」「要是不滾哪？」鴇兒道：「不滾？奶奶就喊叫東廠的劉總管來，剁了你的臭爪子！」王承恩忍不住噗地笑了：「奶奶啊，您說的那個劉總管，名叫劉二吧？」鴇兒得意了，說：「你也知道他的厲害？」王承恩哼了一聲：「他的厲害，老夫懶得知道。但他爹有多厲害，老夫卻知道的一清二楚。」鴇兒一怔，心想這人怎麼著？王承恩又道：「劉二的爹是老夫的徒兒嘛。至於劉二，只配給我當徒孫兒。」鴇婆兒呆在那裡。細想了一回，覺得來者可能不凡，頓時換了臉色，親熱地笑：「我說哪，原來老爺是自家人！奴家看走了眼，快請，快請……」鴇兒朝堂內喊：「來人哪，貴客來哪！」立刻湧出幾個美貌妓女，把王承恩團團圍住，她們又拽又拉，嬌聲喚著：「噯喲老爺，您老沒來了……老爺，我要您今夜別走了……」

王承恩左右看看，對一片豔色微笑：「可惜姑娘們了，真是太可惜了。」鴇兒笑著勸道：「老爺，我這兒的姑娘。都是京城裡的絕色！您只管選。」王承恩喟嘆道：「您不知道，對老夫來說，姑娘就是剝光衣裳也沒用啊……」鴇兒誇張地驚叫：「喲，您老人家還守身如玉呀！」王承恩道：「慚愧慚愧——老夫要啥有啥，就是沒雞巴！」鴇婆兒大驚，細看王承恩，這才看出他是太監，她雙手一拍，故作驚喜地叫：「喲！您是宮裡老爺呀，奴家真是瞎了眼，得罪公公了。」妓女們聞言，立刻抽手，不屑地走開。

王承恩微笑著說：「敝姓王，王承恩。是裡頭貴客們的朋友。」鴇兒明白了，嚇得聲音發顫：「王公公，皇宮總管……」鴇兒看著王承恩陰沉沉的臉色，馬上換成更甜蜜的笑容，手從腰裡一抹，伸過一隻白胖的手掌，掌中出現兩顆大得驚人的珍珠。媚聲道：「您是大貴人，別跟奴家一般見識。這兩顆珠子，王公公留著玩兒。」王承恩盯著珍珠微笑：「稀罕東西，這兩珠子比皇后鳳冠上的還大些。我估計，每顆起碼值一千兩銀子吧？」鴇婆兒受辱般地：「那我能拿得出手麼？這兩顆珠子，每顆值五千兩銀子！」「哦，那是老夫有眼無珠了。」鴇兒陪笑道：「看貴人說的。快拿著。」

王承恩也不接她的話茬，只問：「今兒來了多少客人哪？誰的東道啊？」鴇婆道：「楊大人把百花樓包下來了。」王承恩讚道：「有氣派！你準備什麼名菜？」鴇婆一邊陪笑，一邊伸出手數說道：「多啦，有燕窩海參、熊掌魚翅……」王承恩順手抓過鴇婆的肥手掌看看，笑問：「那熊掌比得上這爪子麼？」鴇兒微嗔道：「公公取笑了……」王承恩厲聲道：「剛才你不是要剁爪子嗎？立刻給我剁了！」鴇婆驚恐陪笑著：「公公真會開玩笑。」王承恩板著臉：「國喪期間開不得玩笑！這麼著吧，兩隻爪子都給我剁嘍！」一眨眼間，黑暗中已閃出兩個便衣漢子，將鴇兒

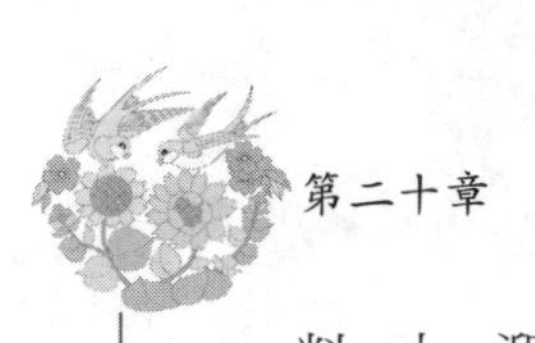

拖走。鴇兒哭叫不止……

妓院內室，大夥兒一人摟一個妓女，飲宴正歡。跑堂的端上一隻銀蒸鍋，輕輕放在宴席正中。一總督醉醺醺問：「什麼菜啊？」跑堂的顫聲道：「紅燜熊掌……」總督高興道：「好！好！總算是來了。」楊嗣昌指點著：「這是百花樓招牌菜，名滿京城。快，打開蓋，讓大人們嘗嘗。」

跑堂的伸手揭開銀蓋，眾人都把頭伸上去。大驚失色，蒸鍋裡面竟然擱著兩隻血淋淋的胖手掌，掌心中還擱著那兩個珍珠！眾人驚得目瞪口呆。楊嗣昌厲聲問：「怎麼回事？」跑堂的示意門外：「老爺，來了個貴客……」楊嗣昌變色，詢問地看洪承疇一眼。洪承疇嘆息道：「沒別人，定是王承恩到了。」

眾人立刻縮身，酒席變得死一般安靜。

妓院前廳堂上，王承恩端坐不動，王小巧立於身邊。突聽「噯呀呀」之聲，楊嗣昌領著所有督撫們急沖沖迎上來了。楊嗣昌面紅耳赤，朝王承恩深深作個大揖：「王總管哪，在下有失遠迎！……」王承恩卻作出大驚失色的樣子，趕緊起身揖禮道歉：「啊？老奴瞎眼！原來是列位大人在此聚會，哎呀呀，搞錯了！下頭稟報說奸人嫖賭，因在國喪期間，老奴只好過來看看。萬沒料到是列位大人……驚擾驚擾，得罪得罪！」

楊嗣昌萬分尷尬，乾笑著：「王總管，今天這事嘛，我等有失檢點，萬望您老人家海涵哪。」王承恩驚道：「老奴豈敢？得請大人們海涵老奴的莽撞。……王承恩轉臉叫：「來人。」跑堂的上前：「小的在。」王承恩高聲道：「今天這宴席算老夫請的，花銷都計在我的帳上。」跑堂的急忙答應。楊嗣昌、洪承疇慌忙作揖：「王公公……王總管！您……」王承恩打斷他們的話：「我沒說完哪。聽著，不但是今天，列位大人在京期間，所有吃喝嫖娼的開銷，全部由老夫結帳！老夫以此向列位大人賠罪。」

楊嗣昌感動地幾乎要哭：「王公公啊……」王承恩擺擺手：「就這麼定了！」洪承疇道：「王公公盛情，我等永世不忘。王公公，既然來，請入席吧？」眾人打躬作揖，一片聲叫：「請！請！」王承恩笑道：「好好，我也討口酒吃吃！」

妓院內室，楊嗣昌等簇擁著王承恩回到宴席前。楊嗣昌拱手：「請王公公上座。」王承恩推辭著：「列位大人都是一品大員，老奴只是個四品太監，老奴豈敢？」洪承疇替他拉開座位：「王公公請。」王承恩道：「洪大人，我說的是實話。在宮裡頭，你什麼時候看見老奴坐過？老奴還是站著陪大人用幾杯吧。」王承恩不坐，眾人也就不敢坐，都陪他站著。王承恩主動取過酒壺，親自為眾大員斟滿：「來來，同飲一盅！」王承恩帶頭飲盡，長吁：「好酒！」眾人隨之飲盡，楊嗣昌趕緊替王承恩斟上酒。

王承恩放下酒盅，忽然淚如雨下，他說道：「行啦，酒也喝了，老奴有幾句肺腑之言，不知

當不當講……」眾人齊道：「講講！」王承恩含淚說：「列位大人呀，皇上天天布衣麻鞋，三餐食粥，已是龍顏大損，瘦成了一把骨頭。」眾人統統垂首，不敢吱聲。王承恩聲音沙啞地繼續說：「不瞞列位，昨兒，老奴親自聞過皇上的糞便！因為多日不沾葷腥，皇上的糞便都沒有臭味了。唉，咱們皇上啊，為剿滅中原流寇，愁白了頭、驚碎了膽、用爛了心呵！列位大人都是國之棟樑，請想想，大明如果無救，你我都得讓賊子們煮著吃了！」幾個總督抽抽嗒嗒地哭了，楊嗣昌與洪承疇慚愧至極。洪承疇道：「王公公的話，令在下痛徹肝膽……」王承恩沉聲道：「你們不要以為皇上嫩，什麼都不知道。其實，皇上明白著哪！就拿您楊大人來說吧，去年年敬當中，您獲銀三十萬兩，皇上知道，但皇上不吱聲。還有您洪大人，從軍餉中扣下了二十五萬兩，皇上也知道，但皇上還是不吱聲。至於劉總督、王巡撫，更別提哪，你們的事，皇上件件知道……」所有人都嚇得戰戰兢兢，不敢抬頭看。

王承恩見大家都不說話，又道：「皇上為什麼不吱聲呢？是期望你們自個反省，期望你們忠君報國啊。老奴說句不該說的話吧，皇上正準備給你們施恩哪！」眾人聞言，個個睜大眼看著王承恩。王承恩道：「楊大人哪，內閣首輔非您莫屬。您洪大人，就要拜兵部尚書了！還有您劉大人，就要升任三省總督了……」那些人都驚喜說不出話，簡直不敢相信。這時，王承恩將拐杖一頓，凜然道：「皇天在上，恩便是威！威便是恩！明日乾清宮廷議，皇上盼著列位大人拿出剿賊的主意呢。老奴一介閹人，上不得馬拉不開弓，忠君護國的大業，唯有仰仗列位大人了！老奴在此給列位大人磕頭了，老奴求列位大人報效皇恩！」

王承恩痛苦地跪地，朝著他們重重叩首。眾人早已滿面是淚，他們慌忙扶起王承恩。王承恩泣道：「今兒，賞老奴一個面子吧。這宴席讓老奴來付帳。此外，大人們在京期間，只管放心的喝酒嫖娼——沒事的！有老奴替你們保著，什麼事都沒有！老奴理解列位的雅興，大家都是人嘛。活著不容易。」眾人尷尬地呵呵笑，七嘴八舌地道：「王公公體貼下情呀……謝王公公！……您老人家萬福！」

王承恩斷然道：「只有一條，列位大人花銷，統統由老奴包了，大人誰都不准掏一個子兒！」眾人感動得嘶聲叫著：「嘿……您看您！」王承恩擺擺手：「甭說了。我比你們方便！一來，免得言官多嘴；二來，也免得你們夫人知道了，跟你們嘔氣。是不是這話？」眾人忍不住笑了：「是啊！……是這話！」

王承恩拱拱拳：「老奴告辭。」眾人齊齊地要送。王承恩阻攔：「慢慢！列位繼續樂，一個都不准送。誰送，我就跟誰過不去！」眾人只得站下，看著王承恩孤獨離去。眾督撫仍然呆立著，個個一頭冷汗。

洪承疇低聲說：「列位大人，長見識了吧？這位王公公，可算是大明二百年來頭號奴才！也是頭號忠臣哪！」

眾人張口結舌，呆若木雞。半響，才長吁短嘆地癱坐下來。

第二十一章

乾清宮內，眾臣排班肅立。王承恩一聲沙啞的唱喝：「皇上駕到。」崇禎緩緩步出，他仍然是一身孝衣，步履沉重。眾臣齊齊地折腰作揖：「臣等叩祝皇上聖安！」

「平身。」崇禎步上丹陛，端坐龍座，巡視眾臣一眼，表情威嚴之至。眾臣屏息靜聲。崇禎沙啞地道：「列位愛卿，朕，昨兒一宵沒合眼。唉，剛合上眼，天就亮了。」班首的楊嗣昌道：「皇上龍顏吉祥。」崇禎點了下頭，道：「你們都知道，大明王朝到生死攸關時候了！北疆的滿清頻繁南侵，中原的流寇也是屢剿不滅。前不久，竟然毀了中都鳳陽！唉，祖宗之靈，慘遭荼毒……」崇禎說著悲傷拭淚。眾臣中間立刻跟著響起抽泣不已的聲音。

冷場片刻，崇禎又道：「今兒御前廷議，朕想聽聽列位的平賊大計。愛卿們，請吧。」此話一出，眾臣紛紛縮身低頭，俱呈躲避之狀。崇禎巡視著，嘆道：「怎麼，這麼多張嘴，就沒什麼可說的？」眾臣還是畏縮著。崇禎有點嗔怒：「哼，背後個個能說會道，當面怎麼都啞巴了?!」

洪承疇上前奏道：「啟奏皇上，臣等不敢開口，是怕言語不慎，冒犯了皇上。」崇禎寬容地說：「愛卿儘管直言，無論說什麼，朕都賜言者無罪。」洪承疇道：「謝皇上。臣以為，剿賊之所以屢屢失敗，其罪過，當然是各級官吏無能，但關鍵不在下面，而在上面，在於朝廷的剿賊方略有誤。」此言一出，眾臣大譁，並紛紛為之不安。「哦……明白了，你是說朕有誤。」崇禎竟微微一笑，揮揮手，道：「你放膽直說吧，朝廷的剿賊方略，誤在哪裡？」

「臣不敢。」洪承疇沉著地應道，「依臣愚見，這些年來的剿賊方略，其誤有三。一誤：主

次倒置，兩面交戰。臣以為，大明的心腹大患不是滿清，而是高迎祥、李自成。朝廷應當『安內重於攘外，剿賊重於抗清』，將高、李視為大明最大的天敵，再不能掉以輕心，視他們為區區草寇了。」崇禎插言道：「朕對高、李等賊恨之入骨，並不曾輕視。」洪承疇沉聲道：「但實際上，朝廷卻把全國最精銳部隊都用去對付皇太極了，只讓各省自行圍剿高、李。臣以為，這就是對高、李的輕視。」

崇禎語塞，面露窘色。龍座旁邊的王承恩吃驚地注視洪承疇，似乎才剛剛認識他。班內，眾臣們更是驚惶不定，竊竊私語。周皇親探首低聲問楊嗣昌：「咦？……這個洪承疇一向乖巧，今兒怎麼吃了豹子膽？」楊嗣昌沉吟道：「在下也不知原因。」周皇親搖搖頭：「怪了怪了。敢挑皇上的不是。」崇禎沉著臉：「嗯……洪承疇，你接著說，朕在聽。」

洪承疇已看出崇禎在強忍怒火，他猶豫片刻，勇敢地繼續說下去：「二誤：中原五省鬧賊，同時又是五省各自剿賊。因此，各省的督撫都想把賊攆到鄰省去，以保本境太平。」此言一出，班內的督撫們個個怒目橫眉，滿面不屑之色。洪承疇全然不在意，他甚至把身體轉向了督撫們，平靜地繼續說：「須知，把賊攆走容易，把賊殺滅萬難。督撫們剿來剿去，等於攆來攆去。多年來，各省就是以『攆賊』代替了『剿賊』。主剿的督撫們不以為恥，反為此而得意，頻頻向皇上請功。臣以為，如此剿法，是為淵驅魚，嫁禍與鄰。如此剿法，賊勢將越剿越大。」

這時，滿朝文武轟然大譁。那些外地督撫更是一片聲抗議：

——皇上，洪承疇胡言亂語，污辱各省督撫！

——皇上，洪承疇不明下情，妄加猜測，請皇上明察……

——皇上，洪承疇身為兵部侍郎，主剿不力，竟然將兵部的罪過轉嫁給各省！

——皇上，臣請示嚴辦洪承疇！……

崇禎沉聲道：「洪承疇，你都聽見了？」洪承疇垂首應道：「臣都聽見了。」「那你還有什麼話說？」洪承疇道：「有。剿賊方略的『三誤』，臣只說了兩誤，還有一誤沒說。」停頓了一會，見崇禎沒有說話也沒有不讓他說話，洪承疇又接著說：「這第三誤：臣以為，饑民是賊之源泉。人無飯吃，必然造反。因之，剿賊必須安民，安民必須免繳中原五省稅賦，讓饑民有飯吃。饑民其實都是膽小怕事的老實人，只要填飽肚子，就會與賊分離，自個把自個拴在黃土地上，種地打糧，不惹禍。賊呢，也就成為無本之木，無源之流。然後，官軍才可能將賊剿滅。總而言之，欲剿賊，先安民。沒有安民之功，便沒有剿賊之效！」

崇禎怔住，呆看洪承疇。龍座旁邊的王承恩也怔住，呆看洪承疇。殿下的督撫們無言反駁，個個呆看洪承疇……一時間滿朝寂靜，靜得可怕！只聽洪承疇慢聲道：「稟皇上，朝廷的剿賊三誤，臣已經說完了，請皇上賜罪。」洪承疇屈膝跪下，卻高傲地昂著頭。

崇禎終於忍無可忍，一掌擊在座上。繼之，他大怒而起，拋下滿朝大臣，甩袖而去，消失在屏風後面，竟然一句話也沒有說。滿朝文武都驚呆了，即不敢開口，更不敢退朝，站在那兒，個

個不知怎麼著才好。王承恩小快步至洪承疇身邊，在他耳邊激動低語：「洪大人，您今兒赤膽忠心，老奴萬份感激……」洪承疇低聲回答：「在下只求一吐為快，死而無憾。」王承恩低聲道：「未必會死。」

王承恩說罷掉頭而去，匆匆地追趕崇禎。他也消失在屏風後面。

後宮，崇禎正氣得跺足，口中不知嘟囔著什麼。王承恩匆匆趕來：「皇上……」崇禎怒聲打斷，道：「你聽見了吧，洪承疇打心眼裡瞧不起朕！哼，竟然把朕多年來的剿賊方略，說得一錢不值，那可都是朕的心血呀！」「請皇上息怒。」崇禎切齒：「可恨之至，朕沒法兒不怒！朕氣得坐不住。」

王承恩提醒道：「皇上啊，您想想，洪承疇是所有大臣中最謹慎的人。有時候，他甚至膽小如鼠。今兒，他為什麼敢口出狂言呢？」崇禎略有所感：「為什麼？」王承恩道：「老奴覺得，他以往的膽小是裝的，今兒的犯顏直諫才是他的真面目。」崇禎沉吟……

「老奴可以肯定，他在開口之前，就做好了掉腦袋的準備，他以他的狂言來向皇上盡忠啊！」崇禎一嘆，無語。王承恩顫聲道：「老奴斗膽問一聲皇上，洪承疇的話，說的對不對？」崇禎呆了半天，才氣得一跺腳，道：「……可、可他欺君太甚！」王承恩道：「忠言逆耳呀。」「難道不能進不逆耳的忠言麼！……他就不能換個腔調跟朕說話？就不能遞個摺子上來，別在大庭廣眾出鋒頭?!」王承恩趕緊點頭道：「皇上聖見。這洪承疇不說則罷，要說就要出鋒頭。犯酸唄！」

見皇上心氣稍稍平順了些，王承恩接著道：「皇上啊，老奴估計，洪承疇的話恐怕還沒有說完，他心裡也許暗藏著剿賊良策。」崇禎急問：「什麼剿賊良策？」王承恩道：「那就得聽他說完了。」崇禎怒道：「行！朕讓他說完。如果沒有良策，那他就是欺君犯上，那他就是一個狂賊。到了那時候，洪承疇縱然有一萬個頭，也不夠朕砍的！——不夠砍！」崇禎似乎仍不解氣又做了一個砍頭的手勢。

崇禎向外移了兩步，復嘆道：「唉，還是你先去吧，朕消消氣再去。」王承恩臨出去時又進言道：「皇上，洪承疇一個人的死活無足輕重。但是，滿朝大臣們都等看皇上如何處置他。他們將從洪承疇的下場中看出自個的榮辱、升降，琢磨自個的命運，對於他們來說，這才最重要的……請皇上聖斷。」

崇禎有點悟過來，點頭道：「朕明白。」

龍座空著，滿朝文武仍在唧唧喳喳。……忽然間，所有聲音都消失了，死一般寂靜！原來，崇禎緩步歸來了，他登上丹陛，回到龍座上。崇禎坐定，瞟一眼仍然跪在那兒的洪承疇，冷冷道：「愛卿，朕剛才出去洗了洗耳朵。你繼續說吧，朕洗耳恭聽。」洪承疇鼓起最大勇氣：「皇上恕臣無禮，臣想站起來說話。」崇禎一愣，拿不準讓不讓洪承疇站起來。

這時，洪承疇已經自行站了起來，他運了口氣，高聲道：「臣認為，如想滅賊，首先得承認

賊實在了不起，承認賊把各省官軍整慘了，打敗了，把賊當成是大明開國以來最危險的天敵。有賊無我，有我無賊！」洪承疇既已置生死於不顧，也就無視龍座上滿臉怒容的皇上和鴉雀無聲的一殿重臣，朗聲說道：「臣認為，中原五省應當聯為一體，合為一個省，設立五省總督！這個總督，有權節制五省所有的督撫、官吏，有權統領五省的全部兵馬、錢糧及文武軍政。然後，採用『四正六隅十面網』的剿賊方略。所謂四正，乃東南西北；所謂六隅，乃山、川、江、湖、鄉、鎮；所謂十面網，乃用各省官軍十面圍逼，圍而不打，由五省總督親率十萬精銳，專攻專打……其詳細戰法，臣擬有專摺，請皇上審閱。」洪承疇從懷中掏出奏摺——那摺子的邊角都已磨損了，可見在懷裡揣了不知多久。

王承恩步下丹陛，接過，轉呈崇禎。崇禎匆忙翻看，每翻一頁，摺子都現出磨損捲曲處。崇禎越看越激動……許久之後，他終於抬起頭，激動地看著洪承疇，道：「洪承疇啊，這『四正六隅十面網』，你考慮了多久啊？」洪承疇低聲道：「三年半。」崇禎大叫：「你為何不早拿出來啊！有此良策，國家何致於敗落到今天這個樣子?!」洪承疇含淚道：「稟皇上，臣害怕。」「你怕什麼？」洪承疇道：「臣怕激怒皇上，怕得罪各級文武大員。臣害怕像袁崇煥那樣，遭受千刀萬剮。皇上啊，臣可是個膽小如鼠的人哪……」

崇禎感動了：「那你今天為什麼拿出來了？」洪承疇泣道：「因為，臣看見皇上太痛苦了。因為，咱大明到了最危險關頭。臣思來想去，寧可今天被皇上千刀萬剮了，也不願將來被賊寇們煮著吃了……」

那最後一句話，洪承疇是吼叫出來的，震動了宮廷樑宇，引起陣陣轟鳴！崇禎感動得幾乎掉淚：「洪承疇，朕今天才了解你……朕謝你……」洪承疇再跪：「臣叩謝皇上知遇之恩。」崇禎親自走下丹陛，雙手扶起洪承疇，再朝眾臣道：「列位愛卿，你們當中還有洪承疇這樣的人麼？要有，站出來讓朕拜謝！」眾臣縮首，誰也不敢吱聲。崇禎動情地說：「自從皇陵被焚，朕天天布衣麻鞋，粗茶淡飯，夜不能寐！你們個個世受國恩，個個高官厚祿！可你們——什麼時候能把賊滅掉？什麼時候能讓朕脫去孝衣、安安穩穩地睡一宵啊……」

大殿依舊一派寂靜，唯有眾臣一片飲泣之聲。

崇禎仍是布衣麻鞋，卻手執銀劍，在御花園舞動中著。他顯得精神十足，氣色很好。王承恩高興地在旁觀看著。稍頃，崇禎舞畢，收勢，吐氣。王承恩趕緊深深一躬，讚道：「皇上劍氣沖天，神龍飛舞，把老奴的眼都看花了！。」崇禎微笑：「不行。多日不練，招勢生疏了。」王承恩模仿著：「可皇上的天子劍這麼一抬，龍虎之氣立刻招之即來啊。」崇禎哈哈一笑，踱步賞花。王承恩跟著後頭，邊走邊道：「老奴記得，開春以來，皇上就沒進過花園。瞧啊，這些花兒見皇上來了，開得多好！瞧一眼都舒服。唉，皇上要是能天天來走走，多好啊！」

崇禎笑道：「王承恩哪，大臣們近來有什麼議論？」「那天廷議之後，大臣們的頌君之聲呀，真真地是不絕於耳！他們都說，咱皇上是聖君，五百年一出的聖君。有這樣的皇上，賊寇指日可滅。」崇禎得意地說：「讓他們吹吧，朕不會發暈。」「皇上欽定了剿賊方略之後，大事也就定了一半了。」崇禎沉吟道：「怕沒那麼容易。剿賊方略是有了，還差一個五省總督啊。」

王承恩小心地說：「這個……皇上心裡肯定有譜了。」「這回，朕也不想獨斷，朕想先聽聽大臣們意見，讓他們推薦一個。」王承恩訝然道：「老奴以為……非洪承疇莫屬。」看著崇禎不以為然的樣子，王承恩說，「皇上，那剿賊方略，洪承疇已經苦心籌畫多年了……」「那也不等於他就適合於做五省總督！」崇禎停了半晌，說，「那天廷議，洪承疇鋒芒太過，把外地督撫都得罪了。他如果當了五省總督，各省督撫還不給使絆子麼？朕為大局考慮，可以用他的剿賊方略，不一定用他這個人。」王承恩壓制著內心失望，讚道：「皇上聖斷。」

「傳旨下去，讓各部推薦五省總督人選。三品以上臣工，都可以舉薦。」崇禎愜意地踱步賞花……

崇禎跨進英武殿，將天子劍掛到牆上，入座。一內臣入內，將一捧奏摺放置在崇禎面前：「稟皇上，京內外大臣們的舉薦摺子，內閣送來了，請皇上審閱。」崇禎翻閱著：「都舉薦了什麼人哪？」內臣道：「吏部統計，舉薦楊嗣昌的有三十二摺，舉薦洪承疇的有八摺。」崇禎有點意外：「只有八摺？」崇禎把摺子再翻了翻，自言自語：「唉，果然不出朕之所料，洪承疇把人都得罪光了。」內臣又道：「另有一帖匿名密奏，內閣不敢自專，密封了報呈皇上。」內臣從眾多奏摺中取那只厚紙封，擱在崇禎面前。崇禎示意他退下。內臣退出，輕輕閉門。

崇禎先拆開匿名密奏默閱，表情初平靜，繼之一震「……國喪期間，皇上布衣麻鞋，避居武英殿，素食理政，為中興大明嘔心瀝血。而吏部尚書楊嗣昌，卻於六月初六私邀兵部侍郎洪承疇及外省督撫劉銘一、常思訓、王永賢等，在天橋百花樓狎妓縱酒、肆意淫樂……他們身為朝廷大臣，卻如此欺君悖主，竟敢在舉國行喪之時，行此衣冠禽獸之事，真真傷天害理，大逆無道……」崇禎讀著讀著，面色巨變，雙手直抖，口中咬牙切齒地：「禽獸、禽獸、禽獸！……」猛一用力，把案桌都推翻了。王小巧聽到聲音，匆匆奔入：「皇上……」

崇禎手執密奏，抖抖地指著他，顫聲：「你說、你說，六月初六那天，你一整天沒當值，哪去了？」王小巧緊張地回話：「奴婢奉王公公之命，出宮探查去了。」「你探查出什麼？」王小巧支唔著：「奴婢……奴婢……」崇禎一轉身，從牆上抽下天子劍，劍鋒直逼王小巧，怒聲：「說，天橋百花樓那兒，你探查過沒有？」王小巧大驚，嚇得跪下：「皇上！……奴婢探查過。」

崇禎怒喝：「誰在那裡縱酒狎妓來著？」王小巧顫抖了：「有楊大人，洪大人……還有些外省督撫，小的叫不上名。」崇禎大喝：「為什麼不報？」王小巧撲地叩首，抽泣：「小的不敢報……皇上饒命啊！」崇禎發瘋地叫道：「畜牲！……」隨之一劍砍下。王小巧肩膀立刻湧出鮮血。他慘叫著，痛昏倒地。

崇禎一腳踹開王小巧，提著劍奔出殿門。

宮道上。崇禎面色鐵青，執劍的手簌簌發抖，步履踉蹌地走著。

道邊，一個太監屈身迎駕：皇上。崇禎怒叫了一聲「國賊！」手起劍落，砍翻了他。接著，他兩眼發直，又踉蹌地朝前走……

一個宮女迎上，驚叫：皇上……崇禎又怒吼著「奸臣！」手起劍落，又砍翻了她。周圍的宮女太監看了，發出一片慘叫，隨之大亂。他們恐懼地躲藏，奔逃……

崇禎已入陷狂怒狀態，他見人斬人，見物砍物。口中「國賊、禽獸」叫個不休！所到之處，要麼是鮮血濺迸，要麼是枝斷、葉落、案碎……

御花園傳來一陣悅耳的琵琶聲，陳圓圓正在亭中彈奏。她玉指如流水般舞動，含情微笑，顯然已沉醉在樂曲之中。渾然不知險境。一個披頭散髮的宮女奔來，驚恐地道：「圓圓姐，不好了！不好了！」陳圓圓一怔，樂曲止。那宮女顫聲道：「皇上……瘋了！」陳圓圓驚斥：「瞎說！」宮女已面無人色：「皇上瘋了……真的瘋了！！」

陳圓圓起身，琵琶掉落在地，驚道：「在哪？」宮女的手抖抖地指著園門口。

崇禎手執帶血的劍，目光錯亂，步伐踉蹌地走進御花園月亮門。迎面，出現一尊巨大銅鼎。崇禎瞪著它，怒喝一聲：「禽獸……」崇禎揮劍朝銅鼎猛砍，把它擊出錚錚火星。他一邊劈砍，一邊發狂地怒罵：「禽獸……國賊……」天子劍「噹」的斷掉一截。崇禎全然不察，揮舞著折斷的劍還在瘋狂劈砍！

突然間，一桶冷水嘩地澆在崇禎頭上，順著他頭臉往下淌。崇禎停止動作，接著慢慢轉過身

來，看見提著水桶的陳圓圓。陳圓圓顫聲輕喚：「皇上？」崇禎呆呆地看了她一會，徹底清醒了。手一鬆，殘劍落地，喃喃地：「是圓圓哪？」

崇禎重重嘆息一聲，搖晃幾下，頹然倒地，昏迷過去了。

王小巧肩膀上裹著繃帶，領著王承恩匆匆走來。王小巧哭哭啼啼地：「公公，小的沒法子，小的全說了……」王承恩面色如鐵：「你這是找死！」「小的死罪。」王承恩道：「你死了不過是堆臭肉，可是還要害好些大臣們跟著你死！」王小巧恐懼地腿一軟，又倒地上，哭得更悲慘了。王承恩丟下他，匆匆走去。

王承恩匆匆趕到涼亭，忽聽一陣琵琶聲，不由地止步，驚看。崇禎已擦淨臉龐，閉著眼，安寧地躺地一隻躺椅上。彷彿躺在夢中。那支斷劍則躺在地上。憑欄處，陳圓圓輕撥銀弦，正彈奏一支樂曲，那輕柔無比、纏綿緋惻，聽了叫人心裡頭又暖和又隱隱作痛。不遠處，枝間傳來幾聲清靈靈的鳥叫聲，這使天地間顯得十分寧靜……

王承恩輕輕走到崇禎身邊，俯身看了看，認為他睡著了，脫下自個衣裳輕輕蓋上。再走到陳圓圓身邊，低語：「圓圓。」陳圓圓剛停止彈奏，躺椅那邊的崇禎，卻閉著眼道：「別停。」陳圓圓急忙接著彈奏……直到曲終。崇禎睜開眼，低沉地問：「這是什麼曲子？」陳圓圓回答道：「《長恨歌》。」崇禎呆呆地：「好曲兒呀……天涯無盡，此恨不絕……」

王承恩聞言，全身一顫，差點掉淚！卻忍著，不敢出聲。崇禎繼續呆呆地嘆道：「這麼好的

曲兒，朕怎麼從來沒聽過呀？」陳圓圓不安地道：「稟皇上，這是揚州藝妓們彈的曲兒……」崇禎冷冷地說：「哦……看來，妓院裡也有好聽的曲兒呀……是不是呀，王承恩?!」王承恩跪下了，點頭：「是。」崇禎道：「陳圓圓，今後，只要是好聽的曲兒，你不必忌諱，只管彈給朕聽。」陳圓圓顫聲道：「遵旨。」崇禎慢慢合上眼，道：「朕累了，回武英殿。」

王承恩趕緊對立於亭外的太監們揮手。四個太監快步入亭，抬起那張躺椅，小心翼翼地將崇禎抬走。

王承恩與陳圓圓跟在後頭。路上，王承恩低聲問陳圓圓：皇上龍袍怎麼濕乎乎的？陳圓圓輕輕一笑，得意地：「我說過，我要澆他一頭臭水！」王承恩氣得斥道：「你還敢笑……」陳圓圓噘著嘴不吭聲了。王承恩苦嘆一聲：「唉，不過，今兒要不是你這一澆哇，皇上只怕就醒不過來了。」陳圓圓更得意了，說：「就是嘛！要不是我這一澆哇，大明王朝就完了！全虧了我這盆臭水，救了大明……」王承恩氣得跺足，搖頭嘆息：「你厲害，你厲害！天爺奶奶……我算是把個妖精弄回宮裡來了。」陳圓圓擔心道：「公公，到底出了什麼禍事？」王承恩嘆了一口氣：「唉，甭問了。」「會牽累到你嗎？」王承恩道：「當然。」陳圓圓更擔心了……王承恩還是嘆息：「老夫這顆頭哇，是屬韭菜的。割了長，長了又割，割了再長。唉……就這麼熬著吧。」

武英殿至，太監們將崇禎抬入。王承恩站住，示意陳圓圓離去。接著，他獨自入殿內。陳圓圓立於原地，關注地看著。那四個太監出殿，再將殿門輕輕關死。陳圓圓仍站在原地看著、聽著。殿內無聲無息，十分平靜。陳圓圓放心地走了。但是，陳圓圓剛剛走出幾步，就聽得殿內傳出天崩地裂般的怒吼：「禽獸！國賊！」陳圓圓嚇得渾身一抖，趕緊回頭看那兩扇緊閉的殿門。

這一次，崇禎並不是失常，而是真正的雷霆大怒！崇禎已經從躺椅上跳了起來，正在憤怒地來回走著，口中不停地罵：「禽獸！國賊！」王承恩則戰戰兢兢地跪在地上。

崇禎手指頭幾乎戳到王承恩臉上：「你都知道，是不是？」

「是。」

「為何不報？」

「老奴怕激怒皇上。」「你就不怕朕劈了你?!」崇禎悲憤道，「朕傷透了心啊！朕恨透了這些衣冠禽獸哇！……他們怎麼敢這樣啊。朕布衣麻鞋，素食理政。可他們呢？……」王承恩不敢吱聲。崇禎痛苦搖頭：「還是朝廷棟樑，還是朕的膀臂呢……國賊！禽獸！」

面無人色的楊嗣昌匆匆忙忙奔至武英殿前，看了看緊閉的殿門，恐懼地跪在玉階下。楊嗣昌剛跪下不久，身邊又有人跪下。楊嗣昌轉頭一看，是洪承疇，便嘆氣招呼：「來哪？」洪承疇低語：「來了。……他們都來了。」楊嗣昌回身一看，劉銘一、常思訓、王永賢等督撫也匆匆奔來，跪在他倆身後，個個面無人色，隱隱發抖。楊嗣昌低語：「洪大人……怎麼洩露出去的？」洪承疇說：「在下不知道。」

這時，殿內又隱隱傳出崇禎怒斥聲。楊嗣昌他們頓時靜止，側耳傾聽，卻一句也聽不清楚。

楊嗣昌喟嘆道：「你猜皇上在說什麼？」洪承疇低聲說：「是罵我們衣冠禽獸吧……」楊嗣昌痛苦地閉上眼，深深地朝殿門叩首，自言自語：「不錯，我們是衣冠禽獸，罪無可赦。」所有人都跟著楊嗣昌以首及地，久叩不起。……

武英殿內，王承恩還跪在地上。崇禎已恢復元氣，坐在躺椅上聽著。王承恩稟報著：「……六月六日，老奴得到東廠密報，說楊嗣昌私邀外地督撫，在天橋百花樓酗酒放縱。老奴當時就氣炸了，還在國喪期間呢，竟然敢如此放肆！老奴當時就領著人趕去了，結果，連窩端！一個也沒跑掉，全被老奴逮著了。」崇禎氣道：「當時為何不報？」王承恩苦惱地道：「皇上啊，他們都是內閣大臣哪，還能都斬了嗎？老奴想，與其惹皇上生氣，不如放他們一馬，讓他們感皇上的恩典。日後，等皇上龍體大安時，再向皇上稟報……」

崇禎斥道：「如此大罪，朕豈能寬容？」王承恩趕緊道：「是，老奴有知情不報之罪。」崇禎咬牙切齒地：「這些人，欺君悖主，喪盡天倫哪！」「是。事後，老奴也是後愧不及。老奴有罪啊。」崇禎道：「事到如今，你說怎麼辦吧？朕該如何處置這幾個奸臣？」王承恩重重叩首說：「稟皇上。那天，這幾個大臣酗酒嫖娼的銀子……是、是老奴付的。」崇禎大驚：「什麼?!」「他們的酗酒嫖娼，可以算是老奴請的客……」崇禎大為驚怒，咬牙切齒：「你這狗奴才，真是膽大包天哪！朕、朕要……劍呢?!」崇禎說著又在滿地找劍，卻見那劍只有半截，而且壓在王承恩腿底下。崇禎根本沒去拿。王承恩乞求地：「皇上聽老奴說完。就在那百花樓裡，老奴利用了他們的罪過，對他們恩威並用，激勵他們忠君報國。所以，第二天洪承疇才會冒死拿出了剿賊方略……」

崇禎有所醒悟。王承恩再重重叩首道：「皇上啊，老奴認為，在這件事裡，楊嗣昌、洪承疇他們雖然可恨，但更可恨的，卻是那個寫匿名摺的小人！」崇禎冷靜地：「說下去。」王承恩接著道：「洪承疇剿賊方略出臺後，滿朝轟動，大獲皇上賞識。洪承疇本人也就成為眾臣妒羨不已的焦點人物了。那些大小臣工們，又是羨慕他、又是妒忌他！」王承恩看了看面色漸緩的崇禎，接著說，「老奴想，這個密奏者知道皇上最恨欺君悖主之徒，就利用這個事，寫了密奏，狠狠地來了個一劍穿心。他希望什麼呢？希望洪承疇、楊嗣昌他們垮臺呀！希望空出位置來，自己好取而代之呀。皇上啊，大臣之間的明爭暗鬥，自古不絕，其殘酷性有如官軍剿賊——都是你死我活之爭！」

崇禎冷冷一笑：「看來，這個寫匿名摺的小人，也是個大臣哪，他想利用朕。」王承恩趕緊讚道：「皇上聖斷。」崇禎喝令：「查出他來，朕要把他碎屍萬段！」「遵旨。」崇禎氣道：「朕是聖君，豈會被奸臣們利用?!」王承恩趕緊又道：「皇上非但不會被奸臣利用，反而能利用臣子之間的矛盾，促使他們在各方面更加仰仗皇上……」崇禎沉思著點了點頭。王承恩再勸道：「聖君者，恩便是威，威便是恩。老奴覺得，有的時候，臣工犯了死罪，皇上不但不殺，反而賞些恩典給他，這呀，反而比殺他更厲害！他肯定覺得皇上深不可測，更加畏懼皇上！」

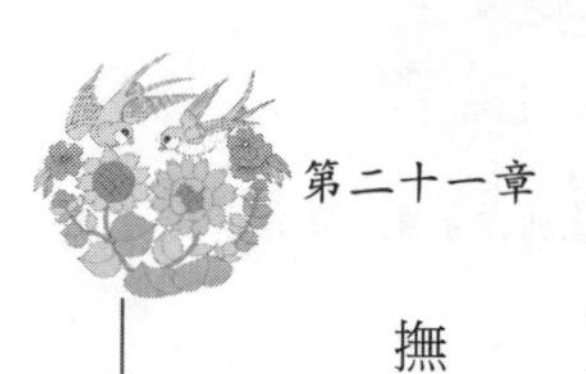

崇禎死盯著王承恩，突然「咯咯咯」地笑起來了，意義不明，笑得王承恩膽戰心驚。崇禎笑止，道：「朕懂你意思了，你是想讓朕閉著眼裝不知道，放他們一馬，仍然重用洪承疇的剿賊方略，仍然讓楊嗣昌升任內閣首輔。」王承恩小心地應道：「如此一來，楊嗣昌洪承疇等臣子，將感受到皇上之恩山高海深。而那個寫匿名摺的小人，也會畏懼皇上的天威……」崇禎起身踱了幾步，終於恨道：「就這麼著吧。」王承恩趕緊叩首：「皇上聖斷！」

崇禎想想又不甘心，恨道：「朕之所以饒了他們，是要用他們平賊！但平賊之後，朕還是要治楊嗣昌、洪承疇的欺君之罪！」王承恩連聲應道：「那當然，那當然。到了那天，老奴有辦法讓他們自取其禍，叫他倆死而無怨。」

楊嗣昌等臣仍然跪在武英殿外，他們早已疲憊不堪，汗水直淌，恐懼之極。殿門開了，王承恩步出，面無表情地道：「皇上有旨，傳楊嗣昌、洪承疇晉見。」揚、洪二人支撐起雙腿，歪歪地步上玉階。楊嗣昌膽怯地問了一聲：「王公公，皇上……火氣小些了麼？」王承恩平靜地：「老奴不知道。」

楊嗣昌一嘆，表情更加絕望。他率先一步，與洪承疇步入殿內。殿門再次緊閉，剩下四個督撫，仍然跪在外面。

武英殿內，崇禎已經完全恢復了平靜，坐於龍案前。楊嗣昌、洪承疇上前跪地，齊聲道：

「臣叩見皇上。」崇禎微笑道：「兩位愛卿受驚了！」楊嗣昌、洪承疇面面相覷，驚訝地說不出話。崇禎將那密摺拿在手裡，衝他倆抖了抖。道：「朕令王承恩嚴查了，這個匿名摺所奏之事，全屬子虛烏有！這個匿名小人哪，竟敢離間君臣關係，真是可恨，可恨！」楊嗣昌、洪承疇激動地叩首：「皇上聖斷……」

崇禎道：「愛卿們放心吧，你們是朕的膀臂，又是朝廷棟樑，朕不信任你們信任誰？不重用你們重用誰？」楊嗣昌、洪承疇顫聲：「臣叩謝皇上天恩！」崇禎朝著洪承疇道：「你的剿賊方略，朕十分讚賞。」洪承疇趕緊奏道：「臣並無任何方略。臣所奏的剿賊方略，都是皇上的！」崇禎點點頭，說：「楊嗣昌，朕決定拜你為五省總督，望你順天意、集人心，剿滅頑賊啊！」楊嗣昌激動地道：「臣遵旨。」

崇禎彎腰拾起地上那把布滿殘損缺口的「天子劍」，長嘆一聲，撫弄著，充滿內涵地、痛苦地說：「愛卿啊，朕的心飽受傷損，已經跟這把天子劍一樣了，斷的斷、殘的殘。」楊嗣昌、洪承疇頓時顯出悲傷狀，泣道：「皇上……」崇禎接著又道：「可是，別看它傷損不堪，卻仍然鋒利無比，仍然可以砍頭落地！」楊嗣昌、洪承疇大為驚懼，呆呆看著崇禎手中那把劍。崇禎將劍遞給楊嗣昌：「楊嗣昌，你既然是五省總督了，朕就把它授予你。」

楊嗣昌雙手高舉，接過天子劍，激動地顫聲道：「臣對天發誓，忠君報國，剿滅頑賊，中興大明……」

殿門大開，王承恩送楊嗣昌、洪承疇出來。三人步下玉階。殿門關閉後，楊嗣昌、洪承疇齊齊地向王承恩揖身。楊嗣昌道：「王公公，今日之恩，在下必報。」王承恩擺擺手：「哪裡哪裡……」洪承疇也道：「王公公再生之德，在下沒齒不忘。」王承恩再擺手：「豈敢豈敢……二位大人哪，你們看見了，都是皇上的聖明，與老奴沒什麼關係。請，請。」楊嗣昌、洪承疇步下玉階，再三相揖，之後離去。

王承恩朝那幾個跪地的督撫大臣笑道：「列位大人辛苦了，都快起來，皇上請你們進去喝茶哩。」那幾個督撫如蒙大赦，疲憊但是興高采烈地站起身來，齊道：「遵旨。」

王承恩又將他們領進殿。殿門再度關閉。

內閣簽押房，洪承疇呆坐在屋內，垂頭喪氣。他一會兒摸摸筆，一會兒推推硯，神不守舍的樣子。王小巧肩頭仍然纏著繃帶，無聲的步入，突然向洪承疇深深一揖：「小的給洪大人請安！」洪承疇嚇了一跳：「王小巧呀！稀客……你怎麼進來的？」王小巧恭敬地：「小的走進來的。」洪承疇哈哈笑：「當然是走進來的。我是問你……」洪承疇話聲驟止，因為他突然看見門外站著兩個錦衣衛，不由地暗驚。但是，他強作鎮定，仍然把剩下的半句話說完，「我是問你，肩上的傷是怎麼回事？」「謝洪大人關愛。這傷啊，是小的不當心，被奸人暗算了。」洪承疇沉吟：「哦……找我有事嗎？」

王小巧掏出一帖請柬，恭敬地奉上：「今兒是端午節，王公公請洪大人到府上吃粽子。」洪承疇接過請柬看了看，隨手放在案上，平靜道：「感謝王公公了。請你轉告他，我準時赴約。」王小巧示意門邊守著的錦衣衛，正色道：「洪大人，請吧。」洪承疇驚訝了：「這就去？我……能不能先回一趟家？」「敢問洪大人，幹嘛要先回家呢？」洪承疇克制著內心的恐懼，悲哀地說：「我想跟內人道個別，料理一下後事。請……請小巧公公給個方便。」王小巧道：「小的做不了主。小的只管請洪大人吃粽子！」「哼！……粽子！不是要把我做成餡兒，包在麻袋裡，沉進護城河淹死吧！」

王小巧深深一揖：「洪大人，小的沒聽說那種餡的粽子。」洪承疇無奈地道：「哼！好，好！……我就跟你去吃粽子去。走！」洪承疇大步出門，王小巧領著錦衣衛緊緊相隨。

第二十二章

王小巧與兩個錦衣衛押送一樣，將洪承疇領到王承恩府大門前，王小巧恭敬地說：「洪大人請。」洪承疇看了看大門，嘆道：「王承恩還請了誰來吃粽子？」王小巧道：「據小的所知，就請了洪大人一位。」洪承疇道：「這可真是看得起我！……請問，皇上知道嗎？」王小巧略含挖苦地說：「誰都知道今天是端午節，皇上能不知道嗎？」洪承疇怒道：「我是問，是皇上下旨殺我的嗎？」王小巧道：「小的只知道王公公請您吃粽子，別的什麼也不知道……洪大人，請吧。」

洪承疇哼了一聲……兩個錦衣衛上前作威逼狀。洪承疇一擺袖，昂首進入王府大門。

洪承疇步入大廳，廳內空無一人。他左右看了看，只見當中只有一桌，桌上擺著一盤粽子。那粽子有大有小，花式也是各色各樣，十分精美。傳來篤篤的柱杖聲，接著是一聲咳嗽。洪承疇根本不回頭看王承恩，仍然欣賞著那盤粽子。王承恩親切地問：「好看嗎？洪大人？」洪承疇盯著粽子道：「好看。」王承恩道：「那就多看幾眼吧！……啊？都是各地送來貢品，美不勝收，是不是啊？洪大人？」

洪承疇這時才轉身，朝王承恩一揖，冷冷道：「是雖然是，但在下也看夠了！」王承恩微笑道：「猜一猜，它們都是什麼餡的？」「總不會是人肉餡吧！」王承恩說：「哎……幹嘛就不能有人肉餡的呢？」洪承疇道：「因為，皇上還在布衣素食，您王承恩，暫時還不敢吃肉！」王承恩哈哈大笑：「說的好！說的好！洪大人口舌厲害。」洪承疇微微一笑：「過獎。在下口舌一般，連這些粽子都比不了。」王承恩哈哈大笑，笑得喘不上氣來。接著，他又咳嗽，咳得喘不上氣來……洪承疇耐心地等待著，等待王承恩表演完。

王承恩終於換過氣來，說：「洪大人哪，老奴一直以為自個聰明絕頂，無人可比。可今天，才知道洪大人是高人，老奴只能甘拜下風……」王承恩朝洪承疇一揖。洪承疇驚問：「王公公……您這話裡頭，包著什麼餡啊？」「百花樓的事，叫小人上了密奏，害得大家差點掉腦袋！這事，您是知道的。」王承恩說盯著洪承疇眼睛說，「老奴想，那個上密奏的小人，那天肯定也在百花樓，而且肯定是你們當中的一個。」洪承疇問：「為什麼？」王承恩道：「因為這樣，他才能密報得那麼詳細。」

洪承疇尋思著說：「那天，在場的共有八個大臣，密奏點了七個人名，獨獨漏了陝西劉巡撫。」王承恩道：「是啊。也許就是劉巡撫寫的密奏。」洪承疇無言，不置可否。王承恩又道：「但也許不是……漏掉劉巡撫，正是密奏者的高明之處。他以為這一來，就可以嫁禍於劉。」見洪承疇神情突然變得憂鬱起來，王承恩竟坐下，慢慢道來：「老奴思來想去，恍然大悟。密奏的矛頭首先指向楊嗣昌，因為是他的東道，你們幾個只是客，是從犯！請問洪大人，皇上如果廢了楊嗣昌，對誰最有利吶？」

洪承疇不安地問：「誰？」王承恩怒聲道：「正是你洪大人！因為，只有楊嗣昌倒了，你才最有希望升任五省總督。」洪承疇漲紅了臉，憤怒地大叫：「冤枉！……你血口噴人！密奏者連我也一塊告進去了，名列第二，差點掉頭！」

「所以，老奴才佩服你嘛。皇上如果降罪，你最多罰掉些俸祿，而首犯楊嗣昌則非罷免不可。完事後，『四正六隅十面網』的剿賊方略，仍然需要大臣去做。皇上用誰吶？無論是滿朝文武，還是邊關大吏，你恐怕都是首選。結果，五省總督最終還是落到了你頭上。皇上讓你戴罪立功！」洪承疇哼了一聲，道：「王公公，您最擅長的，就是妄加猜測。請問您有證據嗎？」

王承恩嘆息了：「洪大人哪，您這麼聰明的人，做事怎麼會留下把柄呢。」洪承疇這時已經有點得意了，道：「既然沒有證據，您還是帶我進見皇上吧，甭在這費事了。」王承恩不悅，道：「洪大人，老奴不想再讓皇上傷心了。只想在這兒了結。」洪承疇怒道：「連證據都還沒有，你就敢殺了我?!」

王承恩沉下臉道：「老奴就不瞞您了。八間內閣簽押房，我都搜了個底朝天，連個針眼也沒放過。」洪承疇驚恐地：「你、你竟然私搜內閣？」王承恩冷冷地道：「侍候內閣大臣，也是東廠職責，不得不為！在您的廢紙簍裡，下人們搜出了燒毀的紙屑。我想，這可完了，您都燒乾淨了，讓我們白忙一場……」洪承疇恢復了鎮定：「哼，抱歉！」

王承恩忽然笑起來，道：「該抱歉的是我！因為您沒燒透，還是讓我們找著了半頁底稿……」

王承恩伸手推開那盤粽子，現出桌面上，桌面上有的小半頁燒剩的紙稿。王承恩手指敲擊它：「您自個看看吧！」洪承疇探頭一看，眼睛發直，渾身巨抖，汗水下來了……

王府大堂內，洪承疇已經完全崩潰了，他癱坐在椅子上，喃喃地：「王公公……我……我……」王承恩咬牙切齒道：「真是狠毒呀……你為什麼要這麼幹？」洪承疇發瘋般地叫道：「五省總督，捨我其誰？……楊嗣昌？他、他根本不配！」

王承恩恨恨地說：「你為了功名，差點氣瘋了皇上！差點害死楊嗣昌！差點毀了你自個的剿賊方略！」洪承疇嘆道：「事到如今，我說什麼都沒用了。要殺要砍，都由您。只求您不要告訴楊嗣昌……」

「老奴當然不會告訴他。但，如果他自己知道了，那我也沒辦法。」就在這時，楊嗣昌滿面春風地走出屏風：「洪大人。」洪承疇一振，驚懼跪地：「楊大人……」楊嗣昌道：「還好搜出了那半頁紙片！要不，我可是跳進黃河也洗不清了。」洪承疇不由得不滿臉愧色：「在下錯了，任憑楊大人處置。」

楊嗣昌笑道：「佩服，佩服！洪大人呀，您的雄才大略，天下一品！您的陰險毒辣，更是超一品的！」見洪承疇垂首，一言不發。楊嗣昌又道：「來這之前，我已入宮見駕了……」話到此處，楊嗣昌故意停頓，盯著洪承疇。洪承疇頓時絕望，一副任人宰割的樣子。他卻沒料到，楊嗣昌後面的話竟然是：「在下向皇上苦苦進言，如論輔助皇駕處理內政，洪承疇不如我。要論統兵打仗剿殺頑賊。我不如洪承疇……洪大人哪，皇上真是聖君！他思慮再三，竟然改下了旨意，命你為五省總督，命我為監察，與你聯手，共同剿滅中原流寇。」

洪承疇大驚，顫聲：「什麼？」王承恩沙啞地道：「楊嗣昌保奏你為五省總督，皇上准了！」洪承疇喃喃地說：「不可能，不可能……怎麼會這樣……」楊嗣昌嘆道：「洪老弟，我已命內閣擬旨。皇上御批之後，今日就發下去。」洪承疇顫聲道：「您……這、這究竟為什麼？」楊嗣昌憤怒地大吼：「因為，你比賊更狠。因為，你比賊更毒。因為，只有你是中原流賊的天生剋星！剿賊非你不可！」

洪承疇看楊嗣昌，再看看王承恩，哇地一聲哭了出來，哭得東倒西歪，不成體統，如一灘爛泥……

王承恩與楊嗣昌上前，一左一右扶起洪承疇，將他扶出大堂。

王府內擺出一席盛宴，山珍海味，美不勝收。仍在抽泣的洪承疇抬眼一看，呆了：「這……這……」王承恩道：「這是老夫專為你們二人設的家宴，葡萄美酒夜光杯！」楊嗣昌也指點著胸口，道：「洪大人，咱們都明白。忠不忠，是心裡的事，不在於吃不吃肉、喝不喝酒。」

王承恩笑眯眯地：「二位大人，請入席。」楊嗣昌洪承疇相互一揖：「請！」三人入席。

王承恩舉盅示意，三人俱一飲而盡。你看我，我看你，萬語千言，一時竟不知如何說起。終於，三人都哈哈哈齊聲大笑……

笑夠了。王承恩道：「洪總督就要走馬上任了，老奴想聽聽您的剿賊妙計。」

洪承疇沉吟片刻，臉色變得狠毒起來：「要剿賊啊，我就得比賊更『賊』！在下打算。先用

五省官軍聯剿，水銀泄地一般，不分日夜地窮追，將賊逼得吃不上，睡不好，人疲馬乏。這時候哇，官軍和賊都累了，誰也跑不動了。接著，再連失三城，東湖、南關、呂鎮，都讓賊去攻陷，把賊養肥些。」

說到失城，還得失三城，楊嗣昌有點不安地問：「然後呢？」

「然後嘛，賊已經到了滁洲一帶了，那可是兵家要地，又是糧倉……」楊嗣昌搶著說：「在那兒一鼓作氣，剿滅頑賊！」洪承疇搖搖頭：「不，連滁洲也讓賊攻陷！」楊嗣昌與王承恩大驚，都不敢說話了。洪承疇仍然平靜地說：「這時候，賊撐得要死，肥得流油！這時候，賊首高迎祥他們會想什麼呢？」楊嗣昌王承恩互視，不約而同地重覆：「想什麼呢？」洪承疇厲聲道：「想改朝換代，想龍袍加身當皇帝！這時的賊，三分天下有其一了，南京就在他們嘴邊上了，那可是個定都的好地方啊！」

楊嗣昌顫聲道：「南京萬萬丟不得！大明舊都，龍興之地……」洪承疇咬牙切齒地說：「當然。三十萬朝廷精銳，將在滁洲之東，南京之西，在賊首做夢都想當皇帝的時候，把他們全部消滅！」

這下子，連王承恩也有些害怕了，道：「洪大人，這……太險了！」洪承疇道：「險算，往往就是勝算！」

楊嗣昌顫聲道：「洪大人，您先失三城，又丟重鎮滁洲，皇上會怎麼想啊……」洪承疇道：

「皇上會驚痛萬分，皇上會下旨殺我！」楊嗣昌道：「既然您都知道，為何要……」洪承疇慨然道：「因為，過去督撫們，是為了皇上剿賊，他們既貪功，更害怕失敗。而我，不是為皇上剿賊，我為剿賊而剿賊！」

這最後一句話，洪承疇他是怒吼出來的！王承恩感動地流下淚，沙啞地道：「洪大人，老奴拼了這條老命，也要幫你！」洪承疇道：「只要幫我做好一件事就行了。」王承恩眼睛盯著他：「您說！」洪承疇道：「把皇上蒙在鼓裡，別讓他知道我真正的方略。否則，皇上會三天兩頭地下旨，讓我……（洪承疇呻吟著）讓我難受！」

王承恩道：「明白了。在剿賊這件事上，您自個要當皇上！」洪承疇沉重地點了點頭。

三人誰也不說話，各自舉起酒盅，含淚互相望了望，雙手顫顫地，都一飲而盡！酒漿從他們口角淌下來，宛如一縷縷鮮血！……

義軍營地。義軍兵勇們一個個東倒西歪，躺在荒野、路旁、草地上。傷兵不時發出輕輕的呻吟。野地安著幾口鍋灶，幾個兵勇圍在爐火旁，盯著一隻鍋。那鍋裡正冒出水氣。一兵勇揭開蓋，便用長刀攪著鍋裡面淡可見人的稀湯。饑餓的兵勇們過來，排隊領飯，每人舀上了一碗稀湯。

張獻忠沉著臉兒，從義軍兄弟們當中走過。他一邊走一邊怒聲：「還有多少糧食？」隨從道：「只夠吃一天半的了。」「你是說喝一天半的湯水吧？」張獻忠不理會隨從的尷尬，下令道：「全部拿出來，讓弟兄們飽餐一頓！」隨從為難地：「那明天就……」張獻忠道：「先吃飽肚子再說，明天還不知死活哪！」隨從一肚子不情願。義軍兄弟們當中響起歡呼聲，張獻忠得意地朝弟兄們擺擺手，然後步入一座院子。

闖王營。高迎祥坐在一塊大磨石前，拿著一把大戰刀，正在磨刀霍霍，聲音寒冷。他面容也十分嚴竣。磨了一會，試試閃亮的刀鋒，再接著磨。

張獻忠進來，捧起高迎祥身邊的水桶，咕咕狂飲。之後，擦下嘴，道：「闖王，剛接到消息，草上飛那路義軍，前天夜裡被洪承疇合圍了，一萬多個弟兄，活著出來的只有兩百來人！」高迎祥怔了一下，繼續磨刀：「還有哪，何老四的勇字營、天字營，昨天夜裡也被洪承疇包圍了，至今勝敗不明。」張獻忠罵道：「媽的！這批官軍的戰法，和以前大不一樣。瘋狂得很！」高迎祥道：「官軍還是以前的官軍，總督卻不是以前的總督了。你知道洪承疇此人嗎？」張獻忠說：「這能不知道，兵部侍郎唄，拍崇禎馬屁拍出個總督來！」

高迎祥搖搖頭：「洪承疇本是個讀書人，進士出身。拜官之後，雖然沒跟我們直接交過手，卻一直在兵部負責剿賊事務。看來，他對我們頗有研究。比如說，以往的『圍追堵截』，都是圍了東邊漏了西邊。現在呢，卻是東南西北一塊上。圍殲掉我們一路義軍之後，再集中兵力對付下一路。」張獻忠有點費解：「這我就不懂了，各省的官軍，這回怎麼都那麼拼命？」高迎祥道：

「洪承疇是五省總督嘛。」張獻忠笑道：「那不過是個虛銜，中原各省的督撫將軍，誰尿他？」「是嗎？我告訴你，那些督撫將軍，想尿也沒法尿了。」

看著張獻忠一臉的霧水，高迎祥又說，「剛剛接報，洪承疇動用五省總督的極權，殺了兩個省督，兩個巡按，還有三四個作戰不力的將軍。」張獻忠大吃一驚：「這麼厲害？」高迎祥冷聲道：「他的部屬罵他『洪瘋子』！而他哩，不但不生氣，還雕了個章子，就在行文上蓋上『洪瘋子』三個字，誰敢不遵從督命，就請出一支只有半截長的天子劍——殺！」「佩服！……老子真它媽的佩服他！」張獻忠這個一向看不起官軍的人，也不得吃驚。

正說話間，一個義軍頭目拿著書信匆匆入內：「闖王，李自成著人送來急信。」高迎祥接過，一把扯掉上面的三根鵝毛，撕開封口，急閱。……漸漸地，他臉色越發不祥。張獻忠急問：「怎麼著？」

高迎祥仍在看信，口裡喃喃道：「厲害……確實厲害！」張獻忠急了，問：「你到是說自成信裡說的什麼？」高迎祥呆片刻，道：「自成說，近日他也連遭重創。但他抓獲了一個三品副將，審出洪瘋子的剿賊方略，名叫『四正六隅十面網』。五省的軍民、糧餉、財政全部歸於洪瘋子一人之手，連皇帝都管不了他……確實厲害。你看。」高迎祥將文書交給張獻忠。張獻忠展開——頓時出現一幀官方廷寄，文末蓋著一顆拳頭大小的鮮紅印章，三個篆書大字：洪瘋子。

張獻忠兩眼越縮越小，恨得咬牙切齒！高迎祥道：「獻忠兄弟，看來，苦戰還在後頭。」張

獻忠沉默片刻，問：「軍糧已經耗盡了，我們怎麼辦？」高迎祥道：「立刻轉移！如果我所料不錯的話，洪瘋子的官軍已經來包圍我們了。」「去哪？」高迎祥道：「跳出包圍網，奔襲二百里外的東湖鎮。」張獻忠道：「行。我已經讓弟兄們飽餐了一頓，正好可以長途奔襲。」

高迎祥道「網內吃緊，網外必然空虛。我想啊，只要咱們拿下了東湖鎮，洪瘋子的包圍網，也就不攻自破了。」

晨曦中的一座城關，城關上正在激戰。張獻忠領著眾多義軍弟兄與守城官軍拼殺著。吶喊聲、刀槍相擊聲不絕於耳……更多的義軍攀上了城頭，衝向正在敗退的官軍。官軍不敵，開始狼狽逃竄……

縣衙。縣衙內的文案已被砸成碎片，扔在爐火裡當劈柴燒。接著，眾多帳冊、文案也被扔進火裡。火焰熊熊。火中吊著一口大肉鍋，張獻忠伸進一把戰刀，攪了攪鍋中煮得半熟的豬肉腿，使抽動鼻子：「娘的，真香啊……」四周，圍坐著眾義軍首領，端著酒碗喝酒，個個興高采烈。

高迎祥坐在高處，興奮地說：「弟兄們，三天來，咱們連下三城，東湖、南關、呂鎮！洪瘋子包圍網被咱們徹底打垮了！」一首領笑呵呵地：「我想，他這會兒正氣得殺那些窩囊將軍吧？」眾首領一片大笑。高迎祥道：「官軍的攻勢已到了強弩之末，接下來，又該咱們施展了。列位弟兄，咱們商量商量下一步行動方案。」一首領：「叫我說，先休整兩天，再殺回河南老家。」另一首領：「我看還是繼續東進。進入長江流域，那兒富裕，是朝廷的大後方，要什麼有什麼。」

其他首領正在思考，而肉鍋旁的張獻忠再也忍不住了，揭蓋看看，大叫：「熟啦熟啦！……」張獻忠用戰刀剁下一大塊肉來，扔給高迎祥：「接著！……」然後，他再剁下一塊扔給另一首領：「老四……」不一會，每個首領都開始香噴噴地大嚼起來。

高迎祥彷彿思索著什麼，越吃越慢，終於停下。張獻忠問：「闖王，怎麼了？」高迎祥沉吟道：「自成兄弟別有見解，他早就跟我說過，咱義軍不能經年東征西討的，應該建立一塊根據地，圖謀遠大發展。」張獻忠狠狠咬下一塊肉，叫著：「好哇，打到朝廷心窩窩裡去，在那兒鬧一片根據地。」高迎祥笑問：「你說說清楚，那兒是哪兒？」

張獻忠嚥下肉，道：「滁洲！」眾首領一聽，都靜下來。顯然，那是個饞人的地方。張獻忠道：「滁洲是中南重鎮，也是朝廷重要的糧銀倉庫，官軍的給養在那兒堆積如山哪！一旦拿下它來，咱們就再不愁糧銀了，而官軍將斷血脈。」一個首領大聲叫嚷：「好啊，攻滁洲！」另一首領道：「是個好主意。」「這叫惡虎掏心，打進朝廷的軟腹部。」又一首領爭著說。

高迎祥猶豫道：「朝廷在滁洲一帶，必然配有重兵防守。」張獻忠已將肉骨頭啃盡，扔掉，搓搓手走過來，道：「大哥啊。滁洲距陪都南京就幾百里，得了滁洲後，肯定全國震動，崇禎喪膽。而咱義軍哩，正好可以在那兒招兵買馬，擴大隊伍。再往後吶……」張獻忠轉臉朝眾首領大聲說，「再往後，咱就攻下南京城，改朝換代。咱們得借朱元璋的故宮用一用，讓咱闖王大哥登基做皇上！你們說，怎麼樣？」

眾首領激動地狂喊起來：

——好哇！總算是熬到頭哪！

——闖王當皇上，咱們也都成了開國元勛啦！

高迎祥笑著搖頭：「我高迎祥，只想著與眾弟兄榮辱與共，生死同舟，推翻大明也是為了拯救天下百姓！至於皇帝什麼的，想都沒想過！」張獻忠咯咯地笑，機敏地眨眼，道：「大哥不想，我們幫你想！」

眾首領亂叫：

——對嘍，我們幫你想！你非當不可！

——這皇上啊，高大哥當定了。

高迎祥擺手制止他們，沉聲道：「這麼著吧，咱們先集中全部兵力，攻下滁洲再說！」眾首領紛紛舉起酒碗，碰在一起，之後仰面乾了。

高迎祥獨自步至門外，他壓制著激動的心情，看那夜空的星月，顯得十分感慨。

武英殿，兩扇殿門吱吱地打開了，王小巧扶著布衣麻鞋的崇禎步出。這時的崇禎幾乎換了個人，他變得虛弱不堪，面如土色。剛剛三十出頭的人，行走時竟然需要支撐一支龍杖，一步三喘，垂垂老矣……崇禎慢慢地步下玉階，邊走邊咳。

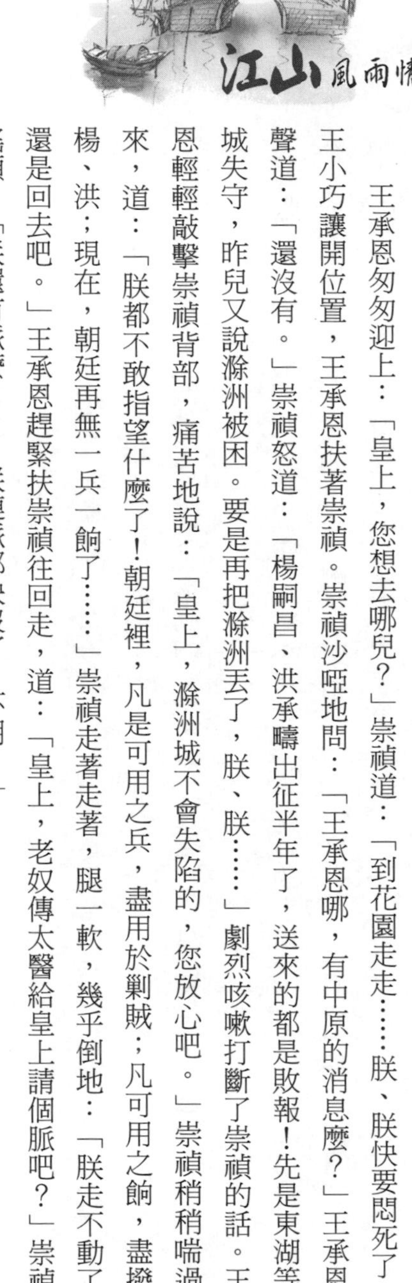

王承恩匆匆迎上：「皇上，您想去哪兒？」崇禎道：「到花園走走……朕、朕快要悶死了。」王小巧讓開位置，王承恩扶著崇禎。崇禎沙啞地問：「王承恩哪，有中原的消息麼？」王承恩低聲道：「還沒有。」崇禎怒道：「楊嗣昌、洪承疇出征半年了，送來的都是敗報！先是東湖等三城失守，昨兒又說滁洲被困。要是再把滁洲丟了，朕、朕……」劇烈咳嗽打斷了崇禎的話。王承恩輕輕敲擊崇禎背部，痛苦地說：「皇上，滁洲城不會失陷的，您放心吧。」崇禎稍稍喘過氣來，道：「朕都不敢指望什麼了！朝廷裡，凡是可用之兵，盡用於剿賊；凡可用之餉，盡撥付楊、洪；現在，朝廷再無一兵一餉了……」崇禎走著走著，腿一軟，幾乎倒地：「朕走不動了，還是回去吧。」王承恩趕緊扶崇禎往回走，道：「皇上，老奴傳太醫給皇上請個脈吧？」崇禎搖搖頭：「朕還有脈麼？……朕連脈都快沒了。不用！」

王承恩不敢再言，只能慢慢地將崇禎又扶回武英殿。王小巧趕緊把殿門再次吱吱推開，崇禎入內。崇禎再也支持不住，在軟榻上躺倒。王承恩出門招了下手，立刻有一個老太醫匆匆入內，跪地給崇禎請脈。王承恩立於旁，關切地看著。崇禎則閉眼不動。許久後，老太醫點點頭，主動退下了。王承恩快步跟至門口。王承恩低聲問：「怎麼樣？」老太醫道：「皇上沒有大病，還是由於勞苦太過，營養嚴重不良。王公公啊，您一定得請皇上進點補，要不然……非出事不可！」

王承恩示意老太醫離去，自個輕步回到崇禎榻邊，跪了下來，泣道：「皇上，老奴求您為天下臣民計，進一碗燕窩魚翅羹吧。」崇禎仍閉著眼，微微搖頭。王承恩苦求：「皇上……」崇禎

嗓音低啞地：「朕早說過了。賊不滅，朕不解孝衣，不食魚肉！」王承恩垂著頭，呆呆地。

坤寧宮，周后也是面容瘦弱，摟著懷裡小皇子。那小皇子神色也不佳。樂安公主坐在對面，懶懶地翻著一本詩經。周后關切地問：「樂安哪，皇上今天怎麼樣？」樂安公主沒有好聲氣地說：「今天跟昨天一樣，昨天跟前天一樣。」周后又問：「他還發脾氣嗎？」樂安公主被問得煩起來，說：「還是一樣！哎呀母后，父皇樣樣都跟以前一樣，都挺好的，您就放心吧！」

周后半天不吱聲……之後突然厲聲道：「你就不能跟我說實話嗎？」「女兒說的是實話。」周后斥道：「不對。雖然我被禁足，見不到皇上，可我也得知，皇上滿面滄桑，滿頭白髮，像個五、六十歲人了，走路都要用拐杖。是不是？」樂安一驚，低下頭，無言。

周后摟著小皇子，低低哭泣起來……

滁洲城，轟然一聲炮響，火光閃亮了半邊天。張獻忠揮舞大刀吼道：「弟兄們，上！」義軍弟兄吶喊著衝向滁洲城頭。近了，城上突然金鼓齊鳴，射出無數箭弩……義軍弟兄紛紛中箭倒地。張獻忠仍在喝令：「上！上！」更多的義軍冒死朝上衝。幾架雲梯高高豎起，哐地一聲搭在城頭上。義軍順著雲梯朝上攀。卻常常是攀到半截就被利箭擊中，從空中掉下摔死……

不遠處，高迎祥眼冒怒火，死盯著城頭。忽然，他抽出自個的大刀，怒吼著：「老營的弟兄們哪？」高迎祥身後嘩啦啦站出一片老兵，齊喊著：「在！」高迎祥大喝：「跟我上！」高迎祥

親率大群老兵們衝上城拼命……

五省總督府。洪承疇一身文官服色，端坐總督位，楊嗣昌旁坐。眾將排立待命。一個渾身戰塵的標統匆匆入內，叩報：「稟總督，賊首高迎祥正在猛攻滁洲，巡撫李明懇求總督火速發兵求援！」

洪承疇淡聲道：「滁洲城還能支撐多久？」標統道：「最多只能支撐兩天……」洪承疇道：「不錯，讓他們撐著吧。你下去歇著。」標統顫聲求道：「滁洲有五萬弟兄哪，總督不能見死不救。」洪承疇強調說：「何止五萬弟兄，還有三百萬糧草哪！」標統嘶聲叫：「總督，李巡撫和滁洲弟兄們求您了……」說著他重重叩首。旁立的眾將都注視著洪承疇，連楊嗣昌也略顯不忍。

洪承疇簡明地：「知道。」標統大叫：「總督……」

洪承疇打斷他：「下去！」立刻上來兩個侍衛，將標統拖下。那標統被拖走時潑口大罵：「洪瘋子，李巡撫已經上摺子告你了!你見死不救，你狼心狗肺!你不得好死……」大堂一片寂靜，充滿凜然殺氣。洪承疇扭頭看了楊嗣昌一眼，楊嗣昌低下頭，一言不發。

洪承疇巡視眾將，慢聲道：「剛才宋標統說了，滁洲城最多能支撐兩天。可照我看，他們連明天也撐不過去。滁洲失陷，只在今夜五更之前。」眾將無言肅立。「因此，今天夜裡，三十萬兵馬全部提前入睡，好好地睡上一覺。明兒五更起身，每人吃半斤牛肉，一斤大餅。辰時開

拔。」眾將齊聲應道：「遵命。」

「本督估計，全軍抵達滁洲應當是午時。如果到達時，滁洲還沒有失陷，各營原地歇著，待命。擅自出戰者，立斬！」眾將驚疑互視，不敢說話。洪承疇又道：「如果到達時，滁洲已經失陷了。本督會放射三支紅色號炮，各營見炮之後，就進城圍獵吧！……各位將軍，你們要把本督的話傳達到每一個兵勇，三十萬兵勇要統統傳達到。就說，本督命令他們：入城之後，只要看見男人，見一個殺一個，無論他是賊兵還是百姓，統統給我斬盡殺絕！因為，賊子們兵敗之後，衣裳一扒就成了百姓。聽清了嗎？」眾將齊吼：「遵命！」

滁洲城門被撞開，無數義軍瘋狂地衝進城。殘餘守軍奔逃著，被追上去的義軍砍死……高迎祥與張獻忠並肩進城門，兩人都帶著傷，臉上滿是戰塵。他們一邊走一邊看，只看見四面八方散布著義軍與官軍的屍體。

張獻忠沙啞地：「闖王，各營的弟兄，恐怕死傷過半了。」高迎祥冷冷地道：「我擔心的還不是這……」張獻忠道：「那你擔心什麼？」「我擔心的是，我們攻打滁洲整整打了八天，這麼長的時間裡，洪瘋子為何不肯救援?!」張獻忠暗驚，無語。兩人走向滁洲衙門。

高迎祥與張獻忠走入衙門大堂，只見一個巡撫已經懸樑自盡了，屍體還在微微晃動。官案上擱著一封信。張獻忠看見那信，示意：「闖王！」高迎祥上前拿起信。扯開閱讀……

臉色劇變。張獻忠道：「是寫給崇禎的遺書吧？」高迎祥搖頭道：「不。是李巡撫罵洪瘋子的遺

書。」張獻忠笑道：「狗咬狗，兩嘴毛。讓他們相互罵吧。」高迎祥聲音有些異樣：「他罵洪瘋子見死不救，讓五萬滁洲守軍當釣餌……你明白了嗎？」張獻忠大驚：「什麼?!」高迎祥顫聲道：「這就是說，洪瘋子用五萬滁洲守軍的命，釣我們四十萬義軍這條大魚！」張獻忠呆住。

這時候，突聽遠處轟轟的炮響……

炮聲中，天空升起三朵紅色的煙團。立刻，四面八方響起金鼓之聲與陣陣炮聲，彷彿有千軍萬馬殺到了。

高迎祥衝出衙門，朝天上看了看，一驚，立刻大聲下令：「快傳命，叫各路義軍全部退到西門，準備迎敵。」張獻忠與眾隨從分頭跑開。

城外野地，四面八方，數不清官軍的兵馬狂喊著殺來，彷彿是無邊的洪水猛獸……

義軍兄弟們紛紛集中到一起，準備死戰……

窪地裡，高迎祥張獻忠等人被箭弩壓得抬不起頭來，已陷入天羅地網。稍頃，箭止。高迎祥抬頭一看，官軍已衝上前來。高迎祥從背後抽出大刀，撲上前血戰……

幾個官軍圍著高迎祥拼鬥，刀槍相擊，鏗鏗鏘鏘……終於，高迎祥身中數刀，倒在地上。官軍上前死死按住他。

不遠處，張獻忠也在與幾個官軍死鬥。張獻忠怒吼著，刀光如電，連連砍翻那些官軍，跳上了一匹無主戰馬，猛擊一鞭，疾馳。戰馬奔出後，張獻忠勒馬，回頭巡視……負傷的高迎祥正被

一團官軍簇擁著，押解而去。絕無脫身的可能了。張獻忠痛叫著：「大哥……」

幾個官軍的騎兵又撲上前來，追殺張獻忠。張獻忠拼命擊殺他們……終究寡不敵眾，鞭馬脫出了重圍。

官軍大營設在滁洲郊外，一座營帳外面，設一簡單的木案，洪承疇、楊嗣昌分坐著，正在品茶。兩人仍是文官服色。幾個官軍將負傷的高迎祥押來。高迎祥怒目，冷眼一掃洪承疇。

洪承疇道：「閣下就是闖王高迎祥吧？」高迎祥怒視著他：「你就是五省總督洪瘋子吧？」

洪承疇點了點頭：「是我。這一位，是內閣首輔楊嗣昌大人。」楊嗣昌矜持地點點頭。

洪承疇微笑道：「高先生，在下對你仰慕已久，今日相會，甚感欣慰。」高迎祥冷笑道：「今日嘛，你可以欣慰一下。到了明日，義軍又會成為燎原烈火，讓你死無葬身之地……」洪承疇打斷他的話，說：「閣下的一切我都瞭如指掌了，就是有一件事不明白，想向閣下請教。你本是個識書達理的人，叫個什麼王不行啊，為何要叫『闖王』呢？」高迎祥問：「為何不能叫闖王？」洪承疇道：「以《易》理卜算，這個封號火氣太重，難以長久。」高迎祥道：「要造反，全靠一個『闖』字！這個封號，最得人心。」洪承疇不由地點點頭：「有道理，的確有道理。」

這時，楊嗣昌咯咯地笑了，對洪承疇道：「洪兄啊，你是進士出身，官拜五省總督。可你的『洪瘋子』名號，比你的總督的名號更大，也更管用！與這位『闖王』也有異曲相通之處吶。」

洪承疇哈哈大笑：「說的太對了！楊兄提醒了我，返京之後，還是得夾著尾巴，老老實實做人哪。」高迎祥微笑道：「二位不用臭酸了，請賞我一杯茶喝。然後，再賞我一刀！」洪承疇趕緊示意部屬。幕僚捧一壺茶上前，高迎祥一氣飲盡。長吁，扔掉壺，道：「多謝。現在，你該用刀了。」

「不能殺不能殺，起碼暫時不能殺。」洪承疇搖頭道，「你現在是大明的『國寶』啊！」看著高迎祥詫異的神情，洪承疇沉吟著說：「我們得把你裝在籠子裡，解回京城，一路上鳴鑼開道，慢慢地走，讓沿途三千里百姓都看看你，這可是最好的安民告示啊，比朝廷的文書都管用！」正在飲茶的楊嗣昌聽了，噗地噴出一口茶，笑得喘不上氣來……

洪承疇平靜地：「再一個吶，皇上病了，吃什麼藥都不管用。我想，只要你進了午門，皇上也就藥到病除了。以上兩條，都證明你是國寶啊！」高迎祥怒罵：「洪瘋子……你死無葬身之地……」洪承疇擺擺手，部屬迅速將高迎祥押下。楊嗣昌道：「洪兄，此役大勝，中原流寇也就基本平定了。你準備何日班師啊？我想，整個京城都會傾城而出，歡迎你凱旋歸來。」

洪承疇沉思片刻，道：「楊兄，在下求您個事。請你領著十八萬精銳兵馬，押解高迎祥回京報捷……」楊嗣昌驚訝了，押解高迎祥，何至於用十八萬精銳？洪承疇胸有成竹地掰指頭道：「一者，防止殘餘流寇劫營。二者，這十八萬精銳，是朝廷的最後本錢，得趕緊帶回去，交給皇上，提防關外的皇太極呀！……」

楊嗣昌立刻明白了，點頭道：「洪兄真是深謀遠慮！我走後，你哪？」洪承疇道：「今天夜裡，我將親自率領五萬精兵，長途奔襲三百里，剿滅另外一股頑賊——李自成！楊兄，我們不能給賊留下任何喘息之機，務必徹底掃除匪患，安定中原。」楊嗣昌大為感動，起身深深一揖，激動道：「洪兄，你讓我帶高迎祥回京，可是把天大的功勞讓給了我！」洪承疇微笑擺手，未及開言。楊嗣昌又道：「而你自己呢，卻人不解甲，馬不下鞍，還要繼續惡戰……」

洪承疇回揖道：「您還記得嗎？那天在王承恩府上吃粽子，我們三人心裡有多難過啊！」楊嗣昌喟嘆道：「當時情景，至今歷歷在目。」洪承疇道：「當時在下說過一句，您和王承恩的再生之恩，在下必報！」楊嗣昌激動得哽咽道：「洪兄啊……」洪承疇轉身端起一盅茶遞給楊嗣昌，自己端另外一盅：「來，喝了這盅茶，咱倆就分手，各忙各的吧！啊？……」楊嗣昌接過茶盅，大聲道：「在下謹遵洪瘋子帥命！」

洪承疇哈哈一笑，兩人輕輕擊盅，一碰，各自飲盡。

第二十三章

李自成大營。瓦屋內，李自成、劉宗敏、黃玉正圍在餐桌前，邊吃飯邊議事。黃玉顯得憂慮重重、神不守舍的樣子。而劉宗敏一直在狼吞虎嚥。李自成忽然端著碗不動了，轉眼看窗外南天，不安地：「闖王和獻忠他們攻打滁洲，今兒已經是第九天了，不知戰況如何？」劉宗敏用筷子敲碗邊兒，哈哈一笑道：「戰況？那還不是吃香的、喝辣的！這會兒，只怕在滁洲衙門裡開慶功宴了！」黃玉道：「如果是這樣，闖王應該差人送個信來。」

「吃，吃。」劉宗敏道：「吃完飯，我派弟兄前去打探。」李自成又默默吃了幾口，突然把碗一頓道：「大概要出事！」劉宗敏愕然地問：「大哥你怎麼這樣？」李自成道：「這麼長時間了，不但闖王沒消息，洪瘋子的官軍也沒消息！」

黃玉也沉思道：「闖王和獻忠的義軍有四十萬，洪瘋子的官軍有三十多萬，加起來共七、八十萬人。雙方這麼多人，竟然都沒有什麼消息，難道都隨風消失了？」

門外響起馬蹄聲，三人頓時緊張。片刻，一個渾身傷血的義軍將領撲進屋來，嘶聲哭叫道：「李首領！劉大哥……完了，全完了！」李自成跳起來：「慢慢說。」劉宗敏大叫：「怎麼，滁洲沒打下來？」那義軍將領哽咽道：「打是打下來了，可滁洲是個釣餌，闖王和弟兄們血戰了八天，剛打下來就陷入洪瘋子的包圍網……慘哪！我們四十萬弟兄，沒突出幾個來……」

李自成急問：「闖王呢？」義軍泣道：「負了重傷，被洪瘋子抓著了。」劉宗敏大驚失色。李自成也呆了，片刻後追問：「張獻忠呢？」「生死不明……」李自成身體一軟，呆坐到凳上，

半響說不出話，只能呼呼喘粗氣。

黃玉稍微鎮定，他扶起那個將領，問：「還有什麼消息嗎？」義軍泣道：「聽皖北老鄉說，楊嗣昌把闖王裝在籠子裡，一路敲鑼打鼓，解赴京城……」李自成忽然來了精神，追問：「可靠嗎？」那將領道：「沿途百姓都看見了。」李自成起身，走到窗前沉思著。黃玉對義軍說：「兄弟，你先下去療傷、吃飯……」他示意門外守衛將義軍將領扶下。

劉宗敏猛一掌把餐桌砸得稀里嘩啦：「大哥，快動手吧，把闖王劫回來！」李自成冷靜地道：「劫是肯定要劫的！楊嗣昌已經先行一百多里了，我們騎兵可不多……」劉宗敏急道：「那還不趕緊出發？我們連夜趕路，快呀！」黃玉謹慎地道：「李首領、劉大哥，小弟想貿然說句話……」李自成未及開言。劉宗敏已在催促：「我的爺哎，你有什麼話就快說吧，甭酸了！」黃玉道：「洪承疇用滁洲作釣餌，把闖王打垮了。接下來，他就不會用闖王作釣餌，勾引我們去劫營呢？」

李自成道：「完全有這個可能！但是，闖王是義軍們的靈魂和大旗，萬萬不能落入朝廷之手！」劉宗敏也叫著：「對哪！就是上刀山下火海，也得把闖王劫回來。」李自成道：「楊嗣昌會領著重兵押送闖王，我估計，少則五千，最多也不過三、四萬。我們集中全部義軍弟兄，五萬人一齊出動，必能劫回闖王。」

黃玉猶豫地說：「那也應該先弄清官軍兵力、動向，再作決定……」劉宗敏急道：「再不行動，就追不上了！」李自成看著黃玉說：「我明白你的意思。但現在片刻值萬金。我們只能先北上趕路，同時打探敵情。」黃玉默然。

凌晨時分，大道口，義軍漫漫一片，準備出發。眾統領均已上馬待命，也是急不可耐的樣子。李自成跳上一匹白馬，左右看了看，問：「黃玉呢？」劉宗敏前後看看，果然不見黃玉，抱怨說：「書呆子，老是磨磨蹭蹭的！」李自成說：「還是找找看。」「大哥，甭理他。他自個會跟上來的。」李自成沉吟道：「他心裡有疙瘩，悶著不說……」劉宗敏煩躁地說：「黃玉天生就娘娘樣兒！走吧大哥。」

李自成引頸張望，看見不遠處那座瓦屋內還亮著孤燈，立刻策馬奔去，道：「你們稍候，我去看看。」

瓦屋裡，黃玉坐在孤燈下，一動不動。李自成匆匆奔入，走到他面前立定，打量著他：「黃玉，你是不是想離開我們了？」黃玉沉聲道：「想是想，但又覺得那樣做太無信義。所以，我想讓你們拋棄我……」李自成怒道：「你究竟有什麼不滿？」黃玉抬眼盯著李自成，道：「你有時間聽我說話嗎？」李自成看一眼桌上殘燈，嗔道：「在這盞孤燈熄滅之前，我聽你說話。燈一滅，立刻上馬！」那燈如豆，已經在搖搖欲熄了。

黃玉依舊不緊不慢地說：「我在鳳陽書院讀書時，有兩位前輩才華蓋世。一個是天啟年間的李狀元，再一個就是洪承疇！他是我先生的先生……」

李自成一驚，無言。黃玉又道：「洪承疇讀書如用兵，用兵也如讀書，都有不循常規、匪夷所思之處。這一回，他讓楊嗣昌押送闖王歸京，明明就是個釣餌，必有重兵埋伏，等著我們去劫營。此外，洪承疇本人在哪裡？想幹什麼？令我心中發寒哪。」那盞孤燈即將熄滅。李自成明顯地不安了：「洪承疇滁洲大勝，官軍總得休整十天半個月。」黃玉搖搖頭：「可他是個瘋子啊。不但自己瘋，還要把部下逼瘋。」

「你是說，他可能正在包圍我們？」黃玉沉重地點點頭，繼續說：「我另有兩句砍頭的話，請你給予寬容……」李自成催促：「快說。」黃玉依舊平靜地說：「高闖王被俘了，張獻忠垮臺了，未必全是禍事。」李自成大驚，怒視著黃玉。黃玉道：「長期以來，高迎祥一直高你一頭，張獻忠也暗中稱王稱霸。但是，他倆人無論是智勇還是胸襟，都不如你！他們只算得上是亂世英雄，而你卻有帝王之概。現在，天賜良機，上無高迎祥駕馭，旁無張獻忠牽制，你正好接替闖王之位，成為天下義軍的唯一領袖，推翻大明，改朝換代！」

李自成陷入沉思，卻難抑內心激動。

「如果你強要去劫高迎祥，我認為是以卵擊石，肯定不能成功。即使成功了，劫回來的仍然是一個主子。」孤燈熄滅了，兩人一言不發，沉默許久。李自成沙啞地說：「黃先生，請上馬吧。」黃玉依舊一動不動地望著他。李自成大聲喝道：「全軍火速轉移，返回中原山區。」

黃玉立刻起身。與李自成衝出門。

李自成策馬回到大路口，揚鞭道：「傳命，全軍向西，進入伏牛山。」劉宗敏驚問：「為何改變計劃？」李自成道：「我們已經陷入洪瘋子包圍網了，必須趕緊轉移。」劉宗敏驚問：「闖王哪？」李自成痛苦地擺擺頭。劉宗敏見狀大怒：「洪瘋子還在二百里外哪！大哥，我看你是被洪瘋子嚇破了膽，竟然連闖王都見死不救，你……」話音未落，忽然三聲巨響「嗵嗵嗵！」夜空中突然升起三隻紅色號炮！……接著，四面八方響起殺聲和鼓號聲。黑暗中，隱約可見無數官軍殺來……

黃玉平靜地說：「洪瘋子到了。」李自成揮刀大喝：「迎敵！」劉宗敏怒吼：「弟兄們，跟我上哪！」

劉宗敏率領義軍衝上前，與官軍血戰……

武英殿，案頭奏摺紛亂，堆積如山。地榻上，崇禎昏睡著，面目慘淡。忽然，殿外傳來一片淅淅瀝瀝之聲，聲音越來越多，越來越大，又像是在下雨了。崇禎醒來，半睜著眼，吃力問：「下雨了麼？」無人回答，連侍駕的太監都不知到哪去了。崇禎坐起身，嘆口氣，柱著一支杖，向殿門走去。

殿門吱吱地開，崇禎推門出來，一看，大驚！從他腳下開始，王承恩與眾王公大臣跪了一地，從玉階一直跪到宮外，無邊無際，黑鴉鴉一片。他們每個人都在激動地抽泣著……崇禎克制

著驚慌，閉著眼，全身都在發抖，顫聲問：「洪承疇戰敗了吧?!……」

王承恩流著老淚，抬頭嘶啞道：「稟皇上，洪承疇、楊嗣昌飛馬報捷，官軍在滁洲大捷，四十萬流賊，整整殺掉了三十八萬！」崇禎驚得瞪大眼：「胡說，胡說！……前天還稟報連失了三城，滁洲告急了。」王承恩泣道：「稟皇上，那是洪承疇、楊嗣昌的誘敵之計！他們連失城鎮，就是為了把賊養肥嘍，養傻嘍，再誘入死地，一鼓聚殲！」崇禎仍然不敢信，顫聲問：「這……是真的麼？」

「千真萬確！皇上啊，洪楊二臣，不但剿殺了三十八萬流賊，還生擒了賊首——闖王高迎祥！從今往後，中原大定了……」王承恩雙手奉一摺，「這是飛馬報來的急奏。楊嗣昌星夜將高迎祥押解赴京，此刻已過了西山，最遲後天，就可以進京獻俘了……」

崇禎一把扔開龍杖，接過奏摺，手抖抖地急看。

王承恩泣道：「還有，楊嗣昌把十八萬精銳也帶回來了，原封不動地還給皇上。」崇禎看罷，不禁手舞足蹈同時也聲淚俱下，又哭又笑，仰天長嘯：「天哪！賊滅啦，賊滅啦……」這時的崇禎，已經完全忘了帝王之尊，他因為幸福過度而近乎失態。身體搖搖欲墜。王承恩撲去扶住崇禎。眾臣仍跪地未起，一片嗚嗚痛哭。用高低不同的嗓聲，從四面八方與崇禎交相呼應：賊滅啦，賊滅啦……

哭聲、喊聲、笑聲，充溢天地間。

紫禁城各處的宮廷都迴盪著：賊滅啦！賊滅啦……

太監、宮女、奴僕，都在驚喜叫嚷：賊滅啦！賊滅啦……

周后坐在坤寧宮梳妝檯前，臨鏡整容。她慢慢地擦去臉上脂粉，現出日漸明顯的、真實的衰容。她默默看著鏡中的自己，不勝悲涼……

突然，宮外傳來「賊滅啦！賊滅啦！」的喊聲，她驚訝地起身，呆住了。

武英殿門前，崇禎拭淚，咬牙切齒：「傳旨，後日午時三刻，午門獻俘。朕要把高迎祥碎屍萬段！朕要用他的人頭、心肝來祭祖告天！」眾王公大臣齊聲呼應：「遵旨。」

崇禎猛然想起了什麼，問王承恩：「洪承疇呢？他現在何處？」王承恩稟道：「洪承疇人不解甲，馬不下鞍，正在追殺殘餘流寇，以求不留任何後患！」崇禎感嘆地道：「好好！忠臣哪！……忠臣！」

周后又坐在梳妝檯前，而這次，她正在興奮地上妝！她用各色脂粉，將自己裝扮得既年輕、又美麗。她不時衝著鏡中的自己，發出喜悅的微笑……這時候，一個身影輕輕入宮，走到周后身邊。周后感覺到了，低低地呻吟：「皇上……」崇禎低聲道：「愛妃。」周后轉過身一看，大吃一驚。崇禎已重著龍袍、金冠、玉帶，顯得精神抖擻，容光煥發，一下子年輕二十歲！

周后驚道：「皇上。您……您……臣妾不敢認了！」崇禎感慨地說：「愛妃，朕想你們哪。你們都好麼？」周后泣不成聲。崇禎道：「別哭了，中原流寇滅了！大明內患已除，從此就要振興！」「總算是盼到這天了……」崇禎將周后摟進懷裡，兩人默默流淚。稍頃，崇禎忽道：「愛妃啊，趕緊給朕做一碗燕窩魚翅羹吧，朕都要饞死了！……」

周后驚喜地看著崇禎，突然「哇」地一聲痛哭起來……萬語千言，無限辛酸，俱在痛哭中。崇禎連忙勸慰。周后終於拭去眼淚，高興地連聲道：「皇上稍候，臣妾這就去御膳房，就去！」周后匆匆奔出宮。崇禎目送她遠去，喜悅地打量著四周。接著，步入內室。

內室，陳圓圓正在給小皇子餵食，她用一隻小銀勺，舀起一勺米湯，送到小皇子嘴邊。小皇子手中抓著半個餅子，朝進來的崇禎哇哇亂叫。「陳圓圓。」崇禎笑道，「這幾個月來，皇后和皇子都受了不少苦吧？」崇禎坐在小皇子旁邊，打量小皇子，吩咐陳圓圓：「你跟我說說。」陳圓圓道：「皇后娘娘，對粗茶淡飯倒不覺苦。最苦的是……是……」她看了看崇禎，說，「是皇上您不准她相見。」

崇禎愣了一會，又問：「皇子怎麼樣？」陳圓圓道：「皇子最苦的是斷了葷食，連口肉湯也喝不上。您看他瘦了多少？」崇禎笑著看看皇子：「是瘦了些，也長高了些。」陳圓圓道：「不過。奴婢覺得，皇子吃了幾個月的五穀雜糧，反而結實多了。您瞧啊，像不像個鐵匠的兒子？結實著哪！」崇禎湊近看，喜道：「像、像……」緊接著卻一怔，斥道：「你胡說什麼哪？朕是皇上，他是太子！你竟敢拿鐵匠的孩子來比！」

正說著，小皇子手執一塊吃了一半的餅子，笑盈盈地遞給崇禎，口裡吱吱哇哇亂叫。崇禎既歡喜，肚又饑，竟然順手接過那半塊餅子，咬下一口：「朕嘗嘗看……」崇禎竟然真的嚼起來，雖然是吃得很艱難，但同時他與小皇子相視而笑。陳圓圓在旁微笑地看著，問：「味道怎麼樣？」崇禎苦著臉兒，沉吟道：「鐵匠就是吃這個？」陳圓圓道：「鐵匠要能吃上大餅，就快活死了，他們連這都難得吃上！皇上您哪，要能讓天下百姓都吃上它，您就是聖君！」

崇禎又愣住了，雖不悅，卻又無法反駁。

宮道上，一個兵部章京手執摺子匆匆奔來。道邊的大臣們看了，立刻又提心吊膽……

兵部章京奔入坤寧宮。氣喘吁吁的兵部章京奔入內宮，朝崇禎跪地急報：「稟皇上，五省總督洪承疇六百里捷報，八月十日，洪承疇率兵奔襲二百里，一鼓聚殲李自成部五萬餘人，斬首四萬三千……」崇禎喜得被餅子嗆住，半晌才咳出聲來：「好好好！……」章京再稟道：「匪首李自成身中三箭，狼狽逃竄，隨從只剩七人，隱入伏牛山。洪承疇報，整個中原五省，流寇也就剩下這七、八個人了！……」

話音未落，又衝進一個兵部章京，跪地急報：「稟皇上。五省總督洪承疇六百里急報，張獻忠彈盡糧絕，自個把自個綁了起來，向洪承疇請降。張賊發誓效忠朝廷，永不背反。洪承疇請皇上示下……」崇禎喜得哈哈大笑，小皇子也在傻傻地笑。崇禎見了，蹲下身問小皇子：「嗳，你

說說，朕准不准張獻忠投降？你說啊……」小皇子口裡吱吱哇哇，誰也不知他說些什麼。

陳圓圓趕緊道：「皇子說，別殺了，還是讓人家降吧！」崇禎衝小皇子笑道：「好，朕給皇子一個面子，就准他投降吧。」崇禎轉身，真的朝那個章京道：「傳旨，賊患已滅，餘者不足為慮。朕以蒼生為念，特網開一面，恩准張賊及其殘部投降。」

皇太極居中，幾個親王分坐，正與眾臣議政。大堂上，立著一排皇弟皇子們。皇太極沉吟道：「高迎祥死了，張獻忠降了，李自成也不知所終。中原一帶的義軍，已經被洪承疇全部剿滅……朕沒想到，大明除了袁崇煥之外，還有一個更能幹的洪承疇！而且，他也更受崇禎賞識，位高權重。」親王們都沉默著，多爾袞與多鐸互視。

皇太極看見了，繼續道：「如此巨變，對咱大清會產生什麼影響？你們說說吧。」皇太極扔出了一個考題，他目光尖銳地掃向眾皇子皇弟們。豪格搶先道：「皇阿瑪，中原流寇覆滅之後，朝廷用於剿賊的精銳部隊又將重回山海關一線。這對大清極為不利。」皇太極淡淡地：「當然。還有哪？」豪格語塞：「兒臣……」皇太極不悅道：「今後，想好了再說。」豪格羞慚而退。

多爾袞道：「稟皇上，臣弟認為，明廷剿滅了賊寇，等於消除了後患，崇禎不但會把舉國軍力用到北部防線，更可怕的是，中原五省會迅速恢復生產，向朝廷提供源源不斷的兵丁、稅收、糧餉，用於抗清。」皇太極頻頻點頭。豪格見狀，又氣又羞。多爾袞更自信地道：「此外，張獻忠等殘餘流寇投降後，搖身一變，又成為官軍。崇禎不會信任他們，勢必把他們最先推到前線，讓他們和八旗軍作戰、送死。這些，均對大清十分不利。」

皇太極微笑：「說的好，還有嗎？」多爾袞道：「臣弟暫時就想到這些。」皇太極沉默片刻，道：「兩位所言，都對。朕想起漢人的一句老話，叫做『禍福相倚』。禍中有福，福中有禍。朕覺得，別光看大明平定了內患，朝廷上下都樂！其實啊，這也是他們最虛弱的時候。因為，國家大傷元氣了，百姓一無所有了，國庫空虛殆盡了。皇上急、大臣急，水田、旱地可不急呀，地裡要長出糧食來，最早也要等到明年秋天。」

眾親王頻頻點頭。多爾袞明白了皇太極的用意，上前奏道：「皇上，臣弟認為。從現在起至明年秋天，是大清最有利的戰機。臣弟請皇上下旨，攻陷寧遠城，合圍山海關，與明廷決戰！」皇太極沉思片刻，一字字吐出：「決戰的時候……到了！」所有人的神情都為之一振！豪格撲上前大聲道：「兒臣這輩子別無他求，只求皇阿瑪讓兒臣做入關先鋒！」

皇太極點下頭，道：「以前哪，崇禎有個大大的後患，朕有一個小小的絆腳石。現在哪，崇禎掃除了他的大後患，朕還沒有掃除這個小絆腳石。」見眾臣面面相覷，不明其意。皇太極道：「這就是大清的鄰邦、大明的屬國朝鮮。」多爾袞笑了：「皇上，朝鮮小國寡民，地不足千里，兵不到三萬。別說打，咱大清瞪它一眼，它都嚇得屁滾尿流。」皇太極搖搖頭：「你不要小看朝鮮，它雖然軍力不強，但民眾吃苦耐勞，極為堅忍！」

一老親王接口道：「二百年來，朝鮮一直是大明忠誠屬國。大明對朝鮮，歷來也是以禮相待。」另一親王道：「如果八旗軍盡數入關了，崇禎肯定請朝鮮國王出兵相助，朝鮮距盛京不到五百里，朝軍乘虛而入，或者擾亂後方，或者斷我糧草，豈不是一個大麻煩？」皇太極笑著對皇子皇弟們道：「聽見了吧，列位王爺的目光、謀算，你們要多學學！」

皇太極的話，讓在坐的親王皇公個個眉開眼笑。皇太極道：「今兒就議到這吧。越是大事，越不要馬上決定。朕再想想，你們也再想想，三天之後，聽朕旨意！」

莊妃侍候著皇太極用膳，兩人顯然已經親切交談了一陣。莊妃將一碗湯端給皇太極，笑道：「……臣妾猜想，皇上心裡早就拿定主意了。皇上之所以說『三天之後』下旨，實際上是給他們三天時間來厲兵秣馬，讓各旗旗主們爭先恐後！」皇太極拿小勺指點著莊妃，笑著：「你呀，把君臣們的心思看得這麼清楚，簡直就是個武則天！」莊妃驚訝道：「皇上也知道武則天？」「唐太宗的福晉嘛，我怎麼不知道！太宗死後，她當了多年的女皇帝。」莊妃笑道：「臣妾可不敢做武則天——把兒女都殺了，那還叫娘嗎?!」

「那你想做什麼?」莊妃道：「臣妾只想瞧著皇上一統天下，然後，舒舒服服地進關走一走，逛一逛，什麼山東泰山哪、杭州西湖啊，四川峨嵋呀，把天下的名山大川，都玩個夠！」皇太極笑道：「好，有氣魄！」莊妃道：「臣妾在詩文裡讀到那些地方，唉……真把我饞死了！」皇太極堅定地說：「朕一定讓你如願。」

「謝皇上。唉，皇上啊，臣妾有時候也替漢人們可惜，他們有那麼多好地方，有那麼多湖泊良田，還有那麼多子民，怎麼就守不住疆土呢？」皇太極一怔，道：「問得好啊！朕回答不了……但是你提醒了朕，朕要是真的入了關，做了全天下的皇帝，那肯定比做大清皇帝難得多了！也苦得多了！」莊妃接過碗，替皇太極換上一大碗麵。笑道：「那您還不趕緊多吃點，養足了精神，好做全天下的皇帝！」皇太極接過麵，笑道：「吃，吃！……你也吃啊。」莊妃端過一隻小碗，含笑陪著皇太極吃起來。

皇太極大口吞完了麵，擱下碗，沉聲道：「後天的旨意，朕已經想好了。朕對多爾袞和豪格兩人的爭功心思，瞧得是一清二楚！朕打算，令他二人各自率領兩旗兵馬出擊……」皇太極起身，莊妃遞上一條手巾。皇太極揩著臉兒道：「豪格的任務是，取道蒙古，避實擊虛，佯攻薊門、遵化、喜峰口，逼崇禎分兵自保。而多爾袞則進軍朝鮮，直逼平壤城下，迫使朝鮮國王歸降，永遠做大清屬國。如果拒絕投降，則擄其君，亡其國……」

因涉及軍政，莊妃不便插話，一時無語。皇太極擦臉畢，將手巾一摔，厲聲道：「兩路大軍，三十天內，必須雙雙告捷！朕已經年過半百，不想再等了。」

寧遠城關。城關上戰旗迎風，刀槍林立，兵士們精神抖擻。吳三桂與兩個總兵在箭道上行進、巡視。一總兵稟道：「大將軍，遵化守軍飛報，豪格親率正紅鑲紅二旗兵馬，共四萬餘人，

繞道蒙古，攻入了西北關內。」吳三桂想起去年也是西北告急，袁大帥和他率軍援救的情形……沉聲道：「皇太極目的不在西北，他始終盯著我這座寧遠城，盯著我身後的山海關，我們不能輕舉妄動，再上其當！」

另一總兵稟道：「大將軍。多爾袞的兵馬，也逼近平壤城下了，朝鮮國王頻頻求救……請大將軍示下，朝鮮萬急，我們是否馳援？」吳三桂嘆道：「朝鮮國是大明的百年睦鄰了，對朝廷忠心耿耿，對大清也是謹小慎微的。我不明白，皇太極攻朝鮮做什麼？不過，如果我們不清楚皇太極攻打朝鮮的真實意圖，絕不能輕進，更何況，以多爾袞之勇、朝鮮國之弱來判斷，沒等我們到朝鮮，平壤怕已經失陷了。」

那總兵又道：「大將軍。我們既不援救西北，也不援救朝鮮，皇上如果追究下來，如何解釋啊？」吳三桂沉默許久，道：「說實話，現在我並不知道如何解釋，待我好好的想一想……」兩總兵互視，暗中嘆息。吳三桂察覺了，厲聲道：「不過，本將最清楚的是，寧遠城的安危，重於西北，重於朝鮮！在任何情況下，寧遠城都必須巍如泰山！」

帥府內，吳三桂坐在袁崇煥先前帥位上，俯身看著鋪滿整個大案的地圖。地圖的半邊甚至垂落到地面。門外一聲高喝：「稟大將軍，御林軍副將宋喜，請求進見！」吳三桂抬起頭來：「宋喜來哪！……快請快請！」

宋喜大步入內，拜倒：「末將宋喜，拜見大將軍！」吳三桂趕緊上前，笑呵呵地扶起宋喜：

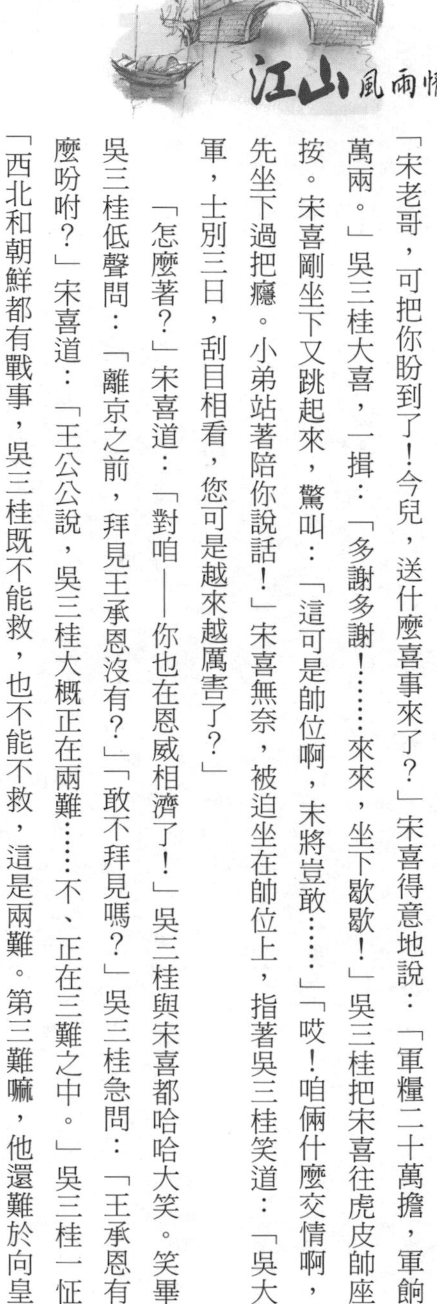

「宋老哥，可把你盼到了！今兒，送什麼喜事來了？」宋喜得意地說：「軍糧二十萬擔，軍餉十萬兩。」吳三桂大喜，一揖：「多謝多謝！……來來，坐下歇歇！」吳三桂把宋喜往虎皮帥座上按。宋喜剛坐下又跳起來，驚叫：「這可是帥位啊，末將豈敢……」「哎！咱倆什麼交情啊，你先坐下過把癮。小弟站著陪你說話！」宋喜無奈，被迫坐在帥位上，指著吳三桂笑道：「吳大將軍，士別三日，刮目相看，您可是越來越厲害了？」

「怎麼著？」宋喜道：「對咱——你也在恩威相濟了！」吳三桂與宋喜都哈哈大笑。笑畢，吳三桂低聲問：「離京之前，拜見王承恩沒有？」「敢不拜見嗎？」吳三桂急問：「王承恩有什麼吩咐？」宋喜道：「王公公說，吳三桂大概正在兩難……不、正在三難之中。」吳三桂一怔。「西北和朝鮮都有戰事，吳三桂既不能救，也不能不救，這是兩難。第三難嘛，他還難於向皇上奏報！」

吳三桂擊案讚嘆道：「太對了！我表面上威風八面，實際上焦頭爛額！」「王公公建議你飛馬報京，讓皇上來決定你救西北還是救朝鮮。」宋喜看了看皺著眉頭的吳三桂，說，「摺子上去之後，兩難的就是內閣大臣們了。他們會爭來爭去，左顧右盼。最後，還是請皇上示下。而皇上肯定以京城安危為重，令你堅守寧遠。你也免去了按兵不動的罪責。」吳三桂大叫：「高明！本將立刻照辦。」宋喜也高興地說：「還不賞酒喝?!」

兩人牽著手兒朝外走。吳三桂邊走邊說：「宋大哥，我想，西北的清軍嘛，鬧一陣子就會退的。但朝鮮怎麼辦？」宋喜一嘆：「李韓王國，只能聽天由命了。」吳三桂面色憂慮。

暖閣中，崇禎坐炕上。幾個內閣大臣分立面前，正在稟報。楊嗣昌小心翼翼地：「昨夜，兵部接到兩道惡報。一是朝鮮國王萬急求救，朝軍初戰即潰，君臣們已經放棄了平壤，敗退到海邊，上天無路，下海無船，亡國在即。」楊嗣昌看一眼旁邊大臣。那大臣趕緊接口道：「此外，豪格連破西北重關，侵入內地二百餘里。其前鋒，直指京城。」崇禎沉著臉，不語。楊嗣昌又道：「臣以為，豪格雖然猖狂，但不敢進攻京城。如要攻京城，必須得有皇太極率大軍親臨。」

崇禎問：「那皇太極為何要攻朝鮮呢？」楊嗣昌遲疑道：「臣也百思不解。」崇禎瞪了他一眼，沉吟道：「皇太極會不會……有更大有圖謀呢？」眾臣互視無語。

崇禎嘆了口氣：「傳旨，令京城戒嚴備戰。令洪承疇速速返京，協助朕，籌畫三北兵事。」楊嗣昌一驚：「稟皇上，中原賊寇雖然大部被殲，但是李自成還沒有落網。洪承疇正在追剿此賊。」崇禎道：「區區李賊，只剩七、八個人了，留下幾千官軍搜剿他吧。」楊嗣昌遲疑片刻，仍然壯膽進諫：「皇上，李賊雖已墜入窮途，但是星星之火，仍可燎原。有洪承疇在，官軍無不用命，洪承疇離開後，只怕官軍……」崇禎打斷他：「朕意已決，速召洪承疇返京，朕需要他對付皇太極！」楊嗣昌無奈地領旨退下。

一群官軍正在排陣搜山，每隔十幾公尺便有一人。他們吆吆喝喝，有氣無力，一邊走，一邊用刀槍朝深草叢亂刺亂砍……忽然一陣號響，山下官軍標統喊道：「回營啦，快，全部回營！」搜山的官軍紛紛下山。

還是那片草叢中，漸漸探出李自成、劉宗敏、黃玉等七人，他們個個衣衫破爛，面黃肌瘦。李自成目光炯炯，注視著遠去的官軍。

鎮外一個小飯館，李自成與劉宗敏、黃玉等圍坐著，都在狼吞虎嚥的進食。李自成吃著吃著笑了起來：「各位兄弟，我看，最艱難的時候已經過去了。從明天起，我們又能幹一番大業了。」劉宗敏垂頭喪氣地說：「大哥，咱們人只有七個，刀只有兩把。重整大業，談何容易啊……」黃玉說：「不。我們還有十萬大軍沒用呢。」劉宗敏驚訝地問：「在哪？」黃玉笑著道：「闖王的名號！李自成只要打出闖王的大旗來，就值十萬大軍！」劉宗敏醒悟：「媽的，對呀！東山再起，幹！」李自成微笑道：「咱們還有不少兄弟散落四方，只要號令一起，他們也會重新起事的。」黃玉思索著：「如果能先攻下一個縣城，那本身就是個驚天動地的號令，勢必震撼中原五省，義軍弟兄們也都會跟著起事了！」

「要攻城，得有人哪！我想起一個老朋友來，何不去拜訪拜訪他呢？」李自成微笑著說，

「朝廷的二品『平寇將軍』張獻忠啊！」劉宗敏大怒道：「這個狗娘養的，早就墮落成崇禎的鷹犬了，理他幹嘛！」李自成道：「鼓動他再度起事。」黃玉憂慮地說：「李大哥，張獻忠素來心胸狹隘，見利忘義。他這次降明，別的都可以原諒，最不可忍的是，他還殺害了『草上飛』等義軍首領，拿舊日兄弟的人頭，向崇禎表示忠誠。」劉宗敏怒罵：「這小子比官軍還壞，非砍了他不可！」李自成道：「張獻忠心狠手辣，這我早就知道。但他降明不是真心，是山窮水盡之後被迫的。」黃玉提醒他說：「殺『草上飛』可不是被迫的。」李自成嘆道：「張獻忠和『草上飛』有私仇，『草上飛』曾經奪了他的女人。張獻忠借官軍之手，報了舊日的私仇。」

黃玉微笑著問：「大哥，你難道就跟張獻忠無怨無仇嗎……」劉宗敏立即附和道：「姓張的早就想稱王，最忌恨的就是大哥你！」黃玉又道：「你如果去拜訪他，他肯定又驚又喜又佩服！但這絕不妨礙他把你扣押下來，然後向朝廷邀功，說是他自個擒獲的。於是，他這個二品副將，就會高升為一品將軍。」李自成沉思半響，道：「你們說的都對。但我還是想賭一把。」劉宗敏驚問：「為什麼？」李自成道：「張獻忠手下，還有三千多舊日弟兄。而我們卻只有七個人……」

黃玉劉宗敏垂首無言。

十分氣派的平寇將軍府，侍衛排立，刀槍閃爍。李自成隻身來到府前，眾侍衛昂然一揖：「請稟報張大將軍，有舊友來訪。」侍衛頭兒打量著：「你是誰？……瞧你挺面熟的。」李自成道：「在下——李自成！」

入將軍府。

「李……你……」侍衛頭兒驚惶上前，小聲急道：「快離開這吧，快！」

李自成微笑道：「兄弟，請代為稟報吧。」侍衛頭兒呆了片刻，無奈，只得一步一回頭地進入將軍府。

將軍府大堂，張獻忠一身短衣，搖著大蒲扇，衝著入內的李自成哈哈大笑：「哎喲喲！哈哈哈！……自成兄弟呀，謝謝，謝謝！」李自成微笑道：「謝什麼？」張獻忠笑道：「老子現在有吃有喝有官做，就是缺銀子！今兒是什麼日子啊？竟然有二百萬銀子送上門來！謝謝，太謝謝了……」李自成仍然微笑：「張大哥看清楚嘍！兄弟我，身上只有一顆人頭，衣袋裡卻無分文。」

張獻忠用大蒲扇一敲大腿，暴喝一聲：「你看清楚嘍！操蛋，知道不？你就是個大銀子——拿下！」幾個侍衛衝上前，將李自成綁住。捆綁中，李自成抬頭一看，才發現堂中大柱上正貼著朝廷布告——擒獲李自成賞銀二百萬兩，賞地千頃。還畫著李自成的頭像。

劉宗敏與黃玉還坐在路邊小飯館裡，兩人一會焦慮地看看天色，一會不安地期待地看看路口。劉宗敏臉色極難看：大哥這時候還不回來，肯定被張獻忠賣了！黃玉望著寧靜的遠方：「再等等吧。如果出了事，城裡頭會敲鑼慶賀的。」劉宗敏悲傷地說：「如果大哥死了，我們怎麼辦？」黃玉沉聲道：「你回陝西放牛，我回鳳陽讀書。」劉宗敏怒叫：「不！」黃玉又道：「那麼就換一換。我去陝西放牛，你回鳳陽讀書。」劉宗敏看看黃玉一副若無其事的樣兒，不禁笑道「去你媽的！」

黃玉微笑道：「宗敏兄弟，謀事在人，成事在天。李自成此去，是盡人事而順天命。成敗要看天意。」劉宗敏粗粗嘆了一口氣：「天？……蒼天是瞎了眼的！」黃玉也仰面看看天，喃喃地說：「也難說。」

將軍府大堂，李自成已被綁在那貼著布告的大柱子上，表情堅定。張獻忠從屏風後面踱出，這時他已換穿著一身燦爛的「二品將軍」服，得意洋洋，一步三搖，炫耀給李自成看：「李大哥，瞧，兄弟這身功名怎麼樣？」李自成看看他那身官服，道：「桃紅柳綠的，像隻落架的鳳凰。」張獻忠咯咯咯地笑：「說的好。……來啊，把酒桌抬來，本將陪老弟兄喝幾杯！」

兩個侍衛抬上一席酒宴，擺在柱子跟前。李自成手足被縛，根本不能動。張獻忠自個衝著李自成對坐，抱起那個大酒壺，直接朝口裡倒酒，同時冷冷地挖苦：「李大哥啊？滁洲兵敗之後，你為何不救高迎祥？」李自成道：「洪瘋子以闖王做釣餌，勾引我們上鉤。這你應該知道。」

張獻忠又飲一口：「不救也罷，為何你急匆匆即了『闖王』之位？」李自成道：「想繼位，但沒來得及。洪瘋子的官軍殺來了。」「那你到本將軍府上，有何貴幹哪？」李自成道：「動員你再度起事！」張獻忠搖搖頭：「不成了。小弟沒出息，給朝廷當鷹犬當得真快活啊！天天吃喝嫖賭，不必亡命他鄉。兩月下來，足足長了十八斤肉……」李自成微笑說：「張獻忠，你不必演戲了。」張獻忠斥道：「他媽的誰演誰啊！」李自成道：「我知道你是被迫降清的。你也知道，洪承疇根本不會相信你，崇禎更不會相信你。你只是在等待時機，以求東山再起。」

張獻忠奸笑：「那當然啦，誰不知道啊，一日做賊，終生是賊！老子在騙他們，他們在哄老子！兩下裡逗著玩呢。嘿嘿……」李自成沉聲道：「起事吧。時候到了！」張獻忠道：「屁！洪瘋子的大軍就在五十里外盯著我哪！……我要是不把你解去領賞，早晚會讓他知道。」

李自成平靜地說：「我有這個心理準備！」張獻忠客氣地說：「李大哥啊，您放心！小弟雖然殺了你，但小弟將來也會為你報仇雪恨。」李自成依舊語氣平靜：「這個我也相信！」張獻忠一拍大腿：「這就對嘍，你我是知心人哪！小弟早晚會造反起事，殺掉洪瘋子那個老怪。然後，提著他的人頭，到大哥靈前祭一祭你……」張獻忠說著跪地作祭奠狀：「哎喲李大哥，洪瘋子人頭在此，您可以瞑目了……」

跪著的張獻忠和綁著的李自成都哈哈大笑起來，兩人笑得開心而瘋狂。李自成突然低聲道：「五十里外的大營是空的，只剩官軍旗幟在虛張聲勢，洪承疇已經奉旨北上了！」張獻忠一怔：「胡說！」李自成道：「皇太極兵分兩路，一路攻入西北邊關，一路攻下了朝鮮。各地的官軍，都撤回去護衛京城了。」張獻忠瞇著小眼睛懷疑地看著李自成：「我怎麼不知道？」李自成道：「因為你天天吃喝嫖賭，裝死賣乖，顧不上那麼多。」

張獻忠沉思無語。李自成真誠地道：「獻忠兄弟，現在正是起事的最好時機，你我聯手，定可再創輝煌……」這時候，一個哨探入內，低聲向張獻忠耳邊稟報著什麼。張獻忠聽著聽著，臉色正經起來。張獻忠擺手讓哨探退下，沉聲道：「你說的對，洪承疇確實奉旨北上了。」李自成說：「那你還等什麼？我手腳都麻木了！」張獻忠上前解開李自成繩索，仍然罵罵咧咧地：「媽的！老子今天放了你，也許明天就後悔。」李自成笑道：「後悔了還可再把我抓起來嘛。」

張獻忠嘆道：「唉，老子這是放虎歸山哪！將來，你會不會報復我？會不會跟我爭大位？」李自成抓過酒壺大飲，之後道：「如果跟你爭了，你怎麼辦？」張獻忠罵道：「去你媽的，老子早就知道鬥不過你，老子甘拜下風就是。」李自成反而一怔：「怎麼著？」張獻忠坐下，沉重地說：「不瞞你說，這幾個月來，做鷹犬做得我苦透了，天天得看主子眼色。思來想去，還是當賊痛快。我知道，義軍得由你打頭，闖王這位也得由你接替……」李自成正欲開言，張獻忠擺手制止，接著說：「你本事大，威望高，又有黃玉輔佐。我呢，殺了草上飛，已經臭名遠揚了。老子必須跟著你！……」

李自成這才明白張獻忠的真心，激動地叫道：「張大哥！」兩人摟在一起，哽咽……過了一會兒，張獻忠推開李自成：「行哪，咱們怎麼跟娘們似的。說吧，你有什麼念頭？」李自成沉吟道：「再次攻打滁洲城，補充糧草兵器。上一次在滁洲兵敗，這次要在那裡重振雄風！」張獻忠呆了，半響才驚叫出來：「對呀！朝廷萬萬不會想到我們竟敢再攻滁洲城……媽的，老子佩服你！」

一面比先前更為巨大的「闖」字旗迎風飄揚。山野裡，李自成、張獻忠率領浩浩蕩蕩的義軍

朝滁洲城進發。

大隊義軍吶喊著衝入滁洲城門。城門下，守城的官軍猝不及防，被殺的紛紛敗逃……

滁洲衙門，還是那個大堂，正中豎著一面義旗，旗上一顆金字「闖」！李自成與張獻忠並排站立，一個個義軍首領陸續入內，向他們稟報：

——河南張鐵匠，率一萬五千個弟兄來了！敬奉李闖王、張大哥號令！

——陝西王子銘，率兩營義軍投奔李闖王，願生死與共，推翻大明！

——安徽劉大勇，率三千弟兄投奔李闖王，共襄大業！

……

李自成、張獻忠眼含淚花，激動地看著滿堂的弟兄們……

第二十四章

乾清宮，君臣早朝，氣氛森嚴。洪承疇與楊嗣昌一右一左，分立於眾臣班首。尤其是洪承疇，他珠冠玉帶，一品補服，氣色燦爛，神情儼然，已是今非昔比。

崇禎高居龍座，憂心忡忡的樣子：「列位愛卿，今兒一早，朕就接到安徽、陝西兩督奏上的敗報。洪承疇剛剛離開中原，滁洲就失陷了！」眾臣懼驚，都看著洪承疇。而洪承疇神色坦然，甚至有些自傲。

「賊寇李自成，死灰復燃，自稱李闖王。降將張獻忠也叛了！他們兩個合夥起事，聚眾六萬多，正在向陝西進犯……」崇禎看看洪承疇，又看看楊嗣昌，有點沉重地說，「朕怎麼也不明白。朝廷費了無數的糧餉，將賊剿得只剩下七、八個了，連賊首高迎祥都斬了，可為何不到三個月，又是處處鬧賊呢？」

楊嗣昌上前奏道：「稟皇上。賊勢之所以死灰復燃，關鍵在於李自成。此賊的智勇胸襟，都在高迎祥之上。當初，如能再給洪承疇十天時間，讓他一鼓作氣，將李自成剿滅，就絕不會有今天之亂。」崇禎啞然，不悅。眾臣都明白，這是暗中抱怨皇上過早地將洪承疇調了回來，他們都嚇得垂下頭來。

洪承疇上前，深深一躬道：「皇上，賊勢死灰復燃，乃臣之罪。臣請旨，再率五萬精兵重返陝西，兩個月內，誓將李自成張獻忠全部剿滅。臣願立生死狀，如不能提回李、張二人頭來，臣會割下自己的頭，向皇上謝罪！」崇禎感動地道：「愛卿的話，朕完全相信！只是，目前皇太極

兩路進兵，三北的戰事又起來了。邊關比中原更重要，朕……需要你輔佐。」

洪承疇深深一揖，從容退下。眾臣都敬佩地看著洪承疇。彷彿，大明的命運全靠他了！

乾清宮暖閣，崇禎大步入內，王承恩緊跟在後。崇禎一頭倒在軟榻上，長嘆道：「你看見了吧，楊嗣昌、洪承疇的尾巴翹到天上去了！」王承恩小心地應道：「是。」崇禎又憤怒地咕嚕起那套老話：「他們心裡根本瞧不起朕，朕又被臣子們騙了！唉，百官誤國誤朕……」王承恩從旁苦勸著：「老奴斗擔請皇上三思。剛才，洪承疇、楊嗣昌的話，說的對不對？」崇禎煩惱：「你甭勸了！朕知道他們的話對，可是朕也沒錯啊！邊關大戰在即，不把洪承疇調回來，兵部靠誰主持？」

王承恩道：「能幹的大臣都有些傲骨，有的傲在臉上，有的傲在心裡。而天子能忍，忍天下難忍之事。稟皇上，甭看他倆脖子昂得高高的，但心裡頭愧著哪！他們會想法子抵禦滿清的。」

「傳旨，明日平臺議政。不用都來，朕只要內閣六大臣就夠了！」崇禎沉吟片刻說，「朕想聽聽洪承疇、楊嗣昌有什麼主意。」

平臺中間是一隻精美的八仙桌。崇禎居中，六大臣環坐。似乎沒有了往常君臣之間的尊卑差別，親密無間，其樂融融。只有王承恩是站著的，立於崇禎身後。

崇禎笑道：「朕心裡明白，朝廷雖然有文武百官，但核心就在這張八仙桌上！」洪承疇、楊嗣昌等臣「轟」地笑了起來，不約而同地向崇禎做揖示敬。崇禎端起面前茶盅，輕啜一口。六臣也跟著取盅，輕啜一口。崇禎飲罷放下，六臣也立即放下。

崇禎苦澀地道：「朕登基已經十六年了……唉，苦哇！」六臣立刻一片悲傷之色，無言。「何日才能苦盡甘來呢？何日才能天下太平呢？」洪承疇痛聲道：「皇上的憂慮，令臣等汗顏！」楊嗣昌也道：「稟皇上，昨日退朝後，臣與洪大人一直在簽押房裡商議北疆方略，直到半夜。」

崇禎聞言，喜得兩眼發亮。楊嗣昌卻苦笑，說：「但臣與洪瘋子各執己見，大吵了一場！」看到崇禎驚訝的眼神，楊嗣昌補充說：「洪瘋子是洪大人剿賊時的名號。」崇禎笑了，道：「朕想聽聽你們吵什麼。」楊嗣昌示意：「洪大人先請。」洪承疇也不推辭，道：「稟皇上，臣以為形勢嚴重。大明又陷入了南北兩面受敵、內憂外患並至的苦境。關外有東北虎，中原有中山狼。虎去狼來，驅之不絕。臣以為，目前應以舉國之力，對付外患!中原賊子們可以暫時放一放。」

崇禎點點頭：「朕也是這個意思。」洪承疇道：「如果臣所料不錯的話，皇太極很可能要與朝廷決戰了。朝廷要早作準備。」崇禎沉重的點頭，無言。

楊嗣昌道：「臣認為，無論抗清還是剿賊，都需要大量兵餉，而現在，內地禮崩樂壞，百姓人心喪亂。朝廷極度缺乏糧餉……」洪承疇打斷他的話：「亂世用重典，現在已是萬急時刻。朝廷必須施行鐵腕手段，不計任何代價，向全國開徵三十萬兵丁，加徵兩千萬軍餉……」「臣極力反對！」楊嗣昌竟然擊案打斷洪承疇，然後向崇禎進言說，「從萬曆朝起，朝廷為強化邊關，每年加徵的『邊餉』已從五十萬增至三百多萬；崇禎五年起，為剿滅中原流賊，每年又加徵了『剿

每年的正稅不足一千萬，而加徵的各種賦稅卻高達兩千萬，超過正稅兩倍！」

崇禎巨驚，眾臣更驚。王承恩微微點頭——因為他全清楚。

崇禎低低地發出一聲：「萬曆加徵『邊餉』的時候，朕還沒有出生哪……」楊嗣昌盯著崇禎，又道：「歷年報表都在內閣，皇上心明如鏡，大臣們也並非不知道。只是，朝廷上下都已經習慣了，習以為常了！」崇禎這才痛聲嘆道：「是啊……如此重稅，都視為當然。」楊嗣昌沉痛地道：「稟皇上。如今，戶部的賦稅，已經預徵到四十三年以後了。也就是說，今天的各地衙門，已經在預徵老百姓孫子輩的稅了！……」楊嗣昌痛苦地說不下去。崇禎一臉沉重。眾臣無言。唯有洪承疇直視楊嗣昌：「楊大人，在下請教你一句，請你如實回答。」

楊嗣昌看一眼崇禎，崇禎也看一眼洪承疇，王承恩則看了看他們。誰也不說話。洪承疇厲聲道：「徵稅雖然痛不可當，但保住了大明王朝！保住了祖宗江山！要是不加徵賦稅，導致滿清入關，那可要亡國滅種！請問，這兩個後果，你選哪個?!」

崇禎大驚失色，連手都顫抖。眾臣更是嚇得亂抖。王承恩搖搖晃晃，幾乎摔倒……楊嗣昌張口結舌，再也說不出話來。洪承疇平靜地對崇禎道：「臣以為，徵稅徵得再苦、再狠！仍留有中興大明的希望。如果不加徵兵丁和賦稅的話，幾年之後，恐怕想徵也徵不得了……」崇禎擊案，怒起，丟下眾臣，掉頭離去。

走到半道上，他站住，頭也不回的喝道：「洪承疇、楊嗣昌！」洪承疇楊嗣昌齊聲：「臣在。」崇禎道：「隨朕來！」洪承疇、楊嗣昌緊隨崇禎而去。其餘臣工呆立，僥倖地吐氣。乾清宮暖閣，崇禎領著洪承疇與楊嗣昌，沿著宮道匆匆進入乾清宮暖閣。沿途太監、宮女看見崇禎那鐵青的臉色，紛紛逃避。

剛剛進入暖閣，崇禎猛然轉過身體，衝著楊嗣昌吼道：「傳旨，立刻加徵三十萬兵丁，三千萬軍餉！」楊嗣昌不由跪地，顫聲央求：「皇上！剛才議的是兩千萬……」崇禎近乎瘋狂地怒吼：「三千萬！你不是說已經徵到孫子輩了嘛？再徵，一直徵到重孫輩去！無論是豪門百姓還是三教九流，誰敢抗稅，殺無赦！」楊嗣昌泣聲道：「臣……遵旨。」洪承疇撲嗵一聲也跪了下來：「皇上……」崇禎怒視著他。

洪承疇道：「臣雖然主張加徵稅賦，但窮苦百姓那裡，剝了他們的皮，也榨不出銀子來了。」崇禎依舊怒視著他。洪承疇道：「皇上啊，銀子在豪門巨富那裡！多少年來，臣最憤恨的是，各地王公貴族家財萬貫，富可敵國，卻捨不得掏出一個子兒來助餉！」楊嗣昌緊跟著道：「臣記得，鳳陽被破，福王被俘時，王府裡竟有一千二百萬兩銀子，統統落到了賊寇手裡。臣還記得，滁洲失陷，襄王死難時，六百萬私銀落到李自成手裡！皇上，大江南北的世族豪紳，只要被賊抓著了，無不有金山銀海落入賊手，成為『賊餉』！皇上啊，時至如今，那些王公貴族們，如果再不肯拿出私銀來保國，難道留著助賊麼?!」

洪承疇道：「皇上，兵丁可以從民間徵召。而賦稅，只能從有錢人那裡來。」崇禎呆了片刻，咬牙切齒道：「說的是，朕也早有此意。洪承疇！」崇禎一字一句地：「你負責從民間徵召青壯兵丁。楊嗣昌！」「臣在。」崇禎恨聲道：「今日起，朕親自負責徵收兩千萬軍餉，著你協助！」洪承疇、楊嗣昌同聲叩道：「臣遵旨。」

御花園內，陳圓圓坐在臨湖的一塊太湖石上，孤獨地彈奏著琵琶，仍是那首哀婉的《長恨歌》。曲聲中，陳圓圓眼中含淚，腦海不斷浮現吳三桂的影子，她思念著身在遠方的、唯一的親人……

忽然一陣朗朗笑聲，陳圓圓扭頭一看，兩個宮女牽著小皇子來了。那小皇子看見陳圓圓，立刻就掙脫宮女的手，叫著笑著，朝陳圓圓懷裡撲來，吱哇亂叫：「姐、姐……」陳圓圓擱下琵琶，一把摟過小皇子，笑道：「想姐了吧……」陳圓圓趁勢在小皇子胳肢窩裡搔了一下，逗得他咯咯大笑不止。陳圓圓衝著宮女道：「你們去吧，有我哪。」宮女應聲而去。陳圓圓待宮女走遠，便親密地摟著小皇子，輕聲道：「小三啊，姐最愛你了！比你爹媽都更愛你，你知道嗎……」

小皇子睜大眼睛望著陳圓圓，口中吱吱哇哇，也不知說些什麼。陳圓圓欣慰地：「嗯，小三子都知道。來，讓姐親一個……」陳圓圓在小皇子額上親了一口。小皇子笑得更厲害了。陳圓圓衝著小皇子笑斥：「你以為姐是親你哪。呸，姐是親、……親你的姐夫哪！他叫吳三桂。」陳圓圓說著又在小皇子臉上親了一口：「這是在親你！……」說著，陳圓圓又在小皇子另一邊臉上親一口：「這是親你姐夫……」小皇子因為癢癢，咯咯地笑得更開心了。陳圓圓也親夠了，把他摟坐在自己腿上：「來，姐教你彈琵琶。」陳圓圓懷抱著小皇子，握著他的小手，在銀弦上彈動著，發出叮叮咚咚的悅耳音響。

他們兩人鬧著、樂著，忽然，不知何處傳來悲哀的哭泣聲。聲音悶悶的，若有若無。陳圓圓察覺了，驚疑地抬頭四望，發現悲哀之聲是從一座假山裡傳出來的。陳圓圓抱起小皇子：「小三啊，跟姐去看看好麼？……好，咱們走。」陳圓圓抱著小皇子，膽戰心驚地朝那座假山走去。

仍然是在崇禎孤獨哭泣過的山洞裡，但這回孤獨哭泣的竟是王承恩！王承恩摟著一支拐杖，老淚橫流，無限悲傷地哭泣。陳圓圓抱著小皇子，顫顫地走入昏暗的山洞中，一看，驚叫：「公公……」

王承恩掛著淚看著她，竟然一點也不害臊：「是圓圓哪？」陳圓圓驚訝地問：「公公，您在幹什麼呀？」王承恩沙啞地：「幹什麼？……在哭唄！」

「公公，出什麼事了？」王承恩苦苦一嘆：「唉，大明要完了。」陳圓圓大驚，看著王承恩。王承恩道：「剛才平臺議政。公公聽得真是肝膽俱碎，大明不可救了，百孔千瘡啊。大明要亡……」王承恩又流下淚來。陳圓圓鬆了口氣：「亡就亡唄，又不怨您，要怨得怨皇上！」王承恩搖搖頭：「也怨不得皇上。那些百孔千瘡、那些數不清的毛病，都是前幾朝積攢下來的。要

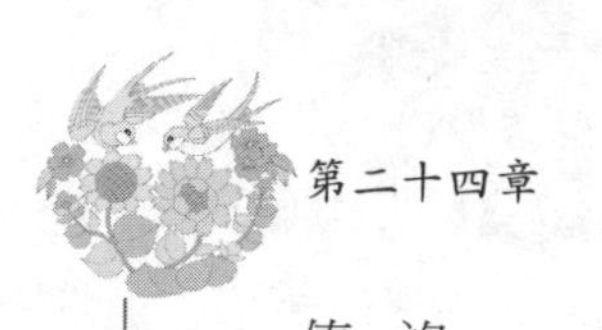

怨，得怨天啟皇上、泰昌皇上、萬曆皇上……多啦！一代代搜刮老百姓，一代代貪官污吏，把國家整成了個空架子。現在，多少代積攢下來的毛病，都落到崇禎頭上！你叫他怎麼辦哪！嗚嗚嗚……」

小皇子嚇得也哭起來了，陳圓圓緊摟著他，哄著：「不怕不怕，這位爺爺跟你玩哪……」陳圓圓對王承恩道：「那您哭管什麼用，還不如喝兩壺老酒，悶頭睡上一覺！」「呸！……公公心裡難受！」陳圓圓小心地說：「那……也別在這洞裡哭啊。怪森人的。」王承恩嘆道：「心裡悶，出來走走。走到這洞裡，想起皇上在這哭過，忍不住……唉，哭哭舒服哇！」陳圓圓問：「公公，大明要是亡嘍，您打算怎麼辦呢？」王承恩愣了一下，瘋狂地叫：「老奴就是大明！大明要是亡嘍，老奴殉葬！」

陳圓圓大驚，氣得大聲數落：「起來，給我出去！」陳圓圓上前拽起虛弱無力的王承恩，口中斥道：「走啊你！」陳圓圓一手拽著淒淒慘慘的王承恩，一手抱著哭哭啼啼的小皇子，步出洞來。

到了燦爛的陽光下，陳圓圓說：「甭哭了！你倆個——都是孩子！」

又是君臣早朝時。崇禎高居龍座，目光炯炯，逼視丹陛下的眾臣：「列位愛卿，你們誰府上沒有成千上萬的銀子啊？眼下邊關萬急，國庫告盡，你們一定願意拿出些用不著的銀子來，『捐俸助餉』，抵禦強敵。」眾臣傻眼了，他們互相觀望，不敢吱聲。

崇禎聲音中充滿威嚴：「列位愛卿，是不是啊？」眾臣懼，陸續應聲：「臣……願意捐助……願意。」崇禎微笑了：「果然深明大義！既然如此，朕順應列位愛卿的意願，立刻下旨，讓全國的王公貴族，以及京城內外的各級官吏，都來捐俸助餉。」眾臣齊聲讚道：「皇上聖斷。」崇禎道：「不僅如此，朕還要帶頭捐助，以為全國楷模！」眾臣一驚，亂紛紛奏道：「皇上萬萬不可……臣等一定盡力捐助！……」

崇禎擺擺手，制止眾臣的勸告聲，轉臉問王承恩：「王承恩，朕的皇銀還有多少？」王承恩上前一步，不加思索地回答：「稟皇上，還有二百五十三萬四千一百八十兩……」他沉吟片刻，再補充：零七分三厘！」崇禎驚訝地：「不對吧。朕即位時有兩千多萬兩，怎麼只剩二百五十萬了？」王承恩道：「皇上早就把積攢的皇銀捐給邊關了，先後共捐助了九次，老奴次次有帳可查。」眾臣聞聲，一片竊議，都是感慨不已的樣子。

崇禎沉思片刻，毅然道：「既然還有二百五十三萬，朕就拿出二百五十二萬來——捐助軍餉！」眾臣大驚，亂紛紛叫道：「皇上，萬萬不可……」

崇禎再次擺手制止，沉聲道：「不僅如此，朕還要將宮中的珠寶玉器，也拿出來變換成銀兩，以助剿賊！」眾臣嘩啦啦跪了一片，亂紛紛叫著：「皇上啊，萬萬不可，萬萬不可呀……」

崇禎第三次擺手，制止眾臣，厲聲道：「還不僅如此。朕從即日起，重著布衣麻鞋，減膳撤樂，不食葷腥，省下宮廷開支來，以助軍餉！」這下子，眾臣真的大驚失色了。滿朝寂靜，掉個針都能聽見。

崇禎與王承恩都冷冷地注視著眾臣。周皇親「哇」地哭了起來，悲切地抽泣道：「皇上此舉，可謂驚天地而泣鬼神。臣等、臣等定當效法……」眾臣俱帶著哭腔道：「臣等當以皇上為楷模……臣定當效法皇上……」

退朝了，眾臣議論紛紛步下玉階，朝宮外走去。他們彼此交頭接耳：

——唉，瞧著吧，苦日子開始嘍！

——誰敢往外掏銀子啊？你掏得越多——證明你貪污的越多！

——可不掏也不行啊，皇上眼都瞪圓嘍！

——咱們愁什麼？有前輩頂著哪！……說話的臣子示意走在前面的周皇親。

於是，所有臣工都向周皇親發出親切的挖苦聲：「周老皇親呀，在下唯您老人家馬首是瞻！」周皇親作恐懼狀，「別別別！你們個個富得流油，隨便屙泡屎下來，都能肥二畝地！」

眾臣調笑著走到宮門口，頓時呆定！一幅巨大的白綢鋪在大案上，旁邊站著王承恩，早已等候眾臣。王承恩深深一揖：「各位大人吉祥！剛才在朝廷上，各位都表示了捐助意願，極為踴躍。老奴準備了一方《光榮榜》，請各位大人自願填上捐助的數目。將來這榜啊——肯定要名垂青史的！」眾臣尷尬地笑，悄悄往後退縮：「哦……哦……」王承恩道：「這麼著，老奴親自侍候著，為各位大人鋪綢磨墨……」王承恩上前，抓著徽墨在硯臺裡磨了幾下，然後執筆，飽蘸濃墨，笑眯眯地把筆奉給眾臣：「來呀，哪位大人先請？」眾臣紛紛後退，都變得能言善辯，謙遜無比：「周大人，您家財萬貫，您先請！」那姓周的大感污辱，斥道：「誰說我家財萬貫哪！我窮得快揭不開鍋了。劉大人，還是您帶個頭吧！」姓劉的擺手不迭：「在下只是個侍郎，豈敢越過了各位大人？」

王承恩微笑著：「請啊，請啊！甭客氣！」有人在人從中說道：「楊大人是內閣首輔，乃臣工表率，還是楊大人先請吧。」眾臣頓時齊向楊嗣昌一揖：「楊大人請！」楊嗣昌也不好再推辭，慷慨道：「列位同仁都知道的，在下家貧，眷屬眾多，但在下願意拿出全部存銀，包括把女兒的嫁妝都拿出來，以助軍餉……」楊嗣昌上前寫下了自己的名字，再在名後填報了「八千兩。」眾臣都圍著看，看見「八千兩」三個字頓時哄然大讚：「好好！……敬佩敬佩，不愧為內閣首輔！」王承恩向楊嗣昌一揖：「多謝。各位大人，請吧。」

眾臣又是一番艱苦推讓，他們講資歷、排輩份、又論品級、比家產多寡……個個刁鑽狡猾：

——劉大人哪，您是泰昌年間入朝的，三朝元老了，您請。

——吳大人見笑了！您掌管著戶部，腳踩著金山銀海，您請！

——宋大人，光是前門那兒，就有三家宋氏銀號！怎麼樣，撥出一點來？

——在下輩份小，品級低！豈敢放肆！您請您請……

眾臣苦苦爭論，王承恩冷眼相看。這時，忽有一臣醒悟：「哎，周皇親哪？」眾臣左右一

看，周皇親正悄悄地溜進小道。眾臣立刻大呼小叫：「周老皇親，您可千萬別走！您走了，拋下我們怎麼辦哪……」立刻有大臣上前，硬將周皇親連請帶拽地弄回來。現在，眾臣有了依靠，都說：「周老啊，您又是老前輩，又是皇親國戚，還是大公無私的臣工表率！您快請吧……」周皇親無奈，幾乎痛苦地道：「老夫雖然貴為皇親，但確實家徒四壁。這麼著，皇上旨意是『捐俸助餉』，也就是捐出俸祿以助軍餉。老夫就捐出整整半年的俸祿吧，啊？」眾臣一聽，醒悟，喜叫：「好好！」周皇親上前執筆，邊寫邊咕嚕著：「老夫每月的俸祿是一百二十兩，六個月共是七、七、七百二十兩……」周皇親剛擱下筆，立刻有大臣上前搶著填報：「在下也捐出半年俸祿，總共六百四十兩！」

另有大臣上前搶填：「在下不敢與前輩們比肩，應該矮一頭，在下捐助五個月的俸祿吧！」接下來，每個大臣都沿用此例：「五百兩，四百兩……甚至一百零六兩！」

……

王承恩看著，氣得要命，卻一言不發。都填報完之後，王承恩冷笑道：「大家都是明白人，區區俸祿，只是各位每月收入的九牛一毛！老夫想起，剛才在朝廷上，周老皇痛哭流啼說過一句話，『皇上此舉，驚天地而泣鬼神』。老夫轉送各位，叫做『百官此舉，驚天地而泣鬼神哪』，佩服！」王承恩拿起白綢一看，立刻算出總數，道：「全部捐助加起來，共計一萬二千餘兩。還不到皇上捐助的零頭的零頭！各位大人的忠君之心、報國之誠，老夫多謝！」王承恩施禮，然後與王小巧各執一角，高舉起那白綢，迎風飄然而去——活像高舉一副義旗。

眾臣們互視不安。

乾清宮玉階上，那副白綢已被裱糊好，展示在玉階下。王小巧在旁守候。周后踱來，看著捐助表，驚怒：「怎麼，我父親只捐助了七百二十兩？」王小巧恭敬地：「稟皇后娘娘，周老皇親捐助了半年俸祿。」

周后滿面羞慚，一言不發，離去。

坤寧宮，周皇后盛妝佇立在客廳中，頭上佩掛著從未有過的許多珠寶釵飾。一宮女入報：「稟娘娘，袁妃、田妃，寧妃都來了。」周后一聲「請」，宮女退下。三個美貌嬪妃步入，恭敬地向周后施禮：「臣妾給娘娘請安。」周后微笑：「都坐吧。」眾嬪妃入座。周后親切地道：「妹妹們，皇上為中興大明，親自和臣工們一塊兒捐俸助餉。我們後宮嬪妃們，應該為皇上分憂、為國出力才是。你們說呢？」

眾嬪妃互相看看，齊聲道：「娘娘說的是。」周后道：「我想和你們商量一下，從明天起，各宮都開始撙節用度，縮減開支，省下銀子來，給朝廷做軍餉，你們說，行不行啊？」「行，行！……謹遵娘娘懿旨！」周后高興地道：「謝謝妹妹們了……」周后說著帶頭除下珠飾玉釵，一樣樣擱進身邊的盤中，說，「這串東珠，我用不著了，拿去變銀助餉吧。這支雙鳳金釵，我也用不著了……」嬪妃們見狀，個個驚訝互視。過了一會兒，她們明白了，紛紛地、也是無奈地從

自己頭上、頸上取下若干金玉釵飾，放入盤中。勉強笑道：「這些釵飾，原本是皇上賞的，捐給朝廷吧……」周后喜道：「妹妹們這番心意，皇上肯定高興！謝謝了！」嬪妃笑道：「都是應當的。再說，我們捐的再多，也不能跟娘娘比啊。」

周后滿意地說：「行了，這些也夠了。」嬪妃們這才鬆了口氣，不再從頭上摘取飾物了。不料周后又嘆了口氣，道：「皇上又開始穿布衣麻鞋、減膳撤樂了。我想啊，我們後宮姐妹們，應該和皇上一起，共赴時艱哪。」眾嬪妃又互相看看，不知所云地附和著：「是啊……是啊。」周后道：「從明天開始，我不但要停止葷腥，還要在花園裡種上些瓜果蔬菜，以便再省下些膳食費用。這事兒，各位妹妹就不必參加了，我自個就行……」眾嬪妃慌忙道：「臣妾願意和娘娘一塊種地！……臣妾願意！」

坤寧宮內室裡，陳圓圓摟著小皇子，正在為他更衣。而樂安公主則倚在門邊，偷聽外面周后的聲音。稍頃，樂安公主吱吱地笑著跑到陳圓圓身邊，竊語：「母后又在演戲了，演得真棒！咯咯咯……」陳圓圓怔住了：「瞧你樂的！怎麼了？」樂安公主道：「她把珠寶首飾都捐做軍餉了！還、還想開荒種地呢！」陳圓圓想笑卻不敢笑，道：「皇后娘娘多難哪，她不光是你的娘，也是天下人的娘。你得幫著她。」樂安嗔道：「我怎麼幫？」陳圓圓笑道：「你少吃點、少花點，少來點尖酸刻薄，這就是幫。」樂安斥道：「去！去！……你還管著我哪？」

這時候，周后入內，顯得十分高興。陳圓圓趕緊起身施禮：「娘娘！」周后微笑道：「圓圓哪，我準備明天開出片地來，種些瓜果蔬菜。」陳圓圓忍著笑，驚讚著：「呀，娘娘是天下楷模！」

「我問你，你會針線活不？」周后微笑道：「幫我做一套帶補丁的衣裳。我好穿著它下地種菜。」陳圓圓驚訝地一時說不出話來。樂安公主插進來，斥道：「這還不懂呀？母后穿著綾羅綢緞，怎麼下地呢?!」周后瞪了樂安一眼。陳圓圓立刻道：「奴婢懂了……不過，宮裡有的是御用裁縫啊，她們的手藝比我強多了。」周后搖搖頭：「這我知道。可這事啊，如果交給她們做，她們就會唧唧嚓嚓，亂說一氣……」樂安再斥陳圓圓：「真笨，還不懂麼？她們做龍袍鳳襖行，做布衣裳不行！」陳圓圓趕緊說：「奴婢明白了。」周后再也忍不住，訓斥樂安：「你那嘴怎麼就那麼刻薄……」然後，她吩咐陳圓圓：「要快啊，我明天要用。」

周后離去。樂安與陳圓圓互相望著，然後壓低聲音大笑，笑得喘不上氣來。兩人摟一塊，你捶我，我捶你……連小皇子都看得咯咯咯地笑！

陳圓圓在燈下翻撿什物。樂安抱著一抱綢緞衣物進來，朝陳圓圓面前一摔：「給你！母后說了，天明前，就得改出來。」陳圓圓翻翻那團衣物，驚道：「都是綾羅綢緞哪，你叫我怎麼改？」樂安笑道：「現在，叫我到哪找布衣裳去？你在上面打幾個補丁不就行了嗎！」陳圓圓嗔道：「光有補丁就行？你也不想想，這可是給皇后娘娘穿的！既要有補丁，更要體面、莊重、好看。讓娘娘穿了，別有一種氣派！」

樂安驚訝地說：「還有這麼多講究？」「當然。比方說，農婦的衣裳件件有補丁，皇后娘娘能穿嗎？」樂安道：「說的也對，可那怎麼辦呢？」陳圓圓道：「我把我的布衣裳找出來，剪成補丁，配到娘娘衣裳上去，再把娘娘衣裳做舊嘍……」樂安連聲道：「行行，快幹吧。」陳圓圓抓起大剪刀，哢嚓哢嚓地，把周后的精美鳳袍鉸開了……

翌日，周后身著那身帶補丁的衣裳出現在御花園，那裡開出一片菜地，果然是既有農婦般樸實，更有皇后的莊嚴，別具風韻！周后捧著一筐菜秧子，慢步走來，不時偷偷地打量自己身上的衣裳，表情甚為滿意。而跟在她身後的那些嬪妃們，則農婦不像農婦，嬪妃不像嬪妃。看上去，簡直不明白她們穿的是什麼——絲綢衣裳配著農婦斗笠之類的東西……怪裡怪氣！

嬪妃們看見周后的穿著，自個也暗自羞慚。周后把菜秧兒擱地上，笑道：「妹妹們，咱們種菜吧？」眾嬪妃一疊聲嚷著：「種菜種菜。」周后開始把一顆顆菜秧埋進土裡。興致勃勃。一妃拈起菜秧看：「這是茄子吧？」另一妃笑嗔：「瞎說，明明是黃瓜。」再一妃自信地：「不！我見過，都是豌豆苗兒……」

御花園深處，花架後頭，陳圓圓牽著小皇子偷窺著，樂安也在探頭探腦。兩人都吱吱地笑。陳圓圓道：「樂安，你瞧皇后娘娘那身衣裳，怎麼樣？」樂安讚道：「不錯不錯，把貴妃們都比下去了。」陳圓圓自豪地說：「我累了一夜哪！」樂安公主道：「我讓母后賞你！」陳圓圓忽然想起什麼，說：「噯，你幹嘛不去種菜？」樂安瞪圓了兩眼：「怪了！我幹嘛要去種菜？」

陳圓圓反而答不上話來了：「那、那你閒著幹嘛？」「閑著？我高興，我盪秋千！我逛來逛去！」樂安任性地說，「我喜歡閒著！總得有人閒著嘛……」

乾清宮暖閣，崇禎正在與楊嗣昌商議政務。王承恩匆匆步入，笑道：「稟皇上，皇后娘娘領著後宮嬪妃們，在花園裡開了一片荒地，正在種菜呢！」

崇禎大喜，連聲說「好，好！」王承恩又道：「皇后和嬪妃還捐出了不少首飾，要變銀助餉哪！」崇禎感慨萬千：「這是在為朕分憂啊！……吩咐內閣擬旨，皇后及嬪妃以國家大義為重，勤儉樸素，撙節開支，堪為天下百姓之楷模。著京城內外各王公貴府，都引以為鏡。」

崇禎對楊嗣昌嘆道：「王公們要都能這樣的話，何愁徵不上稅賦來？」楊嗣昌卻是一臉悶悶不樂。

周皇親扶杖一步三搖地進入御花園，左探右望。一宮女跪拜問候：「奴婢給國丈請安。」周皇親問：「皇后娘娘哪？」宮女示意不遠處的菜地。周皇親瞇眼一望，大驚：「這是怎麼了這是……」周皇親匆匆奔去，到了菜地邊上，不語，用杖敲敲一隻水盆：「噹噹！」周后看見了，起身而來，微笑：「父親，您來哪？」周皇親急問：「出什麼事了?你被廢了麼?!」

周后嗔道：「父親說什麼哪！女兒正領著後宮嬪妃種菜，撙節助餉！」周皇親看看她衣著，長嘆道：「你貴為正宮娘娘，怎能跟個村婦一樣……」周后不悅，道：「朝廷難處這麼多，皇上都要愁死了。女兒身為正宮娘娘，更得想法兒為皇上分憂！」周皇親低語：「你來，來。我有話

跟你說。」周皇親拉著周后離去。

周皇親坐在坤寧宮大椅上，周后親自奉上茶水。周后道：「父親，您有什麼話，快說吧。」周皇親左右看看，機密地：「愚父有一策，可使朝廷避開險境，確保平安。」周皇后大喜：「父親快說。」周皇親說：「女兒啊，大戰已經迫在眉睫哪！昨晚，朝廷許多大臣，還有京城內許多豪紳，都跑到我府上來了，跪著求我！」

「求你什麼？」周皇親自豪地：「求我開口說話呀！他們為皇上安危計，希望朝廷遷都南京，避開戰亂，以圖重振大業……」周后怒聲打斷他：「遷都?!他們自己不敢向皇上說——怕砍頭，卻鼓動你來跟我說，再讓我跟皇上叨咕著，是不是？」周皇親見周后發火，不禁有點不知所措了。周后又說：「父親，你太糊塗了，簡直是個老糊塗！皇上連議和都恨之入骨，更何況遷都？父親，你被人利用了！」周皇親傻傻地瞪眼兒。「是！他們把你當槍使，為了他們自個安危！」

周后痛聲嗔怪道，「父親啊，你不但糊塗，也太吝嗇了！聽說，你前天捐助，只拿出七百兩銀子，真是給女兒丟人！」周皇親滿面苦色地說：「女兒啊，愚父哪有銀子呀，愚父恨不能賣宅子呀……」周后打斷他的話：「別說了，您有多少家產，女兒心裡能沒數嗎！父親，女兒求您了，多拿些銀子出來，捐助給朝廷，做一回皇親國戚的楷模。只做這一回還不行麼，皇上待您不薄啊！」周皇親頓時眼淚汪汪，搖頭嘆道：「女兒，你不知道，就因為我是國丈，因此，從來不敢收受賄賂。一年到頭，我全靠那幾個俸祿和皇上的賞賜過活呀。我已經捐出半年俸祿了。今後，我每天都得掰成兩天過了！」周后嘆了口氣：「我知道你會這麼說的……你等著！」周后走開，到牆角拉開一隻櫥子，翻呀翻，取出一張銀票。她拿著這張銀票回到周皇親身邊，悄悄塞給他，叮囑道：「父親，這是一萬兩銀子，我本想寄給家鄉的。唉……算了，你明天把它捐獻給朝廷，就說是你自己的家產。」周皇親急推：「這怎麼行！……」

周后道：「甭說了。這可是既為皇上分憂，也為咱周家長臉！」周皇親猶猶豫豫地接下了。

那幅捐助的白綢還架在上朝的宮道上，下方空著大半邊。眾臣有如眾星捧月一般，簇擁著周皇親走來。周皇親一邊走一邊豪邁地道：「老夫今年七十歲了，沒幾天活頭了！原本打算在家鄉買塊墳地、打一套壽棺，百年之後，也好有個安身的地方。昨夜想了一宵——不成！」旁邊的臣子問：「怎麼不成啊？」周皇親道：「大明要是亡嘍，還有我埋骨頭的地方嗎？所以，我把買墳地、打壽棺的銀子全揣上了，五千兩！全部捐給朝廷做軍餉！」

眾臣驚訝，表情都是不信。周皇親從袖中唰地抽出銀票，朝眾臣展示：「看看，看看……」周皇親走到捐助表前，將銀票放在顯眼處，抓過筆填寫。眾臣都呆了。接著齊聲讚道：「好好！……周老皇親了不起啊！」一臣慨然道：「周老皇親如此，臣也捐出三千兩來！」另一臣也道：「臣也捐三千兩！」一時間，眾臣紛紛上前填報。把邊上王小巧都看呆了！

周后獨自立於宮道暗處，遠遠看著周皇親的表演，她又驚又氣，咬牙切齒。稍頃，周后忽聽

附近有宮女的笑聲。她急忙隱到柱子後面，偷偷地拭淚……周后垂著頭，沉重地走向坤寧宮。

正在上階時，身後傳來一陣腳步聲。她微轉身看，王承恩奔來了。王承恩朝周后深深一揖，喜道：「稟娘娘，喜事兒！剛才周老皇親捐了五千兩銀子，皇上得知後，高興得很，當朝誇獎了他。還讓老奴快來傳旨，讓娘娘也知道。」周后克制著內心憤怒：「知道了！……我父親要是如此捐助，只怕要越捐越肥了！」周后入內，丟下王承恩發呆。

乾清宮暖閣，崇禎坐在椅子上長吁短嘆……周后輕輕步入，低喚：「皇上。」「愛妃，你來啦。坐。」周后道：「臣妾想問問皇上，時至今日，朝廷還差多少軍餉？」崇禎不解：「愛妃問這個幹什麼？」

「只是想替皇上分憂。」周后的眼眶濕了，崇禎擺擺手，道：「你已經替朕做了不少事了……」周后打斷他：「皇上，你還是告訴臣妾吧。」崇禎嘆道：「還差二千萬兩銀子哪！」周后驚訝地：「這麼多！」崇禎恨恨道：「那些王公貴族，個個視錢如命，裝傻充愣，嘆苦叫窮……朕是又氣恨又無奈呀。」「他們如此吝嗇，皇上何不重辦他幾個?!」崇禎嘆道：「辦誰呢？都是皇親國戚，總不能因為他們不肯捐銀子，朕就抄家吧！」周后道：「臣妾知道有個人積攢了千百萬銀子，他還想把這銀子全部運到南京去……」

崇禎大驚：「為什麼？」周后道：「他覺得大明危亡在即，希望朝廷也遷都到南京，躲避戰禍。因此，他自個提前轉移家產了！」崇禎怒叫：「大膽！如此蠱惑人心，朕非重辦他不可！是

誰？」周后顫聲道：「武英殿大學士……周仁。」崇禎驚訝地看著她：「周皇親……他、他是你父親啊！」

周后眼淚終於流了下來，痛道：「為父不仁，為親不親，臣妾羞於有這樣的父親。」崇禎上前扶住搖搖晃晃的周后，扶她坐下，安慰道：「愛妃，慢慢說。」周后含淚道：「皇上，明天凌晨，我父親就將把四十箱金銀運往南京，皇上可以派兵截下，以助軍餉。」崇禎驚怒：「朕說過絕不遷都！周皇親此舉，等於是棄都南逃啊！」周后顫聲道：「皇上無論是殺是罰，臣妾都毫無怨言。」

崇禎感動了，他柔情地看著周后，道：「愛妃，你這是大義滅親啊。你的大賢大德，曠古所未見！」周后淚水嘩嘩落下……周后突然跳起來，失聲大哭，掩面狂奔而去。崇禎呆呆地看著周后遠去，怒喝一聲：「王承恩！」王承恩匆匆奔上：「老奴在。」

崇禎咬牙切齒道：「今夜三更，在城門外埋伏御林軍，捕拿周仁。務必人贓俱獲！」王承恩驚恐地應道：「遵旨。」

宮內花園裡，夜晚，一輪明月當空，憑欄處，兩個人影兒偎在一起，正是崇禎與周后。崇禎喃喃地說：「愛妃呀，朕知道，你大義滅親，是為了朕，為了國家……可我……這幾年來，朕迷戀過袁妃，迷戀過田妃，有時候，不免疏遠了你……」周后微微嗔道：「光是迷戀她倆嗎，好像還有一個！」崇禎微窘：「對了，也迷戀過陳圓圓——就那麼幾天，覺得她新鮮……但是，每當

到了最關鍵的時候，到了家國危亡之際，朕發現，與朕心心相印的是你！任何人都沒法跟你比！……愛妃啊，朕愛你，敬你！朕與你，不能同年同月同日生，但願同年同月同日死……」

周后埋首於崇禎懷裡，陶醉在幸福中。

黎明時分，王承恩匆匆奔入乾清宮內，朝崇禎揖道：「稟皇上，五更時，周皇親的車隊出了前門。老奴奉旨截下了。」崇禎擱筆問：「怎麼樣？」王承恩道：「繳獲金銀珠寶共計四十三箱，價值白銀一千二百萬兩！」

崇禎氣得擊案而起：「這麼多銀子，還不肯捐些出來。朕真是不懂，他是怎麼想的！」王承恩猶豫著說：「老奴大概知道他是怎麼想的……」崇禎奇怪地看他：「你知道？那你說說。」

王承恩道：「一來是捨不得，愛財之心，人皆有之。二來，周皇親每年俸祿的不過二千兩，假如他一下子拿出幾十萬來，豈不證明自己貪污索賄麼？」「即使不貪污，也會惹一身臊，是不是？」崇禎像是有點明白了。「皇上聖見！」王承恩接著說，「王公貴族大都是這個心思，誰捐得越多，就證明誰越貪，而且越遭人罵。」

崇禎嘆道：「唉，周皇親是個傻子，平時連個絲綢衣裳都捨不得穿。」王承恩道：「他有他的難處，他是國丈，得顯示自個的廉潔。」「故作廉潔的只怕不只他一個。」崇禎沉吟起來。王承恩道：「當然不只……比如、比如老奴！」崇禎驚訝了：「朕沒說你。」王承恩道：「皇上是沒說老奴，老奴自個罵自個。」王承恩跪下了。「老奴斗擔叩問皇上，老奴看上去夠不夠廉潔？」

崇禎笑道：「你一不能淫，二又不貪，當然廉潔！」王承恩竟大聲道：「老奴貪！……稟皇上，老奴地窖裡藏著一千三百萬兩白銀哪。」

崇禎驚怒：「怎麼回事?!」王承恩悲道：「從萬曆朝起，老奴就開始偷偷地攢銀子。……老奴覺得，世間萬物中，父母妻兒靠不住，朋友兄弟靠不住，只有銀子最可靠。各地官員們哪，也隔三插五地給老奴行賄，送銀子……」崇禎怒斥道：「真丟朕的臉！為什麼不拒絕？」王承恩顫聲道：「開頭，老奴也拒絕過。但是，拒絕了五千兩，人家不信老奴廉潔，反認為老奴嫌少！第二天，準給你便送上一萬兩來。老奴再拒，人家就提心吊膽、寢食不安，認定老奴要跟他作對，會暗中整他！否則的話，為何你連銀子都不要啊？你不真誠哪！」

崇禎呆住，無言長嘆。王承恩痛道：「皇上啊，行賄受賄雖然罪過，可要不行賄不受賄的話，老奴就更無立足之地了！咱大明的國庫，並不是剿賊耗空的，而是被咱們自己人掏空的！」崇禎痛聲道：「是啊……是啊……自己掏空了自己……」

王承恩道：「老奴叩請皇上，將這一千三百萬兩銀全部收回。但老奴萬不敢稱之為『捐助』，這原本是朝廷的銀子，就算老奴替朝廷保管了幾十年吧。如今，全部返還給朝廷了。請皇上治罪。」崇禎恨恨地：「你、你、……太監哪——真是奸！奸得厲害！你要把朕給氣死！」王承恩微笑道：「皇上聖斷。可是，三千萬軍餉，齊了不是！」

崇禎本來一肚子怒氣，卻忍不住長嘆，苦笑。

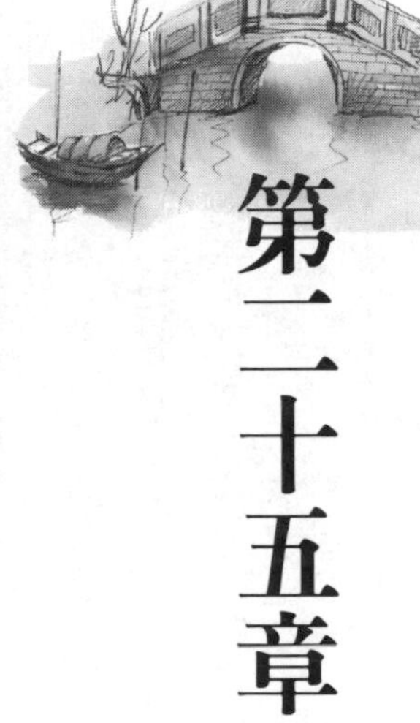

第二十五章

盛京城門，雄偉的城門下，旌旗林立，刀矛閃爍。一條紅地毯由城道內一直鋪向遠方。地毯的一頭，皇太極威嚴地立於傘蓋下，注視遠方。眾王公旗主環立。

鼓號聲起，多爾袞騎在一匹高頭大馬上，氣勢傲然地緩馳而來。他身後不遠，跟隨著一輛闊大的王公座車，車上並排坐著年邁的朝鮮國王與皇后。至紅地毯前，多爾袞下馬，朝車上朝鮮國王與喝道：「陛下，請拜見大清皇上！」立刻有軍士上前，強行將朝鮮國王夫婦扶下座車。多爾袞雙足不沾紅地毯，沿著旁邊大步奔向皇太極，叩拜：「稟皇上，臣奉旨將朝鮮國王『請』來了！」

皇太極抬眼盯著那位強鼓勇氣、內心戰兢不已的朝鮮國王沿著紅地毯走來。朝鮮國王與皇后近前，跪下單足，顫聲道：「……拜見大清皇上。」皇太極哈哈大笑，上前扶起朝鮮國王：「陛下受驚了，請起，快請起。」朝鮮國王起身，面色惶恐。皇太極微笑道：「朕盼望與陛下相見，已經盼了很久了！」朝鮮國王憤怒看了皇太極一眼，顫聲道：「謝皇上。」

皇太極挽起朝鮮國王胳膊：「來，朕陪陛下進城。今後啊，陛下想來便來，想走便走，就把盛京城當成陛下的皇宮吧。啊？哈哈哈……」皇太極親切地挽著朝鮮國王入城。後面跟朝鮮皇后及其歸降臣屬。

多爾袞落到了後頭，他碰了碰一位老王公，低語：「定親王，豪格的戰況如何？」定親王笑道：「你是問大阿哥嗎？他很不錯。近日，連破了大明三座城鎮，已經打到錦州附近了。」多爾袞有些失望。定親王壓低聲音：「可惜，那三座城鎮都是空城，大阿哥斬獲得也只是幾個老百姓，皇上甚為不滿！大阿哥豪格呀，根本沒法跟你比……」多爾袞欣慰地笑了。

皇太極高踞勤政殿龍座，旁邊設一錦凳，坐著朝鮮國王。幾個親王陪見。

皇太極悲恨嗟嘆：「陛下，咱大清和貴國朝鮮，都飽受大明國的欺凌。除了年年進貢、朝拜之外，自己國內的大政方針，也得看崇禎的眼色行事。大明國簡直就是咱們的主子國，咱倆個簡直就是人家的兒皇帝！」朝鮮國王拘謹道：「皇上所言，符合鄙國實情，卻不符合大清國實情。」朝鮮國王望著等待下文的皇太極，說：「現在，早就不是大清畏懼大明了，而是大明畏懼大清。這一點，天下人皆知。」

皇太極呵呵一笑：「那也是幾代滿人們發奮圖強、浴血奮鬥換來的呀！陛下，貴我兩國與大明，書不同文、人不同種，各有淵源，應該平等相待，共用太平才是啊！」朝鮮國王嘆了一口氣。皇太極道：「陛下為何不與崇禎斷交，與大清結為永世睦鄰呢？」朝鮮國王為難地道：「大明對鄙國有恩哪！遠的不說，朕登基時，萬曆皇上就派兵幫助平定了內亂，派員前來覲見、祝賀。鄙國三年大旱，崇禎撥出了糧餉，助朕熬過了天災……」

皇太極正色道：「大明為貴國做的一切，大清都能做，而且比他們做得更好！朕鄭重建議，朝鮮與大明斷絕一切外交關係，與大清結為兄弟之邦，互駐使臣，開關通商，息兵休戰，永遠和平共處！」朝鮮國王面帶悲憤地說：「這就是說，朝鮮的宗主國，從此要由大明改換成大清了。」

皇太極沉聲道：「如果非得有個宗主國的話。陛下也將看見，大清比大明更強盛。朕與崇禎相比，恩更重，威也更重！」

朝鮮國王深思許久，長嘆，看了看自己的屬臣。那屬臣從懷裡掏出一軸文典，雙手奉交給朝鮮國王。朝鮮國王將文典呈給皇太極：「這是朕的國書……從現在起，朝鮮與大明斷絕一切外交關係，與大清國結為兄弟鄰邦。」皇太極展開一看，大喜：「好好！朕將在貴我兩國邊界處刻石立碑，以記其典，萬載不移！」朝鮮國王微揖，無語。

皇太極笑著向朝鮮國王揖道：「為表大清國的至誠之心，朕立刻奉上黃金五千兩，白銀五十萬兩，賠償此次戰亂造成的損失，並助陛下重整宮廷！朕再派定親王親自護送陛下榮歸平壤，重登皇位。」朝鮮國王又悲又喜地道：「謝皇上。」皇太極起身，兩位君主相互一揖。朝鮮國王領著屬臣離去。皇太極笑瞇瞇地看著朝鮮國王出宮。

多爾袞喜悅地上前，低聲問皇太極：「現在可以揮師入關，一統天下了吧？」皇太極點了點頭，厲聲道：「先取錦州，再破寧遠，之後攻取山海關。」「可是臣聽說……豪格……唉，到現在還沒有拿下小小的錦州城呢！」皇太極瞪他一眼，不悅道：「豪格會拿下來的。」

清軍大營，兩個上身赤裸的清軍統領，被按在馬棚架子上。四個壯漢正揮鞭交替猛抽，將他們的脊背抽出道道血痕！對面，豪格渾身戰甲，憤怒地走來走去，他在陣陣皮鞭聲中，訓斥另幾個站於他面前的清軍統領。豪格厲聲喝斥：「皇上擲下嚴旨，限我們十日之內攻下錦州。之後，

皇上就要以錦州為根據，指揮大軍攻陷寧遠，突破山海關。可我們哪，都五天了，損兵折將，連城樓都上不去。如何向皇上交代?!」

一統領懼道：「錦州總兵祖大壽，是個久經沙場的老將，對我們的攻城戰法十分熟悉……」豪格斥道：「可城內守軍還不到一萬！大部分是老弱，我們三萬多人久攻不下，你不覺得恥辱嗎？」「末將失職。」這時候，那兩個統領鞭責已畢，赤著背走來，跪到豪格面前。

豪格傷感地說：「你們知道嗎？多爾袞已經把朝鮮國王帶回盛京了……」眾統領一驚，不安互視。「好些王公大臣在背後笑話我們，說我們殺敵無策，掠民有方！還說我們營帳裡，塞滿了繳獲的糧餉、女人，天天吃喝玩樂，殆誤戰機……」豪格怒容滿面。

眾統領一個個暴怒，紛紛叫罵：

——那些狗王公，一肚子爛腸！

——我們浴血奮戰，他們背後捅刀子！

——大將軍，給末將三天時間，末將就是用腦袋撞，也要把城門給撞開！……

豪格制止眾統領的怒罵，咬牙切齒地：「聽令，休戰三天，讓弟兄們吃飽喝夠歇足嘍！三天後，全力猛攻北門，太陽下山之前，一定要攻陷錦州。」

眾統領發誓般齊喝：「遵命！」

寧遠城門，吳三桂神情緊張，大步匆匆地奔至門道內，立定，整裝，然後朝守門軍士大喝：「開門！」城門轟轟地兩邊拉開，陽光投入，令人眼花。

燦爛的陽光下，站立著洪承疇。而洪承疇身後，則排列著無邊無際的精壯兵士。吳三桂撲上前拜倒：「寧遠將軍吳三桂，拜見大帥！」「快快請起。」洪承疇上前扶吳三桂起身，微笑道：「吳將軍辛苦了。」吳三桂大聲道：「洪大帥坐鎮寧遠，總統三軍，末將深感榮幸！」洪承疇與吳三桂並肩前行。吳三桂十分謹慎，而洪承疇則顯得揮灑自如。

洪承疇微笑道：「三桂呀，本部堂這次來，帶來二十萬精兵。但本部堂不是來奪你的位、削你的權，而是要與你一起，共商退清援錦之策。」吳三桂鬆了口氣：「末將敬奉帥命！……稟大帥，總督府已經給大帥空出來了，請大帥升堂。」洪承疇巡視四周：「不急嘛，你先領我到處走走，看看。然後，咱倆關門坐下來，喝喝茶說說話……」說話間，洪承疇湊近吳三桂低聲補充，「就咱倆！」吳三桂面不露喜憂地道一聲：「遵命」。

寧遠總督府內，房門吱吱地關上了，洪承疇與吳三桂對座，再無旁人。洪承疇笑道：「三桂呀，你在這獨擋一面，堅守孤城，不容易吧？」吳三桂彷彿碰到知心人，拍著腿兒嘆道：「大帥說的是。末將前頭要抵抗明槍，後頭要防著暗箭。無論哪一頭失敗了，末將都不得好死。」洪承疇滿意地：「恭喜你！這是忠勇之臣的當然處境。你先說說錦州方面的情況吧。」

「謝大帥！」吳三桂道：「豪格率兩旗精兵，約有四萬多人，圍攻錦州已經八天。祖大壽彈

盡糧絕，恐怕抵擋不了幾天了。」洪承疇問：「那皇太極呢？」吳三桂道：「朝鮮國投降後，皇太極已完成了入關南下一切準備。據末將判斷，取錦州，只是他進兵的第一步。」洪承疇又問：「皇太極的大軍現在何處？」吳三桂道：「仍在盛京、遼北一帶，待命出關。」洪承疇注視著他，厲聲道：「就是說還沒有出關，可靠嗎？」吳三桂正聲應道：「完全可靠！」

洪承疇沉吟道：「馳援錦州，擊退豪格，這沒有什麼問題——我帶來的都是生力軍。」吳三桂道：「有大帥在，戰無不勝！」洪承疇一笑，道：「問題是，戰勝之後又怎樣呢？大明現在的處境，已不在一城一地的得失，而在於整體上弱於大清。因此才年年抗清，年年讓人欺負！」吳三桂驚看洪承疇，半響不敢開言。洪承疇冷冷地道：「三桂呀，我看你也憋了很久了。怕死的話，你就繼續憋著；要是不怕死，就說出來！」吳三桂顫聲道：「大帥……」

洪承疇道：「剿賊的時候，人家叫我『洪瘋子』。因為我老是說瘋話，幹瘋事！」吳三桂激動了，起身深深一揖：「稟大帥，末將認為，即使援錦取勝了，大明的深憂巨患仍然沒有消除，皇太極每隔一兩年，仍可以從東北、西北任何方向入侵中原。大明的軍力、財力都會漸漸耗盡，最後，像巨人那樣倒下，貧血而死……」洪承疇哈哈大笑：「好！如今要做真人，就得說瘋話！你接著說。」「謝大帥。末將斗膽認為，退敵在於強國，而強國的前提，是先爭取和平。說來說去，仍然要用袁崇煥的遺策，叫做『以戰謀和』！」洪承疇嘆道：「袁公不凡哪！國勢越是衰敗，越覺得他目光遠大、忠勇可敬！」

吳三桂戚然道：「可是，袁崇煥就是為了那個『和』字，才碎屍萬段的。」洪承疇沉聲道：「當然了。打仗難，談和更難！皇上至今對議和者恨之入骨。前些天，周皇親剛動了點遷都的心思，就被抄了家產，差點掉腦袋！」

吳三桂顫聲道：「末將期望洪大帥，既要施行以戰謀和，不要重蹈袁大帥下場。」洪承疇微笑道：「多謝了！可你除了這個美好期望之外，有沒有什麼好建議？」吳三桂沉思片刻，毅然道：「當然有！」洪承疇微笑著：「本部堂洗耳恭聽。」吳三桂道：「在下以為，袁大帥的『以戰謀和』之所以失敗，關鍵是缺少一場大勝仗。屢敗者，談和等於受辱！洪大帥如果重創清兵，那麼在皇上眼裡，謀和就成了『賜和』，皇上的恩威保全了，大明的上國之尊保全了。如果屢戰不勝，謀和就成了『求和』。皇上當然恨之入骨。因而，欲在談判桌上謀和，必先在戰場上取勝。」洪承疇大聲喝采：「說的對，接著說！」

吳三桂興奮地繼續往下說：「長期以來，都是清軍主動進攻，明軍據城困守。清軍從來不相信我們敢於棄城而出，與滿清的鐵騎野戰。現在，錦州北邊駐紮著滿清兩旗主力，約四萬人。如果大帥把寧遠城和山海關的全部騎兵集中起來，再加上大帥帶來的騎兵，那就有六萬精騎。我們不救錦州，直接奔襲清軍大營，痛痛快快打它個殲滅戰！」洪承疇笑道：「是挺瘋的，風險不小，鬧不好，連寧遠都丟了。」

「大帥說過，險算往往就是勝算！」洪承疇起身踱步，沉思良久，驀然喝道：「按照你剛才

的話，一字不易，替我擬一道帥命。著各總兵立刻遵行。只要加上一句，後天日落出發，黎明接戰！」吳三桂大喜：「遵命。」

洪承疇不說話了，仍在踱來踱去……吳三桂小心翼翼地問：「大帥，還有呢？」洪承疇驚醒：「還有什麼？」吳三桂問：「您不召集各將，升堂點兵了？」洪承疇笑了，道：「哦……此戰是必勝的！不必跟將士們囉嗦了，他們早就憋苦了，想痛快地殺一回！」「那大帥在想什麼？」洪承疇沉重地：「我在想，消滅了豪格之後，如何給皇上上摺子，建議朝廷休戰賜和。這道奏摺，可比殺敵難多了，也險多了！」

吳三桂道：「如果大帥不棄，末將也想在奏摺上署名。」洪承疇驚看吳三桂，道：「好啊！你我二人聯名苦諫，份量極重。……可我想，還得再加上內閣首輔楊嗣昌，請他領銜！」吳三桂疑問：「楊大人肯摻和進來麼？」洪承疇道：「楊嗣昌是忠勇之臣，深明大義。他的工作，我來做。」吳三桂道：「既然如此，還有一個舉足輕重的人哪……」洪承疇頓悟：「對了——王承恩！他也會贊同的。我們四人聯名苦諫，皇上定能准奏。哈哈……那時候，皇上不准也得准哪！」

說到這裡，吳三桂從文案櫃裡取出一紙，雙手奉交洪承疇：「稟大帥，這是皇上給末將的密旨，在大帥入城之前送到的……」洪承疇微笑道：「既然是給你的，我就不看了。你要願意，就說說大意吧。」「大意是。末將有臨機自專之權，無論何人，膽敢言和，即以欺君叛國論罪，先斬後奏。」洪承疇淡淡地說：「這是讓你用來對付我的……」洪承疇說著在身上摸了摸，也掏出一份聖旨，亮給吳三桂看：「本部堂也有一份，除了開頭的名字不一樣，旨意完全一樣。」

這回輪到吳三桂驚訝了，他說：「請大帥示下，密旨怎麼辦？」洪承疇瞪他一眼：「放回去唄。從哪拿出來的，還放哪去！三桂呀……皇上這麼做，並沒有錯。你要是當皇上，你也得這麼做！」吳三桂嚇得一怔：「大帥，您、您不愧是洪瘋子，什麼話都敢說。」

清軍營帳，豪格正在帳中排兵點將。他身著戰甲，氣勢威武。清軍眾將在他面前立一排。豪格喝道：「忽爾本！著你率本部五千兵，再給你二十門紅衣大炮，主攻北門。」「末將遵命！」豪格又喝道：「嘎拉赤格！」又一將上前：「末將在。」豪格道：「給你三千兵，另給三千弓弩手，在西門埋伏著。明天聽得攻城炮響，一起朝城中放火箭。」「遵命！」豪格再喝：「多鐸！給你八千精騎，封鎖南門。明軍如果棄城潛逃，都給我追殺乾淨，不准放跑一個！」豪格對全體將領喝道：「今日提前入睡，各部明天辰時以前必須到位。辰時三刻，一起攻城！」

眾將齊聲道：「遵命！」

靜悄悄的清軍大營。營門處，兩個守卒，倚著木欄打瞌睡。忽然一陣炮響，四面八方閃出火光。鼓號聲中，無邊無際的大明騎兵奔殺而來……

鼓號聲與殺聲中，豪格一手提刀一手提甲撲出帳門，喝問：「怎麼了？」一統領驚慌稟報：

「明軍突襲大營……」豪格急問：「有多少人？」統領道：「到處都是，多得數不清……」

豪格看去，只見清兵大亂，四處奔逃。而明軍的騎兵正在奮勇追殺清兵。豪格怒，揮刀吼叫：「趕快迎敵！……接戰！……快！」

四面八方都在惡戰……

天亮了，遍地是清兵的屍體、刀槍與旗幟、營帳東倒西歪……洪承疇與吳三桂騎著馬慢慢在屍體間行進。吳三桂渾身戰塵與血跡。吳三桂興奮地：「大帥，據初步統計，清軍死傷三萬多人，正紅、正白兩旗，基本上被殲滅了！」洪承疇道：「好！聽著，清理完戰場之後，你帶著寧遠和山海關的兵馬返回去，各歸城防。」

「大帥您哪？」洪承疇道：「錦州總兵祖大壽受了重傷，城防十分空虛。我要進城看一看，安排城防和軍務。」吳三桂道：「末將陪大帥進城吧？」

洪承疇道：「不必。你趕快回去，傳我的命令，叫李總兵、劉總兵率領帶十萬生力軍來，今後，他們就駐守在錦州了。」吳三桂揖道：「遵命！」

乾清宮暖閣，王小巧手執奏摺，瘋了似的奔進殿門，撲嗵一聲跪在崇禎面前，雙手將摺高舉過頭：「皇上，洪大帥吳將軍飛報，錦州大捷，全殲滿清正紅、正白兩旗共三萬七、八千人……」

炕桌前的崇禎驚叫著：「什麼?!」崇禎撲上去，幾乎帶翻錦凳兒，他一把奪過奏摺，顫抖地撕開，顫抖地閱讀，面部表情劇烈變幻著，口中喃喃地（聲音由到大，最後大叫）：「真的哩！……是真的哩！……好，好！洪承疇吳三桂大勝！朕打了個大勝仗啊……哈哈哈！」在崇禎閱摺時，王承恩、楊嗣昌已經雙雙邁入殿門，激動地齊聲道：「恭喜皇上！」

崇禎攥著奏摺，朝他們兩人晃著，語不成聲：「洪、吳大勝哪！……正紅正白兩旗，三萬七八千呢！全部給咱們消滅嘍！」王承恩顫聲道：「皇上天威，勢不可擋哦！」楊嗣昌接著道：「明清交戰以來，朝廷從沒一下子消滅這麼多八旗軍啊，這可是空前的大勝！」

崇禎激動不已，道：「有了第一次，就會有第二次、第三次！萬事開頭難哪，唉……朕要重重地賞拔洪承疇和吳三桂！」王承恩道：「皇上聖斷。」「皇太極遭此重創，一兩年都緩不過勁來。錦州寧遠等城關，可謂穩如泰山！」楊嗣昌也興奮不已。

此時的崇禎，突然雄心萬丈，他兩眼雪亮，逼視天邊：「咱們不能在老守在城關裡。哼，今後，該輪到咱們出關殺敵了。朕早晚要親率大軍，御駕親征，踏平盛京！」王承恩楊嗣昌互視一眼，均不安。王承恩支唔著：「是啊，必有這麼一天的！」楊嗣昌沉吟道：「要想徹底剿滅滿清，先得富國強兵。要想富國強兵，先得有五、六年和平時間，用以發展生產，安撫民政，順便把中原殘賊也打掃乾淨嘍，之後……」

沒等楊嗣昌說完，崇禎已經疑慮地看著他……王承恩趕緊道：「皇上，楊大人用意深遠，不妨聽他說完。」崇禎寬容地道：「愛卿，你接著說。」楊嗣昌跪下奏道：「臣冒死進言。此刻，是本朝開元以來最有利的時機。皇太極遭此重創後，狼子野心，不得不稍做收斂。朝廷如能在此時，恩威相濟，剿撫並用，必能打開僵局，重整河山。」崇禎皺著眉頭道：「你不用繞來繞去，直接說出主意來！」楊嗣昌壯膽道：「臣建議對皇太極『賜和』，暫時承認滿清為『大清國』，雙方罷兵休戰，以爭取五、六年的和平時間，用以富國強兵。」

崇禎沉吟半晌：「你起來坐著，慢慢說。」楊嗣昌起身，卻不坐，他立於崇禎面前道：「大明富有天下，人丁數萬萬，不缺別的，就缺休養生息。說白嘍，就缺時間！皇上啊，時間有利於大明，不利於滿清。和平時間越長，大明就越強盛。相形之下，大清之地寡人稀、生產落後的弊病，就漸漸暴露無遺了！皇上啊，臣一言以蔽之，以『賜和』換時間！」王承恩膽戰心驚地看著崇禎。崇禎依舊沉吟著：「楊嗣昌啊，你這番苦心，朕明白了。只是……朕從登基以來，屢屢下旨說『言和者斬』，這才把滿朝文武的心思，都集中到抗清的路子上來。現在忽然要賜和，就是朕轉過這彎子，百官也轉不過來呀。」

楊嗣昌道：「百官都看皇上。皇上有旨，誰敢不從？更何況，百官中也有不少人暗中盼著休戰哪。」崇禎看了王承恩一眼。王承恩顫聲道：「老奴心裡，也是盼著休戰的。」

崇禎沉思良久，終於道：「事關大明安危，朕要三思……這樣吧，楊嗣昌！」「臣在。」崇禎道：「在賜和這件事上，朕授予你『相機行事』的特權！你可以暗中與清廷溝通一下，摸一摸皇太極的底……務要嚴守機密，事可做而話不可說，以免朝中物議！」楊嗣昌大喜：「臣明白。」

內閣簽押房內，楊嗣昌獨坐，閉目沉思，彷彿入定。王承恩輕輕入內，低喚：「楊大人。」楊嗣昌睜開眼：「王公公。」王承恩不安地道：「老奴來的不是時候吧？」楊嗣昌道：「王公公來的正是時候……」楊嗣昌起身把門關上，將一隻軟靠擱到王承恩身邊。

王承恩落坐，長嘆一聲：「犯愁了吧？」楊嗣昌道：「又喜又愁啊！喜的是，皇上總算同意媾和了。愁的是，怎樣才能『和』得起來，不失咱大明體面！」王承恩抱怨地道：「楊大人哪，今兒你太衝動，嚇死老奴了！」王承恩看了看楊嗣昌，說，「洪承疇的密信你也看過了，是想讓你、我、他，再加上吳三桂，咱四個人聯名上奏。你哪，一激動，自個就把話說出去了，險不險哪！」

楊嗣昌微笑道：「如果照洪承疇的意思做，那才叫險哪！」王承恩有點不解地「哦」了一聲。楊嗣昌道：「王公公您想，這四個聯名上奏的人，個個都是什麼人哪？加一塊，簡直相當於大半個朝廷！皇上會怎麼想？嗯！……你們這是在上奏哪還是在逼宮啊?!」王承恩猛醒，驚得直敲自個腦袋：「啊喲……老了，老了，我老糊塗了！」楊嗣昌小聲地說：「洪承疇太過自信，有點兒不把皇上當皇上了，那樣萬萬不行！」王承恩沉聲道：「是。離了皇上，什麼事都做不成！」

楊嗣昌道：「今兒，在下趁著皇上高興，突然把話端出來，預先就估計到嘍，皇上不會當場拒絕的。」王承恩點了點頭：「老奴也看出來，皇上確實心動了。」「接下來，皇上會怎樣呢？會暗中詢問您的意見。會給洪承疇、吳三桂分別是下旨，秘密徵求他倆的意見。你們只要趁勢力

諫，這事，就鐵定成了！」王承恩佩服地說：「不錯，皇上會這麼做的。唉……楊嗣昌啊，我真是老了，腦瓜裡一盆漿糊，今後在大事上，全靠你了！」楊嗣昌真誠地道：「王公公，什麼時候哇，您都是皇上的智囊、主心骨！」

王承恩連連擺手：「甭嚇著我！」楊嗣昌把茶水端到王承恩面前，王承恩接過，稍啜一口：「楊大人哪……可我還是提心吊膽。」楊嗣昌道：「您說。」王承恩小聲地說：「皇上是讓您『相機行事』。而這種旨意呀，是相當曖昧的……」楊嗣昌沉重地點了點頭。王承恩不無憂慮地看著楊嗣昌：「這意味著，一旦賜和失敗，只怕你……」楊嗣昌痛聲道：「在下知道。賜和成功了，功在皇上；賜和失敗了，在下粉身碎骨！」

兩人再也無言，各飲各的茶水。

負傷的豪格被兩個部將緊緊挾持著，坐於馬上。三匹馬並排奔馳。後面跟著散亂的敗兵。豪格掙扎，嘶啞地道：「你們放開我，放手！我沒事！」部下無奈，只得放開手，卻仍然關切地注視著。豪格獨自坐於馬上，搖搖晃晃，騎行了一會，突然拔出刀來，猛割自己的脖子！部下瘋狂地撲上去，奪豪格手中劍，驚叫：「大將軍！大將軍！」豪格脖子上已經流下鮮血，他悲憤地叫著：「讓我死！讓我死！……我還有什麼臉兒見皇阿瑪呀！」豪格像個受傷的野獸，又嚎又叫，嘶聲痛哭……

前面出現明清兩國的邊界，路口聳立大清的邊卡，邊卡旁站立衛兵。部下們再也不敢放手，他們挾持著豪格，騎行過了邊界。邊卡的衛兵們折腰拜迎。一部下突然驚叫：「大將軍，你看……」悲號的豪格止聲，抬眼一看，山窪平坦處，排列著一個個清軍方陣。方陣正前方高聳皇旗，皇旗下便是皇駕。皇太極騎在一匹雄偉的白馬上，眼中寒光四射！

豪格大驚，滾鞍下馬，一路連滾帶爬，到了皇太極面前，叩首：「皇阿瑪……兒臣死罪！」皇太極看看後面的散兵，沉聲道：「兩旗精兵，就剩下這麼幾個了？」豪格重重叩首，泣不成聲：「兒臣大意了，被洪承疇偷襲……兒臣死罪……」皇太極冷冷地問：「你知道朕為什麼出現在這裡嗎？」豪格驚恐無言。多爾袞從旁插言：「按照皇上方略，你前天就該攻陷錦州城。皇上親率四旗精兵，準備乘勝拿下寧遠，一舉消滅明軍主力。可你哪？……哼！」

豪格羞慚地連連叩首：「兒臣……」皇太極沉聲道：「脖子是怎麼回事？」豪格的部下立刻跪地：「稟皇上，大將軍想自殺謝罪，被末將攔下了。」皇太極怒吼著：「為何攔下？為何不讓他死?!」說話間，豪格跳起來，猛然朝一塊巨石碰去，頓時頭破血流，昏死過去。皇太極重重嘆了口氣：「抬下去療傷吧。」幾個部下匆匆把豪格抬走。

皇太極正為豪格的失敗打亂戰略部署而煩惱，突然有一哨騎飛馳而來，至皇太極面前下馬叩拜：「皇上，哨騎截獲了一個大明的使臣。」皇太極意外地問：「人在哪？來幹什麼的？」那哨馬稟道：「人扣押在前面哨卡裡。他說他叫宋喜，是御林軍副將，奉大明首輔大臣楊嗣昌的密令，前往盛京遞送國書。」

「宋喜，好名字嘛……」皇太極沉思片刻，突然道：「聽旨，你要以禮相待，好生侍候。多帶幾個人，將他護送到盛京城。還有，用你的話告訴他，就說大清皇上明天正午，肯定會召見他的。」見那哨騎領命準備離去，皇太極又說：「還有，帶他從西邊小道繞過去，不得讓他看見這裡的大軍。」哨騎上馬奔去。

皇太極微笑了：「看見了吧，咱們打了個敗仗，崇禎就想賜和了。」多爾袞怒道：「妄想！」皇太極仍然微笑著：「聽著，朕立刻返回盛京，明天接宋喜的《國書》。你率大軍，原地紮營待命。」「喳！」多爾袞有些不解地領命，心裡卻在猜想皇上的心思……只聽皇太極一聲冷笑：「不管那國書裡提什麼要求，朕都會答應！議和也罷，賜和也罷，都行！然後，等那個宋喜回京覆命時，咱們四旗精兵，十二萬鐵騎，乘虛而入，一鼓作氣，拿下錦州城。進攻寧遠，消滅明軍主力！」多爾袞大喜，簡直喜得喘不上氣，他上前深深揖拜：「皇上……您、您真是太聖明了！」

皇太極笑道：「所以朕得馬上趕回去哪，給宋喜餵一道迷魂湯。聽著，在朕開戰旨意沒到之前，你絕不准妄動！」說話間，皇太極忽然一斂笑顏，厲聲道：「朕的旨意一旦到了，你就得在三個時辰內，攻下錦州城！十二萬精兵，全歸你指揮！」多爾袞激動地領命。

皇太極沉聲道：「還有件事……」皇太極逼視著多爾袞，「豪格丟盡了臉，你不准為難他。不但不能為難，還得讓他帶傷上陣，給他個立功的機會。」多爾袞顫聲應道：「臣保證做到。」

皇太極掉轉馬頭，飛馳而去。

皇太極坐於勤政殿龍座上，宋喜立於堂中，執書宣讀。除若干內臣外，再無他人。宋喜宣道：「……一旦條約達成，大明立刻承認滿清為大清國，承認皇太極為大清皇帝。並將錦州城外的土地全部劃歸大清國管轄；當地漢人，聽其自願，既可做大明子民，也可做大清子民；明清兩國，從此息兵罷戰，結為兄弟鄰邦。兩國互駐使節，開放邊關，互通有無，永遠和平共處。大明首輔大臣楊嗣昌拜上。」宋喜讀完，一臣上前接過《國書》，轉呈皇太極。

皇太極接過，高興地笑道：「朕，盼望這道《國書》，盼了二十多年啦！好好……宋喜呀，你算是給朕送了件大喜事來！朕謝過你！」宋喜大喜，問道：「請皇上示下，臣如何回覆楊大人？」皇太極道：「告訴他，朕答應他的全部條件！待會兒，朕自會有親筆書信交你帶回去！」宋喜激動地叩拜：「臣叩謝大清皇上。」皇太極笑道：「你一路辛苦，先歇歇。來人，酒宴侍候。」內臣上前，將宋喜請下。

皇太極把玩著手中的《國書》，似看非看，微笑不止……

錦州城內，宋喜騎馬衝過街道，行人紛紛避讓……

宋喜匆匆奔入帥府，洪承疇一看見他就急問：「怎麼樣？」宋喜氣喘吁吁：「稟大帥，皇太極同意楊大人的全部條件，願意媾和！」洪承疇驚喜道：「是嗎，沒有得寸進尺？」宋喜道：「有。皇太極要求大明，每年向大清提供糧草二百萬擔，白銀五十萬兩。」洪承疇嘆道：「這也

是我預料之中的。……不過，朝廷能承受得起。」

宋喜取出《國書》給洪承疇看：「這是皇太極親筆書信，令我面呈楊大人。」洪承疇催促道：「你趕快歸京，交給楊嗣昌，他正在度日如年哪！……快去吧，我不留你了。楊嗣昌會重賞你的！」宋喜應聲退下。

洪承疇長長鬆一口氣，坐到帥椅上，搖頭嘆息，微笑……忽然道：「來人哪，擺酒！今天我要大醉一場！」

洪承疇躺在榻上，呼呼大睡。窗櫺，已現出曙光。

無邊無際的清軍靜悄悄地逼近錦州城。兵士中，可見身纏繃帶，手提大刀的豪格。清軍陣地，數十門紅衣大炮齊齊地昂首待發。炮陣後面，排列著無邊無際的鐵騎……

多爾袞坐於戰馬上，輕輕拔刀——刀鋒出尖銳的一聲顫音「嗡……」

多爾袞大喝：「開炮！」炮手把燒紅的鐵棒伸向炮尾。導火索吱吱叫著……數十門紅衣大炮發出驚天動地轟鳴，火焰沖天！

爆炸聲中，屋倒房塌，守軍驚慌四奔……

洪承疇衣著不整，提著刀從帥府裡衝出來，朝兵勇們怒吼：「快上城拒敵！……快快！……統統上城！」一個副將帶傷奔來，驚惶叫：「大帥，快走吧。來不及了……」

洪承疇厲聲道：「清軍攻不下錦州的！」副將搖頭道：「監軍太監劉綠，打開北門降清了！

清軍已經進來十多萬了……」洪承疇顫聲驚叫：「什麼?!」這時候，豪格領著數十個清軍瘋狂地撲上前。洪承疇與副將拼命抵抗。近處的幾個明軍見狀，也奔來救護……

豪格活像一頭惡獸，揮刀猛砍！他一人就砍倒多個明軍。惡鬥中，副將不敵，倒地死去。洪承疇腿部被豪格砍中，倒地。眾清軍死死按著洪承疇。豪格上前厲聲問：「你是誰？」

洪承疇不答。豪格一揮手，清軍推上一個小太監。刀架在他脖子上：「說，他是誰？」小太監看著洪承疇，顫聲：「洪大帥……」

洪承疇微嘆，眼一閉，昏迷過去。

乾清宮暖閣，眾多大臣呼呼隆隆奔入，至門口，嘩嘩地跪了一片！屋內，崇禎正在和楊嗣昌議事，聽到外面動靜，踱出，驚道：「你們怎麼了?」眾臣齊齊叩首。一臣怒聲道：「稟皇上，朝廷裡有奸臣與蠻夷私自媾和！」崇禎一怔。那大臣怒指屋內楊嗣昌，顫聲：「就是他！」頓時，眾臣紛紛叫道：「就是他……就是楊賊！」一大臣泣道：「皇上屢下嚴旨，大明與滿清誓不兩立，誰敢言和，以叛國投敵論罪……」另一臣怒道：「而楊嗣昌竟敢私通皇太極，奴顏婢膝，向滿清乞降！」

崇禎支支唔唔地：「愛卿們放心，楊嗣昌絕不敢做這種事的……」這大臣高叫：「楊賊做了！他派宋喜到盛京，私會皇太極！臣聽說，為了乞和，他把錦州以外的土地都拱手相讓了！」

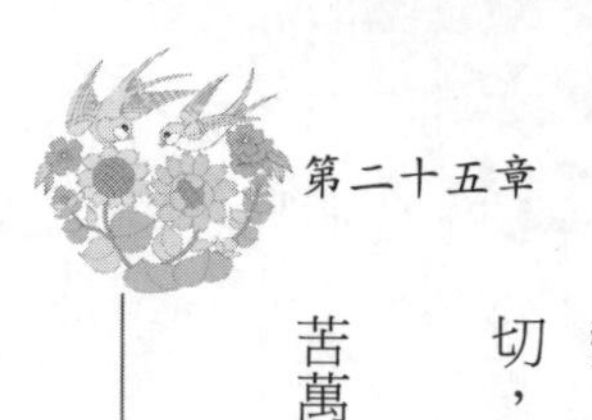

崇禎無奈，掉頭怒視楊嗣昌：「有這種事嗎？」楊嗣昌站起來，沉默片刻：「有！」

眾臣吼聲大作：

——奸賊……

——欺君賣國，罪該萬死！……

——臣叩請皇上將之碎屍萬段！以雪國恥！

這時候，連崇禎也不知說什麼好了，只能氣道：「朕知道，知道！你們先退下……」突然奔來一個內臣，他跌跌撞撞，慘叫著：「皇上，不好了！」崇禎怒斥道：「嚷什麼嚷？慢慢說！」內臣泣道：「錦州失陷了……」

崇禎大驚，斥道：「胡說！」內臣叩倒在地顫聲道：「剛剛接報……皇太極御駕親征，十二萬清兵，半天不到就攻陷了錦州。洪承疇的十五萬兵馬，大部分被殲……皇上啊……洪承疇被俘。」

崇禎臉色慘白，失聲叫起來：「什麼？……洪、洪承疇也會被俘?!」崇禎呆立那裡，面色劇變。漸漸地，他回過神來，掉轉身，一步步走到屋內，走到楊嗣昌面前……楊嗣昌已經聽到一切，他顫抖著跪下了。

崇禎狂怒之下，渾身顫抖，句不成聲：「你、你不是說……皇太極同意媾和麼?!」楊嗣昌痛苦萬狀，卻發不出任何聲音。崇禎怒吼：「說呀！」楊嗣昌叩首，他忍著內心劇痛：「臣……萬死之罪！……萬死之罪！」

崇禎抬腳，狠狠踹翻了楊嗣昌，嘶聲叫道：「拉下去！」眾臣蜂擁而入，他們竟然親自動手將楊嗣昌拉走。乾清宮玉階，眾臣們揪扯著楊嗣昌，一邊怒罵，一邊擊打他……憤怒得要把他四分五裂！

楊嗣昌衣裳碎了，冠帽掉了，口角出血了，鞋子失落了，……幾無人樣兒！

菜市口，還是在當初處死袁崇煥的刑台，楊嗣昌被推了上來。再被劊子手按跪在斷頭架上。台下，軍民人等圍觀。並有聲聲怒吼：「漢奸——賣國賊！漢奸——賣國賊……」

楊嗣昌勉強抬起頭來朝台下巡望著，像尋找什麼……恰在這時，劊子手一刀斬下！

人群中，終於出現了王承恩。他站在暗處，虛弱得幾乎站不住，王小巧緊緊扶定他。王承恩半夢半醒，半死半活，老淚雙流……

盛京城門，城門下又鋪上長長的紅地毯，皇太極笑盈盈地站在地毯盡頭。豪格押送騎於馬上的洪承疇走近。洪承疇腿部纏滿繃帶。

待洪承疇的坐騎到了近前，皇太極歡笑著抱拳一揖：「洪先生受驚了！」洪承疇因不認識皇太極，只知道此人地位不一般。皇太極道：「朕乃大清皇帝，皇太極。」洪承疇一驚，急欲下馬。皇太極上前攔住：「洪先生腿腳有傷，不必下馬。」洪承疇垂下眉頭。

皇太極道：「洪先生不必拘禮，就坐在馬上吧，朕為你執韁而行。」皇太極竟然親手牽起韁繩，拉著馬兒，緩緩地步入城門道。洪承疇大驚失色！所有的大清文武官員都大驚失色！

盛京街道，洪承疇不安地坐在馬上，皇太極仍然從容地牽韁而行。

洪承疇再也忍不住了，道：「陛下不必施恩了。洪承疇敗軍之將，只求速死，卻絕不會投降！」皇太極笑道：「朕知道。朕也不會勉強你。」洪承疇道：「那……陛下為何如此？」皇太極感慨道：「朕敬佩你呀！在剿賊的時候，你有個名號，叫洪瘋子。在馳援錦州的時候，你一夜之間，擊潰了大清正紅、正白兩旗。」洪承疇道：「哼……可是陛下一邊議和，另一邊哪，三個時辰攻陷了錦州！」

皇太極咯咯地笑了：「朕都是跟你學的，跟漢人們學的！洪先生哪，朕有句心裡話，你聽了不要生氣。」皇太極看看不明所以的洪承疇，說，「你們大明朝廷，有兩個棟樑之材，一個袁崇煥，一個洪承疇。你們兩個人哪，要是有一個人成為皇帝的話，大明恐怕不會敗落成這個樣子。朕也不敢輕易入關哪。」

洪承疇劇烈震動，無語。皇太極微笑道：「洪先生，朕說錯了嗎？」洪承疇顫聲：「也許吧……」

皇太極始終為洪承疇執著韁轡，漸行漸遠。

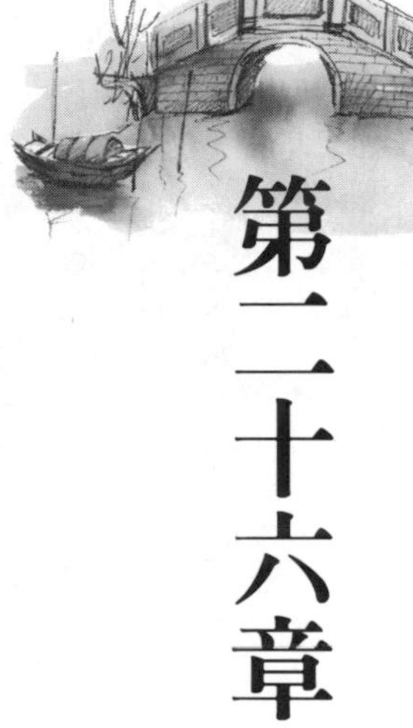

第二十六章

莊妃宮外，皇太極仍然手執馬韁，徒步行走。洪承疇仍然端坐馬上，聽任皇太極牽引。看上去，這一帝、一俘，竟彷佛是一奴、一主！豪格、多爾袞等人遠遠跟著，眼中充滿憤怒。

皇太極牽馬走到一座內宮前，駐足微笑道：「這是永福宮，也是洪先生下榻的地方。」洪承疇驚訝地看著秀美的宮門，一驚，鎮定道：「敗軍之將，豈敢玷污宮寢?!請陛下把我扔進大牢。」皇太極親切地說：「牢裡冷啊!洪先生是南方人，肯定不適應關外的氣候。明天就立冬了，再過幾天，你就會看見冰天雪地。」洪承疇幾乎懇求：「陛下……」皇太極擺手制止道：「這座永福宮，是京城裡最暖和的宮殿，比朕的寢宮都暖和。你且住住。」

洪承疇顫聲道：「陛下，無論宮殿有多麼暖和，在下心裡仍然是一片寒冰……陛下，您、您不必施恩，沒用的！」皇太極沉吟著，彷佛自言自語：「試試吧……也許永福宮能化解你心裡的寒冰。即使不行，朕也沒損失什麼。」洪承疇長嘆，無語。

皇太極回望一眼，立刻有侍衛上前，強行將洪承疇拉下馬，扶進宮門。皇太極慢步跟了進去。

莊妃宮內室，侍衛把洪承疇扶進內宮，按坐在一張軟椅上。皇太極示意，眾侍衛退下。洪承疇舉目四望，驚訝地發現四壁皆是漢人書籍，一排排密布。此外，文房四寶和琴棋書畫，也一應俱全。他不禁探身細看，表情十分驚訝……皇太極微笑：「哦，這些書嘛，並不是為你準備的，原先就這樣。」洪承疇不由敬佩地說：「陛下讀過這麼多漢書。」皇太極擺擺手：「朕不行！朕

連漢字都寫不順暢。這永福宮是莊妃的寢宮，她聽說洪先生來京了，非要把自個的宮寢讓你住不可。朕也就由她了。」「那這些書……」洪承疇有些不解。皇太極道：「都是莊妃平時讀的。」洪承疇大驚，再看四壁書籍，手指向一處——手有些發顫，嘆道：「陛下，這些漢書經典，即使是在關內，即使是書香門第的女子，也很少人讀得懂……」

皇太極驚訝：「真的？……怪不得莊妃總跟朕吹牛，朕還不信！」洪承疇道：「確實如此。」皇太極作大悟狀：「難怪非要讓你住她的宮吶！朕知道了，范仁寬不在了，她想再綁一個先生來呀！……這麼著吧，洪先生呀，你悶著也是悶著，不妨讀讀書。莊妃肯定有好些糊塗地方，也煩您指點指點。」這時候，莊妃一身宮廷素服，笑盈盈步上，折腰：「學生拜見洪先生！」皇太極笑道：「這就是莊妃，博爾濟吉特——布木布泰。」

洪承疇欲起身：「貴妃娘娘……」莊妃急忙上前按住：「洪先生有傷，別起來！」洪承疇只得在椅上頷首：「在下失敬了。」莊妃已經奔忙起來了。她從書案上端來茶具，又不停地翻出大大小小各色茶葉盒兒，興致勃勃地：「洪先生在家時喝什麼茶，西湖龍井還是黃山毛尖？……嘿，這還有福建鐵觀音哪！要不我給您沏功夫茶?!」洪承疇直眼看著，目瞪口呆，半晌才回過神來：「謝娘娘！……娘娘還是請陛下旨意吧。」

莊妃且嗔且笑地：「皇上不行！他只會把茶葉擱奶裡煮，那叫什麼?糟蹋事兒。您來了，總算有個會品茶的人了。」皇太極笑道：「愛妃說的是，說的是，……洪先生，朕還有事，你們喝茶聊天吧。」

皇太極表情滿意地離去。

皇太極步出永福宮，只見多爾袞與豪格立於階前等候已久，面色沉悶，顯然都憋了一肚子氣。皇太極先笑，再把臉一板：「朕知道你們想說什麼。『一個敗軍之將，倒享受起親王的待遇了』，是不是？」豪格上前一步揖道：「是！皇阿瑪何必對他費那麼多心思。沒他，大清照樣能破關南下，入主中原。」

皇太極斥道：「你忘了范仁寬的告誡嗎？他生前說過，大明再弱，也有疆域萬里，人丁二萬萬。大清再強盛，立國不過十幾年，人丁不過幾百萬。你想想，入關之後，如果二萬萬漢人都來反抗我們，我們就等於進入了茫茫黑夜，隨時會有滅頂之災。」豪格依舊不服氣地說：「就算如此，兒臣也不信一個洪承疇能管什麼用。」

皇太極道：「洪承疇如能歸順，那就是一盞燈，一盞燈就能照亮整片黑夜！朕可以用他引路，避開各種各樣的危險——不瞞你們說，有些危險，朕今天根本就想不到，非得大難臨頭才知道！洪承疇這個人哪，本事比范仁寬大多了。朕，情願不計一切代價，也要收服他！」

豪格雖不情願，口裡也只得說：「兒臣明白了。」多爾袞沉吟著，上前奏道：「皇上，有件事兒……臣弟可能多慮了。」「你說吧。」多爾袞猶豫著：「臣不敢說。」皇太極奇怪地看他，口中「咦？」了一聲，接著強調地：「朕讓你說！」多爾袞紅著臉，顫聲說：「洪承疇孤身一

人，莊妃也是孤身一人。洪承疇滿肚子墨水，莊妃可是色藝雙絕。皇上讓這一男一女住一座宮裡……」多爾袞不敢再言。

皇太極驚訝地盯著多爾袞，突然憤怒：「行啊你，能想到這些事上去！朕告訴你，兩人都沒那個心，更沒那個膽！」多爾袞羞道：「是，是……」皇太極斥道：「再說，漢人的倫理道德比咱們滿族講究多了，越是讀書識字的人，在這種事上膽子越小！不像咱們有些滿人，一碗酒下肚，連自家嫂子都敢撲！因此，漢人才老把咱滿人叫做蠻夷！」多爾袞面紅耳赤，羞窘不堪地：「是，是！臣弟糊塗……」

皇太極仍不甘心，轉而盯著豪格，沉聲問：「你知道什麼叫蠻夷嗎？」豪格支支唔唔：「就是罵咱們滿人凶唄。」皇太極一嘆：「不光是罵，更多的是蔑視！在漢人眼裡，咱們茹毛飲血，一半是人一半是獸！」豪格咬牙切齒道：「蠻夷兩字原來有這麼惡毒？……兒臣非割了他們舌頭！」皇太極冷笑：「幹嘛割人家舌頭啊。不要多久，他們自個會明白自個的愚蠢！」

一陣馬蹄聲響起。皇太極抬頭看，一驃騎將軍飛至。那驃騎將軍跳下馬，急步至皇太極面前叩拜：「皇上，關內傳來消息。李自成領著五十多萬義軍，連占數省，現在，已經殺入河南境內了。」皇太極一怔：「哦？……這些中原流寇，竟然發展得這麼快！」驃騎將軍稟報：「是。據報，他們已不是以前的草寇了，李自成已經組建馬步三軍，下一步，可能要攻打省城洛陽。」

皇太極沉思片刻，道：「告訴關內的人，從現在起，更要密切打探李自成的進軍消息。每隔

十天，就得向朕稟報一次。」驃騎應聲而去。

皇太極思索著走了幾步，突然一陣頭痛襲來，他雙手抱頭，搖晃了幾下，差點摔倒。多爾袞與豪格撲上前扶住皇太極，驚叫：「皇上……皇阿瑪……」皇太極臉色慘白，冷汗如雨，渾身顫抖。過了一會，皇太極鬆了口氣。低聲說：「好了……沒事了。剛才不知怎的，腦內猛疼了一陣，像抽空了似的。」

多爾袞關切地：「皇上，臣弟叫太醫來看看。」皇太極扭了扭頭顱，感覺自己已經完全恢復正常，微笑道：「不用，朕確實沒事了。剛才，也許是聽到李自成的進軍消息，朕急了一下。」

豪格有點不解：「皇阿瑪跟李自成急什麼呢？」

皇太極沉聲道：「朕擔心，照這個勢頭發展下去，李自成會和咱大清爭天下！」

洛陽城，雄偉的城關陷入激烈交戰，炮聲鼓聲喊殺聲驚天動地。義軍將士勇猛地衝向城關，城樓上射下陣陣飛箭……

許多雲梯搭靠在城牆上，一個個義軍將士口中叼著戰刀，不顧死活地往上攀登……

崇禎十四年，李自成攻陷古都洛陽。同年，張獻忠破重鎮襄陽。

武昌，城內街道擠滿義軍的騎兵，每一排都是四匹戰馬並進。道兩旁，無數百姓吶喊歡呼……騎兵最前方，飄揚著巨大的「闖」字旗。旗下，李自成高居坐騎，身披戰甲，威風凜凜，不

時朝百姓們微笑……

崇禎十五年，李自成攻克武昌。隨之率軍六十萬，向長安挺進。長安城，城關上，無數面大纛迎風飄揚，每面大纛都繡著一個巨大的「順」字。城下，義軍排列成威嚴的閱兵陣容，接受李自成檢閱。

鼓樂聲中，李自成身著帝王規格的金盔銀甲，騎駿馬，緩緩從義軍陣容前馳過。黃玉、劉宗敏等文臣武將自豪地伴隨著他。

崇禎十六年，李自成攻陷長安。建都西京，國號大順，改元永昌。隨後親率八十萬大順軍北上，直逼北京城……

猛烈的馬蹄聲，大地似在震動。片刻之後，才看見山坡後升起三十匹黑衣黑甲的關寧鐵騎，他們像一片鋼鐵烏雲，席捲而來。騎手個個是壯漢，幾乎每人的臉上、脖子上都帶有深深的刀痕！

吳三桂在關寧鐵騎當中率先騎行，他與眾騎一樣，也是黑衣黑甲，但坐騎是一匹驃悍的白馬。關寧鐵騎遠去，留下一片被踏爛的草地。

紫禁城。城樓上，一陣沉悶的鼓樂響起……城門下，正在進出的官吏、百姓等人立刻肅然，

紛紛佇立，昂首朝城樓上看。鼓樂聲止，出現身著內臣素服的王小巧，他氣勢不凡地展開了手中的詔書，沉聲喝道：「今日辰時初刻，皇上第三次發布《罪己詔》。以此向天謝罪，安撫民心。現周知天下臣民人等……」

城門下，所有的官吏和百姓們紛紛跪地，不敢舉首，沉默靜聽。王小巧沉聲宣道：「詔曰，年來，闖賊荼毒河山，禍亂百姓。蠻夷屢屢入關侵擾，越演越甚。各省災情並起，致使無數饑民背井離鄉……」

城門下，官吏和百姓們低聲竊語。城樓上，王小巧昂聲宣讀著：「朕每念及此，俱是肝膽欲碎，痛不可當……」王小巧忽然聽到什麼聲音，不禁舉目望向天邊。

天邊，關寧鐵騎正像一片鋼鐵烏雲，蹄聲如雷，朝紫禁城飛馳而來……

城樓上，王小巧兩眼驚駭地盯著越來越近的鐵騎，但口中卻一字不錯地繼續念著：「國勢衰敗，賊勢猖獗，皆是朕之過！朕，德不足於邀天眷，恩不足以安民心……」

吳三桂領著關寧鐵騎雷霆電馳般飛至，官吏百姓驚覺，他們驚呼著，張皇失措，紛紛避讓。兩個避讓不及的官員，竟然嚇得原地趴下，緊緊抱著自個的頭，簌簌發抖。一匹戰馬從這兩個官吏頭上騰空躍過！再一匹戰馬騰空躍過！第三匹戰馬騰空躍過！……

轟隆隆馬蹄聲震耳欲聾。所有的關寧鐵騎都衝進紫禁城門，他們對森嚴的城衛視若無睹。而那些城門守衛驚懼不已，誰也不敢阻攔。他們眼睜睜看著鐵騎們馳入皇城。這時，那兩個官吏才

心驚肉跳地抬起頭來，驚訝地發現自己全身上下竟然毫髮無傷！

城樓上，王小巧看見下頭聽眾們亂了，突然發出爆炸一般怒喝：「朕，每日三省吾身……」這聲音令城樓下的官吏和百姓一驚，於是他們再度恢復恭順姿態，跪地靜默聽旨。

城樓上，王小巧也恢復了莊嚴的音容：「朕不敢自我寬容，今日起，布衣素食，戴罪理政，於宮中默告上蒼，誓必剿滅南賊北寇，掃除內憂外患，以贖罪責。欽此！」

平臺上，崇禎獨坐，說話間竟然是垂淚泣聲。身著戰甲的吳三桂則跪在崇禎面前。崇禎道：「吳三桂呀，大明王朝，已經到了開國二百年來最危險的關頭！朕思來想去，只能連夜召你來平臺賜見。」吳三桂恭敬地道：「末將身在寧遠，心繫皇宮。無論皇上有何旨意，末將都萬死不辭！」「朕的《罪己詔》，你聽到了麼？」吳三桂道：「末將進城時聽到了。」

崇禎痛聲道：「那是朕親手擬的。朕在寫那道詔書時，心在流血呀！你知道嗎？前天，皇太極竟然給朕發來一道『詔書』，命令朕，率滿朝大臣及京城軍民歸降大清……」崇禎憤怒地抓起身邊矮几上一幀文書，擲在吳三桂面前：「你看看！」吳三桂拾起那道『詔書』，一目十行看過去，顫聲道：「可恨！可恨……」崇禎吼道：「可恨麼？還有更可恨的呢！昨天，那個李自成竟以『大順皇帝』的名義，也給朕發來一道『詔書』，命令朕，率滿朝大臣及京城軍民歸降大順！」吳三桂驚怒萬分：「什麼？」

崇禎抓起矮几上另一文書，擲到吳三桂面前。痛苦搖頭：「李自成說，朕如果降了，他賞朕一口飯吃，一座房子住，還格外恩准朕保留一后一妃……」吳三桂抓起那幀文書，一目十行，怒火沖天，竟然瘋狂地將那文書撕碎，嘶聲喊著：「狂賊！狂賊！末將誓把他碎屍萬段……」

崇禎垂淚道：「現在你知道了吧，朕在賊寇們眼裡，成了什麼人?!堂堂的大明江山，冒出個『大清國』不說，又冒出個更狂妄的『大順國』！在他們眼裡，大明王朝簡直就是糞土！」吳三桂氣喘吁吁地奏道：「皇上，有我吳三桂在，有關寧鐵騎在，清兵休想入關！闖賊休想進城！」

崇禎拭淚道：「朕叫你來，就是告訴你。大明安危要靠你了。朕把山海關以外全部防線都交給你！你萬萬不可辜負朕……」崇禎痛哭失聲。吳三桂跳起身，朝平臺外一指，大喊：「皇上請看，關寧鐵騎，天下無敵！」

崇禎起身，步至平臺邊一看，不知何時起，三面都跪滿黑衣黑甲的關寧鐵騎。這些壯漢個個按刀挺胸，昂首怒目。烈日照在他們厚厚的戰甲上，使他們大汗如雨，卻個個巍然不動。這就是吳三桂帶進京的騎士！吳三桂沉聲：「稟皇上，關寧鐵騎共有甲士三萬。三十位標統，隨末將共同見駕！」眾黑衣騎士聲勢震天地吼道：「拜見皇上！」

這一刻，崇禎的臉上才有了晴天的顏色，他高興地連聲道：「好，好呵！」吳三桂冷冷地道：「稟皇上，任何八旗軍，都不是關寧鐵騎的對手。錦州一戰，末將只率六營鐵騎，就擊潰了正紅旗兩萬精兵！」崇禎激動地大叫：「好，好哇！如果朝廷將士個個都像關寧鐵騎，那早就天下大定了……」

崇禎高興地走下平臺，走入關寧鐵騎隊伍中去。巡視著那些標統。標統們一個個挺立不動，顯露出臉上、頸上道道戰傷。崇禎著著看著，不禁伸手撫摸他們鐵甲，感動地說：「朕真想重賞你們哪，真想！可朕現在沒銀子了……但朕會給你們一人一道鐵券丹書，上面記載聖旨，退敵之後，你們就是朕的恩人！不但朕要報恩，朕的子孫，也要厚待你們的子孫！」

眾標統霹靂般吼道：「謝皇上！」

眠月閣，陳圓圓正在給吳三桂縫製錦襖。她一邊縫製，一邊陷入遐想。這時，身著鐵甲的吳三桂輕輕步入屋內。陳圓圓忽見地上黑影，抬頭一看，吳三桂正迎面熱烈相望。陳圓圓起身，活計落地，驚顫著：「是你……」吳三桂目光濕潤，喃喃著：「圓圓哪……我想死你了！」

陳圓圓幾乎暈眩，微閉眼，一頭倒入吳三桂懷中。吳三桂緊緊地抱住她，熱烈地吻……

哐啷一聲，胸甲落地……哐啷一聲，肩甲落地……

眠月閣內室。半透明絲簾後面隱約出現軟榻，吳三桂與陳圓圓在榻上瘋狂地歡愛著……

門板兒吱溜溜開了，探進三歲小皇子的臉，他口齒不清地叫著：「姐，姐……」搖晃著身體，顛顛地跑進內室。軟榻上，吳三桂與陳圓圓瘋狂已過，仍沉浸在如膠似漆的柔情中，兩人摟在一起。絲簾忽然被一隻小手扯開，小皇子笑瞇瞇地探進腦袋，朝陳圓圓叫道：「姐，姐……」

突然，小皇子看見了吳三桂，恐懼地盯著他，縮身後退。

陳圓圓趕緊伸出手喚道：「小三啊，不怕不怕！快來，他是……是你姐夫。」小皇子緊緊抓住陳圓圓的手，一使勁，竟然爬到軟榻上來了，他藏在陳圓圓背後，偷看吳三桂。吳三桂驚道：「這誰的孩子？」陳圓圓吱吱笑了：「三皇子，也就是大明太子！」吳三桂更驚了：「太子啊……怎麼跑咱們床上來啦?!」

陳圓圓嬌聲地：「有什麼辦法，跟我有感情嘛！經常到我這來睡午覺。誰攔著，他就大哭大鬧。」吳三桂仔細打量小皇子。陳圓圓輕輕吻了小皇子一下：「小三乖，姐在這，快睡吧……」陳圓圓輕輕拍打小皇子，對吳三桂道：「他把我當成是姐姐，比待皇上和皇后還親哪！」吳三桂笑道：「喲！……那我就是他姐夫了！」陳圓圓羞道：「咱們……咱們不能自己生個孩子嗎？」吳三桂伸過頭狠狠親了陳圓圓一口，大聲道：「生呵！一氣生倆！」陳圓圓嬌斥：「你輕點兒……」吳三桂嘿嘿地笑了。他看看小皇子。小皇子已經在陳圓圓與吳三桂之間安詳入夢。吳三桂便低下頭，也輕輕地親了他一口。接著盯著小皇子道：「媽的……我這是在親未來的皇上哪！」

陳圓圓不禁咯咯地笑。吳三桂仰面躺下，表情幸福。陳圓圓扯過毯子，蓋住小皇子與吳三桂。溫存輕語：「累了吧，快歇會。」吳三桂道：「不累……圓圓，王承恩還好嗎？皇上今天平臺賜見，我怎麼沒見著他？」陳圓圓嘆道：「王公公病了，病得不輕。」

「病了？他這一病，朝廷就再沒人了。」吳三桂想起皇上的賜見，忽然又不安起來。

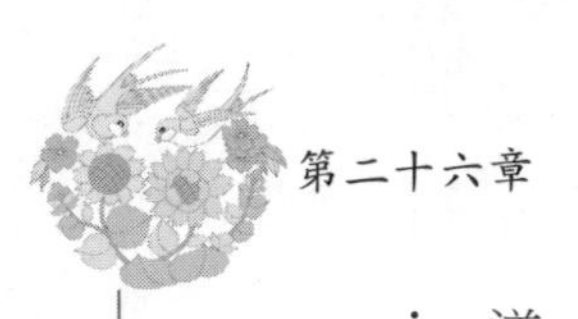

王承恩府，王承恩半躺在榻上，滿面衰容。吳三桂與陳圓圓坐榻旁。王承恩強笑道：「我沒事，不小心累著了，歇兩天就好。皇上今兒召見你了？」吳三桂道：「是。皇上把山海關外的所有兵馬都交給我了。」王承恩讚道：「好好！有關寧鐵騎在，皇太極入不了關！」陳圓圓吃驚地笑了：「公公，您怎麼這麼樂觀？關外雖然有三桂擋著，關內誰擋李自成呢？」

王承恩道：「有有，皇上已經讓兵部尚書李建泰，任平賊大將軍，統領各省官軍，南下剿賊。如此一來，北有吳三桂，南有李建泰，非但京城無憂了，大明失陷掉的江山，也會慢慢的光復！」吳三桂眉頭不展，道：「可是您病了，朝廷塌了半邊天哪。」王承恩道：「歇兩日就好，老夫從沒有好不了的病……」王承恩說著劇烈咳嗽起來。陳圓圓趕緊給王承恩捶背，輕嘆：「您看您，還說！」王承恩緩過氣來，笑瞇瞇地：「老夫瞧見你倆就高興。老夫晚年最美的一件事，就是看見你倆成為恩愛夫妻呀！」

吳三桂笑道：「都是公公成全的。」王承恩又問：「三桂，在京裡多待幾天吧。」吳三桂道：「不行啊，明天就得返回山海關。」王承恩無奈地嘆口氣，忽然醒悟道：「那你倆還待這幹什麼？快回自個府上去！哎喲，良宵一刻值千金哪！老夫別耽誤你們時間……」陳圓圓笑著斥道：「公公說什麼哪！」王承恩連連揮手：「去去，都回去。日子長了，退了敵再來瞧我！啊？……快回去吧！」

吳三桂陳圓圓在王承恩頻催之下，只得起身。吳三桂道：「王公公，您多保重。過些日子，

我再來瞧您。」王承恩連聲：「那是，那是。快走吧！」吳三桂挽著陳圓圓退出房門。

王承恩府大門外，月下，一隻小轎抬著陳圓圓。吳三桂在旁扶轎步行。陳圓圓緊鎖眉頭，忽然道：「停，快停下！」轎子立刻停了。吳三桂貼近轎窗問：「圓圓？」陳圓圓恐懼地伸出手：「三桂，我心裡好害怕……」吳三桂趕緊握住她的手，驚問：「你怎麼了？」陳圓圓的手隱隱發抖，顫聲道：「幾個月來，王公公天天悲傷，甚至偷偷地哭！今天，他怎麼這樣高興哪……」吳三桂沉吟起來。「我看……他是裝的，裝給我們看！」陳圓圓怔了片刻，突然顫聲道：「不好，他要死了！他會自盡！」

吳三桂安慰她：「圓圓，你冷靜點。」陳圓圓急推吳三桂：「他要殉葬，他要死在大明前頭！……我知道王公公，他早就不想活了，要為大明殉葬！三桂，你快跑回去看看！」

吳三桂掉頭飛奔，消失在黑夜裏。陳圓圓則急催轎夫：「快快！快回王府！」小轎掉頭往回急趕。

王承恩府內室，王承恩已經離開了軟榻，著一身灰布長衫，坦然地坐在太師椅上。旁邊案上，擱著一隻小瓦罐。王小巧托著一只盤兒，含淚站在對面。王承恩看看小瓦罐，聲音沙啞：「這罐裡，是老夫五十年前割下的男根兒。太監的規矩——死後要完身入土。你記著把它放在老夫身邊，一同下葬！」王小巧泣不成聲地說：「小的明白。」

「端來吧。」王小巧上前，跪地舉盤。盤中是一盅吉祥酒。王小巧雙手不停地抖動。王承恩

揭開了蓋，露出黑色酒漿。王小巧泣著叫了一聲：「公公……」王承恩厲聲打斷他：「甭勸！」

王小巧低頭飲泣。王承恩一抹雙袖，露出瘦骨伶仃的雙手，伸向那只可怕的酒盅。

王府大院，吳三桂砰地撞開大門，只見剛才空蕩蕩的院子，此時已經跪了一地的太監！他們個個悲哀飲泣，無言地朝屋內叩首，一下，又一下……吳三桂劇喘著看看內室窗戶，那裡正顯現一個身影。吳三桂從跪地叩首的太監闖過去——竟然將他們撞得東倒西歪！吳三桂狂奔過去。

王承恩雙手舉盅，正要一飲而盡的時候，吳三桂砰地撞開門，猛衝進來，劈手打翻了王承恩的吉祥酒。怒吼：「王公公……」王承恩垂頭，看看自己濕了半邊的衣裳，沙啞地悲道：「三桂呀，公公的心早就死了，留一身臭皮囊有什麼用啊……」

這時，陳圓圓也衝進屋了，她撲到王承恩懷裡，痛哭：「公公，我不准你死！……要死，咱們大家一塊死！」王承恩無奈地長嘆：「天意啊，真是天意……」

崇政殿內，皇太極焦急地在殿中走來走去，神情焦慮。莊妃入內，朝皇太極折腰：「皇上。」皇太極站住，沉聲道：「李自成向北京進軍了，前鋒離居庸關不到百里。朕的時間不多了。」莊妃微驚，問：「那麼，皇上召臣妾有何旨意？」皇太極嘆道：「愛妃呀，已經兩個多月了，洪承疇降是不降？」

看到莊妃的表情，皇太極知道洪承疇還是不肯降，不由大怒：「他還是想死？那好，朕……」

莊妃趕緊打斷他：「皇上，洪承疇雖然不降，但他肯定不想死！」皇太極訝然地看著她。莊妃笑道：「洪承疇嘴上雖然說與大明共存亡，可今早晨，臣妾向他請教宋史的時候，天花板掉下一塊塵土，正好落到他袍子上。他趕緊把塵土撣掉，撣得乾乾淨淨。皇上您想，如果有必死之心的人，怎麼會在意那一丁點塵土呢？他愛惜自個！愛惜生活！所有美好的東西，他都捨不得。」皇太極微微點頭：「愛妃說的對。朕願意等……可朕確實沒時間了。」莊妃正色道：「皇上，再給臣妾幾天時間吧，臣妾已經想好主意了。」

皇太極豎起三根指頭：「三天，夠不夠？」莊妃凝神片刻，微笑回答：「只要兩天。」

皇太極驚訝地看著莊妃。

洪承疇腿傷已癒，端坐讀書，讀得津津有味。莊妃在旁沏茶，並且奉至他身邊案上。宮門外忽然喜樂喧天，彷彿有盛大喜慶。洪承疇看看外面，問莊妃：「貴妃娘娘，請問，今天是滿人的節慶麼？」莊妃笑而不答。

洪承疇想了想，不解地問：「臘月裡，會是什麼節慶呢？」莊妃微笑道：「洪先生自己推開門看看，就知道了。」洪承疇「哦」了一聲，起身步向宮門。洪承疇推開宮門一看，大驚。宮外站滿大清文武及滿漢百官。為首者是皇太極。

不等洪承疇開言，皇太極已率領滿眾臣齊齊地折腰施禮：「祝洪先生福如東海，壽比南山！」皇太極賀聲剛落，立刻有樂隊奏起喜慶音樂！洪承疇驚得步步後退：「陛下、陛下……請問何故

如此？」莊妃在旁笑道：「洪先生，臘月初五，是您五十二歲生日呀。皇上領著百官給您拜壽來哪！」

洪承疇驚訝地問莊妃：「娘娘怎麼知道在下生於臘月初五？」莊妃微笑道：「我不但知道您生於臘月初五，我還知道洪家祠堂邊上有三棵千年古柏，還知道您四歲起，就在古柏下折枝做筆，伏地寫字。我還知道您讀得第一本書不是『人之初』，而是《古詩源》……」洪承疇大驚失色：「您、您怎麼知道的？」莊妃依舊往下說：「您二十三歲那年，第一次京考落弟，不是由於文章不好，而是因為文章太好了，卻不合試卷規矩，被主考官埋沒。事後，您雖然名落孫山，但那篇文章卻載入《文選》，傳遍京內外。洪先生啊，我找那篇文章，找呀找，足足找了二十多天，才拜讀到您當年的大作——篇名是《一葉萬古秋》！」

洪承疇滿含眼淚，他看看皇太極，再看看莊妃，顫聲道：「大清肯定能一統天下……肯定能成千古霸業！」說罷，洪承疇慢慢轉向皇太極，屈膝跪下，重重叩首，高聲道：「臣……洪承疇謝恩！」

皇太極望著莊妃，兩人自豪而幸福地笑了。

皇太極與洪承疇步入宮內，但雙方已分明有君臣尊卑之別。皇太極道：「洪承疇請坐。」洪承疇折腰恭敬道：「臣謝坐！」莊妃笑盈盈地為這對君臣沏茶。

皇太極隱含焦慮地說：「朕早就想向洪先生請教，清軍如何才能順利破關，奪取天下？」

洪承疇沉吟道：「臣言語直率，請皇上恕罪。」「洪先生只管直言！」洪承疇道：「臣有三個建議。第一，皇上最好讓李自成先攻北京。」皇太極大為驚訝，問：「為什麼？」洪承疇道：「臣剿賊多年了，深明他們的長短優劣！所謂『成事不足，敗事有餘』，李自成以及他的百萬義軍，有能力打碎一個王朝，卻根本沒有能力重建一個王朝。」皇太極不禁深深點頭稱是，洪承疇又道：「以大明關內的軍力，是擋不住李自成的。一個月內，京城就會陷落。而那時，李自成雖然進了京城，自己也筋疲力盡了，特別是——他自己也興奮過度了！那時候，皇上再揮師南下，便可輕取。」

洪承疇看著皇太極似信似疑的樣子，道：「皇上啊，李自成雖然是賊，但他是漢人。皇上雖然是君，但卻是滿人。漢人之心往往向漢，這對皇上不利。因此，皇上出兵時，最好等大明已經滅亡。皇上就可以用『行天道，剿流賊，為大明復仇』的名義入關。這樣一來，皇上就不是奪取大明王朝，而是除賊護道，也就避免兩萬萬漢人的抵抗！」聽到這裡，皇太極不由大喜驚叫：「先生簡直是天人哪！哈哈……朕最擔心的事叫你三言兩語就解開了。唉，朕現在不急了，不急了！讓他李自成先進北京吧！」

洪承疇又道：「臣第二個建議是，皇上南下進兵時，一定要保護好明朝帝陵，以及各地文廟、書院、祠堂！萬萬不要被兵馬踐踏！李自成他們的一大敗筆，就是搗毀了鳳陽皇陵，搗毀了各地文廟，這就迫使崇禎和滿朝文武、甚至天下學子，都與他們不共戴天！」

「舉兵前，朕必下嚴旨，所有清兵，不准進帝陵一步！不准進文廟、書院的大門！違者，斬無赦！」洪承疇揖：「謝皇上！」皇太極急切地追問：「快，你接著說。」

「臣第三個建議是：當心吳三桂，當心關寧鐵騎！」洪承疇沉吟道，「吳三桂擁有五萬關寧鐵騎，另有十五萬步軍。臣斗膽稟報，關寧鐵騎的戰鬥力，不次於任何一旗八旗軍！他們從組建的那一天起，就流傳著一句戰鬥口號……」洪承疇不語，皇太極追問：「什麼口號？」「關寧鐵騎，天下無敵！」

皇太極一笑：「朕欣賞他們……朕，欣賞備至！」洪承疇道：「如果發生了這種情況——即大清與大順相爭不下時，吳三桂倒向大清，天下就是皇上的。吳三桂倒向大順，天下就可能是李自成的。皇上務必在意。」

皇太極慎重地道：「朕記住了。」洪承疇微垂首道：「臣三個建議，都講完了！」

皇太極跳起來，興奮地來回走：「洪先生哪，你這三議，頂得十萬大軍！不，足足頂得上三十萬大軍！」洪承疇道：「啟稟皇上，臣這三議，不僅是為大清，更是為漢人著想。」「哦？為什麼？」洪承疇沉聲道：「兩萬萬漢人，已經痛苦得太久了……」皇太極微笑著說：「朕懂你意思了。請洪先生放心，朕雖然不是漢人，但朕，一定會建立起一個滿漢一體的大清王朝！」

洪承疇再揖：「誠如此，則是天下之幸也！」

居庸關前，一道長城橫亙，顯要處聳立著一座雄關。漫山遍野的大順軍正在猛烈進攻……城關上，官軍節節敗退，敗退中又拼死抵抗……大順軍戰士們已經衝上箭道，衝上敵樓，他們揮舞著刀矛，兇猛地追殺守軍，衝在最前頭是大將軍劉宗敏！

山坡上，李自成高居駿馬，神情嚴肅地眺望遠處戰況。旁邊陪伴著黃玉。

崇禎十七年三月十三日，居庸關被大順軍攻克。至此，北京城向李自成敞開了大門！

銅鐘敲響，噹噹噹……乾清宮玉階上，眾臣在鐘聲中匆匆入朝。一路上，他們個個神情慌亂，彼此交頭接耳……崇禎已經在乾清宮龍座坐不住了，他站在丹陛上，跺足朝下面縮頭縮腦的大臣們吼道：「說啊，朝廷如何退敵？朕應該怎麼辦？」眾臣驚恐互視，一籌莫展，無人敢出聲……

崇禎怒罵：「酒囊飯袋，一無所用……」崇禎恨恨地踱了幾步，忽然恨聲道：「袁崇煥要是活著，絕不會像你們這樣無能！洪承疇要是在這，肯定有退敵良策！」眾臣像是受到巨大污辱，一下子驚呆了。半響，一老臣出班，冷冷揖道：「啟稟皇上，如果臣沒有記錯的話，袁崇煥可是個國賊，被皇上千刀萬剮了。洪承疇可是個降將，他棄明降清，淪為皇太極的奴才了……」

崇禎衝那個大臣怒喝：「住口！你們哪……你們連國賊、降將都比不上！」

眾臣大驚，呆怔不動。過了一會兒，一個大臣跪下，又一個大臣跪下……接著所有的大臣都跪下了，他們憤怒、悲哀、傷心、流淚，卻又個個啞口無言。

崇禎跺足：「不服麼？不服就拿出主意來！」一臣膝行幾步，出班，含淚揖道：「臣，叩請皇上……與皇太極媾和。」崇禎慘笑一聲：「好好……現在想媾和了！半年前，楊嗣昌暗中媾和，不就是被你們拖出去的麼？你們連拖帶打，連朕都救不了他。」那臣子慚愧，低著頭，又膝行而退。

另一大臣膝行出班：「啟稟皇上，臣，臣斗膽建議……建議……」這臣工竟不敢說了。崇禎氣道：「建議什麼，說吧！」大臣再叩首，壯膽道：「臣建議後宮嬪妃，領著皇太子遷都南京。」

崇禎驚訝地問：「朕呢？」大臣再一次叩首：「皇上乃大明天子，當親臨午門，率文武將士，共同堅守京城，血戰到底！」崇禎呆了，半響醒過神來，惡聲惡氣地：「這就是說，太子南撤，保留一個大明儲君。朕與北京城一起玉碎！不錯……是個辦法！」大臣膝行而退。

崇禎沉吟片刻，突然怒叫：「不！朕不遷都，不媾和！朕要置之死地而後生！天助大明，必有勝算！」

眾臣響起一片膽怯而虛弱的回聲：「皇上聖斷……」

一個兵部侍郎慌亂地奔入宮，拜倒在崇禎面前：「皇上，皇上……」這臣工看看四周眾臣，不敢說。崇禎斥道：「說啊！……你就當著滿朝文武的面，說！」侍郎顫顫地奉出一幀文書，恐懼地：「偽大順軍前鋒……權將軍劉宗敏，派人送來最後通牒……」

崇禎一驚，半天才吐出一個字：「念。」侍郎看一眼文書：「啟稟皇上，這上頭只有一行

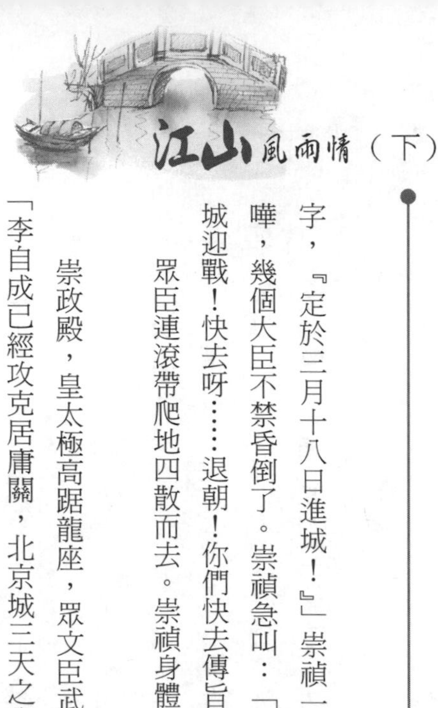

字，『定於三月十八日進城！』」崇禎一翻眼，明白了，大聲驚叫：「後天……」眾臣一片大嘩，幾個大臣不禁昏倒了。崇禎急叫：「傳旨，著所有御林軍、錦衣衛、太監、百姓……統統上城迎戰！快去呀……退朝！你們快去傳旨！」

眾臣連滾帶爬地四散而去。崇禎身體一軟，癱倒在丹陛上，呼呼地喘息。

崇政殿，皇太極高踞龍座，眾文臣武將排立。洪承疇也在班內顯著位置。皇太極威嚴地道：「李自成已經攻克居庸關，北京城三天之內就會陷落。朕決定，明日舉兵！」眾文武轟雷般齊聲喝道：「喳！」

皇太極厲聲道：「禮親王代善。」年邁且雄壯的代善出班揖道：「臣在。」

「著你率正紅、鑲紅兩旗，進軍京郊順義縣。待命出擊。」代善昂聲道：「臣領旨！」

「睿親王多爾袞。」多爾袞出班揖道：「臣在。」

「著你率正白、鑲白兩旗，及漢軍上三旗，繞過山海關，直趨京郊通州，待命出擊。」多爾袞道：「臣領旨！」

「肅親王豪格。」豪格出班：「臣在。」

「著你率正黃、鑲黃兩旗，及蒙軍下五旗，直抵山海關，狙擊吳三桂！記著，吳三桂如不出兵，你不必攻城，吳三桂如敢出兵，則不得讓他前進一步！」豪格高聲應道：「臣領旨！」

皇太極莊嚴地巡視一下眾臣，道：「朕親率正藍、鑲藍兩旗，並漢軍下五旗，以及六部大臣……還有洪先生，於後日黎明出城，御駕親征！」所有文武大臣齊聲應道：「喳……」

皇太極喜悅地步入永福宮內室，抬腿坐到炕上，捶著自個腿兒歇息。莊妃笑盈盈而上：「皇上，明兒一早就御駕親征了，怎麼著，把臣妾扔下就走啦？」皇太極笑道：「愛妃，甭抱怨。這回，朕不能帶你去。」莊妃不悅道：「臣妾什麼時候給皇上添過麻煩?!」皇太極道：「不是。朕的意思，是讓你留下主持後宮！還有糧草、醫藥、服裝方面的事，你也得幫助內臣們料理料理，不能都走空了。」莊妃笑道：「好嘛，皇上抓臣妾的差，讓臣妾打起雜來了！」

「能者多勞嘛，辛苦你了。」皇太極瞅莊妃一笑。莊妃折腰，嬌聲道：「臣妾……遵旨！」皇太極高興地說：「朕想啊，長則一個月，短則二十天，咱倆就又見面了。不在這，在紫禁城裡的坤寧宮！朕說過，要把坤寧宮送給你！」莊妃大喜道：「皇上還記著？」皇太極道：「當然，你是朕的大功臣，是朕的那個誰誰……（皇太極回憶）對了，是朕的呂后！」莊妃「咯咯咯」笑彎了腰：「謝皇上……臣妾不想當呂后，臣妾只想做一輩子皇上的愛妃。」

皇太極滿足地：「愛妃，趕快替朕溫一碗酒來喝。」莊妃道：「皇上稍候……」莊妃應聲匆匆離去。皇太極坐炕上，微笑著打量著屋裡的一切，似是要與之告別……突然間，腦內一陣劇痛襲來，他渾身僵硬，手足抽搐，過了一會，抽搐停止。而皇太極再也一動不動了，但臉上還帶著最後的微笑……

莊妃端著一碗熱乎乎的酒，笑盈盈地過來：「皇上請用……皇上？」莊妃猛地看見皇太極異樣地端坐在炕上，便呼喚幾聲：「皇上……皇上……」死去的皇太極一動不動。莊妃手的酒碗落地，她發瘋地撲到皇太極身上：「皇上……皇上……皇上啊……」

傑出帝王皇太極，就在他萬事具備，天下唾手可得時，卻「端坐南炕，無疾而終」。時年五十歲。

第二十七章

洪承疇內室，案上鋪大幅宣紙，洪承疇站在書案前，興致勃勃地提筆寫大字。

忽然間，宮外天空響起一片沉重的悶雷，轟隆隆！……洪承疇略怔，看向窗外，一陣猛烈的寒風將案上紙頁吹得亂抖。洪承疇上前關窗，當他剛要拉緊窗戶時，悶雷聲止，一陣白光劃過天空。接著，天地響起淒慘的鼓號、哀樂，和各種各樣的悲聲……

洪承疇驚訝奔向房門，迎面碰到一位滿族白頭老宮女，他喝問：「出什麼事了？」老宮女泣道：「洪大人，皇上……龍馭歸天了！」洪承疇大驚，一下子就呆在那裡，怔了許久，這才跺足長嘆：「完了，完了！關內本來就是天下大亂。這下子關外也要天翻地覆了……」

洪承疇強自冷靜下來，再問：「貴妃娘娘呢？」老宮女泣著回道：「不知道……宮裡亂成一鍋粥了，都在哭！誰也找不著誰，小福臨也不見了……」老宮女裡外望望，急急欲去。洪承疇忽想起什麼，壓低聲音急道：「你等等！我問你，皇上生前，有沒有留過遺旨？立過儲君？」老宮女怔著：「儲君？」洪承疇解釋道：「就是太子！」老宮女明白了：「哦，洪大人是問太子爺啊……」老宮女回憶著，搖頭：「沒有。」

「真的沒有？」洪承疇不信，他且提醒且追問：「皇上有那麼多個皇兄、皇弟、皇阿哥，還有那麼多個親王、郡王、貝勒爺！他們當中，就沒有一個人被立為太子?!」老宮女肯定地搖頭：「沒有，沒有！」洪承疇表情近乎絕望，衝老宮女點點頭：「謝了，你忙去吧。」老宮女左右巡視著，口中呼喚著：「福臨哎，九阿哥！你在哪啊？福臨，九阿哥……」老宮女且喚且走，離去。

洪承疇猶豫著，慢慢走向大門。在門前又忽然駐足，停了下來，沉思。他心想，這是人家滿人的事，我一個漢臣萬萬不能攪進去，稍不慎，就會粉身碎骨……洪承疇退回書案前，繼續提筆寫大字。但是，他手中粗筆微微顫抖……

窗外，悶雷又響，轟隆隆……雷聲中夾雜著一陣駿馬的鐵蹄聲，駿馬從窗口急馳而去。洪承疇仍強迫自己寫字，但手中粗筆抖得更厲害了。窗外又傳進軍士們整齊而沉重的腳步聲，其中夾雜著因金屬相碰而發出的鏗鏘之聲！洪承疇的毛筆在宣紙上落下醜陋墨團……

洪承疇長嘆一聲：「皇上歸天了，我這個降臣能躲在這寫字畫畫嗎？這能躲多久，這能躲得過去嗎……」洪承疇終於扔掉筆，朝房門走去。

崇政殿已經成為一座巨大靈堂，裡面燭火堂堂；外面排立數十侍衛，左手按刀，右手各舉一支火把，燦爛奪目！

一座棺槨聳立正中，無數白幛、輓巾、香燭……簇擁並且幾乎埋沒了它！棺槨一側，跪著皇太極眾兄弟、眾阿哥，及眾郡王、眾貝勒。棺槨另一側，則跪著皇太極的眾嬪妃。莊妃位置顯著，九阿哥小福臨跪在她身邊。棺槨下面到殿門外，都跪滿了滿漢大臣……所有人都身纏重孝，沉重叩首，悲傷飲泣。特別是那些嬪妃，尤其是莊妃，更顯得悲慟欲絕，慘不忍睹！

洪承疇著孝衣，隻身接近崇政殿。接著，悄悄在不顯眼處跪了下來，嚴肅地朝棺槨叩首。泣聲、哀樂、祈禱、木魚……喪儀雜併著滿漢傳統。

突然響起猛烈的馬蹄聲，一騎飛至殿前。渾身戰甲的豪格跳下馬，大步狂奔，衝進了崇政殿。他根本顧不上解甲，就一頭撲倒在棺槨前面，發瘋般地狂叫著：「皇阿瑪！您怎麼就走啦……兒臣回來了……皇阿瑪看兒臣一眼哪……」豪格的痛苦狂呼，頓時激起滿堂悲聲，所有人都洶湧澎湃痛哭痛叫：「皇上啊……皇上啊……」一個內臣急忙上前，雙手取下豪格的頭盔，替他戴上白帽，再將一方孝衣，披到他閃閃發亮的戰甲上。豪格渾然不察，仍在大放悲聲！

洪承疇身邊的兩個內臣，一邊叩首，一邊低聲竊語：「哎，知道不？大阿哥帶回了三千甲士！」另一臣驚道：「是嗎，為什麼？」「聽說，是為了護靈……」竊語聲音漸低。洪承疇像沒有聽見一樣，依舊滿面悲傷哀悼之狀。

突然，又響起更多更激烈的馬蹄聲。……一騎飛至殿前，多爾袞翻身下馬，他也是渾身戰甲，狂奔入殿，一頭撲倒在棺槨前面，重重叩首，瘋狂地悲呼：「皇上啊，臣弟來遲了！……皇上啊，臣弟正等著您御駕親征哪，您怎麼就走了……天哪！皇上啊……」多爾袞的痛苦狂呼，又激起滿堂悲聲。所有人再一次洶湧澎湃痛哭痛叫：「皇上啊……皇上啊……」一內臣再次匆忙上前，雙手取下多爾袞的頭盔——頓時，滿頭汗水嘩嘩淌下，那顆頭顱簡直就是蒸籠！內臣替多爾袞戴上白帽，接著再把一方孝衣，披到他閃閃發亮的戰甲上。多爾袞渾然不察，仍在大放悲聲！

多爾袞旁邊不遠，跪著豪格。叔侄兩個，一個狂呼「皇上、皇上！」另一個狂呼「皇阿瑪、

皇阿瑪！」兩人悲聲交替呼應，像在進行悲痛競賽，一個比一個悲得更狠，一個比一個叫得更響！洪承疇身邊的兩個內臣，再一次邊叩首邊竊語：「哎，我聽說，睿親王也帶回了三千甲士！」另一內臣驚訝：「怎麼，也要護靈呀……」兩內臣聲音漸低。洪承疇都聽在耳裡，心裏很亂，然而，他只是輕輕嘆息一下，叩首如儀，臉上除了悲傷哀悼什麼也看不出來。

突然間，殿外響起無邊無際的激烈馬蹄聲，像有千軍萬馬湧來了……鐵騎們直衝到殿前才驟然駐足，結果激起大片尖銳的馬嘶聲！一騎跳下，正是禮親王代善。他也是渾身戰甲，但他並沒有狂奔入殿，而是站在原地，望了望殿內，然後才邁開沉重的腳步，一步，一步……慢慢走入殿中。代善的每一步，都激起全身戰甲的輕微碰撞之聲！

原先大海狂濤般的崇政殿，忽然變得沉寂下來，只有隱隱約約的抽泣之聲。代善步至多爾袞與豪格當中，雙腿撲嗵一聲跪下，雙目呆直，死死盯著面前的棺槨，似乎不敢相信皇太極真的死去了。那內臣再一次匆匆上前，雙手極小心地取下代善的頭盔——頓時，顯出一顆雪白的頭顱（代善年過六十，是皇太極之兄），汗水嘩嘩淌落！內臣再將一方更大的孝衣披到代善閃閃發亮的戰甲上。這孝衣，顯然比多爾袞和豪格的孝衣規格更高。

寂靜無聲中，痛苦的代善驀然昂首，怒睜雙眼，張開巨大的口腔，他似乎要發出空前絕後的、雷霆般巨吼——但誰也沒料到，他只發出一聲老人般輕悠痛苦的長嘆：「唉……」可這聲老人的長嘆，卻激起滿殿更為洶湧澎湃痛哭痛叫：「皇上……皇阿瑪……皇上……」崇政殿進入痛

苦的巔峰狀態！

洪承疇又聽身邊那兩個內臣在竊語：「哎，禮親王帶回的可是六千甲士！」另一臣大驚失色，顫聲：「又是護靈呀?!……唉，護靈！」洪承疇深深垂首，微微發顫。心想：停屍不顧，束甲相爭！我們漢王朝層出不窮的宮廷悲劇，就要在清王朝上演了……

肅親王豪格府內外，兵戈林立，如臨大敵。客廳裡，或坐或立地聚集著正黃、鑲黃旗下的八大臣：圖爾格、索尼、鰲拜等。都身著孝衣。

豪格憂慮地道：「皇阿瑪突然仙逝，沒有留下任何遺囑。而大清又不可一日無君，你們說吧，我該怎麼辦！」圖爾格奮然道：「大阿哥既是皇長子，又跟隨先皇廝殺多年，戰功卓著，當然應該繼承皇位。」眾臣都紛紛稱是。

鰲拜哼了一聲道：「據臣看，代善和多爾袞這兩個皇叔，也想謀取大位呢。大阿哥，你不可不防！」老臣索尼沉吟道：「不但代善和多爾袞想爭位，我看啊，多爾袞三兄弟、阿齊格、多鐸，個個想爭位。他們很可能援引祖宗慣例，說什麼『兄終弟及』，既然皇兄仙逝，就該著臣弟即位了。」

豪格沉聲道：「先皇曾親口跟我說過，『兄終弟及』這一套太原始了，早該淘汰。先皇承繼皇太祖努爾哈赤大位的時候，就不是『兄終弟及』，而是『子承父位』！」鰲拜激動道：「有這句話在，那就是先皇遺囑啊！」豪格一嘆：「可惜，皇阿瑪並沒有把它寫進任何詔書裡啊……」

索尼淡淡一笑，隨即正聲道：「但是，先皇正是樣做的啊！所以，咱們應當以先皇為法，堅持『子承父位』，誰敢不從，那可是既玷污了太祖爺，又悖逆了先皇，大逆無道啊！」眾臣紛紛讚嘆，衝索尼翹大拇指：

——好好！

——索尼老謀深算。

——如此一來，大阿哥師出有名，必勝無疑！

豪格微笑了，隨即又沉聲：「據報，睿親王多爾袞帶回來三千鐵甲兵士，禮親王代善帶回來六千！看來，他們恐怕有動武爭位之心！」眾臣一下子沉默了。片刻，鰲拜切齒道：「先皇屍骨未寒，多爾袞就想衝我們下刀了！大阿哥，您說句話，殺就殺，幹就幹，臣絕不手軟！」圖爾格道：「他們既然調回兵馬來了，我們乾脆把正黃、鑲黃二旗都調回來！」索尼沉吟道：「你調兵，人家也會調啊！按實力估算，代善親領正紅、鑲紅二旗；多爾袞掌管正白、鑲白二旗；大阿哥握有正黃、鑲黃二旗，比他們四旗兵力稍弱……」

圖爾格爭辯道：「不！鑲藍旗會成為我們的盟軍，旗主鄭親王濟爾哈朗，一直擁戴大阿哥。」豪格也道：「此外，蒙軍八旗也會聽我的！我兼管戶部多年，一向照顧他們的軍餉。」鰲拜喜道：「著哇！咱們一點不比他們弱，軍力上還占上風吶。大阿哥，你下令吧！」豪格沉聲道：「我想問你們一聲，你們是不是鐵了心推我即位？」圖爾格大聲道：「鐵了心！」索尼道：「大阿哥如不即位，我等都性命難保！」鰲拜發誓般道：「大阿哥非當皇上不可，誰敢說不，臣劈了他！」其餘眾臣都朗聲應道：「臣萬死不辭！」

豪格感激地一笑：「謝了！聽著，我已決定，不惜一切代價，也要繼承皇阿瑪皇位！」

多爾袞府門外也是侍衛林立，戒備森嚴。不時有快騎馳來，文臣或武將跳下馬，匆匆入內……

大堂上，睿親王多爾袞傲然挺立，背著雙手，掌中握著兩隻銀閃閃的鐵球，嘎嘎地轉動。堂下跪了一片兩白旗文臣武將。多爾袞的弟弟多鐸跪在前頭，而他的哥哥阿濟格則坐於側……所有人都在苦勸多爾袞晉位。

阿濟格厲聲道：「多爾袞哪，你、我、多鐸三個同胞兄弟，數你最有本事！你小時候，太祖爺努爾哈赤就最喜歡你，十四歲，就讓你協助他掌管全旗，太祖爺臨終時，原本要立你為大汗，卻被皇太極奪去了汗位，之後又把汗位變成皇位！現在，皇太極歸天了，皇位應該歸還給你了。你這時不取，更待何時?!」

多爾袞沉聲道：「皇太極待我們三兄弟不薄，我們對他更是忠勇。皇太極如果留有遺囑的話，無論立誰，我斷然遵旨。可現在，唉，他連句話也沒說，就撒手走了……」多鐸垂泣，痛聲道：「哥！還記得咱娘烏拉娜是怎麼死的嗎?!」多爾袞劇痛般地抽搐一下，無語，卻流淚了。這是宮裡最忌諱的事，十七年來無人敢說。太祖爺仙逝的時候，多爾袞親娘烏拉娜是大妃，最受太

祖爺寵愛，掌管著後宮事務。可太祖爺入陵那天，烏拉娜被迫生殉。她被一根紅綢子捆住手腳，活活地關進太祖爺的皇陵裡……多鐸垂泣道：「你們知道是誰下的命令嗎？」眾臣驚訝互視，俱無回聲。多鐸怒叫著：「皇太極……」眾臣驚呆，接著沉痛地叩首。

多爾袞流著淚對眾臣道：「那一年，阿濟格十六、我十五、多鐸才四歲，我們一下子沒了爹也沒了娘！我們靠誰呢？只能靠新即位的大汗皇太極。皇太極吶，也對我們三兄弟恩寵備至，不斷的獎拔我們，還讓我掌管了兩白旗兵馬，兼領吏部。但我們都知道，這是皇太極的恩威呀！這都是咱親娘的命換來的呀……」多鐸痛叫著：「皇太極欠咱娘一條命，還欠咱兄弟一個皇位！」阿濟格道：「睿親王如不能即位，當年悲劇就會重演。兩白旗王公、大臣，今後的日子也會一天比一天難過！」眾臣悲憤地齊吼道：「請睿親王示下！」

多爾袞沉聲道：「我還是那句話，皇太極如有遺囑，那無論立誰，我都斷然遵旨！如果沒留遺囑，那我為祖宗江山，為了大清的千秋大業，我……」多爾袞突然語止，手中轉動的鐵球也嘎然而止，他看一眼阿濟格。阿濟格大喝一聲：「繼承皇位，非多爾袞不可！」眾臣也隨之大喝：「繼位！繼位！」多爾袞沉聲道：「都起來吧，坐！」多鐸與眾臣起身，上前就坐。

多爾袞道：「你們聽著，想爭位不只是肅親王豪格，只怕還有禮親王代善，他暗中帶回來六千甲士！」多鐸氣道：「請王爺下令，我們立刻把兩旗兵馬全召回來。正藍旗也會站在王爺這邊。」多爾袞搖搖頭：「不到萬不得已，我不願意舉刀兵。但是，如果武力爭鬥勢不可免，我們也要以死相拼！」

這時候，外面匆匆奔入一個侍衛，朝多爾袞叩道：「王爺，禮親王代善派人捎信來，請各位親王各派一位代表，前往三官廟議事。」多爾袞喝問：「議什麼事？」「禮親王說，是關於護靈的事。」多爾袞冷笑道：「護靈只不過是個托辭，實際上是想摸一摸各親王、旗主的底。」

阿濟格起身道：「王爺，我去吧。」多爾袞點點頭：「有勞大哥了。」

三官廟門外也是火把熊熊，侍衛林立，阿濟格與索尼的兩匹馬幾乎是同時馳到，兩人同時下馬，互瞪一眼，都不說話，朝廟門走去。入門時，這兩人又各不相讓，肩膀相互擠了一下，只得同時進入。……

廟內聳立巨大的金鋼塑像，威風凜凜，令人望而生畏！金鋼像下，當中一隻蒲團，端坐代善。兩旁分設多隻蒲團，盤腿坐著各親王的代表。

阿濟格與索尼入內，一言不發地走向最靠近代善身邊的兩隻蒲團，分別落座。

代善巡視眾人，沙啞地道：「先皇驟然仙逝，大清卻不可一日無君。我們哪，閒話少說。先皇的靈柩，三天後就要起行。由誰來統領所有的王公大臣拜靈、主祭，請大夥議一議吧。」

索尼坐著一揖：「如果在下沒有理解錯，禮親王的意思是，由誰拜靈主祭，誰就會是繼位之君。是麼？」代善無語。所有人皆無語。顯然，大家都默認這個意思了。

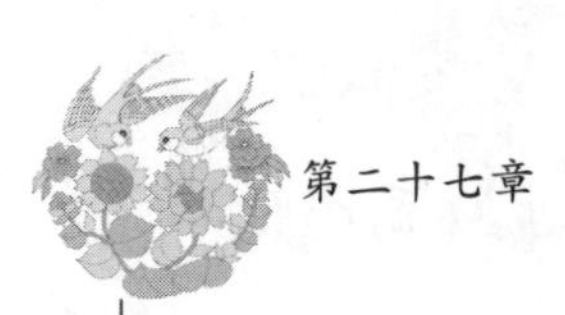

沉默片刻，一大臣揖道：「正紅、鑲紅兩旗的王公大臣們商議過了，禮親王代善德高望重，早在太祖爺時就位居四大貝勒。先皇當朝時，又是諸親王之首。因此，兩紅旗竭誠擁戴禮親王代善拜靈、主祭！」

阿濟格揖道：「禮親王領銜主祭，在下並無意見。但是，禮親王畢竟年高，祭靈之後又繼承大位的話——在下斗膽——那就不太妥當了！兩白旗大臣與在下都認為，無論是從『兄終弟及』的祖例而言，還是從對大清的功勛而言，睿親王多爾袞都應該繼承大位！」

索尼一揖，怒道：「先皇生前就說過，『兄終弟及』太原始，應當『子繼父位』。先皇登基時，就是以太子之尊繼承太祖爺大位的。先皇此例，就是大清律！兩黃旗王公大臣，力主肅親王豪格以皇長子之尊繼承父皇之位！」

阿濟格剛要爭執，代善揮手制止。嘆道：「不必多說了。請大夥來，就是讓你們帶來各家親王的意思。同時呢，也讓各家親王明白別家親王的意思。只要都明白了，也就行了！」

眾人沉默，一時不知說什麼好。

代善沉聲道：「請你們把本王的意思帶給各家親王。本王建議，明兒一早，各位親王、各旗旗主、六部尚書、及所有一品大臣，聽長管為號，都到崇政殿來。以諸王公大臣當廷公議的方式，推舉繼位之君。你們覺得，這樣行嗎？」眾人沉思片刻，紛紛揖道：「遵命。」

代善沉重地說：「本王還要請各位帶一句話回去。眼下，各方雖然勢成水火了，但萬萬不可動刀兵！誰動武，誰就是大清的罪魁禍首！」

眾人齊聲應道：「喳！」

盛京城，響起一陣遙遠的長號：嗚嗚嗚……盛京城的凌晨薄霧裡，彷彿險象環生，殺機四伏。突然間，各個大小路口，忽然奔出了一列列的重裝甲士，他們個個頭戴銅盔、腰佩戰刀，手執長矛，步伐整齊地奔過……

甲士消失了，又出現一隊隊騎士。在陣陣鐵蹄聲，騎士們奔馳而過。

遠處的長號聲更沉重也更響亮了：嗚嗚嗚……

崇政殿玉階，由遠及近，直到崇政殿大門口，都是衛士林立，刀矛閃爍。玉階上，四個滿族壯漢，執粗長的號管，仰天吹出悶雷般吼聲：嗚嗚嗚……

號聲中，眾親王、旗主、尚書、大臣……各身著孝衣，依序步上崇政殿玉階。代善、多爾袞、豪格等顯要走在最前面。

入門前，所有的人都主動解下佩劍或戰刀，放在門畔案上，再邁入門檻。漸漸地，佩劍與戰刀越堆越高……

殿內擺設一排排蒲團，眾王公大臣走到各自的蒲團前，跪下。

內臣一聲唱喝：「拜祭先皇之靈！」眾王公大臣們整齊地朝棺槨一叩、二叩、三叩。

內臣再唱：「再拜！」眾王公大臣再次朝棺槨一叩、二叩、三叩。

內臣三唱：「三拜！」眾王公大臣第三次朝棺槨一叩、二叩、三叩。

內臣正聲唱喝道：「公議立君，現在開始……」唱罷，此內臣垂首折腰退下。

殿內死一般寂靜，猶如火山爆炸前的沉寂……

代善從最前面的蒲團上起立，轉身巡視眾人，沉聲道：「先皇龍馭歸天了，大清不可一日無君。今日，眾王公、大臣、旗主都來了，讓我們在先皇棺槨之下，當著祖宗在天之靈，竭誠推舉大清繼位之君！」

沉寂片刻，豪格看一眼索尼，索尼立刻起身，朝眾臣高聲喝道：「肅親王豪格是皇長子，又為大清立過赫赫戰功。肅親王繼承先皇之位，順天理、合祖律、得人心！日後，必定成為大清王朝一代聖君！」

索尼話音剛落，一王公起身呼應：「正黃旗全旗大臣，衷心擁戴肅親王豪格繼承皇位！」另一王公也起身喝道：「鑲黃旗全旗大臣，也推舉肅親王繼承皇位！」再一王公起身：「鑲藍旗全旗大臣，贊同肅親王繼承皇位！」

豪格聽著，臉上掠過一絲喜色。

多爾袞不動聲色，斜眼瞟一下阿濟格。於是，不但阿濟格起身，連多鐸也跟著跳了起來，兩人聲音交相呼應著，開始為多爾袞爭位。阿濟格道：「睿親王多爾袞無論是文武韜略、還是政績與戰功，都遠在肅親王之上……」多鐸搶過話頭道：「天聰十一年，太祖爺臨終前，原本就想立睿親王為大汗的……」阿濟格指著棺槨，搶著道：「後來先皇繼位了，也是天意。但睿親王二十年來忠勇如一，輔佐先皇，從不敢懈怠……」多鐸也指著棺槨，道：「現在先皇歸天了，睿親王繼位，只能算是還位於睿親王……」

一王公跳起：「正白旗全旗大臣，竭誠推舉睿親王繼承皇位……」又一王公跳起：「鑲白旗全旗大臣，也衷心擁戴睿親王繼承皇位……」

豪格氣得變色，多爾袞卻平靜自若。這兩人都是聽任部屬親信大動干戈，自己卻一言不發。殿內的火藥味已經越來越濃，一顆火星就能引起爆炸！

盛京城交岔路口，巷道裡突然衝出一隊重甲士兵，朝崇政殿方向急奔。

那隊甲士沒奔出多遠，前面的巷道突然奔出另一隊重甲士兵，將大道攔腰截斷，並且步步逼近。幾乎是同時，雙方的重甲士兵都「刷」地拔出了戰刀——整個大道立刻成為閃閃發光的刀陣！雙方甲士們怒視著對方，兩排刀鋒越逼越近……

突然，在雙方漸窄的空隙中，衝進一列鐵甲騎兵，他們用身體、用馬體，將兩邊的刀鋒隔開。雙方的重裝甲士隔著騎兵，仍在橫刀怒目，虎視眈眈！……

……爭執聲中，豪格再也忍不住，突然跳起來，指著阿濟格怒斥：「本王是皇長子，理應繼承皇位。現在先皇屍骨未寒，你們就膽敢悖逆先皇，膽敢篡位麼?!」阿濟格還沒開口，多鐸已經衝上前，怒叫：「篡位之人是你！大清皇位應該還給多爾袞！」索尼不顧一切衝上去，猛推多

鐸。只聽嘩啦一聲，多鐸的孝衣撕破了，露出衣內的金屬。原來，多鐸孝衣下面，竟然穿著一身鎧甲。

索尼見狀，故意驚叫：「不好，多鐸要動武哪！……快來人！」眾臣立刻大亂，紛紛起身。門外嘩嘩地衝入一隊鐵甲伏兵，刀鋒直逼多爾袞他們。

多爾袞怒叫：「來人！」門外嘩嘩地又衝進一隊更多的鐵甲伏兵，刀鋒直逼豪格一方。大批的弓弩手從四面八方湧來，紛紛張弓搭箭，箭尖直指崇政殿內……

代善眼看叔侄之間的血戰就要發生，暴怒之下，跳到多爾袞與豪格之間，厲喝：「住手！」這時候，尚未表態的中間派王公大臣也急忙跑上來，把多爾袞、豪格他們死死抱住，泣聲苦勸：「住手，住手……先皇靈前，萬萬不可放肆……」在代善不停的怒喝聲裡，在眾王公大臣連拖帶拽下，雙方總算被拉開了一段距離。但是，殿內已經一片狼藉，連棺槨上下的輓幛、香燭等物，也都碎爛了。

代善朝衝進殿的甲士們怒喝：「退下！」甲士們猶豫片刻，看了看各自主子一眼，漸漸退出崇政殿。

殿外，眾多弓手也鬆馳了強弓大弩，收身，提著弓與箭，警惕地散去。

雙方的王公大臣又重歸蒲團而坐，但都是怒火滿腔，勉強控制著自己。代善嘆口氣道：「這樣吧，本王建議，公議立君的事，暫停兩個時辰。大家先回去，喝點水，消消氣，冷靜下來好好想一想。兩個時辰之後，還是以長管為號，大家再來商議。你們看，行不行？」

中間派的王公大臣紛紛大聲道：「遵命……遵命……」

多爾袞和豪格兩方的人也陸續應聲道：「行啊……行啊……」

眾人起身，紛紛走出殿外。

莊妃一身重孝，苦悶地獨坐宮中，發呆。僅僅兩天時間，她已明顯蒼老許多！老宮女領著披麻戴孝的四歲福臨入內，稟道：「娘娘您看，昨兒跪了大半響，把九阿哥的膝蓋都跪腫了！您看哪……」老宮女撩起福臨褲腿兒，讓莊妃看。福臨兩隻小膝蓋，果然是又紅又腫。莊妃傷心地：「可憐的兒！……到娘這來。」福臨一歪一歪地走近，隨即撲入莊妃懷裡，偷偷地抹淚，卻強忍著不哭出聲來。

老宮女心疼地：「娘娘啊，明兒出殯，九阿哥不去了成不？就說他病了嘛。」莊妃驚斥道：「那麼成？就是跪斷了腿也得去！」老宮女嘆息：「小小娃兒，要被折騰死了……」莊妃斥道：「別說了，這才剛開頭，苦日子還在後面！」老宮女嘆息退下，半道上，莊妃突喚：「王姥姥，瞧見洪大人沒有？」老宮女尋思著：「好像在林子裡讀書。」莊妃低聲說：「去請他來。哦……你記著，如果還有別人在場，你什麼話都別說，回來算了。」

老宮女應聲退下。莊妃陷入沉思。

林間，洪承疇手執詩卷，卻並沒有讀，一路走，一路發呆。老宮女左窺右探地過來，小聲

道：「洪大人哪，莊妃娘娘請您去。」洪承疇一怔，警惕道：「請我幹什麼？」「老奴不知道。」洪承疇沉吟片刻，問：「娘娘怎麼說的？」老宮女尋思著：「哦……娘娘讓老奴記著，要是還有別人在場，就什麼話都別說，趕緊回去。」

洪承疇噗哧笑了：「這句話你不能說！」老宮女不解：「可是……這兒沒有別人在場啊。」洪承疇苦笑笑：「你回去吧。就說我奉旨。」

洪承疇步入宮中，朝莊妃揖道：「臣洪承疇，拜見莊妃娘娘。」莊妃直盯盯看著洪承疇，單刀直入：「洪大人，我害怕。」洪承疇沉聲道：「這種時候，誰都會害怕。包括在下。」「但你不會死！而我和福臨，鬧不好就會死。」洪承疇佯作驚訝：「娘娘過慮了吧……」

莊妃搖搖頭：「十七年前，太祖爺歸天，大妃和辰妃被迫殉葬！大妃是太祖爺最寵愛的妃子——就像先皇待我一樣。而辰妃是我親姐姐！」洪承疇吃驚地問：「怎麼，你們姐妹二人嫁給了……」莊妃打斷他的話：「嫁給了父子兩代皇帝！這在漢人那裡不可思議，在滿族很普通。洪大人，我雖然不怕死，但我不願意死。特別是，一旦我死了，四歲的福臨就成了孤兒。」

洪承疇明白了，道：「臣直說了吧，我非常想幫助娘娘，但我是個漢人，無法相助啊。」莊妃也直言道：「我請你來，就是想問問，你們漢人碰到我這種情況，應該怎麼辦？」洪承疇望望兩邊，猶豫。莊妃直接了當地說：「宮內無人，隔牆無耳！洪先生可以想啥說啥，請救救我們母子吧。」

洪承疇沉聲道：「這種情況下，躲是躲不掉的，只有爭！爭一個魚死網破！」「怎麼爭?!」洪承疇道：「禮親王、睿親王、肅親王，這幾人誰待你最好？」莊妃一下子臉紅了，支唔著：「都還行……但是，睿親王多爾袞待我最好。」洪承疇追問：「怎麼個好法？」莊妃更羞了：「這……這……」

洪承疇一揖：「娘娘，臣告退了！」洪承疇轉身欲走，莊妃起身喝令：「站住！」洪承疇轉身直視莊妃，等待著。莊妃無奈，垂首低語：「有一天，在後花園，我失落了一方香帕。當我回去尋找時，看見……看見睿親王正在……正在癡癡地聞著它……」「先皇知道這件事嗎？」莊妃道：「我怎麼敢說呢……先皇一點也不知道！」

洪承疇乾脆地道：「娘娘做的對。睿親王對你有情，你對睿親王有恩。」莊妃看著洪承疇，似乎有些明白了：「那我……」「立刻給睿親王寫信，請他秘密相見。請娘娘相信，他不但會幫助你，而且也有力量幫助你！」

莊妃思索片刻，馬上走到文案前，取過一張花箋，提筆就寫。洪承疇卻走到案旁，伸手從衣物筐裡拿出一方雪白的香帕，遞給莊妃：「娘娘，您應該寫在這上面。」莊妃大驚，面紅耳赤，囁嚅：「這、這、這豈不是……」洪承疇冷冷地：「這才是最好的救命符！」

莊妃手顫抖地接過香帕，而洪承疇立刻轉身出宮。

洪承疇剛剛步出永福宮，突然衝出三四個甲士，不等洪承疇反應過來，已經被沒頭沒腦地按進一隻藍布小轎中了。轎簾放下，轎門關死。小轎被甲士們迅速抬走。

多爾袞府，老宮女進入內府，走到多爾袞面前，無言地奉上一隻布包。多爾袞接過，示意老宮女退下，接著迅速打開布包。一方香帕顯現，上面寫滿了字跡。多爾袞急閱。他讀著讀著，漸漸微笑了……最後，他把香帕湊到鼻端，陶醉不已地深深聞著、嗅著、無限遐想著……

禮親王府，那乘藍布小轎被抬進戒備森嚴的府門，再抬進布滿甲士的大院，再抬進王府大堂，再穿越大堂，竟然一直朝後面抬去……藍布小轎一直被抬進密室才停止，甲士打開轎門，扶出洪承疇，無言退下。洪承疇張皇四顧，突然看見代善端坐太師椅上，兩人近在咫尺！

洪承疇急忙跪地：「臣洪承疇拜見禮親王！」代善沉聲道：「抱歉，洪大人，突然把你請來。……起身吧，坐下。」洪承疇起身落坐，不語，只是鎮定地看著代善。代善道：「還有一個時辰，就要決定大清皇位了。現在，不但多爾袞想當皇上，豪格更想當皇上，還有……」代善沉吟了。洪承疇一揖：「還有禮親王德高望重，更有資格當皇上。」

「你怎麼知道的？」洪承疇道：「親王帶來六千甲士，比他們帶來的甲士多一倍！」代善一笑：「豈止六千，我在城外還有六千哪，共有一萬二千！」洪承疇驚懼：「那麼，親王肯定當上皇上了。」代善沉聲道：「可我不想當皇上！」洪承疇疑問地看著他。代善嘆道：「皇太極不到五十歲就死了，我今年六十三了，還當什麼皇上?!那一萬二千甲士，是為了防止他們叔侄兩個動武。誰敢舉兵，我彈壓！」

洪承疇起身深深一揖：「臣——深深敬佩禮親王！」代善一嘆：「時間不多了，請你來，是想讓你出個主意。」洪承疇道：「請問親王為何請我？我可是個漢人哪！」代善道：「所有王公大臣，都在盤算自己的利弊。而你，卻置身事外，可以公平看待。請你來，就是想問問，漢家王朝碰到這種情況，是怎麼辦的？」洪承疇微笑了一下，正聲道：「稟禮親王，漢家王朝碰到雙方爭執不下時，最好的方法，是兩個人誰都不給，而把東西讓給第三者。」

代善嗔道：「我說過，我不當皇上！」洪承疇道：「這第三者不是禮親王，是指先皇未成年的皇子，而且要越小越好。」代善似乎明白了。洪承疇又道：「正因為他年幼，所以繼位了也不能親政，親政必須等到十幾年以後！在這漫長的時間裡，朝廷由若干位攝政王主政，彼此分權，互相牽制，國家就可保持穩定，一致對外，安定天下。」

代善大喜，起身一揖：「謝洪先生！」

崇政殿外，四個滿族壯漢又在玉階上仰天吹起長號：嗚嗚嗚！……

號聲中，眾親王、旗主、尚書、大臣……又聚集到崇政殿。代善、多爾袞、豪格等顯要仍然走在最前面。

入門時，所有的人再次主動解下佩劍或戰刀，放在門畔案上，然後邁入門檻。

漸漸地，佩劍與戰刀越堆越高……

時間已經不知過去多久，天色已經漸漸暗了下來，只見眾王公大臣仍坐在原先的蒲團上，肅親王豪格與睿親王多爾袞仍然面色鐵青。

棺槨前，代善聲音已經沙啞：「……公議立君，從早晨到晚上，快八個時辰了，還定不下來。現在，李自成正在攻打北京！關外正在翻天覆地！請問，我們還要爭吵多久?!」眾王公大臣俱不作聲。

代善用沙啞的聲音道：「那好，本王仗著自個年歲最大，就直截了當地問話了。肅親王豪格！請表明你最後的心意。」豪格道：「本王認為，由皇子繼承皇位，斷不能變！」索尼等兩黃旗大臣也立刻跳起，威逼眾人道：「我們吃先皇的飯，穿先皇的衣，豈能對先皇不忠?」「先皇待我等恩重如山。如果不立先皇之子為帝，我等寧可以死追隨先皇……」

代善厲聲制止：「坐下，現在是親王表態，你們不必開口！」索尼等氣憤地坐下了。代善轉向睿親王，道：「睿親王多爾袞。請表明你最後的心意！」

多爾袞沉思片刻，微笑道：「本王認為，肅親王豪格言之有理，本王同意立先皇之子繼承皇位——」

此言一出，滿殿人大驚，頓時竊語不止。豪格露出了勝利的笑容！代善立刻擺手，令王公大臣們安靜，再朝多爾袞示意。多爾袞接著說：「但是，我推舉皇子九阿哥福臨即位。現在，他年僅四歲，暫不能親政，可由兩黃旗旗主鄭親王和我為左右輔政，共同掌管朝廷政務。」

滿殿的王公大臣又是一片交頭接耳之聲。豪格吃驚得臉色都變白了，索尼等人則個個瞠目結舌。代善也一怔，顯然也是出乎意料。但他馬上想起洪承疇的建議，到覺得睿親王主意實在是最好不過的主意，代善高興地笑了，他一邊點頭，一邊說：「本親王贊同睿親王建議，立皇九阿哥福臨，為大清皇帝！由鄭親王和睿親王出任左右輔政，待福臨成年之後，依大清律，歸政於福臨！」

一下子，形勢劇變。幾乎所有的王公大臣都陸續起身：「本王贊同！……本王也贊同！」

——兩白旗大臣贊同！

——兩紅旗大臣贊同！

——兩藍旗大臣贊同！

——六部大臣全體贊同！……

豪格一直垂著頭，許久之後，待表態聲都靜止了，他這才慢慢起身，沙啞地說：「本王……贊同。」

莊妃宮裡，渾然不知的福臨早已陷入夢中，睡在炕上。莊妃側身坐炕沿，看著自己可憐的兒子。她臉上洋溢著幸福的微笑。莊妃掀起毯子，輕輕揉著小福臨紅腫的膝蓋。老宮又匆匆入內：「娘娘啊！……娘娘！」莊妃斥道：「姥姥，你聲音輕點！」「娘娘，睿親王來啦。」莊妃一驚，

繼之微喜，低嗔：「這麼晚了，還來幹什麼？……也不注意點！請他到客廳稍候，我馬上就來。」老宮女應聲退下。

莊妃快步至梳妝檯前，對鏡匆匆上妝。……妝畢，莊妃衝著鏡子媚笑了一下，又匆匆步出房。不料，她剛剛走到門前，等不急的多爾袞已經自己進來了。多爾袞笑著揖道：「臣多爾袞拜見莊妃娘娘。」莊妃急忙折腰，聲音微顫：「皇叔……您來啦？」多爾袞道：「來啦來啦。娘娘啊，您對大清國的新皇上，還滿意嗎？」莊妃激動地：「皇叔啊，我萬萬想不到，福臨竟然能當皇上！消息傳來，簡直嚇死我了，也喜死我了……」

多爾袞泰然一笑：「不但福臨當了皇上，您也當上皇太后了！今後，臣等見了您，都得下跪請安……」多爾袞說著雙腿跪地，叩道：「太后娘娘吉祥！」莊妃笑著打了多爾袞肩膀一下，嗔：「還不快起來！皇叔啊，福臨當皇上，就跟您當皇上一樣！您可得多關照著我們母子倆……」

多爾袞被莊妃滿面媚色所迷，情不自禁地握住她的纖纖玉腕，緊緊壓在自己胸前：「莊妃……」莊妃半推半拒，微嗔：「您看，先帝屍骨未寒，叔叔就欺負起我來了！」多爾袞顫聲道：「我向你發誓，忠心護衛幼君福臨，待他成年後，立刻還政於他，並力保福臨親政！」莊妃笑了，接著彷彿站不住，身體一軟。多爾袞趕緊扶住她，趁勢摟住。

門外又傳來老宮女響亮的聲音：「娘娘啊！……娘娘！」莊妃立即從多爾袞懷裡閃出，朝門口斥道：「姥姥，你輕點！」老宮女捧著一摞小皇帝的皇服入內，身後還跟著兩個裁縫，也各捧了一揲。「娘娘，老奴該給福臨試裝了，明兒一早要用。」莊妃嘆息道：「不能等他醒來嗎？」「沒時間了，怕等不及。」莊妃道：「那好，你們試吧，別弄醒他，讓他多睡會。」老宮女領著裁縫到炕前，為睡夢中的小福臨試穿皇帝的龍服。

莊妃輕盈搖曳、步步生蓮地走出房門。在門畔，她回眸一笑，神采迷人看了看多爾袞……多爾袞滿面是笑，幸福地跟了出去。

崇政殿，所有與靈堂有關的物件盡撤，崇政殿又恢復成昔日的輝煌與莊嚴。甚至比昔日更輝煌更莊嚴！幾個太監抱著仍在夢中的小福臨，小心翼翼地入殿，把他放到寬大的龍座上。小福臨搖搖晃晃，幾次欲倒。莊妃趕緊扶住他，低聲催促：「福臨，快醒醒！快呀，快醒醒！」

殿外又響起長號聲：嗚嗚嗚……

小福臨終於睜開眼睛，他驚恐地看到，自己不但換上了一身小龍袍，而且所有的王公大臣都拜伏在他面前，齊齊地叩拜，聲震房樑地喝道：「臣等拜見皇上……」

莊妃立於龍座側，一隻手牽著龍座中的小福臨——以便使他保持穩定。同時，她也微笑著接受眾王公大臣的叩拜——既是對福臨，也是對她！莊妃萬沒有想到，自己會成大清史上最偉大的女人。

莊妃一生中輔助了三位傑出皇帝：皇太極，順治，康熙。她在三個王朝裡占據了三個重要位置：皇太極之妃，順治之母，康熙之祖母！

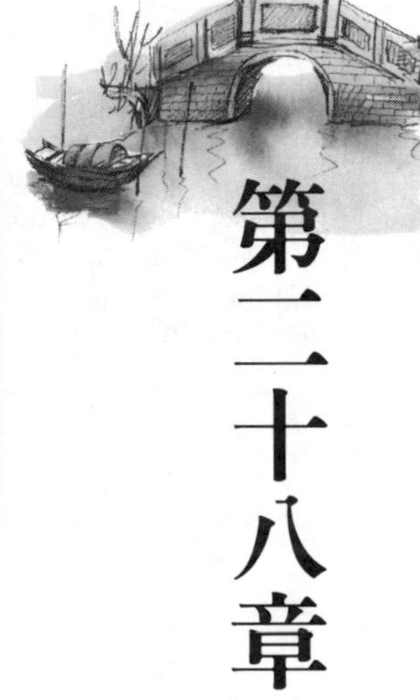

第二十八章

面容衰敗的崇禎一手扶牆、一手揉著自個胸口。胳肢窩下，竟還緊挾著一份奏摺。崇禎一路劇咳著，從屏風後面艱難步入乾清宮。丹陛上，亂扔著若干殘缺奏摺，崇禎腳踩著它們上前，終於坐到龍座上。他把挾在胳肢窩下的奏摺抽出來，放到龍案上，吃力對旁邊太監道：「敲鐘，召臣工們上朝。」那太監無回聲，也不動。

崇禎斥道：「朕讓你敲鐘！」那太監還是不言不動。崇禎凝神一看，才看出那不是太監，只是一根宮柱。崇禎眼花了，恐懼了，他傾身望去，這才看出整個大殿內竟然空無一人！崇禎驚惶地叫著：「來人哪！快來人，敲鐘！來人敲鐘啊！……」聲音在乾清宮內外迴響，卻無一人回答。只有遠處悶雷般的炮轟聲。

崇禎怒，拍著腿兒斥責整個大殿：「你們不敲，朕自個敲！」崇禎頑強地站起來，朝宮門走去。步下丹陛時，他身體一歪。旁邊突然衝一人急扶住他——竟是周后！

周后顫聲道：「皇上……咱們還是退朝吧。」「朕剛剛上朝，怎麼能退?!」崇禎固執地指向宮門：「敲鐘，召他們來！」周后泣著勸道：「皇上，這沒用的……大臣們不會來了。」崇禎怒斥：「朕令你敲鐘，召臣工們上朝！去呀，敲鐘！」周后顫聲道：「臣妾……遵旨。」

周后擦去眼淚，快步朝宮門奔去。崇禎則重歸龍座。

周后邁出宮門，看了看空空蕩蕩的廣場，微嘆。她走到殿角處，踮著腳兒，解下纏在柱子上的鐘繩，猛力扯動，帶動了鐘槌，敲擊那口萬急情況下才能使用的古老大銅鐘。噹噹噹……沉悶

的鐘聲在宮中迴盪……

周后敲呀敲呀，終於無力，她手一鬆，鐘繩垂落。但是，古鐘的餘音仍然「嗡嗡」地響了許久。周后朝宮前廣場看去，陳圓圓隻身佇立在玉階下，兩眼悲憫地望著周后。周后苦笑：「就來了你一人。」陳圓圓微折腰：「是。」「不是！還有老奴哪……」旁邊傳來沙啞的聲音。王承恩從殿側走了出來，身披一副陳舊的甲冑，腰懸戰刀，足蹬皮靴……全身都已是甲士裝備，唯獨沒有頭盔，赤裸著一顆雪白的頭！

陳圓圓驚叫：「公公……」陳圓圓撲到王承恩身邊，驚視並撫摸著他那身已經長滿了銅綠的戰甲，驚訝道：「公公，您這身鎧甲，比您歲數都大吧？」王承恩自豪地笑了：「連我都不知道它有多大歲數！說不定，還是太祖皇上留下來的吶！反正啊，在我箱底下壓三十年了，今兒一穿，嘿！正合適！」

周后凝望著王承恩，幾乎掉淚：「王承恩哪，你、你不是病了麼？」王承恩微微折腰：「稟娘娘，老奴還是下輩子再病吧！」周后感動地說：「謝你們了！……快進來吧，皇上等著哪。」

崇禎仍然踞龍座，輕微地咳嗽著，但身邊偎著周后，她挽著崇禎一臂。夫妻兩人擠在一尊龍座上。

王承恩與陳圓圓立於前。王承恩沙啞地稟報著：「今兒凌晨，五十萬大順軍開始攻城。老奴想，這會兒，城防應該破了。」崇禎怒聲道：「臣工們哪？御林軍哪？錦衣衛哪？」王承恩稟

道：「大臣們昨夜就開始各處逃命，沒他們也罷。御林軍原本不多，錦衣衛也沒影兒……大概都在城樓上拒敵吧。」

崇禎略略清醒了一些，問：「內地勤王之師哪？」王承恩道：「沒來。……來了也沒用！京城已經被圍成個鐵桶了。」陳圓圓氣道：「我男人呢？為什麼不詔我男人回來保衛京城……」陳圓圓見崇禎發呆，大聲地（幾乎是訓斥）道：「皇上，我在問你哪！」崇禎驚，反問道：「你男人？」陳圓圓提醒他：「吳三桂！」這時，崇禎完全清醒了，沉聲道：「對，吳三桂還有一支關寧鐵騎，馬軍三萬，步軍十萬！」

陳圓圓跺足叫道：「叫他回來勤王啊！」王承恩搖頭道：「不行，信使根本出不了城。再說，山海關一旦棄守，清軍也會把京城淹沒嘍！」崇禎喃喃地：「這麼說，沒救了，是不？」

王承恩沉聲道：「老奴帶來幾十個徒兒，都是不要命的孩子！請皇上和娘娘換衣裳吧——圓圓會為你們準備！老奴護送你們出宮。」周后驚訝地說：「京城不是成鐵桶了嗎，出宮有什麼用？」王承恩低聲道：「隱藏到百姓家去，先躲過這一劫，破城之後，老奴再想辦法。」

崇禎低聲疑問地：「這成嗎……」周后驀然高聲叫：「不成！」王承恩哀求地：「娘娘啊……」周后盯著崇禎，語氣堅定地：「皇上，我們絕不過生不如死的日子！」崇禎頓時醒悟：「對對，朕要和京城共存亡！」王承恩與陳圓圓互望一眼，無奈長嘆。王小巧提著戰刀匆匆奔進宮：「皇上，賊軍已經打破西直門，直奔紫禁城來了！」崇禎等人齊朝宮門外望去，只聽炮聲殺

聲越來越近……崇禎渾身發抖，幾次張口，卻說不出話來。

周后平靜地衝王承恩說：「王承恩哪，皇上和我……需要一點兒時間。」王承恩明白了，他眼中頓時湧滿了老淚，朝崇禎和周后微微折腰，顫聲道：「放心吧。有老奴在，皇上和娘娘的時間……寬寬的！」

王承恩朝王小巧一揮手，低吼：「走！」王承恩大步出宮，一路上，他那身陳舊戰甲嘩嘩亂響。

周后與陳圓圓一邊一個扶起崇禎，他們繞過屏風，進入了後宮。

崇禎坐在椅子上，大放悲聲：「朕非亡國之君，百官們都是亡國之臣……亡國之臣哪！」周后像母親哄孩子那樣，抽出香巾來，替崇禎揩眼淚，同時溫柔地道：「好了好了，別哭了……臣妾記得，大臣們早就勸你遷都議和，你不肯聽，怨不得他們。」崇禎仍在抽泣：「天意呀……天意！」周后道：「說的是，天要滅明，皇上也沒辦法。……」

說話間，周后替崇禎揩淨了眼淚，抬頭衝著正在發呆的陳圓圓道：「圓圓，你還不走?」陳圓圓低語道：「我到哪去呢?!」周后苦笑一下：「是啊。……那麼，替我們端壺酒來，好嗎?」

崇禎聽了，立刻興奮地高叫：「取酒來，取酒來！朕要與愛妃大醉一場……」陳圓圓微微折一下腰，退下。

陳圓圓端著酒壺酒盅，經過一處內門，看見屋內那張小搖床，她駐足探首，還是忍不住進去了。

小皇子躺在搖床裡，趴著睡！

陳圓圓放下酒具，輕輕把小皇子翻個身，讓他仰面輕鬆地睡，再給他蓋好毯子，然後端起酒具，一步一回首，不捨地離去。

陳圓圓將酒具放在案上，替崇禎、周后各斟上一盅，放到兩人面前。陳圓圓正欲退下。周后忽然顫聲說：「圓圓，你、你也喝一盅吧……」陳圓圓驚訝地看著周后。周后點點頭，顫聲說：「對，我們三個共飲！」崇禎一言不發的站起身，竟然親自端起酒壺，替陳圓圓斟滿了一盅，放到她面前。

周后目視崇禎和陳圓圓：「請吧……」三人同時舉盅，含淚相望，接著都一飲而盡！沒有一句話！

陳圓圓放下酒盅，再給崇禎與周后的盅內斟滿酒，然後，深深折腰，無言退下。周后沉默一會，毅然道：「皇上，臣妾記得您說過一句話，『不能同年同月同日生，但願同年同月同日死』。」崇禎點了點頭。周后顫聲道：「皇上，您不能落到賊兵手裡！」崇禎再點頭：「這個自然，他們把福王都煮著吃嘍！……愛妃，你哪？」

周后顫聲道：「臣妾會走在皇上前頭。」崇禎坐著躬了躬腰：「朕謝你了。」

「還有一件事。」周后幾次張口，都難以出聲。崇禎道：「愛妃請說吧。」周后終於嘶聲道：「皇上，你得先把樂安送走，她也不能落到賊兵手裡！否則的話，她會比福王……更慘哪！」一語罷，周后眼淚嘩嘩而落。崇禎瞪著周后，大驚失色：「你、你、你要朕殺了她？……要朕殺自個的親生女兒?!」周后含淚怒斥：「你做父親的不殺，難道叫我做母親的去殺嗎?!」

崇禎呆定，啞口無言。

陳圓圓扶著樂安公主，沿宮道走來。樂安頭上纏著布巾，臉色蒼白，衣衫不整。她顯然正在患病，是被陳圓圓從床上硬拖起來的。樂安無力地靠著陳圓圓，一邊走一邊抱怨：「幹嘛呀，幹嘛呀！人家不舒服，腦瓜裡灌了鉛似的！」陳圓圓抑制住自己，道：「去見見皇上和娘娘吧……」樂安嗔道：「嗨，天天見！有什麼好見的。」

陳圓圓顫聲道：「那就……那就再見一面吧。求你了！」樂安奇怪道：「見就見唄，你求什麼求？」陳圓圓隱忍不言。

陳圓圓把樂安扶進宮，讓她坐到崇禎與周后之間。樂安虛弱地、懶洋洋地打了聲招呼：「父皇，母后……」崇禎與周后沒料到樂安突然來了，兩人心怯，都不敢看樂安的眼睛。周后垂首問：「樂安哪，熱度退了麼？」樂安懶洋洋道：「退了。就是睏。」「讓娘試試。」周后傾身，緊緊摟住樂安，將自己的額頭貼在女兒額頭上，竟捨不得放開……過好一會，她才不得不放開，顫聲道：「熱度退了。」

樂安撒嬌地說：「我渴。」陳圓圓急忙從旁邊取過一杯茶，遞給樂安。樂安接過，一氣飲盡，喘道：「我還要！」陳圓圓趕緊取過茶壺，替樂安斟滿。樂安再飲盡，這時她才清醒些，望望崇禎與周后，略覺奇怪：「你們吵架了嗎？」周后含淚道：「沒有。」樂安噘嘴道：「肯定吵了！我看得出來。」陳圓圓含淚，上前扶起樂安，道：「公主，我送你回去歇著吧。」周后急道：「別……讓她再坐會！」

陳圓圓只得又把樂安放坐下。自己卻再也忍不住眼淚，快步離開，一路拭著淚，奔入小皇子的內室。周后面色慘白，目視崇禎，用盡全身力氣才說出：「皇上，您該辦事了……」崇禎一驚，不禁雙手顫抖，吶吶地：「是，是啊。」樂安昏昏欲睡的樣子，眼兒半睜半閉：「辦什麼事啊……」周后雙手急忙握住樂安的手，低聲安慰：「沒事，沒事……」

周后見崇禎還呆著不動彈，再催：「皇上！」崇禎抬起頭，如萬箭穿心，痛得渾身直抖……周后狠狠對崇禎使了個眼色！崇禎只得站起來，走過樂安身後，走向那面宮牆——牆上掛著一柄劍！

周后將身體湊近樂安，雙手緊握她的手，顫聲說：「女兒啊，你生於帝王之家，是你的不幸。娘生下你來，是娘的罪過……」樂安昏昏然應道：「母后說什麼哪？……宮裡挺好。」崇禎一把抓住牆上的劍鞘，輕輕抽出鋒利無比的寶劍。

周后的臉靠女兒更近，聲音也顫得厲害：「女兒啊，娘和父皇都、都對不起你！我們仨，下

是怎麼啦?!」

輩子再見吧……」這時，樂安開始清醒了，睜圓了眼，詫異道：「說什麼哪！母后！今兒，你們

崇禎像傷獸那樣呼呼喘著，已經步至樂安身後。他雙手高舉寶劍，直舉到半空中——劍鋒欽欽直抖！欲朝樂安狠狠劈下……周后迎面看見崇禎的瘋樣兒，她再也忍不住，突然抽回雙手，緊緊蒙住自己的臉！這一瞬間，樂安察覺到不祥，猛地起身回望，狂叫一聲：「父皇……」晚了，崇禎的寶劍已經劈下。樂安下意識地抬臂一遮，於是，她的半條左胳膊都被寶劍劈斷。半條胳膊掉在地上，血流不止！

樂安狂叫著，身體失去平衡，一歪一歪地朝內室奔逃……

崇禎望著地上半條胳膊，呆了，幾乎握不住劍。周后放下蒙臉的手，也呆了片刻，突然朝崇禎發狂地吼叫：「到這一步了，你、你還不快做完！還要讓她受罪嗎？她疼啊！！……快去！……快快！」

崇禎觸電般驚醒，提劍朝內室衝去。

陳圓圓蹲在小皇子搖床邊，輕輕地搖著，搖著……

只有半條左臂的樂安一歪一歪地奔進來，半邊身子都是血，臉頰卻慘白如紙，兩眼呆直。但是樂安已經感覺不到疼痛，她只是喃喃地、可憐地道：「圓圓姐……父皇要殺我……我不想死。」

陳圓圓見狀大驚，瘋狂地撲上前，緊緊抱住樂安，大叫：「公主！公主……」突然，樂安在陳圓圓懷裡劇烈一抖，接著身體朝後慢慢仰倒，緩緩閉上眼睛。

……在樂安倒下前，陳圓圓看見她胸前露出寸許長的一段劍尖！崇禎站在樂安身後，雙手用力往回一抽。樂安胸前的劍尖消失了，她慢慢倒地死去。陳圓圓看看地上的樂安，再看看渾身發抖、面無人色的崇禎，不禁衝他狂叫：「禽獸！禽獸！禽獸！……」陳圓圓嘶喊震動整座宮殿，回音嗡嗡不絕！

崇禎慘然一笑：「不錯，朕是禽獸……」話音一落，崇禎手中劍噹啷一聲落地，他掉頭出門。陳圓圓跪到樂安身邊，痛極，泣道：「公主啊……都怪我！是我把你領來跟他們見面的，我對不起你……」陳圓圓哭著哭著，忽然想起什麼，猛醒。她雙腿跪地，急爬到小搖床邊，伸手拽夢中的小皇子，顫聲：「小三，小三！快醒醒！快呀……」小皇子醒了，睜開兩隻大眼，朝陳圓圓甜甜地笑。

陳圓圓一把將小皇子抱出搖床，將他的臉按在自己胸脯上——不讓他看見地上樂安公主的屍體！急步走到窗前，砰地推開窗戶，顫聲：「小三，快跑！……到後花園去。姐會去找你。快！」陳圓圓探身，將小皇子遞到窗外，慢慢朝下放。小皇子不解，他緊抓住陳圓圓手不放：「姐，姐……」陳圓圓斥道：「到後花園玩去！姐一會就去找你！……快跑啊！」小皇子跑遠了。陳圓圓鬆了口氣，關上窗戶，怔了片刻，慢慢走出門。

崇禎失神地走到周后面前，呆呆地說：「朕……做完了。」周后抬起死人般的臉，喃喃地

道：「可我剛想起來……還有三皇子哪。」崇禎一怔，微微搖頭，虛弱地：「朕……殺不動了。」周后堅決地說：「不，不能讓我們的骨肉，落到賊兵手裡！」崇禎長嘆：「是啊……不能！」

這時，內室門畔傳來陳圓圓冷冷的聲音：「小三走了！」周后盯著陳圓圓：「去哪了？」陳圓圓恨恨地說：「你們找不到他的！你們永遠找不到！」

崇禎與周后相互望著，彼此一嘆，無語。沉默了一會，周后站起身，朝崇禎折腰，顫聲說：「皇上，臣妾先走一步。」崇禎痛苦地點點頭：「走好……好走！」

周后慢慢走進內室，駐足，卻沒有回頭，只是把雙手伸向兩邊，將門板吱吱地合攏，在自己身後緊緊關閉……

陳圓圓渾身一軟，幾乎暈倒，她急忙扶住案桌。崇禎沉聲道：「陳圓圓，拿筆來，朕要寫遺詔。」陳圓圓走到牆邊矮櫃，從筆架上拿來一支筆，又拿起一隻墨盒，放到崇禎面前。崇禎沉聲道：「紙！」陳圓圓看看四周，無紙。地面上雖有幾張，卻都沾滿鮮血。她冷冷道：「紙……都讓血浸透了！」崇禎無奈，他提起自己龍袍上的綢帶，竟然在綢帶上書寫起來……

渾身傷血的王承恩，提著一把也是沾鮮血的戰刀，跌跌撞撞地奔入宮，朝崇禎大叫：「皇上，賊兵來了，快走！快呀！」崇禎擲筆，呆呆看著王承恩，欲言……卻聽到宮外殺聲漸近。王承恩上前催促：「皇上，快走吧！」

崇禎仍然呆坐不動，慘聲道：「王承恩，你侍候朕多少年了？」王承恩驚訝，沙啞地回答：

「皇上一出生，老奴就侍候著您。」崇禎呆呆地：「你不但把朕當皇上，也把朕看成是自個的兒子，是不是？因為，太監也想有兒子呀……」王承恩大驚，噗哧一聲跪地，老淚橫流，慘聲哽咽：「皇上恕罪……」

崇禎慘笑道：「這不是罪，是功啊！是忠！朕幾次想跟你說說這事，卻說不出口……朕，謝謝你……朕，謝你的恩！」王承恩驚痛撲地泣：「皇上啊！……」崇禎突然厲聲喝道：「現在，你給朕一刀吧——務必一刀把朕刺穿！快！」王承恩含淚舉刀，刀尖直衝崇禎……

陳圓圓在邊上看得發抖，卻不敢吱聲。王承恩手一軟，戰刀落地，泣道：「不行……老奴下不了手。」崇禎怒斥：「朕都殺了自個女兒，你為何殺不了朕?!」王承恩再次舉刀，刀直顫……

這時候宮外傳來急驟腳步，渾身傷血的王小巧在宮門處大喊：「公公，賊兵到了……」緊接著是一團叮叮噹噹的刀劍相擊聲、以及「吱吱哇哇」拼鬥聲。顯然，王小巧正在宮門血戰。王承恩收刀，朝陳圓圓大喝：「快，帶皇上走後門……快！」王承恩提著刀，掉頭衝向宮門。

陳圓圓不由分說地上前，扶起崇禎，跌跌絆絆地朝後面跑。

走出宮外，才真正感受到破城時的恐怖！天昏地暗，四面八方都是崩潰、混亂、呼囂、拼殺、瘋狂、死亡……各種各樣的屍體縱橫交錯，每一步都能踩到鮮血。天地之間，充滿了腥風血雨，充滿了惡叫狂呼。

陳圓圓扶著崇禎，氣喘吁吁地朝煤山奔去。在他們身後不遠處，一群大順兵勇正在吆吆喝喝

地追殺。王承恩領著王小巧以及十幾個小太監，且戰且退，拼死抵擋追殺上來的大順兵勇……王承恩與太監們砍死幾個大順兵勇。但是立刻從四面八方衝來更多兵勇，將這群老少太監團團圍住。王承恩活像一頭瘋狂惡獸，怒吼著，暴跳如雷，揮舞戰刀在槍劍叢中死鬥不休……

陳圓圓扶著崇禎爬上煤山，兩人都喘得直不起腰來。崇禎一隻鞋子掉落了，腳底流血，他再也走不動了，噗哧一聲坐下，劇喘道：「朕不行了……」陳圓圓喘道：「皇上……他們追上來了……」

崇禎劇喘：「行了！不跑了……朕……就在這死。」山下的追兵越來越近，殺聲越來越響。

崇禎喘息稍定，起身，解下腰間緞帶，踩到一塊青石上，踮起雙腳——左足有鞋，右足赤裸淌血，伸手夠一棵歪脖子樹，……夠啊夠，他終於夠到了。便把緞帶繫到樹枝上，下端繫了個圈兒，慢慢把自己脖子伸進緞帶圈兒……

陳圓圓膽戰心驚地看著他。正在崇禎把脖子伸進緞帶圈裡時，腳下的石頭突然鬆動，嘩啦一聲陷落。崇禎摔了個馬趴，而那個大青石咕轆轆滾到山下去了。崇禎急忙起身，踮起雙足再次夠那個緞帶圈兒。而這一次，他怎麼夠也夠不到了。他的脖子距緞圈兒足足差了一尺！

崇禎回頭看陳圓圓，慘聲道：「圓圓哪，朕求你了！……求你了！」陳圓圓明白崇禎的意思。她走上前，扶著那棵樹幹跪下。崇禎踩著陳圓圓肩膀，慢慢站直了身體，升高……這時，緞圈兒正好出現在他臉前！崇禎把脖子伸進緞帶絞索，低下頭，顫聲道：「陳圓圓……你是朕的恩人！」陳圓圓幾乎支持不住了，身體直晃，顫聲回答了一句：「皇上……走好。」

崇禎雙足奮力一蹬，緞帶緊緊縊在自己脖子上！他立刻雙足直抖，片刻，便縊死。與此同時，陳圓圓被崇禎蹬得身體一歪，失去了平衡，她順著山坡往下滑落，身體不斷地翻滾著，一直朝下翻滾、摔落……

陳圓圓一直滾進山腳草叢裡，不動了，昏迷過去。過了一會，旁邊的草叢開始晃動，晃動，並且發出悉悉簌簌的聲響……

小皇子竟然從草叢裡爬出來！他滿頭滿臉都是乾草、枯葉、泥土，活像一隻喪家的小狗。小皇子抽泣著搖陳圓圓身體：「姐！……姐哎……」陳圓圓醒了，睜眼一看，驚喜地叫：「小三！」小皇子傷心地哭叫：「姐哎……」

陳圓圓看看四周，無人。她趕緊扒掉小皇子身上的皇服，只留下內衣。再把自己的外衣脫下，裹到他身上。背起小皇子，道：「小三啊，跟姐回家去！」陳圓圓背著小皇子，踩著亂草，離開了煤山。

皇宮內燃起熊熊大火。火光，殘餘的宮女、太監、內臣驚恐萬狀地奔逃，躲避正在追殺來的大順軍。

一個大順軍頭目持刀厲喝：「權將軍有令：不准放走皇上！不准放走皇子！快搜，一寸一寸地搜……」大順兵勇們紛紛衝入宮內，到處響起砸門破戶的聲音。

紫禁城內，火光沖天……

李自成騎在健馬上，飛馳而過。前後簇擁著眾多旗幟、甲士、文臣武將。

陳圓圓背著小皇子出現在街角，她警惕地張望著，看見一片難民們湧來，她迅速進入難民人潮中。陳圓圓背著小皇子，氣喘吁吁地回到吳三桂府，抬頭一看，大驚。府門外，兩邊排立持刀執槍的大順軍士。吳三桂府，早已經被占領了。陳圓圓進退兩難，可軍士們已經注視著她。陳圓圓不敢跑。她猶豫片刻，硬著頭皮朝大門走去。

軍士頭目攔住，喝問：「幹嘛？」陳圓圓顫聲：「回家！……我住這。」軍士頭目追問：「你叫什麼名？」陳圓圓昂聲道：「陳圓圓！」

軍士驚怔，立刻讓開，執刀一揖：「請！」陳圓圓背著小三入內。

吳三桂府院，一張太師椅上坐著劉宗敏，正在吃肉喝酒。

院中一片零亂，堆滿了箱櫃等物，許多箱櫃都被打開，裡面的衣物、奏摺、珍珠玉器或散落在地，或拖在箱子外面。一具古色古香的琵琶，扔在箱櫃上。陳圓圓背著小皇子，戰戰兢兢地走過去……

劉宗敏抬起頭，端酒碗的手不動了，兩隻火熱的眼睛死死盯住陳圓圓……

陳圓圓忽然看見旁邊血泊裡躺著一人，右手攥著一刀，那人竟然是吳襄！脖子上有一道深深刀口，他早已經死去。陳圓圓悲傷地蹲下身，摟住小皇子，呆看吳襄。看了一會，伸手拽過一片白綢，蓋住吳襄的臉孔。陳圓圓捂面，低低地哽咽。

劉宗敏仍坐在太師椅上，粗聲道：「我沒有殺他。他是自殺的。」陳圓圓無言，抱起小皇子，起身匆匆朝府內走。劉宗敏突然喝道：「站住！」陳圓圓站住了，身體忍不住發抖。劉宗敏上前，細細地打量陳圓圓問：「你真是陳圓圓嗎？」陳圓圓冷聲：「是！」劉宗敏湊得更近了，再打量著，呵呵笑了：「果然名不虛傳……漂亮！你呀，真它媽的漂亮死了！」陳圓圓一驚，嚇得深深垂首。「我聽說，你是揚州歌妓，紅透半邊天！不但吳三桂愛你，崇禎也喜歡你，全北京的王公大臣都它媽的喜歡你！呵呵呵……是不是啊？」陳圓圓昂頭怒斥道：「不是！」劉宗敏卻一點都不生氣，呵呵笑道：「不是就不是吧……爺知道，當個歌妓也不容易呀。」一句話竟使陳圓圓又垂下了頭。

劉宗敏看看陳圓圓抱著小皇子，問：「這娃兒是誰？」陳圓圓顫聲道：「我弟弟，小三。」劉宗敏揭開小皇子頭上衣物，探頭看。小皇子並不知道害怕，竟然咧著嘴兒衝劉宗敏笑……

劉宗敏「嘿」地叫了一聲，樂道：「嘿，這娃兒長得真嫩哪，來，讓爺親一口……」劉宗敏突然連陳圓圓也一把抱住，重重在小皇子臉上地親了一口，呱唧一響！小皇子嚇得朝陳圓圓懷裡鑽。陳圓圓連連後退，臉色慘白，她緊緊抱住小皇子：「不怕，不怕！姐在這……」

劉宗敏笑眯眯說：「陳圓圓，闖王有旨，叫本將軍保護著吳三桂家眷，別讓人傷著了。」陳圓圓顫聲道：「多謝了……我可以進家了嗎？」劉宗敏擺擺手道：「行，進去歇著吧！家裡有點

亂，你甭在意。」陳圓圓抱著小皇子朝內府門走去。劉宗敏戀戀不捨地盯著陳圓圓背影。

這時候，突聽一聲怒叫：「權將軍，這老東西死戰不降，砍了我們好些弟兄……」臺階上，陳圓圓聞聲一震，不由地轉過身來。

王承恩雙手被捆，被大順兵勇跌跌撞撞地推進來。他頭上、肩上、胸上、腿上全是血，幾乎成了個血人！

陳圓圓身體一軟，靠在房柱上，勉強支撐著自己，含淚看王承恩。王承恩抬起被捆的手，擦去被厚厚血漿蒙住的眼睛，這才能夠看清四周……他看著看著，突然看見陳圓圓，也看見了她懷裡的小皇子。一怔，明白了，頓時滿面欣慰。

王承恩擔心兵勇察覺，趕緊轉開臉，抬頭望著蒼天，呵呵地笑：「大明不會亡了！大明不會亡……」劉宗敏步上前，打量王承恩，怒聲：「這老東西什麼人？」統領道：「是個老太監！他領著一夥小太監，跟我們拼命！」劉宗敏怒斥：「媽的！老子最恨太監，個個不是人，整天給皇上出壞主意！」王承恩故作驚訝：「是麼？」劉宗敏怒道：「是！……宋江、岳飛、關雲長，都是叫太監害死的！」

王承恩噗哧一聲笑了，接著沙啞地道：「軍爺是在罵人哩……可軍爺前頭又說了，太監不是人！」劉宗敏更怒：「推出去砍頭！媽的，鳥都沒有，要頭何用?!」王承恩沙啞地笑了，讚道：「軍爺說的對！太監的鳥，不是鳥，太監的頭嘛，就更不是頭了。嘿嘿……」劉宗敏喝令：「推出去！」兵勇們上前推搡，王承恩掙開他們的手：「甭推！太監自個會走道。」

王承恩深深地看了陳圓圓與小皇子一眼。陳圓圓也含淚相望。王承恩慢慢掉轉身，一歪一歪的出門而去——在他腳剛剛拔起時，地面上留下兩個血腳印兒！陳圓圓看過去，凡是王承恩走過的地方，是一步一個血印，只是到後來，一個印比一個印淡了。王承恩的腳剛剛踏上門檻，身後突然響起了琵琶聲……

他呆住了，再回頭，陳圓圓已經坐在箱蓋上，懷抱琵琶，輕揮玉指，弦音驟起，含淚顫聲歌唱：

汴水流，泗水流，流到瓜洲古渡頭。

情哥哥，慢些走，妹妹等你在樓外樓。

頓時，王承恩老淚嘩嘩而下，強忍著不作聲，仍然一歪一歪地出門，一歪一歪地走向砍頭的刑場。劉宗敏卻驚喜地看著陳圓圓，大聲喝采：「好聽……唱得真好聽！爺多少年沒聽過這麼好聽的曲了。陳圓圓，你接著唱！快啊！」

陳圓圓兩眼死死盯著正在出門的王承恩，呼喚般地，重唱兩句開頭曲：

汴水流，泗水流，流到瓜洲古渡頭。

情哥哥，慢些走，妹妹等你在樓外樓……

曲聲中，王承恩已經走出府門。外邊，大順兵勇密布，刀槍如林。又一群兵勇押著十幾個小

太監過來，都是剛才跟隨王承恩死戰的。他們之中，除了王小巧外，大的不過十五、六，小的只有十二、三，卻個個身強力壯，虎氣十足！同時，個個渾身傷血，慘得不堪入目！

曲聲中，兵勇將王承恩及小太監推站成一排。統領喝令：跪下！小太監們個個不肯跪。兵勇便用腳踢他們的腿，怒叫：「跪下，老子叫你跪下！」但是，被踢倒的小太監，個個又頑強地站了起來！突然，王承恩沙啞地叫了：「徒兒們，跪下嘍！讓軍爺砍得順暢些！」王小巧聽見了，帶頭跪下。小太監們這才一個一個、慢慢地跪下了，卻仍然昂著脖子。兵勇們排成一排走上來，分立於每個小太監身後，每人手執一把大砍刀。

陳圓圓依舊坐在箱蓋上，三皇子偎坐在她身邊地上，雙手緊緊地摟著她一條腿兒。陳圓圓手指激烈地彈動銀弦。王承恩已經看不到她了，琵琶聲聲又一次讓他老淚縱橫。

這時，只聽那號令的統領大喝一聲：「砍！」排成佇列的兵勇高舉砍刀，一刀刀砍下。一個個跪著的身體俯倒在地，一顆顆頭顱咕轆轆滾動！院內院外到處是血，到處是頭顱，到處是東倒西歪的小太監屍體。

王承恩的頭顱也滾了出去，這世界所有囂音一下子被驀然折斷！天地忽然間死一般寂靜，寂靜，寂靜……從很遠很遠的地方飄來一縷琵琶弦音，那動人的旋律，彷彿天外飛來了一片輕盈羽毛……王承恩那顆離開身體的頭又滾了幾滾，終於在幾公尺外的地方面孔朝上的停下來，這時，有人看見他的眼睛眨了一下，嘴角還咧出一縷笑意。這時，他那跪立著的身體才撲地倒下……

陳圓圓猛力撥弦。剎時，所有琵琶弦全部崩斷！斷弦發出無邊無際、顫及天地的嗡嗡聲……

劉宗敏一直佇立在陳圓圓面前，他早就入迷了，聽呆了。這時，連他不禁顫聲嘆道：「陳圓圓，你、你、你唱得真好哇！爺的心都叫你唱痛了……」陳圓圓無言。她扔了琵琶，抱起身邊小皇子，緊緊摟在懷裡。

這時，她才開始流下眼淚。小皇子仰起臉，膽怯地喚著：「姐……」

整座紫禁城都在燃燒……

坤寧宮裡火焰四起。樂安缺了左臂的屍體躺在地上，而周后兩條腿高高懸掛著……

煤山上那棵歪脖子樹深深彎腰，崇禎的屍體掛在錦帶圈裡，微微晃動……

李自成從遠處走來，一步步，他走到懸掛在樹上的崇禎面前，呆呆地望著，一動不動。

黃玉站在李自成身後……

第二十九章

煤山歪脖樹下，李自成仍然站在崇禎對面，他默默地、冷冷地打量著這個亡國之君。一陣風吹來，崇禎腰間皇袍上的綢帶開始飄動，隱隱然現出字跡。李自成上前一步，唰地扯下崇禎腰間綢帶，拿著手中細看，那上面寫著：「李自成閣下：國破家亡，均屬朕之過。朕請求閣下以慈善為念，萬勿殺害黎民百姓！朱由檢拜上。」

李自成看完，默然無語，順手遞給身邊的黃玉。黃玉讀罷，謹慎道：「闖王，崇禎這封遺書，好像並沒有把自己當成皇上，而是用平等的語氣說話，是一個男人在請求另外一個男人……」

李自成點點頭，道：「我明白你的意思。傳命下去吧，好生安葬朱由檢。選用上等棺木，將他和周皇后，一起合葬在天壽山帝陵。」黃玉欣慰地道：「遵命。此事由在下親自辦理！」李自成掉頭走下山。黃玉陪同而行。李自成走著走著，步履漸慢，沉吟道：「皇帝皇后都有了下落，皇子哪？」

「稟闖王，三皇子朱慈烺失蹤了。」黃玉思考片刻道：「在下估計，紫禁城裡到處起火，兵慌馬亂的，很可能死於亂軍之中了。」李自成微笑道：「你為什麼這麼估計？」「朱慈烺只有兩、三歲。這麼點大的孩子，踩死他還不跟踩死個螞蟻似的！」李自成冷冷地道：「只要太子之名在，明朝餘黨們，就會利用他東山再起，這是咱們大順朝的大患！傳命下去，生要見人，死要見屍！絕不能讓朱慈烺溜掉！」「遵命。在下親自去辦理！」

李自成笑著擺擺手，道：「不不！這種事，我不敢勞你的大駕。」黃玉奇怪地望著他。李自成笑道：「你心太軟，從來不肯弄髒了手！我還是叫劉宗敏辦吧。」黃玉不滿地道：「闖王，您要是叫他辦，那不知要死多少冤枉人呢！」李自成斷然道：「再死多少人也值！因為朱慈烺必須找到。唉……我這麼做，也是沒有辦法的。」黃玉沉默片刻，道：「在下建議闖王，趕緊張榜撫民，安定人心！尤其是前朝的遺老舊臣，更要設法招撫他們。還有，軍紀也得再嚴厲些！六十多萬兵勇擠在京城裡頭，簡直就是刀擠著刀！不是鬧著玩的……」

李自成擺手打斷他：「行行！你擬個摺子，我一條一條照辦！」

一列大順兵勇衝進兩邊都是民居的小街，立定於各個院門口。兵勇統領按刀立於街心，厲聲喝道：「權將軍有令，搜捕三皇子朱慈烺，凡二至六歲的男孩，一律帶走！不得有誤……」滿道的兵勇齊聲大喝：「遵命！」兵勇們幾乎同時撞開院門，滿街都是「嗵嗵嗵」的門板碎裂聲。兵勇們衝進民居。

這一戶剛好是前明遺臣宅。院當中，早已供奉著一尊牌位，上寫「大順永昌皇帝萬歲萬歲萬萬歲」！牌位前香煙燎繞。那老臣工聽得街面動靜不對，急忙衝家小們擺手：「快快，趕緊叩拜大順皇上！」七、八個男女家小圍上來，圍著跪在皇位前，膽戰心驚地叩拜。遺臣主動將院門拉開，笑瞇瞇迎進大順軍士，衝他們極客氣地抱拳揖道：「軍爺來啦？請請，請進……軍爺瞧哇，咱全家都是順民，安份著哪！……」

入內的軍士看了看——家小們正忙不迭地叩拜「永昌」皇位，不禁點點頭，正要離去，卻一眼看見一個三、四歲的男孩縮在母親懷裡。軍士指定那男孩大喝：「帶走！」立刻衝上去兩個兵勇，硬從母親懷裡拽男孩。母親死死抱著不放：「他是我兒！是我兒……不是皇子！」老臣驚恐地作揖求道：「軍爺，他是老夫的孫兒呀，軍爺手下留情！……」軍士沉聲道：「權將軍有令，在下不得不從，抱歉了！」

兵勇不由分說地把哇哇亂叫男孩扯出院門。全家人大放悲聲……

街心處已停放著一輛大車，車上載滿身穿各色衣裳的小男孩，他們個個哭哭啼啼，呼喊著「爹娘。」不遠處，兵勇橫槍攔道，厲聲喝斥，同時死命推擋著撲上來的父母們。

統領下令：「拉走！」大車載著小男孩們轟隆隆馳去。

吳三桂府院，陳圓圓一身素服，從屋門裡衝出來，在院子裡驚惶失措地呼叫：「小三！……小三！你跑哪去了？快出來！小三啊，小三！……」陳圓圓邊喊邊尋，急得臉煞白。這時候吳府管家匆匆奔來，用蒲扇掩口，低聲對陳圓圓道：「夫人，您別喊，千萬別喊！」陳圓圓急道：「小三哪？」

「他在，沒丟！」管家用蒲扇指向旁邊柴屋，低聲道：「在柴屋裡。」陳圓圓趕緊衝向柴屋，推了推門，沒推開，便敲門叫：「小三！小三！」柴屋內隱隱傳出小皇子咯咯笑聲……

劉宗敏赤裸著上身，泡在一隻大熱水盆裡。小皇子渾身赤裸，光著屁股，白白胖胖，愈顯得可愛極了！但他竟然坐在劉宗敏胖肚子上，歡喜得「咯咯咯」直笑，還不時朝劉宗敏臉上潑水。這兩人身上都抹滿了胰子泡沫，宛如一對父子，正在洗澡戲水。屋內熱氣騰騰……

劉宗敏突聽見門外陳圓圓的喊聲，立刻興奮睜大眼，衝小皇子低低地一聲「噓！……」小皇子安靜了。劉宗敏再指著門低聲道：「叫姐！快，叫姐……大聲叫哇！」小皇子衝門大聲叫：「姐！……姐！」

陳圓圓再也忍不住，砰地一聲撞開門，衝進柴屋。頓時，滿屋子的熱氣蒙得她看不見人。她大叫：「小三！」劉宗敏把小皇子舉在胸前，嘩地從水裡坐起來，大笑：「在這哪！」陳圓圓扭頭一看，只見一大一小、一黑一白兩個男人，渾身淌水。小皇子精赤著身子，咯咯亂笑，連小雞雞都歷歷在目！……陳圓圓又氣又羞，嗔道：「臭男人……」陳圓圓掉頭奔出柴屋，砰地把門關死。

柴屋內，劉宗敏高興地哈哈大笑！小皇子高興地咯咯直笑！

陳圓圓氣鼓鼓地守在柴屋門口。終於，門板吱呀一聲開了。劉宗敏穿著件粗布大褂，搖搖晃晃地出來了。小皇子肚子上只圍了個紅肚兜，被劉宗敏抱在懷裡。兩人還冒著縷縷熱氣。陳圓圓撲上前欲奪：「小三……到姐這來！」劉宗敏一閃身，衝陳圓圓瞪眼：「讓爺抱會兒嘛！」

陳圓圓看見，那小皇子竟然親熱地摟著劉宗敏的粗脖子。劉宗敏對小皇子道：「三子！親一個。」小皇子噘起嘴，在劉宗敏臉上輕輕碰了一下。劉宗敏驕傲地對陳圓圓道：「看見吧？三子喜歡爺！……來呀三子，咱騎馬馬！」劉宗敏一舉手讓小皇子跨坐在自個脖子上，兩隻小胖腳就掛在他胸前。小皇子歡喜地大笑大叫，緊緊攥著劉宗敏耳朵！

劉宗敏得意地發出「駕駕！……」之聲，小快步朝院門走去。半道上，還劈手奪過管家手裡的大蒲扇，且扇且拍，嘩啦啦敲打自個身體，「駕駕駕！……」

劉宗敏出了院門，陳圓圓不安地跟上去，在院門處守望。

劉宗敏脖子上騎著小皇子，搖著大蒲扇，剛剛步出院門，兩輛滿載小男孩的大車馳來，停在街面上。車上的男孩還在驚恐哭啼。押車的統領跳下馬，朝院門這邊走來。統領折腰揖道：「稟權將軍，闖王傳話下來，叫各位將軍到乾清宮去，議事兒。」

劉宗敏擺擺蒲扇道：「你告訴大哥、不，稟報闖王，就說我忙差使哪。我就不去了。」統領皺著眉頭抱怨：「權將軍，您……您看您在忙什麼差使哪。」劉宗敏喝斥：「我搜捕三皇子啊！闖王把這麼重要的差使交我辦，我能不忙嗎?!」「是，是！……忙，忙！」統領一邊點頭，一邊對劉宗敏說，「權將軍，在下斗膽勸您一句，您不能老住在吳三桂府上，上頭有人議論……」劉宗敏怒道：「這不是吳三桂府，是權將軍府！誰敢議論？不就是黃玉嘛，他再囉嗦，你給我搧他！」

統領懼道：「我可不敢。」劉宗敏道：「別叫閻王知道——黑燈瞎火的時候，給我搧他！」

……劉宗敏抬眼看看車上男孩，頓時不滿：「怎麼就這幾個娃兒?!」統領怯道：「已經不少啦……抓一個，全家都哭天喊地！」劉宗敏怒道：「我可是命令你把全京城男娃都抓來的，忘哪！」

統領無奈地：「遵命，末將再去抓。可是……就算都抓來了，您又能怎麼辦呢？」

劉宗敏打斷他說：「這不好辦，把娃兒們都運到天壇去！再給我撒上一地的窩頭，叫他們吃，放開肚皮吃……」「吃?!」劉宗敏斥道：「笨蛋！凡是能吃窩頭的娃兒，不都是窮人家娃兒嗎？你讓他們吃飽了，再揣上兩大餅，叫爹媽領回去，一家人不都高興嘛？剩下的，可都是富人家的娃兒了。」統領悟，不禁大喜道：「高明，真它媽高明。剩下的娃兒，都宰了他！」劉宗敏再斥道：「說你笨吧，笨得沒邊了！剩下的娃兒也不能全宰。你給我從皇宮裡逮五個老太監、五個老宮女，領去天壇，叫他們認人！」統領完全明白了：「遵命。」

劉宗敏這才露出兇狠模樣，道：「只要他們覺得，這娃兒模樣像皇子，八九不離十，你就斬！」統領沉聲應道：「末將這就去辦……」統領走出幾步，又止步回頭問，「權將軍，要是只有五個人說像，另五個說不像，末將怎麼辦？」劉宗敏不假思索，一揮蒲扇：「斬！」統領又問：「要是只有一兩個說像，八九個說不像，末將怎麼辦？」劉宗敏揮起蒲扇，正要劈下去，半道上卻改口道：「那、那你就讓他們多認認唄……笨蛋！」統領大步離去，跳上馬，急馳而去。

劉宗敏脖子跨坐著小皇子，自得其樂的邁著方步，在大街上晃悠。搖晃幾步後，他粗聲道：

「三子，跟爺一塊唱曲兒……」劉宗敏不等小皇子吱聲，就自個叫喚起來：

汴水流呀泗水流，滿溝裡流著二鍋頭！

情哥哥，慢些走。妹妹是你的熱枕頭！

哎喲喲，二鍋頭哇熱枕頭！二鍋頭！熱枕頭！

院門處，一直倚門觀望的陳圓圓，聽到劉宗敏那破鑼般歌聲，禁不住莞爾一笑！吳三桂的管家走到陳圓圓身邊，擔心地望去，提醒道：「夫人，這個劉宗敏啊，是個殺人不眨眼的魔頭，闖賊手下第一員大將。」

陳圓圓沉吟著說：「不怕，有他在，咱三兒可安全了！」

乾清宮玉階兩邊排立著大順兵勇，李自成與黃玉沿著玉階步向乾清宮。一個文臣從後面追來，揖道：「稟闖王，有一幫子明朝遺臣，求見大順皇帝。」李自成噗哧一聲笑了：「就是說，要見我哪。」李自成看一眼黃玉。黃玉微笑道：「闖王應當開恩，准予賜見！」

李自成揮揮手。文臣立刻朝階下喊道：「闖王有旨，賜見！」於是，十來個身著明朝官服的遺臣，依序朝李自成走來。至玉階下，他們全部跪倒，朝李自成齊聲叩道：「大順永昌皇帝，萬歲萬歲，萬萬歲！」

李自成笑眯眯走到他們面前，正欲說話，突見他們每人都在帽子上貼了塊白紙，上面寫著

歸順之意！」李自成有點懷疑地問：「是我的兵勇強迫你們貼的嗎？」那遺臣急道：「稟皇上，沒人強迫，是我們自願貼的。」

李自成似乎還是不信。幾個遺臣爭先恐後地搶道：「是，是！……大明早該滅亡，永昌皇上早該龍馭天下！」李自成看黃玉一眼，黃玉露出一縷鄙棄地冷笑。李自成沉吟片刻，哈哈笑了，將手中紙片兒扔掉，道：「我看，這護身符你們就甭貼了，非要貼的話，也得改一個字嘛。」眾遺臣齊聲：「請皇上示下。」李自成大聲道：「你們把順民的『民』字，改成『臣』！從今後，你們都是大順朝的『順臣』。我已經下旨了，凡是歸順大順的前明舊臣，一律原職錄用！你們就安心吧。」眾遺臣大喜，叩首道：「皇上天恩。」

李自成笑著：「都起來吧，起來，起來……」李自成上前親手扶起了前頭最年老的遺臣，問他們，「你們見我，有什麼事嗎？」眾遺臣互視。那老臣上前半步，道：「稟皇上，臣等為大順王朝千秋萬代計，建議皇上在紫禁城武英殿正式登基，周知天下，一統河山！」李自成笑道：「我在長安城登過基了，何必再來一次？」老臣道：「稟皇上，這不一樣！」

「怎麼不一樣了？」老臣道：「長安登基時，大明朝仍在，崇禎稱皇上為闖賊，稱大順是篡逆。而今，大明已亡，大順方興，永昌皇上應該隆重舉行開國大典，正式登基，以安天下……」

李自成聽著了頻頻點頭。另一個舊臣搶著道：「此外，長安乃廢都，北京才是帝京之所在。

只有在紫禁城登基，才能上順天意，下安民心，中合法統。二萬萬子民，無不拜服。」這時，連黃玉也點頭稱是：「言之有理，確實言之有理。」

李自成問那個老臣：「請問足下姓名？」老臣揖道：「前明吏部侍郎宋子善。」李自成朗聲道：「好。就請你宋侍郎，會同各位，替我擬一個摺子，詳細陳訴登基事務、規範、禮儀！這一套嘛，你們比我們熟啊。」老臣喜得直顫，叩道：「臣遵旨。」話音剛落，後面奔出另一臣工，急叫：「稟皇上，登基大禮的規範和禮儀，宋侍郎並不熟悉——臣熟！臣爛熟於心！」

李自成「哦」了一聲：「你是誰？」那臣工揖道：「禮部侍郎吳歸依。」李自成微笑著客氣了一聲：「久仰！禮部的侍郎，那規矩自然要多得多嘍。」吳歸依急道：「那是那是！登基大典的規矩，都在臣肚裡裝著！皇上得打造金冠，特製帝服，設鹵薄、法駕、金冊、天潰玉碟。追尊上七代祖先，皆為先帝先后。冊封下三代子孫，皆為皇子殿下。百官朝賀，入端門，出太和殿……」旁邊老臣急得大叫：「錯了錯了！是出端門，入太和殿……」李自成笑著擺擺手：「好啦好啦！別爭了，這樣吧，就請你吳歸依侍郎，也替我擬一個摺子，詳述登基大典的規矩、禮儀！」吳侍郎立刻幸福得直顫，深深叩首：「臣遵旨！」

李自成微笑道：「都退了吧，大典之後。我親自犒賞各位！」眾遺臣大喜而拜：「皇上天恩……」黃玉示意兩旁兵勇。兵勇們立刻上前，將這幫遺臣們連請帶推地攆走。黃玉陪伴李自成登上玉階，朝宮內走去。黃玉憤憤道：「這幫奴顏卑膝的東西，真夠無恥的！崇禎用這樣的大臣，豈能不亡！」

李自成卻眉開眼笑：「哪個朝代沒這種人哪？沒他們，還真不行吶！瞧見他們在我面前爭寵，我心裡樂得很！他們有他們的用場。」黃玉輕輕一嘆，無言。

乾清宮暖閣，李自成端坐在崇禎以前的龍座上，黃玉及幾個大將軍分坐。上下之間，已顯示出君臣尊卑。

李自成沉吟道：「皇太極死了，多爾袞成為攝政王。據報，三十多萬八旗軍，已經在整裝待發。我們不可不防。而要阻攔清軍南下，關鍵在於山海關。」黃玉稟道：「闖王，在下認為，應該雙管齊下。一，與清廷修和，承認大清立國，把寧遠以北的土地都割讓他們，換取和平共處；」李自成頻頻點頭：「是。我們需要時間來立國！」黃玉繼續道：「二要不惜一切代價，爭取吳三桂歸降大順。他手下的三萬關寧鐵騎，十萬步軍。這一支軍力，萬不可小視。」

一位大將軍不以為然地說：「黃先生多慮了。我們光在京城就有六十萬兵勇，還怕他吳三桂鬧事麼？」黃玉沉聲道：「定將軍，吳三桂後面就是清兵。如果他獻關，清軍就衝我們來了！」李自成正聲道：「黃玉說的對，當務之急，是爭取吳三桂歸降，把山海關獻給我們。」其他幾位將軍均表贊同。

黃玉沉吟道：「闖王，在下還有幾句冒昧的話，不知當不當講？」李自成警惕地看了黃玉一眼，故作笑容：「講，講！」黃玉真誠地道：「闖王啊，趕緊設法安定民心吧，京城不能再亂下

去了……」李自成打斷他的話頭：「我已經廣而告之，京城百姓，三年之內不交稅賦……」

黃玉竟然也打斷李自成的話，朗聲道：「那只是許願，老百姓看重眼前的事。而眼前的事是什麼呢？大順軍正在迅速腐敗！闖王啊，您不會不知道，副將以上的，把宮女們都分做老婆了！統領們在前明官員家裡『追贓助餉』，兵勇們在百姓家裡搜馬搜銅！昨天夜裡，平安里死了五十三個女人！福馬胡同，一夜之間死了一百七十三個女人……」

李自成怒道：「這都是誰幹的?!」黃玉怒視著對面的將軍們：「平安里的事，得問問真將軍了！至於福馬胡同……定將軍呀，您的驃騎營個個該騸了卵子！」兩個將軍氣得跳起來。真將軍指著黃玉怒罵：「臭書生，你懂個屁，弟兄們浴血奮戰十幾年了，好不容易進了城，免不了放縱幾天！不然靠誰打仗？」定將軍冷冷地道：「黃玉，本將的驃騎營，曾經在三天內斬殺了上萬官軍，這事你怎麼就不提了……」

李自成怒喝：「別吵了，都給我住口！」黃玉沉默了，兀自怒視將軍們。所有將軍也沉默了，卻一致怒視著黃玉。一時滿堂寂靜……

山海關一片雪白！敵樓、箭道、哨台、射口都掛著白幛。崇禎皇帝的靈位聳立祭臺上，吳三桂領著一片總兵、標統跪地，都身著戰甲，摘去了頭盔，面南而叩，再叩，三叩……許多人暗自飲泣，悲傷不已。吳三桂叩畢，站起身來，登上高高敵樓，先望望北邊，再向南方眺望。一總兵

官在旁邊嘆道：「大將軍，以前我們只需要防禦關外，現在，連關內也得防禦了！」

吳三桂沉聲道：「傳命，從今日起，山海關及其所屬鎮衛，必須南北佈防。」總兵應聲而去。另一總兵上前，不安地道：「大將軍。山河破碎，國滅家亡，山海關已經是一座孤城了，我們何去何從啊？」吳三桂沙啞地道：「不瞞你說，我也不知道。我跟你們一樣，從沒有遇過這種情況。唉，要是王承恩、或者袁崇煥在就好了……」吳三桂忽然哽咽，說不下去了。他狠狠擦了擦眼睛，掉頭走下城台。

所有的總兵、標統都呆呆地望著離去的吳三桂。

吳三桂走著走著，步伐慢下來，驀然回首，瞪著他們，暴喝：「各位聽著！我知道你們孤獨了，害怕了，無國可依、有家難回了！但是，有件事我確信無疑。那就是，我們有天下第一關——山海關！我們還有天下第一軍團——關寧鐵騎！只要這兩樣牢牢地攥在我們手裡，那麼，就不是我們怕別人，而是別人怕我們！不管它是大清還是大順，」吳三桂伸開雙臂，同時指向南北雙方。「都得對我們畏懼三分！」

眾部下陡然振奮起來，每個人眼中都精光四射。此起彼落地吼叫著：「對啊！……大將軍說的對……老子天下第一……」

吳三桂怒吼：「關寧鐵騎，天下無敵！」

一時間，所有的總兵、標統齊聲怒吼：「關寧鐵騎，天下無敵！關寧鐵騎，天下無敵……」

吳三桂府內室，孤燈下，陳圓圓盤腿坐炕沿，縫製著一件小兒短褂。旁邊，甜蜜地睡著小皇子——仍然是趴著睡。陳圓圓放下活計，替小皇子翻個身，讓他仰面睡。接著，她在小皇子左邊臉上親一下，喃喃道：「這是親你哪……」又在右邊臉上親一下，喃喃地，「這是親你姐夫哪……」

窗戶外傳來輕輕腳步聲，隱隱有人影兒晃動。陳圓圓一把抓起身邊剪刀，按在胸前。外面的人影不作聲，踩著粗重的腳步，進了房門，正是劉宗敏！陳圓圓緊緊攥著剪刀，顫聲喝道：「你、你來幹什麼……你、你快出去！」劉宗敏笑著說：「我來瞧瞧三子啊……」他說著，一歪身，在炕沿坐下。歪頭瞧小皇子，一隻大手卻抓向陳圓圓。陳圓圓起身欲跑，劉宗敏緊緊抓著她不放，稍微一用勁，就把她按在炕上了。

驚恐之下，陳圓圓奮力一戳，剪刀噗地扎進劉宗敏胸脯——像扎根刺似的，竟扎在他胸肉上沒掉下來。劉宗敏斜眼瞧一下剪刀，不怒卻笑：「爺這身上，挨過七八十處刀箭。你呀，甭跟爺搔癢癢啦……」劉宗敏說著，一把拔下剪刀，看看它——鋒刀前半截帶血！劉宗敏竟把剪刀含進大嘴裡，狠狠嘬了一下，再拔出來看，剪刀乾乾淨淨了。他把剪刀放回陳圓圓身邊，笑瞇瞇道：「甭弄髒嘍，還得用吶！」

劉宗敏舉止令陳圓圓大驚，嚇得全身簌簌發抖。劉宗敏猛撲到她身上，開始吻抱、剝衣，呼

呼直喘。他的兇狂與熾熱，令陳圓圓根本無法抗拒。陳圓圓掙扎了一會，漸漸不動。她滿眼含淚，扭過頭去。正好看見熟睡的小皇子。陳圓圓顫央求道：「輕點！……別、別弄醒小三……」

劉宗敏聞言，動作真的輕慢下來了。陳圓圓始終歪著頭，死死盯著炕上的小皇子。兩顆淚珠，從眼眶滑落……窗戶外面，又出現一個身影。站了一會，隨即消失。

劉宗敏和陳圓圓都沒有察覺窗外的人影。

吳三桂府牆頭，吳府管家已順著一架梯子爬上牆頭，臨跳下去前，他回頭看一眼仍亮著燈光的臥房，悄悄溜下牆……

一輪明月當空，月光如洗。乾清宮玉階上，並排坐著李自成與黃玉。李自成嘆了口氣：「黃玉呀，我想派你個重要差使。」黃玉看著李自成，說：「請闖王吩咐。」李自成道：「你帶上十萬兩銀子，親赴山海關，代表我犒賞吳三桂，說服他，率軍歸降大順。」

黃玉沉思片刻，道：「闖王，您是想支開我？」李自成點點頭：「不瞞你說，確有這意思。眼下，你和各位將軍的矛盾太大，他們不容你。你且迴避一下，好讓我妥善調處。再者，說服吳三桂，也非你出馬不可！」「遵命，我明天就去山海關。」黃玉道：「不過，除了十萬兩銀子外，我想再帶上一個人。」李自成慷慨地道：「任憑你要。」黃玉道：「陳圓圓是吳三桂的愛妾，我想把她還給吳三桂，以恩寵其心。」李自成道：「准！」

「謝闖王！」黃玉轉而嘆了一口氣：「闖王啊，雖然我和將軍們分歧很大，但我最擔心的是，您站在哪一邊？」李自成為難了，沉吟道：「黃玉，我知道你是對的，大順軍開始腐敗了！但是，天下還沒安定，明朝還有江南半壁，清兵雄居關外。我如果不依靠大順軍，依靠那些將軍，你讓我靠誰？靠你的一片丹心和三寸不爛之舌奪取天下嗎？請你站我的位置上，也替我想想呵……」李自成難受得說不下去了。

黃玉垂首望地，沉默無言。而李自成仰天望月，長吁不已。

吳三桂府內室，月光透過窗櫺，照在炕頭。

陳圓圓衣衫零亂，臥炕飲泣不止。劉宗敏呆呆地看著她，伸手扯過一條毯子，輕輕蓋到陳圓圓身上。同時看見小皇子也蹬開了被單，他便把毯子再往上拉了拉，將陳圓圓與小皇子一起蓋上。陳圓圓微怔，飲泣聲漸止。

劉宗敏坐炕沿，粗聲道：「圓圓哪，我是個粗人，不會說話……我喜歡你！從今兒起，我就是你的男人，你就是我的女人，我要和你過一輩子！……」陳圓圓大驚，翻身怒斥：「說什麼哪你？我有男人了！」劉宗敏用拳頭捶自個胸膛，粗聲：「那就是我唄！除我，你沒別的男人，我也沒別的女人！」陳圓圓氣得說不出話來：「你、你……」

劉宗敏感情激動，聲音沙啞：「老子廝殺大半輩子，對得起闖王大哥了。大哥只管做他的皇

帝，我可不想封侯拜相！我要帶你回老家去，過咱倆的小日子，拜堂成親，白頭到老……嘿嘿，圓圓呀，咱老家可好了，一個柿子長這麼大個！」劉宗敏一邊兩手圍成個圈兒，比劃給陳圓圓看，「五個棗，就有半斤沉！我種地、打獵！你哪，你就只管生孩子，其他都甭操心！悶了，就唱個『流呀流』……」劉宗敏幸福地笑了。

陳圓圓怔呆在那裡。似乎也有幾分感動。小皇子又蹬開毯子。劉宗敏見了忽道：「對了，還有小三！我早想好了，回家第二天，我就要把全省最好的先生請家裡去，教小三讀書，給老子好好的讀！老子不識字，小三替老子把天下的書本都讀完……」劉宗敏興奮地起身，雙手比劃，眉飛色舞：「滿十八歲後，我親自趕車，送小三進京應考。到了京城，他只管在考場寫卷子，我進宮去見闖王，跟他說，『哥，你侄兒來了，你看是給他個狀元哪？還是給個探花？……』」

陳圓圓被他這些瘋話說得竟忍不住噗哧一聲笑起來，眼淚依舊掛在臉上。

劉宗敏沒有笑，兩條腿撲通一聲，沉重地跪到炕沿下。他緊盯著陳圓圓：「我不會說話……可我說得都是實話！圓圓哪，跟我走吧……」陳圓圓凝視著劉宗敏，許久許久……最後，她仍然搖搖頭，顫聲道：「我有男人了，他名叫吳三桂。」

劉宗敏轟然跳起，捶著自個胸暴喝：「你男人是我！永遠是我！圓圓哪……我老婆你是做定了，天王爺也變不了。我綁也要把你綁回老家去！」劉宗敏摔門而去。陳圓圓呆怔著。

吳府大門嗵嗵嗵被敲響……院內，幾個按刀侍衛挺立不動。劉宗敏怒容滿面地從府內步

出，盯著大門，半響，沉聲道：「開門！」侍衛上前打開府門。門外，黃玉昂然佇立，身後有幾個兵勇。

劉宗敏隔著門檻，咯咯笑了：「我當是什麼膽大毛賊，原來是黃軍師呀！」黃玉抱拳一揖：「打擾權將軍了。」劉宗敏擺擺手：「少客氣，說事吧。說完我睡個回籠覺！」黃玉道：「權將軍，闖王有旨，帶陳圓圓去山海關，招降吳三桂……」

炕上，陳圓圓忽然昂起身，激動地趴在窗戶上傾聽。

……劉宗敏沉下臉：「招降吳三桂麼——你只管去。我老婆不去！」黃玉驚叫：「什麼？陳圓圓……成了你老婆？」劉宗敏冷笑道：「不錯！……黃軍師應該稱她夫人，權將軍府上的權夫人！最少也是個一品誥命吧？哈哈哈。」黃玉強使自己微笑，一邊往裡走一邊親切道：「宗敏大哥。招降吳三桂，關係到大順安危。請你顧全大局，把陳圓圓交給我吧。闖王有旨，說……」

不等黃玉說完，劉宗敏已怒喝一聲：「送客！」侍衛們立刻衝上去，把黃玉推至門外，再把府門轟隆隆關閉。

陳圓圓的身體無力地從窗臺軟下來，趴在炕上，無聲飲泣……

黃玉站在吳三桂府門外，滿面怒容，無可奈何。隨從小心地問：「黃軍師，咱們進宮稟報闖王吧？」黃玉一嘆：「唉，闖王也夠難的了，不給他添亂了。咱們走，去山海關！」

黃玉跳上馬，率隨從馳離。

永福宮門外，侍衛排立。一眼望去，處處煥然一新，今非昔比。一聲唱喝：「莊皇太后有旨，請鄭親王、睿親王晉見！」鄭親王濟爾哈朗與睿親王多爾袞昂首闊步，並肩進入永福宮。

客廳內，莊妃一改先前著裝，已經是華麗莊嚴的皇太后服飾。她抱著小福臨坐在太師椅上，微笑地看著兩大攝政王入內。鄭親王和多爾袞雙雙跪地，齊聲叩道：「臣等拜見莊皇太后！拜見皇上！」

莊妃趕緊笑道：「平身吧……快請坐。」鄭親王與多爾袞謝座之後，分別在莊妃左右兩旁的椅子上落坐。

莊妃將小福臨放到地面，低語：「行了，去玩吧……」小福臨如蒙大赦，興高采烈地跑了。莊妃笑道：「兩位親王，見我有什麼事？」

鄭親王揖道：「稟太后，臣與睿親王，有些事情委決不下，想請皇太后聖斷。」莊妃佯驚，道：「我這個皇太后才當幾天哪！按理，後宮不該問政事的。」鄭親王笑道：「說的是。可太后也為我和睿親王想想，我倆這個攝政王才當幾天哪？不一樣嘛……」多爾袞接上來道：「所以，鄭親王與臣想來想去，都覺得，凡屬朝廷大事，除我們兩個攝政王保持一致以外，仍得仰仗皇太后天威……」鄭親王接口道：「即使這樣，皇太后和兩個攝政王加一塊，三人的權威也未必頂得上先皇。」多爾袞笑道：「僥倖的是，雖然比不上先皇，這權威也足以號令百官、穩定朝政了！」

「我懂了，二位攝政王要把我當泥菩薩，抬出來唬人！」莊妃微微一笑。多爾袞也笑了：「皇太后是菩薩，但絕不是泥捏的！」鄭親王道：「皇上年幼，皇太后聽政也是順理成章的事。」

「只要兩位攝政王一致嘍，我無不遵從。」莊妃高興地笑著對鄭親王說：「鄭親王年長，又是左攝政王，位在多爾袞之上。今後，你可得做我們的主心骨啊。」鄭親王正色道：「稟太后，臣雖然位居左攝政，但臣是個明白人。臣無論戰功和智謀，都不及多爾袞。之所以把臣推出來做左攝政王，是因為臣主掌鑲藍旗，又為肅親王豪格信任。有臣在，有利於團結豪格及兩黃旗大臣，穩定朝政。」多爾袞起身一揖：「鄭親王之言，在下敬佩！」

莊妃微笑道：「叫我說哪，鄭親王不妨主持朝政，睿親王不妨率軍入關。你們兩個，一個主內一個主外，一個坐鎮盛京，一個統兵打仗，豈不是各展所長了嗎？」多爾袞與濟爾哈朗互視一眼，俱大喜，齊聲道：「謹遵皇太后懿旨。」

莊妃又笑著對多爾袞說：「大明已經亡了，李自成進了北京。你們不著急嗎？」多爾袞道：「皇太后、鄭親王。南下用兵的計劃，臣都想好了。」鄭親王與莊妃都覺意外，不約而同地「哦？」了一聲。齊視多爾袞。

多爾袞朗聲道：「臣想全盤繼承先皇的進軍部署，不必做任何大的調整。一者，原部署就是在明亡之後進軍，至今仍然完全合用！二者，原部署乃先皇擬定，先皇在，是聖旨。先皇不在，是遺旨。八旗各部仍然是遵旨進軍，也就避免了各部之間的親、疏、上、下之爭，有利於萬眾一

心。」鄭親王高聲應道：「好！先皇遺旨，誰敢不從！」莊妃微笑點頭。

「但有一件事，臣叩請皇太后相助。」多爾袞看了看莊妃，說，「臣想借助皇太后天威，賜書一封，招降吳三桂。大明消亡了，山海關就是一座喪國喪家的孤城。吳三桂要麼降大清，要麼降大順，兩者是必擇其一！臣料想，李自成已經在招降吳三桂了。萬一他投降了大順，山海關就落到李自成手裡。這對於我們南下進軍，極為不利！」

莊妃笑道：「讓我寫寫字沒有什麼，我這人沒別的本事，就是喜歡讀幾本漢書，寫一寫漢字。」多爾袞與鄭親王齊聲：「謝皇太后！」

洪承疇坐在矮凳上，閱讀書信。莊妃旁坐，略微地不安地注視著他。洪承疇讀罷，陷入沉思。莊妃忍不住催促：「洪先生，如有不妥當的地方，你只管說！」洪承疇道：「太后此信，不但沒有不妥當的地方，而且入情入理，恩威相濟。太后深深明白一個無家可歸、困坐孤城將軍的窘迫處境……臣相信，吳三桂看了，肯定會怦然心動！」莊妃鬆口氣，笑了：「聽洪先生誇獎，心裡真是舒服！」

洪承疇又道：「臣，斗膽建議改動一個字。」「哪一個字？」莊妃望著洪承疇。洪承疇道：「把降清的『降』字，改成『順』字。」「順清?!」莊妃重覆著。「對。降——是恥辱。順——則是知天命順時勢了。降——是被迫的。順——則是主動自願。吳三桂不必降清，只需順清，這就最大程度保全了他的尊嚴和體面。」

莊妃興奮道：「改，改，我這就改！哦，對了。我不但在這改嘍，我還要跟多爾袞說一聲，入了關以後哇，對前明文武大臣，一律稱之為順清，不提降清！」洪承疇平靜地點點頭：「稟太后，這就是千百年來，我們漢人最推崇的『王道』！太后哇，『王道』中包含著霸道，但『王道』——絕對不是霸道！」莊妃聽到這裡，情不自禁地站了起來，顫聲道：「洪先生，謝謝您！……入關之後，大清要學習的東西，實在是太多了！」

洪承疇起身，無言一揖。

勤政殿寬大的龍座上端坐一身帝服的小福臨，為使其穩定，兩旁增添了黃綢扶靠。龍座前，八大親王依次列坐，核心是鄭親王與睿親王多爾袞。密密麻麻的王公大臣及將軍們，則立於堂下。氣氛莊嚴肅穆。

鄭親王首先起身，朝大殿喝道：「經八大親王公議，並經莊皇太后及皇上御准，決定即刻發兵南下，一統中原。著由本攝政王鎮守盛京，主持日常朝政。著由——右攝政王多爾袞，統領大軍入關。」鄭親王退坐，目示多爾袞。

多爾袞立刻起身，喝道：「南下進軍部署，仍按先皇遺旨遵行。違者，即以抗旨論處！」殿下面眾文武齊喝：「遵旨！」

多爾袞厲聲道：「禮親王代善。」年邁且雄壯的代善，立刻從八大親王座上站起，轉身朝多爾袞：「在。」

「命你率正紅、鑲紅兩旗，進軍京郊大興。待命出擊。」代善昂聲應道：「遵命！」

「肅親王豪格。」豪格也立刻從八大親王座中起立：「在。」

「命你率正黃、鑲黃兩旗，及蒙軍下五旗，奪取山海關！」豪格高聲喝道：「遵命！」

「輔親王多鐸。」多鐸從殿下將軍中出班揖：「在。」

「命你率正白、鑲白兩旗，及漢軍上三旗，直趨京郊通州，待命出擊。」

……

龍座後，有一扇半透明屏風，莊妃端坐皇椅上，傾聽多爾袞點將出征。她臉上滿是欣慰的微笑。

黃玉在明軍兵勇押解下，沿箭道走來。他們一行穿過兩旁的重重護衛，登上了高高的山海關敵樓。黃玉走進敵樓內，只見四面石壁，如銅澆鐵鑄。千里邊疆，馳至腳底。

吳三桂佇立在一堵石窗前，眺望著遠方。他看也不看黃玉，沉聲道：「我想，你是來招降的吧？」黃玉正聲道：「稟吳大將軍，因為大明王朝已經滅亡了，山海關已成為一座孤城。你們既無國，又無家，困守孤城。除了歸降大順以外，還有什麼出路？」

「閣下未免太自信了吧？我們除了歸降大順以外，最少還有另外一條出路，那就是歸降大清！」吳三桂慢慢轉回身來，盯住黃玉，「他李自成大概以為，我們無國無家、進退兩難了吧？

恰恰相反，你我都明白，山海關是大順、大清爭奪的焦點！因為，關寧鐵騎和這座天下第一關，有著舉足輕重的作用。我吳三桂如果歸降大清，則北京城不保；我吳三桂如果歸降大順，則清軍休想進關……」吳三桂再上前一步，含笑道，「黃先生，如果我吳三桂沒有這麼重要的話，您也不會到這來了。」

「吳大將軍說的對。這確是一條路子。」黃玉緩緩道來：「在下到要斗膽請問，您真想降清嗎？」吳三桂作勢大喝一聲：「為什麼不？」黃玉呵呵一笑：「在下認為，吳大將口口聲聲『降清降清』，口口聲聲炫耀山海關的重要，其真實用心，並不想降清，而是要迫使李自成給予您更高的地位！迫使大順，給予關寧鐵騎和山海關守軍更好的待遇！」

吳三桂怔了片刻，微笑了：「黃玉遠道辛苦，請坐。」黃玉與吳三桂分別在牆角石凳上坐下，遙遙相對。

吳三桂沉聲道：「接著說吧！」黃玉道：「吳大將軍，我們完全知道，關外大清和關內大順都想得到您，得到山海關。從您的處境來看，降清確實是一條路子！但一旦走進去了，不要多久，你就會發現這是一條死路！」「這何以見得？」黃玉道：「非我族類，其心必異。自古以來，漢夷難以平等相處。降清之後，您這個漢將，在滿族王朝裡，必定飽受歧視。你們這支關寧鐵騎，早晚會被人家分割、打散，發配到天涯海角。」

「大順難道就不會這樣來對待我們嗎？」吳三桂眼睛死盯著黃玉。

「萬萬不會！首先，李自成是漢人，大順朝是漢王朝；其次，李自成進京時下的第一道聖旨，就是頒給前明遺臣的，告訴他們，歸降大順後，一律原職錄用。有功者，另行賞拔！吳大將軍，您是前明僅存的傑出的統帥，又鎮守著最重要的山海關。李自成說了，吳三桂如願歸降，將拜為武英殿大學士，位極人臣！關寧軍各級官員，各有賞拔。此外，大順仍然得依靠吳大將軍鎮守山海關，關寧軍永遠自成一體！不分不撤，為國建功！」

吳三桂顯然是有些動心了，沉吟不語。黃玉繼續大聲說：「李自成允許吳大將軍舉棋不定、慎重考慮。在此期間，大順每天供應山海關軍餉一萬兩。在下此行，已經帶來十萬兩白銀，預付山海關十天的軍餉。請吳大將軍笑納。」吳三桂感激地拱拱手：「多謝了……」黃玉也拱拱手：「在下尚祈吳大將軍早作決斷。」

吳三桂突然問：「我家眷怎麼樣了？」黃玉一怔，迅速笑道：「李自成早有嚴旨，所有軍士不准進吳府一步，違者斬！令尊大人和貴夫人陳圓圓，都在朝思暮想，盼望您回家相會呢！」吳三桂站起來，猶豫片刻，終於單腿跪地，一揖：「吳三桂願攜關寧軍所有將士，歸降大順！」黃玉鬆了口氣，急忙上前扶起吳三桂：「吳大將軍順天而歸，是大順之福，是二萬萬漢人之福哇……」

山海關城門轟隆隆拉開，吳三桂率領著黑衣黑甲的關寧鐵騎，齊唰唰地馳出城門。鐵流一般的健騎，幾無止境……吳三桂騎在一匹白馬上，於行進間陷入沉思。

山海關敵樓內，黃玉正在急匆匆地向隨從交代：「聽著，時間緊迫，我來不及寫信了。你立刻飛馬返回京城──務必在要趕到吳三桂前面進京！稟報闖王，吳三桂已經率關寧鐵騎歸降了。」隨從興奮應道：「是！」黃玉低聲說：「還有，以下三件事，請闖王件件恩准，務必落實！第一、闖王親自出京相迎；第二、劉宗敏立刻撤出吳府，歸還陳圓圓！第三、由闖王親口向吳三桂解釋，其父親吳襄自殺殉國的事，我已經無法跟吳三桂說明白了。都記清楚了嗎？」

「記清了！」黃玉道：「重覆一遍。」隨從當著黃玉的面一一覆述一遍。黃玉道：「不錯，快去吧！」隨從奔出敵樓。

隨從匆匆奔下箭道……

箭道拐角處，突然閃現出幾個軍士，按刀攔住他。

隨從止步，強作鎮靜：「吳大將軍已經歸降了，你們難道不知道嗎？」為首的軍士沉聲：「知道。」隨從斥道：「黃軍師令在下把喜訊送往京城，面奏闖王，請讓道！」軍士執刀一揖：「大將軍有令，黃先生及其隨從，不准下山海關一步。」

隨從驚訝地看著那軍士。軍士厲聲道：「只要是在城關上，你們就可以隨意行走，我們會盡心侍候。下了城關，後果自負！」話音剛落，後面的幾個軍士已經手按刀柄，怒視隨從。隨從冷笑道：「看來，我們成為人質了。」軍士冷冷道：「既然吳大將軍能去京城，你們就不能在關內

待幾天嗎？」隨從無言而退。

永平衛，一座破敗的城牆，飽經滄桑的樣子……

吳三桂與幾位總兵，策馬馳在大軍的前面。他看了看永平衛，駐馬。喝令：「傳命下去，離京城不遠了，各營作好準備，以防不測。」一總兵應聲馳開。另一總兵警惕四望，突然發現破城牆內有人影晃動，他厲聲道：「大將軍，有伏兵！」吳三桂喝令：「準備接戰！」眾騎士全部拔出戰刀，成臨敵姿態。

吳三桂大聲道：「慢……」他似乎看出城牆內有異，策馬緩緩馳上前，立於高處，一看——不由地長嘆，城牆內亂草地上，竟擠著一大片京城來的亡命百姓。男女老少個個破爛不堪，膽戰心驚，惶惶不安。吳三桂朝一侍衛道：「告訴他們，我們不是賊軍，是山海關的明軍，叫他們不必害怕……」吳三桂話音未落，難民叢中突然響起瘋狂的哭叫：「吳將軍！……大公子……」吳三桂細看，老管家從草堆裡爬出來，跌跌撞撞地奔來……

吳三桂驚呼一聲「老何?!」跳下馬奔迎過去：「你怎麼在這？」管家撲嗵一聲跪地，痛哭：「老奴逃出來的……」吳三桂急問：「我父親呢？」管家哭得喘不過氣：「吳老將軍……老太爺他……他死了！」吳三桂大驚：「死了?!」管家道：「被賊軍害死了……天哪！破城的當天，老太爺就死了……」吳三桂搖晃身體，幾乎摔倒，他呻吟著：「那、那……夫人哪？」管家顫聲道：「被賊將劉宗敏霸佔了。」

「你胡說！……李自成不准任何兵勇進吳府！」吳三桂怒吼。管家慘聲叫道：「他們騙你！……公子啊，破城的當天，劉宗敏就佔了吳府，把陳圓圓霸佔做老婆。老奴逃出來的時候，他……他還在您的炕上……」管家不敢往下說了。吳三桂暴喝一聲：「說！」管家泣道：「在您的炕上強暴了陳圓圓……」

吳三桂怒目向天，張著大口，喘呀喘，晃啊晃……突然噴出一口鮮血，踉蹌倒地。兩個侍衛急忙扶他，卻沒有扶住，他跪在地上喘息不止……破城牆內，難民發出一片哭訴與斥罵：

——賊兵殘暴啊，俺娘、俺嫂子都被他們姦殺了！……

——咱一家老少，死了五口……就連兩歲的孫兒也殺！硬說他是什麼皇子……

——大將軍，您得給我們報仇啊……

吳三桂喘著喘著，終於站了起來，搖搖晃晃。這時候，他已經變得僵硬了，蒼老了，被仇恨與怒火燒焦了！……所有的明軍將士，都呆呆地站著，他們不敢相信突然降臨的一切！

吳三桂流著熱淚：「哦……他們在我的家裡，殺了我父親！在我的炕上，強姦我的夫人！在我們的京城，逼死我們的皇上……」他的聲音沙啞而熾熱，且由低沉漸至兇狂，「這還不算，還跑到山海關來跟我說，要善待前朝文武，要拜我為武英殿大學士！還說要賞拔各位弟兄們哪……」眾將士一片哭聲，難民們更是哭聲震天。吳三桂痛苦萬分地，搖頭不止，慘聲道：「弟兄們，我吳三桂平生沒有上過這麼大的當，沒有受過這麼大的污辱！闖賊連我都不放在眼裡，對你

們又會怎麼樣呢？這樣的人，竟然還想開國當皇上！竟然還要我們去歸降他……」

眾將士個個咬牙切齒，怒目圓睜！他們怒叫著：

——殺賊！殺賊！……

——報仇雪恨！……

——打進北京城，宰了那群禽獸！……

吳三桂冷靜了，沉思片刻，怒道：「弟兄們，上馬！回山海關！」吳三桂跳上白馬，狠狠擊鞭，健騎飛奔而去。所有將士們統統上馬，跟著吳三桂，狂奔而去。

吳三桂重返山海關，由此也改變了大順的歷史，改變了大清的歷史，甚至改變了整個中國十七世紀的歷史。後來，許多人說他是為了陳圓圓才降而復返，並寫下著名詩篇留傳於世，「痛哭三軍盡縞素，衝冠一怒為紅顏。」……吳三桂是這樣嗎？

山海關。巨大的城門再次轟隆隆拉開，吳三桂與眾騎瘋狂衝入山海關……

吳三桂跳下馬，一眼看見兩個軍士押送黃玉走來。吳三桂一言不發，怒視著他。黃玉一言不發，平靜地看著吳三桂。

吳三桂揮臂猛然一劈：「祭靈！」

崇禎的靈位仍然設置在祭臺上。黃玉被兩個軍士推至祭台下，強迫按跪。一軍士揮刀，刀落，黃玉倒在血泊中……

吳三桂呆呆地站立著，所有總兵、統領都呆立著。現在，他們又不知該何去何從了。敵樓上，一哨兵忽然高叫：「大將軍，清軍來了！」吳三桂引頸遠望，天邊，果然升現出大片八旗軍，像大片濃密的烏雲。吳三桂怒喝一聲：「布防！」眾將士紛紛衝到各自的戰位，執弓引箭，準備抵敵。

吳三桂登上指揮台，緊盯越來越近的清軍……

山海關下，多爾袞策馬行進在大隊清軍的前面，多鐸等將士簇擁著他。多爾袞望著越來越近的山海關，勒馬。多鐸隨之揮臂大喝：「停！」所有清軍都停止前進。多爾袞朝一軍士揮手。那軍士立刻單騎馳出，直奔山海關而來……

山海關敵樓上，吳三桂傾身向下瞭望，只見那軍士馳至城關前的空曠處，下馬，單腿跪地，雙手高托一隻銀盤，盤中擱著一軸信劄。

吳三桂沉聲下令：「取來！」山海關城門開了，衝出一騎，直奔而來。近了，騎手彎下腰，一把抓起銀盤上的那軸信劄，疾馳而歸。

騎士奔上箭道，奔上城關，一直奔到吳三桂面前，呈上信劄。吳三桂唰地撕掉黃綢帶，展開信劄，匆匆閱讀。莊妃在信中寫道：「……自太祖以來，我們一直希望得到大明的承認與尊重，

卻始終沒有如願。現在大明不復存在了，我們決定入關！我們要把被闖賊佔據的北京城奪回來！我們決定入主中原一統天下！我們的理想是建立一個滿漢一體的大清國。我們會把你們的祖廟，當作我們共同的祖廟；會把你們的書院當作我們共同的書院；會把你們的三皇五帝，孔聖關公，尊為我們共同的聖人！吳三桂，大清國皇太后請求你順清，因為，我們不願意做你的敵人……」

吳三桂執信的手直抖，眼淚不禁流下……吳三桂默默地把信交給身旁的總兵，陷入沉思。幾個總兵圍著那執信的總兵同閱莊妃信，之後再傳給後面的統領。吳三桂沙啞地說：「弟兄們，我、我決定順清！」所有將士們一震，齊望吳三桂。吳三桂道：「我不勉強你們。不想順清的，總兵官每人五萬兩銀子，標統每人三萬，拿上銀子，回家去吧。」總兵標統們互相望望，悲哀地道：「現在，哪還有家呢？」

——大將軍，我們跟你二十多年了。你到哪，我們就跟到哪！

——這世道兵荒馬亂，要想活下去，大夥更得抱成一團！

——大將軍，關寧鐵騎不能散哪！……

吳三桂含淚朝將士們一揖：「多謝各位兄弟，那我們就一起——」吳三桂哽咽著，淚水從鐵青的面龐滑落，「——一起順清吧！」

山海關城關前，大片開闊地中間，聳立著一座寬大的丹陛禮台。莊妃著皇太后服，微笑著端坐台中央。禮台的東側排立著山海關各總兵、標統。西側排立著八旗軍各部親王、將軍。四周

圍，戰旗招展，刀槍林立。

鼓樂聲中，多爾袞和吳三桂分別從東西兩側步上禮台。兩人步至台中央，齊朝莊妃叩拜。之後起身，再同時互朝對方深深一揖。鼓樂聲大作……

一個清軍壯漢，托一銀盤，盤中是兩碗紅通通的馬血酒，步上禮台。壯漢將酒端到吳三桂與多爾袞面前，兩人各取一碗血酒，跪下，舉碗過頂。

吳三桂昂奮喝道：「上有天，下有地，北有皇太后，南有山海關——」多爾袞接著喝道：「——多爾袞與吳三桂歃血盟誓，剿滅闖賊，平定天下，永結同心，萬載不移！」頌罷，兩人仰面將血酒飲盡！

莊妃起身，微笑道：「吳三桂，我冊封你為大清國平西王，位居清皇室親王之列！」吳三桂叩拜：「臣叩謝皇太后天恩！」一個侍女托盤而上，莊妃從盤中拿起親王金冊，賜給吳三桂。

吳三桂接過，再拜。多爾袞朝吳三桂揖賀：「恭喜吳將軍成為大清第一位異姓王！」吳三桂揖道：「臣謝攝政王陛下。」

多爾袞道：「聽說平西王，要親自率兵南下，剿滅闖賊，為家國復仇？」吳三桂厲聲道：「是！」多爾袞沉聲道：「好。除你本部兵馬之外，我再交給你二十萬八旗精兵，統歸你指揮！」多爾袞轉身，朝西側清將佇列喝道：「平郡王薩哈爾！」一將奔出：「末將在！」多爾袞再喝：「武郡王格爾濟哥！」又一將奔出：「末將在！」

「五貝勒齊穆兒、八貝勒漢泰……」隨著多爾袞一聲聲令喝，一個個清將從佇列中奔出，站在禮台前。多爾袞厲聲道：「從今日起，你們及所屬各部，統歸平西王指揮。記著，平西王之命，如同我攝政王之命！平西王令你們戰，便戰！平西王令你們死，就死！」

眾將領齊喝：「喳！」

多爾袞又喝：「拜見平西王。」眾將上前，跪在吳三桂腳前，齊聲高叫：「末將拜見平西王。」吳三桂沉聲道：「各位將軍請起。本王的命令是，在本王與闖賊交戰時，你們只需按兵不動，不必參戰！」眾將驚訝地看著吳三桂。連多爾袞也皺起了眉頭。吳三桂沉聲道：「我相信，闖賊絕不是關寧鐵騎的對手。關寧鐵騎，天下無敵！」吳三桂此語一出，令所有的清軍將領們一驚，他們臉上都露出了些許氣憤之色……

莊妃卻咯咯笑了，讚道：「好，說的好！將士嘛，就該有這樣的氣魄……」莊妃說著起身，走到丹陛邊，對眾清將道：「關寧鐵騎當然天下無敵！因為，闖賊根本不是平西王的對手，而八旗軍又是關寧鐵騎的兄弟，天下還有誰是關寧鐵騎之敵呢？」多爾袞與眾清將立刻微笑，都敬佩地望著莊妃。

吳三桂微窘，朝莊妃折腰一揖：「皇太后聖見。」莊妃微笑道：「平西王，我們北京城再見吧。」「遵旨！」吳三桂步下禮台，走到明軍將領隊前，大喝：「移交山海關，進軍北京城！」

山海關南城，城門大開，城道中，列隊步出關寧鐵騎！馬蹄聲把城道震得轟轟直響。

吳三桂行進在最前方，他的頭盔上繫著三根孝帶！所有總兵標統，頭上全繫著三根孝帶！全軍移交山海關，帶孝出征！

山海關北城，北城門大開，清軍列隊入城！

一排排騎兵入城……

一排排步軍入城……

一排排紅衣大炮入城……

轟轟烈烈的大軍進入城道，把城道震得轟轟直響！

豪格騎在一匹高頭戰馬上，行進在入城大軍最前方。

山海關敵樓上，四個明軍號手吹起銅號。悠揚的號聲中，兩個軍士步至旗杆前，緩緩地降下了繡著「吳」字的明軍將旗……

他們眼中含著熱淚。

山海關南城，城門仍然大開，大隊明軍邁著沉重而整齊的步代，走出城門，向遠方的京城進發……

山海關北城，城門仍然大開，大隊清軍邁著雄壯而整齊的步代，進入城道，佔據天下第一關……

山海關敵樓上，八個清軍壯漢敲起八隻牛皮大鼓：咚咚咚咚……

鼓聲中，豪格親自捧著一軸清軍皇旗上前。兩個清軍士接過，同時展開——這是一面巨大而輝煌的蟠龍大纛！鼓聲越發激烈……大纛慢慢升上高高的旗杆，在猛烈的北風吹襲下，大纛嘩啦啦地響！

明軍軍士捧著降下來的將旗，含淚步下敵樓，離去……

豪格仰面望著飄揚的大纛，微笑了。

武英殿玉階，大順正在舉行登基大禮。殿前跪滿身著盛裝的百官，他們布滿玉階，並且一直跪排到殿門處。

百官們面對殿內，整齊地一叩，二叩，三叩，唱喝道：「臣等朝賀大順永昌皇上……皇上萬歲，萬歲，萬萬歲……」

正轟轟烈烈叩拜時，一個軍士驚惶失措地跑來，衝過百官隊伍，竟把一些官員撞得東倒西歪。軍士一直衝進殿內。

李自成身著燦爛帝服，高踞龍座，文武大臣跪滿一地。軍士奔到龍座前，氣喘吁吁地叩報：「皇上，吳三桂進軍了……」李自成嗔道：「慢慢說！」「吳三桂把山海關獻給了清軍，率領大軍朝京城殺來了。」李自成怒聲問：「多少人？現在到哪了？」「騎兵三萬，步軍十萬。前鋒接近京城西北的『一片石』了。」

李自成哼了一聲，巡視文武眾臣，沉聲道：「登基大禮照常進行。大禮之後，我親率四十萬兵剿滅吳三桂，奪回山海關。權將軍、定將軍，你們先去安排一下。」

劉宗敏與定將軍唰地扒掉了身上的朝服，對李自成一揖，高聲應道：「遵命！」

大隊大順軍在吳府門前行進著……劉宗敏渾身戰甲，騎在戰馬上，奔馳而來。他後面緊跟著一輛堅實的驛車。驛車馳至門前停止。劉宗敏朝府裡吼道：「快，快！」兩個軍士強行把陳圓圓架出府門，另一個軍士抱著哇哇亂哭的小皇子。陳圓圓憤怒地掙扎，斥罵：「幹什麼？放開我……劉宗敏，你想幹什麼……」

劉宗敏跳下馬，把陳圓圓和小三塞進驛車內。沉聲道：「圓圓哪，要打仗了！你不能待在家裡……等打完這一仗，我就領你回老家去！」劉宗敏說罷關閉車門，朝軍士一揮手。軍士上前鎖上了一把大銅鎖，之後把鑰匙交給劉宗敏。劉宗敏接過鑰匙，上馬。喝令：「走！」驛車跟著他馳向城門。車內發出「嗵嗵嗵」的砸門聲，夾雜著陳圓圓的怒罵……

紫禁城門，大隊大順軍列隊步出城門，刀槍閃亮，旗幟如潮。李自成騎高頭戰馬，御駕親征，眼中寒光四射。周圍則伴隨著十數個身著戰甲的將軍。

浩浩蕩蕩的大軍，湧出了城道，奔向京城西北「一片石」。

永昌皇帝李自成從這裡走出京城之後，就永遠沒有再回來。他從進京到離京，僅僅相隔了四十天……

第三十章

一片石戰場，無邊無際的荒漠中，聳立著一小片黝黑的石塊，高不及腰。千百年風雨霜雪，已使這石塊斑駁陸離。上面鍥著三個依稀可見的字跡：一片石。狂風吹來，石旁衰草全部朝一側傾倒……

驀然一聲震響，一隻巨大的鐵蹄踏在一片石上！接著，密密麻麻的鐵蹄全都踏石而過。一片石火星四濺。

高坡處，吳三桂坐在戰馬上，眺望遠方。身邊簇擁眾將士。一個副將策馬急馳而來，至近處勒韁，就在馬上高聲稟報：「大將軍，李自成御駕親征了！」吳三桂沉聲道：「好，我就怕他不來！」副將又報：「據探馬報告，賊軍兵分兩路，分別從堯化門、阜城門出城。從早上辰時起，到午時三刻還沒有走完。探馬估算，已經出城的馬、步賊軍，就將近四十萬！前鋒直奔一片石而來。」眾將士聞言，不禁暗自吃驚。

吳三桂低喝：「知道了，再探！」副將策馬馳離。

一總兵上前朝吳三桂低語：「大將軍，李自成帶來了四十萬大軍，我們卻只有三萬戰騎，十萬步軍。末將認為，我們不必正面接敵，迂迴到西北一側，打斷賊軍的腰桿兒！」吳三桂沉吟片刻：「說的是，正常情況下，應該避實擊虛。不過，我們今天的對手其實只有一個人，那就是李自成，必須將他斬了！至於那四十萬大軍，大多是扔下鋤頭提把刀的草民，打個縣衙什麼的，還行。與我們交戰，根本不堪一擊！」

吳三桂巡望各位將軍，高聲道：「剛才你們沒聽到嗎？賊軍從早上辰時起，到午時三刻還沒有出城完畢。這叫什麼軍隊？跟羊拉屎似的，沒完沒了！」眾將哈哈大笑。那總兵笑畢沉思，道：「大將軍說的是。賊軍的膽氣全在統領身上，只要一個統領被斬，整營的賊兵就都慌神了！」

吳三桂喝道：「他們四十萬，我們十三萬。所以，我也不要你們多斬，每位將士斬三個賊兵就夠啦！」眾將軍又哈哈大笑。

吳三桂振臂大喝：「各營聽令——布陣！」眾將齊應「遵命！」接著，紛紛鞭馬馳離。

吳三桂駐馬，獨立於一片石之上。

一片石戰場。一片高坡，大風勁吹，衰草臥地。

漸漸地，從高坡後面浮升起無邊無際的前明大軍。他們排列出迎敵的戰陣，槍在手，刀出鞘，盾牌如林！黑衣黑甲的的關寧鐵騎行進在前方。標統們頭盔上均繫著三根白帶。

大軍瀰漫了整座山坡，隨著前進的腳步，大軍發出震天動地吼叫：

關——寧——鐵騎！天——下——無敵！

關——寧——鐵騎！天——下——無敵！

……

山坡上，李自成身著戰甲，威風凜然，眾多將勇們排立在他兩旁。將勇們個個怒視著前方。

一陣陣「關寧鐵騎，天下無敵」的吼聲，隨風飄來……

李自成面色冷峻，昂首喝道：「聽令。權將軍，命你率軍十萬，從北側擊敵！」劉宗敏大喝一聲：「得令！奶奶的，今兒殺個痛快……」喝罷，劉宗敏鞭馬馳去。兩三個副將跟隨而去。

李自成厲聲喝道：「定將軍，命你領兵十萬，迂迴到一片石南側，待命擊敵！」定將軍大喝：「遵命……」定將軍鞭馬馳離。又有兩三個副將跟隨而去。

李自成厲聲道：「朕！親率中軍二十萬，正面迎敵！聽著，今天務必把關寧軍一舉擊潰，生斬吳三桂。然後，我們才能攻佔山海關。」眾將齊喝：「遵命！」

一片石戰場。無邊無際的大順軍列陣，整齊地步下山坡。戰士們個個槍在手，刀出鞘，盾牌如林！劉宗敏高居戰馬，率騎兵行進在最前方。

大順軍瀰漫了整個山谷。隨著前進的腳步，他們也發出震天動地的吼叫：

大順——必勝！大順——必勝！

大順——必勝！大順——必勝！

……

高高的山頭上，陸續馳出七、八個清軍將領，他們簇擁著豪格與多驛。兩人在山崖邊勒馬，朝遠方眺望。

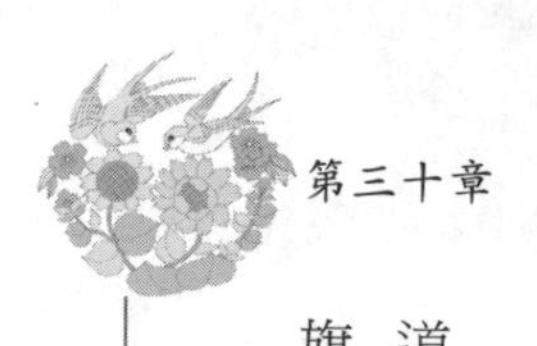

山下遠方，吳三桂的軍隊與李自成的軍隊正在步步抵近，幾乎望不到邊。陣陣微風送來雙方的戰鬥口號：關寧鐵騎，天下無敵！……大順必勝，大順必勝！

豪格笑了：「瞧哇！多鐸，今天得血流成河了。」多鐸急道：「肅親王，咱們幹嘛還不行動?!」豪格笑道：「別急，先看人家打一會。再說，攝政王下了嚴命，要我必須聽吳三桂的軍令——媽的！」多鐸道：「你估計他們誰取勝？」豪格微笑著擠了擠眼睛：「我估計嘛，他們兩敗俱傷，取勝的只能是我們！」多鐸高興地笑了。接著，兩人興致勃勃地再望遠方。

前明大軍浩浩蕩蕩地越過山坡，踏入小河。小河頓時水花四濺。將士踩著齊膝深的河水，河水上飄著小塊浮冰。無論是戰馬還是步兵，所有人的步伐都絲毫不亂，仍然排定整齊地戰陣，步步水花，步步前進，同時發出震天動地的吼叫：

關——寧——鐵騎，天——下——無敵！

關——寧——鐵騎，天——下——無敵！

……

大軍經過一片石，繼續前進。吳三桂騎於戰馬上，巡望四周各處。一總兵策馬奔來，緊張地道：「大將軍，探馬報告，清軍正在朝一片石進軍。」吳三桂一怔：「多少人？」總兵道：「兩旗騎兵，加上步軍，約有二十萬！」吳三桂沉吟不語。總兵上前低聲道：「大將軍……如果，我們剛剛擊敗闖賊，連氣還沒換過來，清軍就上來了……末將的意思是——衝我們上來了！那我們怎麼辦？」

吳三桂還是沉吟不語。總兵焦慮：「大將軍，我們不可不防啊！是不是留下五萬兵馬，做為預備隊，以備萬急時刻使用？」吳三桂終於開口了：「不！計劃不變，不留預備隊，全軍直撲闖賊中軍，拼殺李自成！」總兵急了：「那清軍哪？……」吳三桂道：「他們不敢動我們的！」總兵擔心地說：「大將軍，末將覺得，對清軍不能太相信啊……」

吳三桂堅定道：「我並沒有盲目相信滿人，我只是知道他們要什麼。他們不光想消滅闖賊——包括消滅我，他們更想要的是一統天下！皇太后和多爾袞是明白人，清軍不會動我們。」

總兵點頭欲去。吳三桂喝住他：「回來。傳命給所有標統，八旗軍在邊上看著哪，叫弟兄們拼命殺敵！殺出個樣兒來給八旗爺們瞧！叫他們知道，雖然大明亡了，皇上死了，但將士永遠是將士！好漢永遠是好漢！」總兵興奮得大喝：「遵命！」總兵鞭馬馳去。

吳三桂駐馬不動，口中喃喃自語：「……我們打得越凶，今後，他們越得對我們另眼相看！」

劉宗敏率領大軍繼續前進。兵勇們仍在發出震天動地的吼叫：

大順——必勝！大順——必勝！

大順——必勝！大順——必勝！……

大順軍的後方，一處草灘地裡，佇立著五六個守衛，當中是那輛驛車。窗簾被掀開了，陳圓圓趴在窗格上朝外緊張地觀看。

她聽見轟轟烈烈的吼叫聲：大順必勝……

她看見遠處軍隊正在步步迎敵……

雙方的大軍越走越快，越來越近。雙方的戰鬥吼聲也越來越響……最後一段距離，雙方將士都是拼命朝對方衝殺而去！

大戰終於暴發了！吼叫聲化作無邊無際的喊殺聲、刀槍相擊聲、和一陣陣中刀之後的痛叫聲……漫山遍野的將士們都在拼死格殺……

崇禎十七年四月十三日，小小的一片石戰場竟然聚集了八十萬大軍：大順軍四十餘萬，吳三桂軍十三萬，清八旗軍二十餘萬。當時，整個中國最勇猛善戰的軍隊，幾乎都聚集在一片石了！

一片石戰場。關寧鐵騎們在與大順軍拼死戰鬥！

吳三桂揮刀衝入戰陣，連砍倒多個大順兵士，之後，怒吼著繼續衝殺！……

大順軍顯然不是關寧鐵騎的對手，他們且戰且退，血肉橫飛……

戰陣移至驛車附近。劉宗敏渾身傷血，頻頻怒吼，揮舞戰刀，奮力斬殺衝上前的前明兵勇……

驛車中，陳圓圓趴在窗格上，圓睜兩眼，驚恐萬分地看著外面熾熱而瘋狂的戰場，看著劉宗敏揮刀砍殺……

忽然，她看見不遠處，吳三桂正在兇猛地殺敵！陳圓圓的臉兒擠在窗格上——像要掙破牢籠，拼命呼喊著：「三桂！三桂……」

吳三桂渾然未覺，仍在拼死戰鬥……

山頭上，豪格與多鐸正在緊張觀戰，山下是大海般的殺聲、吼聲。

多鐸眼望山下，佩服地道：「肅親王，吳三桂說對了，大順軍根本不是關寧鐵騎的對手。」

豪格憂慮地說：「是啊……看來，必須跟攝政王提個醒兒，戰後，關寧鐵騎不能留下來！」

多鐸點點頭：「肅親王，我們再不動手，大戰就要結束了。」豪格驀然高喝：「聽著，全軍出擊！」眾將士們齊喝：「喳！」

豪格、多鐸、眾將士紛紛策馬馳離山頭……

吳三桂正在與大順兵勇拼鬥，那個總兵一邊殺敵一邊衝近吳三桂，大叫：「大將軍，清軍出擊了……」

吳三桂砍死一個兵士，抬頭望去。遠處山坡，衝下無邊無際的八旗軍，他們旗幟迎風狂舞，他們的戰刀閃閃發亮，他們一邊衝擊一邊發出怒潮般吼叫聲……

其勢像狂風洪水，猛不可擋！

總兵大叫：「看，八旗兵衝我們來了！」吳三桂緊張地看著衝近的八旗軍，咬牙切齒，手中戰刀不禁顫抖……

突然，衝在前面的八旗軍分成兩股。一股在豪格率領下直撲右邊；另一股在多鐸率領下直撲左邊！這些以逸待勞、兇猛異常的八旗精兵，衝進大順軍陣營中，逢人便砍，見馬就劈！把大順軍殺得東逃西竄，紛紛避讓……

吳三桂鬆了口氣，繼續策馬砍殺！……

一片石戰場。四十萬大順軍死傷慘重，他們留下無邊無際的屍體，如潮水嘩嘩而退。李自成在眾多將士簇擁下，也在鞭馬敗退。他一路高叫著：班師！班師……全軍進入山區！

負傷的劉宗敏騎在馬上，護衛驛車，匆匆馳離。後面亂軍跟隨。陳圓圓還趴在車窗上，朝外喊：「三桂……三桂……」

李自成兵敗一片石，退入關中。數月之後，再敗於清軍。

一代闖王，闖遍天下！但是，當這位闖王成為大順永昌皇帝之後，卻迅速喪失了龍座，最終竟死於鄉勇之手，成千古遺恨！

紫禁城城道裡，大隊清軍如海潮般湧進……

京城大道，多爾袞騎於高頭戰馬，戰馬昂首闊步。前後簇擁著大片將士。

道路兩旁，又有許多前明舊臣相迎。他們的帽子上都貼著一片小白紙，上面寫著「順民」二字。為首的前明遺臣銜著多爾袞深深揖首，顫聲道：「臣等叩迎大清攝政王……」眾臣爭先恐後地跟著揖道：「叩迎大清攝政王……」

多爾袞跳下馬，扶起為首的老臣，笑道：「各位受驚了，請起，都請起來！哎呀，你們受了闖賊不少苦吧?!」

眾臣爭先恐後哽咽著：

——稟王爺，闖賊殘暴呵！……

——臣等盼望攝政王進京，把這雙老眼都要望穿了！

——臣等代表京城百姓，叩請攝政王替我們作主……

多爾袞陶醉地笑了：「好好！哎呀……請各位放心，大清奉行滿漢一體，尤其要善待前明臣工。待會，我請你們到宮裡相敘。」眾臣幸福地笑了：「謝攝政王！」多爾袞道：「各位先安心回家，先回家吧！」……就這樣，當大順軍與吳三桂在一片石殊死惡戰時，多爾袞幾乎兵不血刃，攻陷了北京城。

坤寧宮前散布著各種雜物：破衣爛帽、殘槍斷箭……看上去近乎一座棄宮。但是，已經有大清侍衛排立於兩旁了。

一頂宮轎抬至玉階前，駐轎。侍衛上前掀開轎簾，莊妃慢步出轎，站在玉階前打量著這座後宮，驚嘆：「這就是坤寧宮啊！」

莊妃感慨著：「高貴，莊嚴，比咱們盛京城裡的宮殿強多了！」莊妃輕輕踏上玉階，一步一步謹慎入內。她的每一步，都彷彿是害怕踩壞了宮殿似的。

宮內，多爾袞自豪地站在周后曾經坐的那尊皇椅後面，朝莊妃一揖：「臣拜見莊皇太后！」莊妃一笑，俏聲道：「皇叔，您客氣什麼呀？」多爾袞微笑道：「先皇曾經說過，要把坤寧宮送給你。可惜天不假年，先皇未能如願。今天，臣替先皇將坤寧宮獻給太后。」莊妃略驚，笑道：「多謝。」

多爾袞道：「太后請坐。」莊妃上前，盈盈落坐，打量著四周破敗景象，嘆息不已。

多爾袞從她肩膀上伸過一隻手，莊妃輕輕握住那隻手，低下頭。莊妃顫聲說了一句：「謝謝你！」

野地裡，劉宗敏護衛著驛車疾馳。他不停地斥馭手：「快快！……快快！」馭手拼命鞭馬。驛車在坑窪不平的地面幾乎顛飛起來。陳圓圓抱著小皇子，縮在車角落。小皇子被驚嚇得哇哇直

哭。陳圓圓竭力護住懷中的小皇子，不使他碰撞傷。驛車猛地一跳，陳圓圓滑到車尾，她爬起身，忽然從後窗孔看見，吳三桂正在遠遠地追來……

陳圓圓趴到後窗邊，大叫：「三桂，三桂……」

吳三桂雙眼死盯前方，領著數十個健騎狂追不捨。劉宗敏的幾個侍衛勒馬掉頭，揮刀朝吳三桂殺來。吳三桂揮刀一擋，不睬他們，直奔劉宗敏和驛車。侍衛很快被吳三桂的部下殺死。

前面驀然出現一座高山，道路斷了。劉宗敏驟然勒馬，戰馬長嘶……驛車也緩緩停止奔馳。片刻間，吳三桂已縱馬奔至山腳下，看看了陷入絕境的劉宗敏，冷冷一笑，令部下：「你們在這等著，誰也不准動手！」吳三桂跳下馬，提著戰刀，一步步朝前走去。

劉宗敏也跳下馬，提著大砍刀，朝吳三桂走來。他剛剛抬腳，負傷的腿部就歪了一下。他立刻站穩，口中叼著大刀，緊了緊腰帶，再提刀在手，迎向吳三桂。

車窗內，現出陳圓圓臉龐，她顫聲叫道：「三桂，三桂……」吳三桂大聲應道：「圓圓，你稍等片刻！」吳三桂沒有轉頭看陳圓圓，提刀一直走向劉宗敏。陳圓圓又顫聲叫：「三桂……別殺他！放他走吧……他、他不是壞人……」

吳三桂似乎根本沒聽見，繼續向前走。劉宗敏也繼續向前走。兩人走到相距幾公尺處，各自立定。

吳三桂眼中幾乎冒出血，怒喝：「劉宗敏，你殺了我父親！」劉宗敏一愣，接著哈哈哈大

笑：「不錯，是我宰了那個老東西！」陳圓圓在車窗內大喊：「不是。三桂呀，吳老伯不是他殺的……是自殺殉國的！」劉宗敏仍在笑叫：「誰說不是，那老東西就是我殺的！」

吳三桂怒視著，恨聲：「你、你還強佔吳府，霸佔了我夫人……」劉宗敏開心道：「媽的，陳圓圓以前是你夫人，可現在是我老婆！天天是，永遠是！你甭想得到她！」吳三桂唰地一刀劈來，劉宗敏躲過，順勢還了一刀。車內傳來陳圓圓帶著哭腔的乞求聲：「別打了……求你倆別打……」吳三桂和劉宗敏已經殊死拼鬥，刀鋒相擊，鏗鏗鏘鏘！夾雜著一陣陣怒罵……

車窗內，陳圓圓垂下頭嗚嗚哭泣，斥罵著：「你們打吧，殺吧……嗚嗚，男人不打不殺，還叫男人麼……」

忽然傳來一聲慘叫。陳圓圓再次撲到窗格處一看，只見劉宗敏倒地不動，血流不止，大砍刀摔在一旁。吳三桂不見了。車外，吳三桂朝車門上的大銅鎖猛劈，銅鎖碎開。吳三桂丟開戰刀，一把拉開車門。陳圓圓從車裡撲出來，撲進吳三桂懷裡，哽咽：「三桂……」

吳三桂緊緊摟住陳圓圓，喃喃地：「圓圓，圓圓哪……」吳三桂不禁流下了眼淚。吳三桂與陳圓圓終於相逢了。兩人都以為，從這時起可以幸福終生。但是，誰也沒有想到，誰也不敢相信——更大的悲劇才剛則開始……

紫禁城門，吳三桂與眾總兵、統領立於城門外，怒視著城門。城門兩邊，佇立著密密麻麻的八旗精兵。他們個個按刀握槍，監視著吳三桂及其部將。雙方雖然一言不發，但劍拔弩張，氣氛極為緊張！驛車停在後面。陳圓圓推開半邊車門，探身，不安地朝城門處張望。小皇子在她懷裡驚恐四望。

紫禁城門道中響起一陣馬蹄聲，片刻，豪格馳出城門。他跳下馬，朝吳三桂笑盈盈走來。近前，抱拳一揖：「稟平西王，京郊長辛店已經安排好了軍營，糧餉、酒肉一應俱全，請平西王率部前往休息……」吳三桂打斷他，怒道：「為什麼不讓我們進京?!」豪格遲疑道：「京城裡太亂，不便於駐軍。等安定下來之後，再請平西王入京吧。」

吳三桂怒道：「我們血戰三天兩宵，難道連北京城的大門都不准進了嗎？」豪格再揖道：「請平西王鑒諒……」吳三桂再次打斷他，喝道：「請多爾袞出來，我跟他說話！」豪格沉聲道：「稟平西王，駐軍長辛店，就是攝政王的命令！」不知何時，城頭已經出現了或明或暗的弓弩手……吳三桂的部將看見了，不由起一片騷動之聲。

吳三桂沉聲道：「肅親王，請你立刻稟報攝政王，我只想進城祭奠一下家父，再到煤山給崇禎燒一炷香，然後掉頭就走，絕不在京城過夜！」豪格猶豫了一下，揖道：「既然這樣，我再稟攝政王吧。」

豪格上馬奔進城門。吳三桂及其部下仍然原地佇立。他們個個怒火中燒，一言不發。

莊妃冷著臉兒，穿越重重侍衛，大步走進乾清宮，一直走進暖閣裡。

多爾袞正在與洪承疇等臣議事，猛見莊妃進門，聲音驟然而止。莊妃立定，看一眼洪承疇等臣，沉聲：「宮外候著！」洪承疇等臣折腰一揖，無聲地退出。莊妃衝多爾袞道：「為什麼不准吳三桂進京？」多爾袞陪笑道：「太后哇，京城裡太亂！還是等安定下來之後，再請他們來吧。臣已經在長辛店……」莊妃打斷他：「你就不能跟我說實話嗎？」

多爾袞沉默片刻，道：「好，我把實情告訴你。京城裡的漢人並不穩當，特別是，傳言說崇禎三皇子逃出宮外，前明餘孽們企圖立他為君，光復大明！如果吳三桂進了京，百姓們又看見前明的軍隊，會作何感想？會鬧出什麼事來?!」莊妃一怔，沉吟道：「你說的有道理。可是，如果只讓吳三桂一人進京，准他回府祭奠一下父親，再到煤山燒一炷香，難道也不行嗎？」

多爾袞沉聲道：「不行！」莊妃微怒：「為什麼？」多爾袞道：「因為煤山焚香，祭奠的是前明皇帝崇禎！要是吳三桂去了，京城百姓都會跟著去，這怎麼辦？釀出血案來怎麼辦？激起民變來又怎麼辦？……」

莊妃再怔，沉聲道：「吳三桂剛剛剿滅闖賊，我們就把他拒於城門之外！他會怎麼想？」多爾袞道：「臣以為，他會冷靜下來。即使不冷靜也得慢慢地學會冷靜！太后啊，吳三桂傲氣十足，關寧軍也傲氣十足！我們不能再寵著他了！」

莊妃道：「你還記得嗎，山海關下，你和他歃血盟誓，說什麼『永結同心，萬載不移』，這才多久啊……」多爾袞忽然打斷莊妃的話，高聲道：「太后，吳三桂不能進城，必須開往長辛店，立刻就離開！」莊妃對多爾袞的強硬大感驚訝：「你、你怎麼這樣跟我說話？」話音剛落，多爾袞上前一步，半跪，聲音卻更強硬：「稟太后，臣還有一句話，請太后斟酌。今後，凡屬朝廷要務，刀兵軍政，太后該管的管，不該管的別管。該問的問，不該問的——別問！」莊妃氣得渾身顫抖：「什麼?!你……」

多爾袞怒叫：「先皇在世時，准許您這樣干政嗎?!」莊妃身體一軟，悲憤交集，不由地坐到榻上，嗚嗚地哭泣起來。多爾袞起身坐到莊妃身邊，撫摸著她肩頭，低聲：「請太后理解我。現在天下未定，前明還有半壁江山，大江南北，滿地的賊匪亂民！……唉，等福臨年紀一到，我保證讓他親政就是。但是在此之前，大清的事，不是您說了算，而是我們兩個攝政王說了算。尤其是我！」莊妃無奈，抽泣著，無語。

多爾袞起身道：「我再叫豪格去傳命，吳三桂立刻開往長辛店。」莊妃終於點了點頭，她哽咽著：「還是讓洪承疇去……他可能比豪格會說話。」

多爾袞沉思片刻，轉身叫道：「洪承疇進來！」莊妃急忙拭淨眼淚，保持莊重之態。

洪承疇入內折腰：「臣拜見皇太后、攝政王！」多爾袞嘆道：「唉，洪先生啊，我和吳三桂之間難處，你應該知道。」洪承疇謹慎地：「臣略有所知。」「吳三桂想進京，我不能讓他進。你看哪？」洪承疇沉聲道：「臣看，吳三桂不應該進京。」多爾袞喜……洪承疇又道：「臣以為，吳三桂既然已經順清了，就應該改換心態，做大清之臣，為大清之將。」多爾袞欣慰地看了

莊妃一眼，再對洪承疇道：「我想讓你去城門，跟吳三桂解釋解釋，令他開往長辛店。」洪承疇沉吟片刻：「遵命。」

莊妃冷冷道：「洪承疇，帶上幾炷香，就說我賞他的。讓他在城外點上吧……」

洪承疇看一眼多爾袞。多爾袞默默點頭。洪承疇這才朝莊妃叩道：「謝太后！」

城外遠處，立有一座小小祭台，臺上燃著三炷香。吳三桂跪在台前，朝著遠處的北京城叩拜，一叩再叩……身後，陳圓圓也隨之叩拜。吳三桂透過縷縷香煙，望著遠處的京城，眼中湧出淚水。

吳三桂沒有說話，心裡卻在念叨：「皇上，父親。兒臣背叛了你們，背叛了大明，此生此世，兒臣只怕進不了京城了。兒臣罪無可赦……」

狂風起，天空響起陣陣悶雷。洪承疇站在後面，狂風吹起他的衣裳，隨之落下幾顆巨大的雨點，打在他身上。但他一動不動。

一輛驛車在前面行進，陳圓圓透過後窗關切地盯著車後。

車後，洪承疇與吳三桂並肩步行。大雨嘩嘩打在他們身上臉上，他們渾身濕透了，臉上分不出雨水和淚水。

洪承疇道：「三桂，我估計你在京郊也待不長，很快，朝廷會讓你領兵南下。」吳三桂吃驚：「南下幹什麼？」洪承疇道：「掃平前明餘孽呀！再說，關寧鐵騎待在內地，朝廷也不放心。」「你說的朝廷，是大清的朝廷吧！」洪承疇一嘆：「當然。但它仍然是朝廷！三桂呀，有一個朝廷，總比沒有好。老百姓最盼望的，是趕緊安定下來，種地打糧，養家糊口，生兒育女……你說是不是？」

吳三桂默默點頭。洪承疇又長長嘆息道：「據我看來，大清這個朝廷，可能比崇禎朝廷更有出息。」「是嗎？」吳三桂又陷入沉默。

忽然間，洪承疇聲音變得異常沉重：「不過，你我可得準備挨罵……我降了清，你獻了關。天下人會把大明滅亡的罪責，都扔到你我的頭上！」

吳三桂顫聲道：「罵吧，罵吧……」

洪承疇顫聲道：「不但這一代人罵，他們子子孫孫都會罵下去，罵上一百年！一千年！一萬年！」

吳三桂猛轉身，身體顫抖，眼睛直直瞪著洪承疇，竟然說不出話。洪承疇雙手一揖：「告辭！」洪承疇掉頭離去，整個人立刻被厚厚的風雨淹沒了……

吳三桂軍營，豪格步入大堂，高喝：「聖旨到——著平西王吳三桂接旨。」吳三桂上前跪地。豪格展開一軸黃卷，高聲宣道：「平西王自順清以來，戰功累累，盡忠報國，堪為滿漢臣民之表。著即加封太子太保、武英殿大學士，世襲罔替……」豪格從黃卷上方看了吳三桂一眼。

吳三桂不動聲色跪著。豪格繼續宣道：「此時，天下未定，前明餘孽蜂起，著平西王吳三桂即率所部，南下進剿。欽此。」吳三桂叩拜：「臣吳三桂謝恩。」豪格把聖旨交給吳三桂，笑道：「平西王，此行，我還帶來了白銀一千五百萬兩！供您進軍時使用。」吳三桂又是一揖。豪格道：「如果銀子不夠用的，朝廷隨時增補！」吳三桂道：「在下想，這麼多銀子，足夠了！在下想知道的是，關寧鐵騎是否隨我南下？」豪格乾脆地一揮手：「當然！平西王的一兵一馬，朝廷都不動。」吳三桂鬆了一口氣：「多謝了……」

豪格沉吟著：「攝政王託在下問一聲，平西王何時能夠開拔？」吳三桂沉聲道：「攝政王希望我何時開拔？」豪格道：「十天之內。」吳三桂笑了：「煩請稟報攝政王，在下三天之內就會開拔。」

豪格也笑了，再一揖，道：「在下敬佩平西王！」

吳三桂內室，陳圓圓睡在炕上，似已入夢。吳三桂輕步入內，陳圓圓立刻睜開眼睛，詢問地看著吳三桂。

吳三桂彎下腰，笑瞇瞇道：「我們可以離開京城了，到南方去，恐怕永遠都不用回來了。」陳圓圓興奮地問：「真的？」吳三桂道：「是。而且，關寧鐵騎都歸我，朝廷不動我一兵一馬。」陳圓圓喜道：「太好了，終於可以離開這了！……唉，他們讓你到南邊去幹什麼？」吳三桂道：「追剿前明餘孽。」陳圓圓驚道：「這叫什麼差使啊，又得殺人！」吳三桂嘆道：「我也沒辦法呀，朝廷逼著我去。」

陳圓圓沉默一會，道：「三桂，那劉宗敏雖然是個賊，有一點挺好的。他不想拜將入相，只想回老家，收大棗子，過小日子……」

吳三桂突然喝道：「別提劉宗敏！」陳圓圓一怔，嚇得垂首，默然落淚。吳三桂似乎感到內疚，上前摟住陳圓圓。陳圓圓在他懷裡泣道：「我、我不想提他……我、我是想說，咱們不能拋開這一切，也回老家過自個的小日子嗎……」

吳三桂摟著陳圓圓嘆息：「不能啊。我如果離開，弟兄們怎麼辦？我們這次南下，除了全軍將士之外，還有七、八萬家眷哪，都是要到南邊過日子的。再說，我手上要是沒有兵馬，多爾袞會立刻廢了我。」陳圓圓緊緊抱著吳三桂，喃喃地：「別說了。無論你到天涯海角，我都跟著你……」吳三桂重重地吻著陳圓圓。陳圓圓從吳三桂的吻抱中拔出嘴，補充一句：「還有小三……」吳三桂不等她說完，再度吻抱她，兩人相擁在一起，倒在炕上。

小鎮，房屋破敗，一派戰爭殘餘景象。吳三桂領著浩蕩兵馬，經過小鎮。身後不遠處，跟著那輛驛車。鎮中忽然傳出哭叫聲，吳三桂扭頭望去。只見幾個清兵押著一輛大車衝出，車上載著七、八個男孩。一群父母哭叫著，在車後瘋狂追趕：

——還我兒子呀！那是我兒，不是皇子！……

——軍爺，求你們了，饒了我孫兒吧！

——禽獸，禽獸！……雷公劈死你們！……

總兵策馬靠近吳三桂，低聲請示著：「平西王，清兵又在搜殺了，我們怎麼辦？」吳三桂沉聲道：「不要管，繼續前進！」吳三桂看了驛車一眼，正好看見車窗上的陳圓圓。她摟著小皇子驚恐地盯著小鎮，看見那輛載著小孩子的大車，她趕緊消失在窗後，隨即放下了窗簾。

大軍繼續前進，前面出現一株老槐樹，樹下坐著幾個老農，他們正在議論：

——大明亡了，都是叫吳三桂害的。他要不把山海關獻出去，那清軍就進不來！

——吳三桂不顧江山愛美人，為了個陳圓圓，把大明都給賣了！

——操它媽的，陳圓圓什麼東西，婊子！

——聽說，她是紅遍京城的頭牌妓女啊。皇上先睡夠了，才賞給吳三桂的。

——哎！……這你們就不知道了。不光吳三桂睡過陳圓圓，他李自成也睡過呀！還有劉宗敏呀，多爾袞呀……嗨，多啦去！天下無人不睡過！

——唉，古人早說過，女人是禍水！這個陳圓圓，更是亡國的禍水！……

不遠處，吳三桂騎馬經過，也不知他聽到沒有，只見他面色鐵青，眼中冒火！

後面跟著那輛驛車，但所有的窗簾都緊緊閉死。

吳三桂軍營，野地裡圍著一圈木欄，欄內有若干房屋，更有許多營帳，一列軍士執刀槍排立在營門處。營門對面不遠處，同樣排立著一片清軍軍士。當中地帶，則是一個前明軍統領正在和兩個清軍官員爭吵。

統領斥道：「沒有平西王的命令，你們不能進我們的軍營，快退！」一官員道：「我們是奉肅親王的軍令來的，你們不能阻擋！」統領道：「我們只認平西王的命令，別的，我們一概不認！」另一官員威脅道：「當心，你這話可是大為不敬！」統領道：「那你們強闖我們軍營，是尊敬我們平西王嗎……」

陳圓圓與小皇子坐榻上，正在玩「變繩花」遊戲。陳圓圓手指上著撐著細紅繩，口中道：「變哪，變哪。」小皇子把自己的小手指插進繩花中，一翻，翻出另一種花樣，高興地咯咯咯地笑……陳圓圓誇道：「了不起！……我們小三就是了不起！」

陳圓圓在小皇子臉親了一下，忽然聽到外面似有爭吵聲。立刻抱起小皇子，放到榻裡邊，替蓋上毯子。道：「小三，快睡。快。」陳圓圓步至門畔，靜靜諦聽。

清軍官員憤怒地道：「實話告訴你，今天，你讓進，我們得進；你不讓進，我們也得進！」統領怒喝：「誰敢擅入軍營一步，格殺勿論。」營衛聽到統領命令，頓時嘩地拔出刀來。

對面，清軍兵士也唰地抽刀在手，雙方一觸即發。這時，傳來馬蹄聲，吳三桂騎馬緩緩而

來。馬腹下攏著一隻琴匣，後面跟隨若干侍衛。吳三桂沉著臉斥道：「怎麼了？」統領朝吳三桂一揖：「稟平西王，清軍想強闖軍營。」

兩官員齊朝吳三桂一揖：「稟平西王，在下奉肅親王嚴命，搜查明三皇子……」吳三桂沒等他們說完，便冷冷地打斷：「我這兒沒有什麼皇子，你們走吧……」吳三桂說著，策馬進入營門，頭也不回地補充一句：「永遠別再來！」統領一揮手，眾衛士又在營門排立一行，怒目清軍。

清軍官員呆立片刻，憤怒地朝後面的清軍們喝道：「走，我們回去！」

吳三桂提著那隻琴盒走進屋內，陳圓圓從案旁起身，餘驚未消的地說：「你可回來了，外頭出什麼事了？」吳三桂微笑道：「沒事，什麼事都沒有！圓圓，你看……」吳三桂把琴盒放到案上，打開，出現一隻銀弦閃閃的琵琶。陳圓圓喜道：「配好哪！」吳三桂道：「我在鎮上找到一個老琴師，他全給你配齊嘍。」陳圓圓拿起琵琶，抱於懷中，玉指一揮，響起悅耳的琵琶弦音……接著，她彈起一隻優美的古曲。

吳三桂立於對面，入神傾聽，臉上浮現陶醉的微笑……

琵琶曲如泣如訴，綿綿不絕。屋外吹進一陣風，吱呀一聲，竟把內屋的門吹開了。吳三桂起身，上前關閉內屋的門，順眼看了看榻上的小皇子，微微皺起眉頭，陷入沉思。

陳圓圓曲終，輕吁一氣，笑道：「三桂，你餓了吧。我給端飯去。」陳圓圓欲起身，吳三桂道：「不，不。我不餓，你坐著。圓圓……」陳圓圓見吳三桂支唔難言的樣兒，不安地問：「有

什麼事，你快說呀。」吳三桂沉聲道：「朝廷一直在嚴查三皇子，我、我已經在鎮上找著一個可靠的人家。老倆口答應把小三收養下來。兩年之後，我們再派人領回去……」

陳圓圓驚恐變色，不等吳三桂說完就大叫：「不……不！」吳三桂勸慰地說：「圓圓，你聽我說完……」陳圓圓拼命地搖頭：「三桂，你別說了……小三是我的弟弟，是我的親弟弟，我離不開他。」吳三桂沉聲道：「早晚，他們肯定查出來，小三的皇子身分！」陳圓圓嗔道：「我才不管什麼皇子不皇子的，他早就是我弟弟了！三桂，我絕不讓小三離開我！他到哪兒，我跟到哪兒！他沒爹沒娘，只有我這個姐……」

陳圓圓情急中，忽然彎腰欲嘔。沒有嘔出來，又欲嘔。吳三桂上前輕拍陳圓圓背部，焦慮地：「圓圓，你哪兒不舒服，快告訴我！」陳圓圓總算緩過氣來，眼中冒出淚花，顫聲道：「三桂，這已經是好幾次了，我擔心，我、我……」在吳三桂催促聲裡，陳圓圓終於說：「我擔心是……懷孕了。」吳三桂大喜，道：「是嗎？好好！我們要有孩子了……」陳圓圓再次彎腰欲嘔，吳三桂急忙輕拍她背部。

然而這時，吳三桂似乎想起什麼不祥，臉色漸漸僵硬。陳圓圓抬起頭來，看見吳三桂面色不對，驚訝道：「三桂，你怎麼了？」吳三桂一臉怒色，問：「圓圓，這肚裡的孩子，是我的？還是崇禎的？還是劉宗敏的……」陳圓圓大驚：「你說什麼哪？」吳三桂怒叫：「告訴我，究竟是誰的？」陳圓圓驚慌失措，不知該說什麼，顫聲道：「我、我、我不知道……」吳三桂突然暴

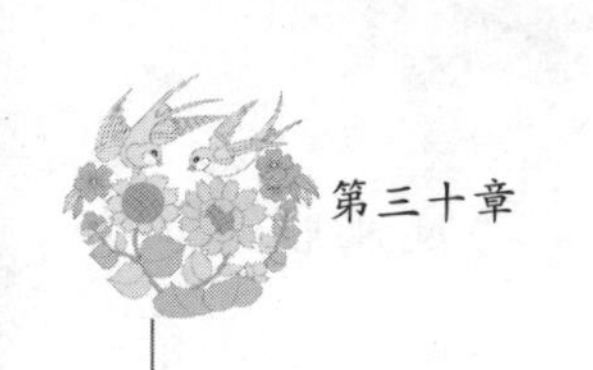

怒：「什麼？……連你都不知道?!」陳圓圓再也忍不住了，推開吳三桂，哭叫：「你們這些男人……可憐！可恨……」陳圓圓雙手蒙住臉兒，一頭撲進內屋，砰地關上門！屋裡傳出低低的、強自壓抑著的哭泣聲。

吳三桂呆呆地站著，之後，身體一軟，癱坐在案旁，他的胳膊碰到了琵琶弦，發出錚錚之聲。

過了一會，屋外傳進報告聲：「平西王，稟平西王！」吳三桂直起身體，正聲道：「進來說。」統領入內一揖，沉著臉道：「稟平西王，豪格來了！」吳三桂一震，沉聲道：「帶來多少人？」「只有隨身的兩個侍衛。」吳三桂道：「請他先到大堂，我馬上就來。」統領道：「平西王，豪格沒有進軍營，他請您到營外相見。」

吳三桂沉吟片刻，站了起來，默默地走出房屋。

河邊，血紅的夕陽即將落山，滿天餘暉，更顯得燦爛無比！燦爛得接近於恐怖！

豪格坐在一處懸崖邊，不遠處有一片瀑布，白水如銀，嘩嘩傾瀉而下。豪格彷彿在傾聽流水擊濺的聲音。

吳三桂大步走上前，豪格起身。兩人幾乎是同時一揖：

「平西王！」

「肅親王！」

豪格微笑道：「平西王啊，在下一直是很敬佩你的。」吳三桂沉聲道：「是嗎，肅親王敬佩我什麼呢？」豪格道：「在下敬佩的是，大明滅亡之前，你我曾在戰場上交過手，我肩上中過你一刀……」吳三桂冷聲道：「慚愧！……承肅親王相讓了！」豪格道：「在下敬佩你，一片石大戰中，你的關寧鐵騎確實勇猛無比，不在八旗軍之下。」「謝謝！」豪格道：「在下還敬佩你，大明滅亡之後，你又忍辱負重，奉旨南下，剿殺前明餘孽。即使漢人罵，也是罵你，並不怎麼罵我們滿人。」吳三桂淡淡地說：「當然。漢人不敢罵你們，只好罵我。」

豪格的聲音變得冷了：「在下更敬佩的是，你一直窩藏著崇禎三皇子，幾乎視他為親生骨肉！」吳三桂大驚，很快平靜下來，怒視豪格，一言不發。

豪格親切道：「平西王，我們坐下說話，好嗎，請！」

吳三桂後退一步，在一塊青石落坐。豪格也後退一步，在另外一塊青石落坐。

不遠處，瀑布仍在嘩嘩作響，擊起一片銀般白光……

豪格長嘆一聲，道：「平西王，我們早就查清楚了。破城當天，陳圓圓就把三皇子帶回了吳府，當作自己的弟弟，育養到今天……」吳三桂哼了一聲：「你們比崇禎的東廠，能幹多了！」豪格沉聲道：「儘管你是挖苦，在下也得說——當然能幹！平西王啊，攝政王多爾袞一直在猶豫，要不要揭破這事。他確實想算了，假裝不知，讓你把那孩子養大，讓他活下去，做個吳公子什麼的。可是，風聲傳出去了！包括前明遺臣在內的許多人都知道了，三皇子就在關寧鐵騎的軍

營裡，就在平西王的保護下！漢人們還風傳說，平西王想擁立三皇子為君，進行反清復明的大業……」

「不。我不幹這事！」吳三桂不禁驚叫起來。「我知道你不會反清復明，攝政王也知道你不會反清復明，但是漢人們不知道。漢人正以你為旗幟，暗中醞釀反清復明！」吳三桂長嘆一聲，無言。豪格現出滿面真誠：「平西王，攝政王讓我把底交給你。朝廷永遠不會跟你翻臉，攝政王永遠不會跟你背盟毀約！我們只想讓你把三皇子交出來，然後，你帶著你的兵馬南下。」

吳三桂痛苦道：「如果我做不到呢？……圓圓她、她心都要碎了！」

豪格跳起來驚訝地：「你怎麼讓個娘們左右了！……天哪，這事得你拿主意！平西王啊，這事你必須得做到——交出三皇子！在下正式稟報平西王，北面十里鋪，駐紮著我們八萬精兵。東南十五里處，進駐我們十六萬精兵！這些兵馬，都是護送你南下的……平西王啊，交出三皇子吧！為了你的部下後半輩子的平安，為了你們七、八萬家眷的性命，交出那個孩子吧！」

吳三桂再也無法堅持了，沉重道：「交！」豪格一揖：「謝平西王，明天凌晨，在下在此等候。」

深夜，吳三桂邁著沉重的腳步進屋。陳圓圓與小皇子躺在榻上。小皇子臉上掛著微笑，陳圓圓臉上掛著殘淚。吳三桂上前，輕輕抱起小皇子，用毯子裹著他，輕輕抱出門。再把門關上。

江邊懸崖，豪格佇立在昨天的地方，身後排立軍士。軍士面前，跪著兩個老太監，兩個老宮

女。吳三桂抱著小皇子走來，一個侍衛趕緊上前，從吳三桂手中接小皇子。

豪格朝侍衛揮一下手。侍衛立刻把小皇子抱到第一個太監面前，老太監細細地察看小皇子面孔——小皇子仍在夢中。老太監點頭，顫聲說：「是！是他！」侍衛再抱至第二個太監面前。太監再看，點頭，顫聲：「是。」侍衛再抱到老宮女面前，老宮女再看看，再次點頭說是……

豪格微笑了，對太監宮女們道：「每人二百兩銀子，你們愛去哪去哪。走吧！」太監與宮女逃似的離開了。

豪格從侍衛手中接過小皇子，細細打量著他。小皇子仍然不醒。突然，遠處傳淒厲的喊聲：「小三……小三……」陳圓圓發瘋般地奔來，跌跌撞撞衝過來。小皇子醒了，驚恐地看著豪格。

豪格忽然倒提著小皇子，掄了一個大圈——小皇子尖厲地叫著：「姐……姐……」

陳圓圓幾乎撲到豪格身邊了，吳三桂一把抓住她，用力抱住她。陳圓圓掙扎著：「小三……你放開他，他是我弟弟……」

豪格再掄了一個圈兒，就在小皇子啼叫聲中，小皇子飛了起來，落進了萬丈懸崖！陳圓圓發瘋般地推開吳三桂，撲到崖邊，正要撲下去，又把吳三桂牢牢抓住。陳圓圓彎著腰朝崖下哭喊：「小三……小三啊……」

豪格朝吳三桂一揖：「告辭！」豪格說罷，領著侍衛們離去。

陳圓圓掙扎著，掙扎著，氣力不支，終於昏了過去。……

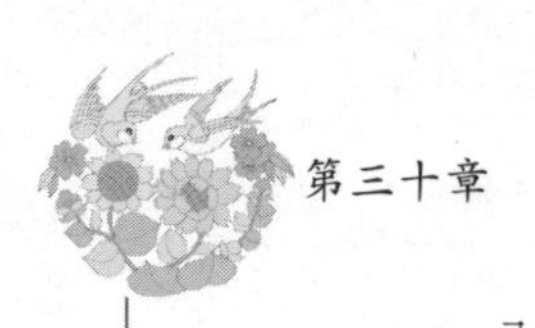

吳三桂軍營，軍營高處，四個號兵吹號……

四面八方，兵勇都在奔跑、集結、列隊。

吳三桂站在戰馬邊，面前是那輛空蕩蕩驛車。他望望敞開的屋門，陳圓圓還沒有出現。

吳三桂大步跨進屋內，怔住了——就在他面前地上，扔著一具踩爛的琵琶！

大軍在山野中行進。吳三桂呆呆地騎在馬上，身體微微晃動，表情如夢如幻……

身後再沒有驛車跟隨了。

關寧鐵騎們慢慢進入重重疊疊的山間，慢慢消失在重重疊疊的山間中……

陳圓圓不知所終了，只是在江湖上流傳著關於她的許多故事，有讚美，有詠嘆，也有懷念和詛咒……

吳三桂率領大軍，從北京一直打到滇西南，穿越大半個中國，徹底剿滅了明朝餘孽，為大清的開創與穩定，立下赫赫戰功！但是，三十年後，年邁的吳三桂仍然無法忍受清廷的懷疑與『平藩』，於康熙十二年起兵反清。苦戰八年，兵敗，病死於軍中。

至此，崇禎年間大明、大清、大順三方，改朝換代中的風雲人物，全部離開了歷史舞臺，流入歷史長河！……

江山風雨，千古留情！

國家圖書館出版品預行編目資料

江山風雨情／朱蘇進，子川作. -- 第一版. --
臺北市：大地, 2005〔民94〕
面；　公分-- （歷史小說；27-28）

ISBN 986-7480-29-5（上冊：平裝）　ISBN 986-7480-30-9（下冊：平裝）

857.7　　94011097

歷史小說 028

江山風雨情（下）

作　　者：朱蘇進，子川
發 行 人：吳錫清
主　　編：陳玟玟
美術編輯：普林特斯資訊有限公司
出 版 者：大地出版社
社　　址：台北市內湖區內湖路2段103巷104號1樓
劃撥帳號：0019252－9（戶名：大地出版社）
電　　話：(02)2627－7749
傳　　真：(02)2627－0895
E-mail：vastplai@ms45.hinet.net
印 刷 者：普林特斯資訊有限公司
一版一刷：2005年10月
定　　價：250元